知音动漫图书 · 漫客小说绘

ZHI YIN COMIC BOOK 以梦想之名 点燃阅读

小说绘

满袖天风

拉棉花糖的兔子 ◎ 著

中国致公出版社　　知音动漫

"梦里没有你。但我心里有你。"

"我也是。"

目录

楔子

温澜又梦到了嘉宁八年冬的皇都。

霜雪切肌，风摧枯桑，严寒拍打在门窗之上。而她被缚在粗陋的木床一端，衣衫单薄。赵理坐在床沿，勒紧锁链逼问她赵琚的下落。

烛火摇曳，赵理的声音带着杀意："倒是我低估你了，皇城司不愧伺察京畿多年，还有这般能耐。但你也该清楚，赵琚藏不了多久。"

她依然沉默，浓睫在眼底打出一道弯弯的阴影。脚下因为赵理到来刚烧起的鹁鸠色御炉炭散发着暖意，驱散了她身上彻骨的寒冷，青白僵硬的手指也恢复了些血色。

未几，赵理再一次在梦中按着她的腿转移了话题，语气古怪地道："寻常士卒黥面，皇城卒黥于髀间。当初为你黥字之人知道你是女子吗？或是你用了什么手段？"

赵理将她下摆挽上去，露出大片雪白的肌肤和大腿外侧青色的黥字，竟是触目惊心。他的手指印在还有一丝凉意的细腻皮肤上，不禁恍神。

皇城司的兵吏在这样私密的位置黥上番号，本是因为暗中探事，不能与普通兵卒一般堂皇。可知晓温澜是女子后，这黥字却仿佛沾染了几分旖旎……

温澜没有露出惊讶或者屈辱的神情，只是嘲讽地道："这黥字来路正得很。倒是世子殿下，得位不正，恐怕难立纲维，德行败坏，难怪有断子绝孙之忧，至今无后。"

赵理脸色一变。

温澜只觉腿上剧痛，几乎以为他要暴起伤人。

可他最后也只扯了下嘴角，将温澜一掼，冷冷道："待我找到赵琚枭首与你看，不知你还能不能这般牙尖嘴利。"

温澜猛然转醒，盯着床帷上的莲花纹刺绣看了片刻，缓缓坐起来，下意识摸了摸自己的大腿，那里好似还残余着痛感，淤青如在眼前。她握一握手，才恍觉那刺骨凉意只是梦罢了。

这半月来，她日日都梦到还未曾到来的嘉宁八年所发生的事，梦中的情景太过真实骇人，令她无法宣之于口。

今上驾崩，太子继位，恭王子谋反，血洗皇城。

待她赶回京师，为时已晚，只来得及将太子救出宫藏在隐秘处。然而这也只是一时之计，她从未梦到太子的下场，以赵理的手段……

温澜喝了口冷茶，心口那点儿从梦中带出来的火气随之一点点凉下去。她在黑暗中坐了许久，静静下了一个有些荒谬的决定——她要将这个梦当真。

第一章

他家惹上什么大事了吗？

一

温澜正式挂冠离任皇城司的这日，叶青霄与友朋们额手称庆，其本人更是几欲喜极而泣。

皇城司是天子耳目，太宗朝间设于京师。本朝以来，皇城司暗中探事之细致愈加丧心病狂，上到当朝官员，下到平民百姓，简直无孔不入，翔实到某人在家中宴席上多喝一杯酒也了如指掌。

可想而知，京官、都人对这个衙门是怎样的态度。

对和他们时有公事往来的御史台、大理寺、刑部、大名府等衙门来说，皇城司便更是不讨喜了。

若果有像叶青霄一般，先待过大名府，又调往大理寺的人，那怕是做梦都在骂对方。

整个皇城司内，叶青霄最讨厌的又莫过于温澜——公事往来，但凡温澜在，总要折腾得大家怨念丛生。

怨不得知道温澜走后，叶青霄与同僚特意吃了顿酒。

他们包了家脚店的二楼，叫了些奶酪、羊肉等小食佐酒，对面便是瓦舍，里头极为热闹，在这头都隐隐能听到丝竹唱乐、欢呼叫好之声。

席间忽有人道："上月禁军有一起酒后斗殴，被皇城司移交大名府，里头有个都头骂了温祸害半天。当时他不是一句话没说吗，都传是畏惧都头的义父，毕竟那都头的义父可是在枢密院。"

皇城司原来也属禁军，不过二十年前才独立，二者尚有千丝万缕的联系。枢密院却是掌着军国机务，那位职权还不低。温祸害再蔫坏，可不也得避让着。

大家纷纷看着说话之人，不知他为何旧事重提。

此人挤了挤眼睛，道："早有传闻温祸害要走啦，可你们知道为何早有风声，但他偏是今日正式走？"

在场之人大多未曾想过这个问题，难道今天是什么特殊的日子？他们在心中迅速寻索了一番，可惜一无所获。

"啧。"那人低声道，"……今晨，官家斥枢密院'吏不肃'！"

众人皆是一顿，颇有些不寒而栗。枢密院吏作风如何，官家怎会得知，分明是有人暗中探事。这斥完定要罚了，罚谁还用明说吗？以温澜的性格，私下报复那都头一点儿也不奇怪，只是没人能想到应在此处。

虽说温澜要走，可要点是，竟连枢密院也拿皇城司无可奈何了吗……

一时间，他们都噤了声，谁知道现在说的话会不会被记录下来送到官家案头。

好半晌，气氛才缓过来。

"吃酒吧，好歹是送走这瘟神了。"

"说起来，温祸害都要走了，也不怕被报复啊。你们猜他会去哪儿呢？"

"温祸害不是孤儿吗，陈伴伴又早已捐馆，他能去哪儿，难道日后不谋事了？"

陈伴伴指的便是前任勾当皇城司陈琦、陛下最宠信的内侍。他在任上时，皇城司三名勾当官只他独揽大权，前些年去世后，陛下还追赠了节度使，谥号"恪忠"。

温澜自小跟着恪忠公，后来还被收作义子，某些方面堪称青出于蓝胜于蓝。

这从皇城司出来的人，能上哪儿谋事还真不好说，特别是温澜得罪过的人可不少。叶青霄幸灾乐祸地道："管他去哪儿呢，反正去哪儿哪儿倒霉。"

刚说完，叶青霄便从窗口瞥见街面上的一人一马。

马是高头骏马，色白胜霜。人着一身月白色燕居服，发如鸦羽，眉眼秀丽，颜色十分好，更胜过街旁栽种的桃杏，人海中毫不费力便撞进叶青霄眼中，正是他们刚刚提及的温澜。

看路旁女子投在他身上的眼神，若非皇城司名声不好，温澜的美姿容怕是要更为闻名。早年他年纪尚幼，又无今时的气势，甚至有人编排过陈伴伴要叫他也去做内侍，可见其秀美。

可惜，此人的人性是不如颜色什一的！

叶青霄盯着温澜看的时候，温澜也似有感应，一抬首望了过来，抬眼时目如寒星，清凌凌似云岭积雪，十分颜色便更增光华了。

叶青霄来不及收回目光，心下略慌，转念想到他都离任了，索性定了定神，一脸嘲讽地俯视他。

其他人也发现了温澜的踪影，挤到窗口来指指点点地笑谈，恨不能将往日的怨气一吐而空。

"这便是此一时彼一时啊！"

"哈，温澜也有今天。"

楼上楼下，也不知温澜是否听清了，只见他微微歪头，唇角勾起，神色更为生动。阳光穿过摇曳的酒旗，在他脸上泛着淡淡的光华，却也无端透出些……恶意。

本是看热闹甚至带着嘲弄心思的人只觉浑身发寒，即便知道温澜已卸职，也在这般目光下生生腰软了，身子慢慢低下去，避开温澜的目光……

"喂，你们躲什么！"叶青霄气结，回头斥责同伴没胆气。

对哦，温澜都辞任了，还怕他做什么。众人讷讷不出于口。只是再一抬头时，温澜已然策马离去了，仅剩一抹背影，哪儿还有他们找回场子的机会。

叶青霄哼了一声，又气闷地重复那句话："去哪儿哪儿倒霉！"

二

那日吃完酒，叶青霄再没见过温澜。自他离任皇城司已经数月，其人仿佛凭空消失，有小道消息称他已离京，只是不知为何未与同僚、上官道别。

叶青霄遇到皇城司的人，聊了几句后察觉，大概是平日温澜折腾自己人也狠，对方提到温澜离开这事好像还有点儿欣喜——本是相看两厌的人，在这一点上倒是有了些默契。

可是叶青霄在起初的高兴劲儿过去后又觉得有些不快，到底温澜是自个儿溜的，没叫他出口气。

这口不快之气一压数月，这日叶青霄正值休沐，被打发带上几个家仆去驿站接人。

叶青霄的三叔叶谦在外任官多年，如今瓜期已届，磨勘期满，喜迁为京官，于近日回京。叶家祖母盼儿心切，叫孙子去迎一迎叔父。

出门前，叶青霄的母亲又提点他莫要失礼，言叶谦此番回来还带了新妇——叶谦原是鳏夫，半年前娶了任职地一寡妇徐氏。徐氏膝下还有个女儿，尚未出阁，也会一同上京，故此相迎时要注意有女眷。

叶谦在岳家成的亲，他的继室与继女叶青霄都未见过。不过徐氏之父徐景山也有功名在身，因叶谦欲续娶徐氏女，叶青霄的祖父便找到了徐景山所著的文章。叶青霄在祖父那里扫过几眼，观其文如睹其人，只觉徐先生才情富赡、品性澄淡，想必教养出来的子孙亦有沾馥。

叶青霄出门，恰好遇到二叔叶训回来，打了个照面。

"二叔。"叶青霄问了声好。

叶训耷拉着眼皮上下扫了他一眼，语气微妙地道："出城去？"又打量那几名家仆，默数后哼哼道，"只带五个人？呵呵。"

叶青霄故作不懂："祖母让我提前守着。"

家家有本难念的经，二叔、三叔不睦，他这个做小辈的怎好搭这话。

好在叶训也不指望叶青霄说出什么来，踱步离开了。他一想到老三续娶之妇既非名门望族又无万贯陪嫁，不过是个穷乡僻壤的寡妇，心中就有些暗自痛快。

叶青霄只在这里稍微耽搁一下，赶紧打马往城外去了。

叶家本是算好了脚程，叫叶青霄提前去候着，谁知他才到驿站，便见里头出来几辆车，打头一个仆从面孔熟悉，只一下他就辨认出是当年随三叔出门的管事。

那管事也依稀认出叶青霄，急急叫马夫催停了车。

"四少爷！"他欣喜地回头，"老爷，是四少爷！"

下一刻，叶谦撩帘出来，叶青霄也翻身下马，叔侄二人久别重逢，俱是激动不已。

叶谦受了侄儿拜见后，拉着他的手回忆旧容。上次他见到叶青霄时，这孩子还在治学，如今已辗转两个衙门，难怪沉稳许多。

叶青霄尚有疑惑："叔父怎么这么快就到了？我算着应当还有一日，如此倒是险些错过了。"

叶谦呵呵一笑，指了指他们的马车："其实我来时还耽搁了三四日，是我那女儿找到个巧匠，给马车的伏兔与当兔都改了形制，再将车轮包上革，使我们脚程大大加快，又更为稳当。"

如此听来，要不是叶谦先前耽搁，早便到了。

叶青霄仔细一看，顺着车轴放置的伏兔和外侧的当兔形制都与常用的有些改变，更加长，也更加坚固。似这般的改动，他上月在京中也看到了，是军匠首创，按理说不足一月，传不到章丘那么远的地方，难道是章丘那个匠人与其冥冥间神思相通？

不过这无非小小改动，念头一闪而过，叶青霄也未在意太多。

这时，马车上又下来一名妇人，体格纤巧，掀开帷帽后露出一张柔美的面庞，虽有一定年纪，却不失韵致，正是叶谦续娶的妻子徐菁。

叶青霄听说这位婶婶比三叔还年长一些，从外貌上倒是看不出来。

徐菁先前听到管事喊"四公子"，便先吩咐婢女去后面的车上请姑娘，随后才下了车来——他们相遇得突然，后头怕还不知道。

待徐菁走来，叶谦为她介绍："这是我大哥家的幼子青霄，当年荫补了主簿，又进士中第，如今在大理寺差遣。"

叶青霄忙呼"婶婶"。

徐菁温声应了，微微笑道："荫补授官后还能苦读登第，可见侄儿勤勉好学、卓尔不群。"

叶青霄辗转大名府与大理寺，也算练下一些眼力，这位新婶婶只三言两语，但柔和文雅，相处起来很轻松。还有就是，他虽不便直盯着婶婶看，扫过去却总觉得婶婶有些面熟，就和在哪里见过一般。

再看后面去通报的婢女所候着的车，帘子动了动，一只手将帘子拨开，那手指白皙纤长，指尖透着粉红，煞是好看，想是徐菁的女儿要下来了。

忽然听得一阵急促的铃声，他回过神来："马递。"

他们还在驿道上，这铃声是军士往来传送重要文书时才会摇响的，为的就是警示行车避开，以及提醒下一站交替之人提前准备。一听声儿，车夫赶紧将车挪开一些，只是好几个是章丘人，没应对过这样的局面，难免有些慌。

叶青霄见他们手忙脚乱，赶紧也上前搭把手。

马递疾如飞电地掠过驿道，后头那驾车不知何时到了近前，因为转弯太急，竟是有些不稳，向旁倾了倾。

徐菁的女儿先前便停住了没下来，这时车身一动，一只手猛然探出来扶着车门，身体也滑了出来，引得徐菁惊叫了一声。

仆从们急急扶车，叶青霄也下意识一手扶车，另一手想去托一把妹妹。只见一抹纤细身影跃下，无须叶青霄帮助，稳稳落地，头上戴着的紫罗帷帽并不影响她的动作，淡青色的提花罗裙裙摆被风吹动，荡不起多高便被腰间垂下的玉环压稳。

叶青霄稍稍一愣。

对方似乎对自己大胆的举止也有些不好意思，退一步轻声道："失礼了。"

这声音柔和绵软，带着一些南方腔调，甚是好听，只是叶青霄总觉得有几分熟悉。

大约和他相识的人音色相似吧，但他认识的人都没有这样绵软的言语。叶青霄迅速摇头。

"……小心些。"徐菁的语气说不上责难，只是有些微担忧，措辞更是含蓄。

叶谦则是不在意的样子，说不定还觉得不错："扬波，来认认，这是你四哥青霄。"

叶青霄心想，"冲风至兮水扬波"，与这新堂妹的性子倒是有些相符，绵软娴静之下又有些活泼。

"四哥。"扬波乖巧地行礼。

她手指正要去掀帷帽，管事却来道："老爷，车架都扶好了，并无损毁。这会儿风大了，咱们回去罢？"

叶谦想到久别的家与亲人，当即一点头："走吧，快些回去。"

于是扬波的手缩了回去。

这一瞬，叶青霄竟油然生出一点儿失望。

改制过伏兔与当兔的车架比起旧式样果然更快更稳，未时已到了皇城。一国之都的繁华岂是章丘可比，都城峨峨，往来商客摩肩接踵，面面酒旗招摇风中，宛如波涛般起伏。

徐菁是头一次来京师，叶谦那车的帘子便掀开了。从章丘带来的仆婢更是不由自主左右张望，管事连忙约束，叫他们收心，免得撞了车。

倒是扬波的车帘纹丝不动，许是累了，连京师热闹也顾不上看。

进了皇城后，叶青霄就打发家仆飞奔回去报信，待他们抵家时，已是府门大开。

仆婢们将箱笼行李抬进去，叶谦风尘仆仆，却是要先携妻子去拜见高堂，徐菁也有些紧张，在车上便简单拾掇了一下。

进门后，叶青霄便时常去瞥扬波，这都进家门了，怎么还不摘下帷帽？

扬波觉察到视线，头侧了侧。

叶青霄讪讪一笑："这个，在家中了……"他说着也没法续下去了，总觉得那话虽然没什么不对，说出来却有点儿怪。

扬波领会了他的意思，轻声道："四哥，我摘了帷帽可好？"

叶青霄一时没琢磨出来为什么要问他的意见，甚至觉得扬波的话语中带了一点儿莫名的笑意，只下意识地答道："啊？好……"

扬波脚步未停，只轻轻一抬手摘去了帷帽，紫罗随着动作飘起，却再也遮挡不住容颜。

这确实是一张极为秀美的面庞，她有一双瞳色稍浅的眼眸，淡漠处宛如含着积雪，淡红的嘴唇犹带一抹笑意，令五官越发出彩。

叶青霄竟是心先怦怦猛跳了两下，心魂一荡，然后才猛然发觉不对，将眼前人与某个名号对应上，霎时间惊恐的叫声几乎脱口而出。这漂亮而熟悉的五官分明属于一个他讨厌极了、已经消失数月的人物，只是对方从未这般打扮过，所以他愣是用了半晌才反应过来，不敢置信地自问："这是温澜吧？这就是温澜吧？！"

叶青霄眼前一黑，数月前判温澜的那句话如在耳畔回荡——去哪儿哪儿倒霉。

三

"祖父，祖母。"扬波屈膝俯首为礼，落落大方。

她上首是叶家的大家长、叶谦之父叶致铭。老爷子早年进士及第后得陛下嘉许，辗转姑苏、江陵等地为官，可惜身体不佳，以刑部侍郎致仕，宦途到此为止。此刻他半躺在榻上，一旁侧坐着的则是老夫人苗氏。

叶家是诗礼簪缨之族，自然不会对继女冷眼相待。老夫人早知道儿子还会带个继女回来，叫人在京中的头面铺打了时兴的首饰准备送她，眼下看到扬波生得雪肤玉貌，与其母仪态上也半点儿没有担忧中地方上的小家子气，东西送得就更舒心了。

叶谦这个继室是他自己休沐时偶遇，尔后求娶的，家境普通，资妆也不丰厚。好在老爷子隐退后以养生为主，为人也开明，老夫人更是怜爱儿子这些年身边一直没人照顾，只要他喜欢便好。现在唯一的一点儿忧虑也没了，自然心下舒坦。

但老夫人心里也有一丝疑惑。她打发孙子去接人，叶青霄回来后却垂手站在一旁，一副神游天外的模样，眉头微皱，不似平日的开朗。不过眼下正是母子团圆，老夫人也没多想，只觉大约法寺里有什么难判的案卷。

叶致铭咳嗽一声，老夫人立时默契地明白了意思，道："青霄再去盯着你叔叔院子里打扫完没有，没料想他提前回来，好在前两日便开始清理了。谦儿和他爹多说说话，我带谦儿媳妇和扬波去看看那副首饰。"

叶青霄呆了一下才应"是"，匆匆而去。

屋里只剩下叶致铭和叶谦父子。

叶谦在榻边坐下，小声道："父亲，我打算明日便去考课院找同年叙一叙，看能不能打听出来到底是怎么回事。"

这一次磨勘，叶谦原本看准的是另一个位置，家里也给他打点好了，谁知调令下来，一下迁到了京中，很快要去大名府任推官。有了这么一个资历，甚至得了赏识，再放到州府上去谋个通判也不是不可能，简直像是天上砸了个馅饼下来。

叶致铭方才说了许多话，已经有些没力气，虚软地道："考课院的人怕也不知道什么，你这几日莫要出府会客，沉下心来等等，应该很快就会知道为什么了。"

叶致铭宦海沉浮多年，虽然卧床已久，不问世事，对官场变动仍然有着敏锐的感知。他一听到消息便觉得这件事来得太过惊喜，就像有什么人在背后推动一般。

父子两人就此事絮絮低语起来。

另一面，老夫人带着徐菁和扬波去看了首饰。同是女子，她自然体谅徐菁还要梳洗，晚些得会见一大家子，便让人引她们去叶致铭的院子里了。

徐菁归置箱笼，听叶谦手下的老人介绍之际，扬波也进了自己的房间。她此番只从章丘带了一个贴身婢女来，不过十四五岁，名唤虹玉。

"我去给姑娘要茶喝。"虹玉跑到外头找婆子要茶。

"不知姑娘喜欢喝什么茶？"婆子殷勤问道。新妇与姑娘在大家心中还很神秘，不过向来从喜好上便能推测几分为人。

虹玉想了想："我们姑娘没有特别爱喝的茶，你捡团茶煮就行，没有的话散茶也行。"

婆子愣了愣，心里犯嘀咕，这还贴身婢女，怎一点儿也不了解主子，还没有团茶散茶也行，散茶能是他们这般人家吃的吗？其实就是团茶也有些露怯了……还是小地方来的呀，细处便显出来了。

不过这倒是好伺候。她想着又看了虹玉几眼，徐菁身边跟着的婢女看着都稳重得很，这个小丫头却脸嫩得很，也不像经过事的。就这还是姑娘唯一的贴身婢女，也不知怎么选上的。百思不得其解，婆子也只得去找些团茶。

虹玉回去之后，心里还真有点儿反省，对扬波道："姑娘，您喜欢喝什么茶呀？"

扬波淡淡道："有什么便喝什么，随意。"

"方才我说姑娘没什么特别爱喝的，外面的婆子还很惊讶地看我呢。"虹玉一下松了口气，不好意思地道，"我一想，跟了姑娘两个月，也不知道姑娘喜欢喝什么。"

这真是最好的主子了。她现在还记得，当时姑娘选人只问了问各人的名字，说今日有虹霓，她名字里又有虹，就选了她。伺候姑娘的日子十分轻松，虹玉记得自己好几次做事时睡着了，姑娘也没说什么。

"你把这些整理好，我去母亲那儿。"扬波并不在意这点儿小事，吩咐虹玉整理她的私物便出去了，出门才几步就被人一把拉到角落——她屋边就有小方塘，旁有假山石与芭蕉叶，折角处打外头看不到。

叶青霄警惕地探头看了看，四下没人，缩回来又瞧了"扬波"几眼，差点儿没气死。他可是有一腔怒火要发泄，先时在祖父祖母房中，他几乎用尽了毕生的克制力才没当场揪住对方的领子……

扬波回房后换了条方胜纹茜红旋裙，整个人更为光艳，这样的距离，还能嗅到她身上清幽的花露香。可"扬波"愈是眼波盈盈，叶青霄就愈是觉得眼睛都疼起来了。他竟然真以为温澜辞任了！他就说章丘的工匠怎么和京师的军匠想法那么一致，把伏兔和当兔改得一模一样。

看到温澜以女装"扬波"的身份出现，叶青霄心中只有一个想法——温澜一定是变服探察中！

这都是皇城司的老把戏了，他们的察子到处探事，不可能光明正大穿着衙门装束，许多场合都得变服，扮什么的都有。只是没想到温澜这么豁得出，连女装都肯扮。

也是，这可是温大祸害，不但肯扮、敢扮，而且不得不承认，他扮得还特别好……

叶青霄的脸色又绿了几分，难怪后来温澜古怪地问他要不要摘帷帽，怕是在看他笑话吧。搁平日，他若知道温澜扮女装，一定只想看笑话，现在闹笑话的却是他自己了。

最令叶青霄忌惮的是，以温澜的地位，竟然需要变服探察，这得是冲着什么来的？他家惹上什么大事了吗？

在家人面前，叶青霄不敢揭穿温澜的身份，现在却是忍不住了，咬牙问道："你……你装女的到我家来干什么？"

他心底还有些紧张，任谁发现家里有皇城司的暗探，都会忍不住胡思乱想吧？还要反复回想自己家里会有什么人可能犯事，这李代桃僵、扮作女装，分明是要深入内院啊！

不对，这真的是李代桃僵吗？徐菁是被胁迫换了女儿，还是她根本也是皇城司的人？

温澜比叶青霄稍矮一些，她微微抬头看了叶青霄一眼。听到叶青霄指认她"装女人"的那一瞬间，她心里是有些错愕甚至想笑的。以她如此毫无破绽的装扮，也不知叶青霄是如何理解的。不过，被叶青霄认出来早在温澜的预料之中，只是起初她没想到这样还能瞒下自己的性别，看来叶青霄对她是男子一事深信不疑。

温澜伸手掸了掸叶青霄肩上的柳絮，仍用那现练出来的章丘口音绵软道："四哥家数代忠良，无须多虑，不过借住一阵罢了。"

这还是叶青霄见到"扬波"真容后第一次认真听她说话，且距离实在有些近了，无论是红嫩的唇色还是浅淡清澈的眼眸，都令他浑身一抖，吓得往后退了一大步。"扬波"赏心悦目是赏心悦目，但知道这是温澜后，她这绵软的样子就令叶青霄不寒而栗，直想当场昏死过去。她原本动人心弦的章丘口音也成了恶咒一般。

"说话算话！"叶青霄慌慌张张后退着走，差点儿绊到土块摔倒。

他好歹和温澜打过那么久交道，听她这么说大约真的没事，就算有个什么，他们家也不会是重头。当然，即便温澜只是"借住"在此……叶青霄心中哀号一声，这大祸害啊！凭这副装扮，其他人不知道，反正他是有得受了。

温澜看着叶青霄的背影，不在意地笑了笑。

叶青霄实在多虑了，他大概想不到，徐菁不是什么探子，就是她的亲生母亲，不过她幼时被拐，在皇城司多年后才查到生身父母，知悉父亲已经去世，只剩下母亲。在那个展现未来的梦里，她曾经不大愿意母亲嫁入叶家。因为身在皇城司，她也始终没有公开与母亲的关系。但是后来赵理谋反，京师大乱，若不是叶谦，母亲怕是也要遭逢不幸。

不过现在，她不会让那个梦有成真的机会。

叶青霄跌跌撞撞的身影尚在眼前，温澜眯了眯眼，扬声道："四哥，小心些！"

大夏天的，叶青霄竟然感到一阵恶寒，身形猛然摇晃了一下。

四

吃饭之前，徐菁犹自有些焦虑地和温澜重复叶家的情况。这些都是她从叶谦以及他带去的老家人口中得知的。

叶老爷子与老夫人苗氏膝下一共有三子两女，两个女儿都出嫁了。

长子叶诞，便是叶青霄的父亲，也是叶致铭最为倚重的儿子，如今任盐铁副使。除了叶青霄，他还有两子一女。

末子便是叶谦，刚调回京，原配夫人在京时便病逝，只有个女儿，已远嫁了。

次子叶训，前些日子刚升了枢密院的副承旨，与夫人育有两子两女。

叶家人口简单，饶是如此内里也有些矛盾。叶训和叶谦虽是一奶同胞，却脾性不和，后来因为家里荫官的名额更是把不快摆在了台面上。早前叶谦便提醒过徐菁了，言二哥二嫂恐有为难，要小心应对。

"今日才是头一次见面，况且公婆、你继父皆在。可是日后……"徐菁说着小心看了扬波一眼。

温扬波，也就是温澜正在喝茶，专心致志得如同有了什么研究，只是一只脚跷起来的姿势对女子来说随意过头了，即便同一身装扮，气质也与她在叶老爷子和老夫人面前时全然不同。她对于徐菁的话没什么反应，就像没听进去一般。

徐菁顿了一下才有些忐忑地道："无论如何，家和万事兴。"

她对女儿有愧。扬波这些年的遭遇，她了解得也很模糊，追问不出详尽。而这个模糊内容，别说叶谦，她连自己的父亲也没敢透露。虽然扬波在她面前多是随意的，但出于一个母亲的直觉，以及这数月相处下来的种种细节，她能感觉到女儿的不同寻常。因此即便女儿回到身边数月了，她还是不大安心。这么说吧，倘若叶训夫妇对她有什么为难之处，她竟然更担心对方。

"家和万事兴。"温澜重复一遍，点了点头，站起身来扶着徐菁的肩膀将她按下来，"说得不错，母亲宽心吧，叶家爷伯都是当代名宦，定然也知道这个道理。"

徐菁又仔细想了一下，觉得也是，叶训到底还是京官，她的担心许是有点儿可笑了，女儿只是流落在外，比较干练吧。

"对了，娘，上次我同你说京师有朋友可以帮忙置业，已经办妥了。"温澜摸出一个鼓鼓囊囊的大锦囊，里头折了厚厚一叠契书，"你收起来锁好。"

还在章丘时，温澜就和徐菁说把她的压箱钱都换成官交子，在京师置办产业，如此有些生息，钱能生钱，又说她有可靠的朋友，看到合适的铺子、地可以先买了，回头再把银钱给朋友。徐菁的父亲也有些铺子，但她对经营只是略懂，起初有些犹豫，可同女儿聊起，不知不觉竟被说服了，自己事后都有些迷糊。

饶是如此，此时听说真的买了回来，徐菁还是惊了："这是何时送来的……你这朋友真是，钱都还在咱们手里，契书他就放心拿来了？"她一捏那契书，脸色一变，"怎么这样多？"

她那些钱怎么够买这么多产业？行当、地段就不必提了，京师地价何等贵，她听叶谦提过，有些小官吏的俸禄都买不上住房，为官几十年只得租房或是买个窄小的院落。

"我这些年也有点儿积蓄，拿了一些出来给娘添妆。"温澜轻描淡写地道。

这些年她自己置下些许私产，义父也留了些，加起来颇为可观。原来是孤家寡人，现在有了亲人，赠一些给母亲无可厚非。况且京师百物贵，居大不易，叶家是大户人家不错，徐菁却是做人儿媳。本朝婚嫁极为重视聘金、资妆多少，无论是普通人家还是达官贵人，娶妇先问资妆几何。新妇嫁妆丰厚才有底气，与其担忧同姑嫂如何相处，不若自己多些产

014

业。再者说，她没工夫时时盯着，直接送钱倒好些，小事自然有人为徐菁打算。

徐菁急了，把契书都塞回去："不行，娘不能要。你自己的你拿回去。"

她对扬波只有生恩，多年来并未养育扬波，已是亏欠，哪儿还有反过来让女儿给自己添妆的道理。

"原本子女名下也不该有私产，再有便是我在京师还有些仇家，现下回家了，商铺、田地在手里不大方便，您当是先帮我收下，也免得日后被人抓住把柄。"温澜不疾不徐地说。

虽然她说得平淡，徐菁那颗心却一下提起来了，什么样的人才能有仇家啊？又是什么样的仇，还会追查她、盯着她？徐菁愈加对女儿这些年的遭遇心疼。

"……那我替你收着，日后你嫁人了再给你，就当是在我这儿转个手，这别人总没话说了。"徐菁深吸一口气，仔仔细细把契书全都看过后亲自收好了。

为了迎接叶谦夫妇回京，一家今日都在老爷子那里哺食。徐菁特意换了稳重的葵花纹石青色半臂与襦裙。

徐菁初来，去得最早，先陪老夫人说了会儿话。随后来的便是叶训一房。她仔细看，叶训与丈夫叶谦有五六分相似，但留着长须，容长脸；叶训的夫人白氏穿着瑞草云鹤的墨青色大袖衣与豆绿襦裙，头发梳得油光水亮。

两人眼神对上，白氏先是打量了徐菁一圈，才笑着开口："这就是弟妹吧，总算盼到你们回来了，老太太每日都念着，一路上舟车劳顿的，辛苦了。"

徐菁觉得并非自己早知道两房关系不善生出的错觉，而是二嫂的眼神确实叫她不舒服，但白氏说话挑不出毛病，她也只能低头行礼，权当没感觉到白氏的恶意："见过二哥、二嫂。正是想到家人都惦记着，我们也是赶着回来，险些同青霄错过。"

温澜的眼神落在叶谦和叶训身上，饶有兴味地看到这对兄弟眼神只稍一接触便立刻分开，然后一个皮笑肉不笑地喊了声"二哥"，另一个也不温不火地回了句"三弟"，连一句寒暄也没有。

一旁的老爷子和老夫人似乎都习惯了，也不抱什么叫他们兄友弟恭的念头，大约觉得表面上过得去就行，这已经比早年好多了。

长辈们见完礼，就轮到晚辈了。

叶训家的小儿子叶青云今年十四岁，正在学舍进学，不知道今日叶谦提前回来，且学业繁忙，赶不及回家。大儿子叶青雪昨日便到外头办差事去了，也不在。另外两个女儿则一并来了，长女叶青霁十四岁，与叶青云是双生姐弟，小女叶青雯才十岁。

叶谦和徐菁这边只温澜一个，最为年长。

叶训这两个女儿年纪都小，叶谦离开京师时她们才几岁罢了，大人也不会在孩子面前提那些，顶多知道两房并不亲热罢了，此时见了说话带着绵软章丘口音的徐菁与扬波姐姐，只觉面貌和善好看，令人心生好感，一时多了几分亲近。

白氏看在眼里却不太开心。原来想着这母女两个从章丘来，没见过什么世面，恐怕一身小家子气，尤其徐氏的女儿，听说二十出头了还未出嫁，也不知何故。谁知全然不是那么回事，徐氏还有些许拘谨，但扬波生得秀丽貌美，肤如凝脂，走路时裙幅上的褶几乎纹丝不动，举止规整得很，目不旁视又自然大方，倒显得她家女儿落了下风。

白氏心道，回去非要给青霁多灌几剂养肤的药。

环视一圈白氏更惊，她发现丈夫也在若有似无地偷偷打量徐氏的女儿，立刻暗里掐了掐他腰上的肉，报以质疑的眼神——这算怎么回事，盯着弟弟的继女看？

叶训吃痛，一下回过神来，委屈地瞪了妻子一眼。他倒不是看扬波美貌，而是觉得有几分面熟，却怎么也想不起来。

叶训这个副承旨是不时要待立御前的，只是他前几个月才迁去，只远远见过温澜两面，依稀有个印象罢了。因此温澜现在这个装扮，他只觉得眼熟，却一点儿想不起自己见过。

"三弟和弟妹回来，院里人手不够，晚些我再让人带些仆婢去给弟妹挑选。你打章丘来，各处若有不习惯的，只管和我说。"白氏打点心神，重新挂上笑容。

徐菁的笑容中露出一点儿疑惑，不知白氏为何这么说。

"哦，"白氏若无其事地道，"大嫂这两年身体不大好，一直卧床休养，管家的事儿便交给了我。"

叶谦便是和家中通信，也不会关心到这些事，因此他也不知道家里已是白氏在主持中馈。他这二嫂可不是什么心胸宽广之辈。

"这家具嘛，原先的已陈旧了，我做主先让送了一套杨木的抵用，想必弟妹也看到了，回头再专门打一套，还望见谅啊。"白氏貌似歉意地道。

徐菁垂目道："……二嫂费心了。"

白氏此话也不知有没有深意，毕竟新妇多是自带整套家伙什，徐菁来时箱笼少得很。其实她在娘家时原本也准备了家具木器，谁知里头好多不慎让虫蛀了，又赶着上京，无奈之下，只想着来京师后再打。且她那些木器也不过小叶杨木所制，价廉易得，说不定还不如叶家暂用的那套。

徐菁还真未想到自己如今资妆已与从前大不相同，仍觉得那些都是扬波的。

白氏心内又高涨了起来，抚了抚衣袖笑而不语。

连带着叶训心里也挺痛快。他和叶谦争这个比那个，这一次叶谦续娶的妻子除了颜色、家世、嫁妆各处都不如人。

温澜本欲开口，掂量一下却是暗暗觑向叶谦。

叶谦也未辜负她，咳嗽一声，道："没料到今年能回京，劳烦家里人为我们忙碌了，尤其是二哥现在公务也繁忙，枢密院仍在整治吧，二嫂照料二哥，还要顾及我们这边。"要阴阳怪气说话谁不会！

前几月陛下斥责枢密院吏不肃，整个枢密院为之一震，这些时日以来仍然提心吊胆，叶训当时刚上任不久，因为遗留下来的吏员行事也吃了挂落儿。叶谦一提起这个，便轮到叶训心情不好了，连带着白氏也不敢再说什么。

"好了，"老爷子年纪一大把，什么不知道，只是这么多年烦腻了，还不够他养病的呢，此刻懒得听，便转移了话题，"老大怎么还没来？就差他们了，霁姐儿几个到外间看看。"

"是，祖父。"青霁姐妹站起来，才迈出一步，就见小青雯侧身去牵温澜的手："扬波姐姐，咱们走。"

叶老爷子只说霁姐儿几个，温澜去不去都说得过去，只是小青雯心思单纯，喜爱这位扬波姐姐。

温澜微微一笑，果真起身同叶青雯走了。

姐妹几个在一处，确实也赏心悦目。

叶青霄满腹心事地往祖父母院子走。他心里惦记的还是温澜这王八蛋，有这样一个人在家里，即便温澜自称没太大干系，他也有种寝食难安之感。偏偏父亲到现在还未放衙，让他顾忌心中的忌惮，不知找谁商量。

叶青霄心烦意乱，安慰自己给温澜一点点信任，他的人品可能也没有那么差。

此时已到了地方，听得人脆生生喊了一声"四哥"，叶青霄抬头看去。长廊下，温澜仍是一身女装，微风轻拂，几缕青丝便缠绵在他颊边，婷婷袅袅。二叔家的青霁妹妹则亲热地挽着温澜，笑语盈盈，温澜看青霁妹妹的眼神也极为温柔，还有个小青雯依偎在旁。在叶青霄眼里，简直就和一家三口似的。

叶青霄："！！！"

他就不该相信这家伙！

狗贼！快放开他妹妹啊！！！

"四哥，你脸色好难看，是身子不舒服吗？"叶青霁被叶青霄那样儿吓了一跳，一时放开温澜的手迎了上去。

"是啊，不大舒服。"叶青霄僵着面道，听青霁问他要不要请大夫，忙又说，"哎，现在又好一些了，可能是没睡好。你们出来做什么？"

"祖母见大伯、大伯母还未来，叫我们看看。"叶青霁见叶青霄脸色逐渐恢复，也就放心一些了，极为纯真地回首一看温澜，"对了，扬波姐姐你是见过的吧？"

"见过。"叶青霄含糊应了一句，见她要去拉温澜的手，吓得赶紧拽了拽她的袖子，"走，回去吧，我爹还没放衙，我娘喝完药就来了。"

他警惕地站在妹妹和温澜之间，将她们隔开。

叶青霁看着四哥有点儿说不出来的怪，只能依他说的往回走。

温澜漫不经心一抬手，叶青霄就紧张地也把手伸出去挡，引得青霁几个都直直看过来。他险些拍开温澜的手便僵在半空中，干巴巴地道："咦，扬波……妹妹，袖子上好像有尘土。"

"谢谢四哥，我自己拍拍。"温澜又慢吞吞把手缩了回去，拍打一下袖子。

叶青霄："……"

为什么他觉得温澜是故意的？！

叶青雯年幼不懂事，叶青霁却在一旁暗自纳闷，四哥的确不对劲，怎么偏偏挡在她们几个女孩子中间，对扬波姐姐的关注也过了点儿。她有个不敢深思的想法，又觉得四哥不至于如此痴吧。

叶诞到底也没赶回来，盐铁事务繁忙，他竟脱不开身，只让人捎话回家。

大夫人蓝氏病体缠绵，也拖着来见了一面。蓝氏最初是得了温病，热邪内陷，可惜没用对药，一度昏迷不醒，好不容易救回来却伤了根本，越发易病，只好用人参养着，平日不敢耗费精神，是以管家的事才交给了白氏。徐菁小心同她说了几句话，就见大嫂气喘吁吁，再没精神开口。

叶青霄的两个哥哥叶青霜、叶青雷，并妹妹叶青霂也随母亲一并到了。叶青霜和叶青雷如今一个在大名府，一个在国子监，只是都不像叶青霄进士出身，很难熬上去。叶青霂十六岁，已定了亲，来年便要出嫁。

饭后，老爷子按照从道士那里学的养生法子自去练气了，老夫人拉着小孙女问问吃用。

白氏闲话了几句，目光落在叶青霂身上，想到这个侄女向来心高气傲，便笑笑道："我今日看到扬波就很喜欢，真是举止娴雅、秀外慧中，听说袖子上的缠枝莲花也是自己绣的，好看得紧，我在京中也没见过这样的手艺。青霂，你们年纪没差多少，合该好好亲近，你不是正在绣嫁衣吗，也可以和扬波讨教讨教啊。"

叶青霖心里清楚，二婶这话是挑事呢。但她瞥了一眼扬波袖子上的刺绣，还是不自觉挑起刺来。蓝氏绣工了得，悉数传给了她，缂丝、刺绣是无一不精的，可她琢磨了半晌，竟发现没什么大的错处，甚至从样式到绣工都很出挑，细密淡雅，晕色自然，以她的眼光来看也属上品。

徐菁道："我们初来京师，应该是扬波多和青霖请教一下时兴什么样的花式。"

叶青霖脸上淡淡的，心里却不大痛快。她心思细腻，听了这话反而有点儿计较，起了一较高下的心："可以啊，扬波姐姐休息好了，到我房里来一同做绣活儿吧。"

温澜也腼腆道："好啊，那就叨扰霖姐儿了。"

不远处的叶青霄一个劲儿偷偷朝温澜使眼色，眼皮都快抽筋了，却一点儿回应也没收到，反而看到温澜"腼腆"的样子，脸都白了。

回去的路上，叶青霄拉着叶青霖小声嘱咐："霖姐儿，别叫扬波去你房里刺绣！"

叶青霖"哦"了一声："那我去扬波房里。"

"不行。"叶青霄急道，"你就不能一心绣自己的嫁妆吗，搞这么多没用的做什么？"

还非得在一起绣，这是什么毛病？！

换作平时，他肯定能理解女孩子凑在一处玩笑，但温澜那家伙怎么可能会刺绣，他的绣品绝对是有人代工，这孤男寡女待在一个房间像什么话！再说了，温澜那小心眼，若是不会刺绣的事被妹妹拆穿，再被妹妹嘲笑，恼羞成怒之下会对妹妹做什么……叶青霄越想越觉得可怕！

叶青霖听了，却以为哥哥了解自己的脾性，知道她存着要一较高下的心，因此才阻拦，噘了噘嘴道："我偏要，哥哥难不成觉得我绣得不如她吗？"

"谁跟你说这个。"叶青霄又不便直言，想想只好断然道，"扬波刚来京师，你别为难人家。我会和娘说的，你就别费心了。"

叶青霖难以置信地看他，心里话都写在脸上了——你到底是谁的亲哥哥？

五

白氏身边的赵婆子带了些人到三房院里来，要给徐菁母女挑选。

温澜身边只有一个小虹玉而已，她也随意，放手让虹玉去选。

赵婆子使了个眼色，几个丫鬟里便有人对虹玉一笑。

虹玉本就是小孩心性，看这个姐姐对自己笑，长得也可亲，糊里糊涂问了几句针线，感觉口齿伶俐，针线也不错，便选下了。

虹玉选回来的人，温澜只看了一眼，徐菁倒是不放心地问了两句。能进叶家当差，也不会太差，至于心是不是向着白氏的……徐菁一想都这般了，还有什么办法，心里有数小心些便是。

温澜依着虹玉的名字给新进来的仆婢起名，头一个选的女孩便叫"移玉"。

徐菁小声和温澜说这个移玉看眼神就是机灵的，而且和赵婆子关系很好。

"机灵些正好提点虹玉，彼此有个帮衬。"温澜不以为意。

徐菁也不去担忧了，扬波怎会拿捏不住这小丫头。

赵婆子这边刚伺候挑选完人，尚未回去，就见门房来报，说是外头有人要见他们东家叶家三夫人，名帖上姓名是"杨魁"。她心道新妇今日才到府上，怎就有人找，还是找"东家"，可指名道姓找叶家三夫人，也不可能找的是头先那个死鬼啊。她脚步不由得慢了下来，假作提点留下来的仆婢，也不急着回去。

徐菁头先想说是不是找错人了，忽而觉得这名字耳熟，猛然想起好似是扬波给的契书上有这名字，转头一看扬波，就见她也微微颔首。

"是找我的。"徐菁按下心中情绪，不露声色地让人带到前厅去。

赵婆子不走，徐菁便也不赶她，只见杨魁后头还跟着好些家中的青壮下人，抬着罗汉床、灯挂椅、凭几、连橱、木箱等家具木器进来，多是楠木的，也有紫檀木。

有人扛着小桌从赵婆子面前经过。小桌腿足高高翘起，她便看得清清楚楚。楠木的淡香萦绕，纹理细腻，微微泛紫，还是做的花腿，牙条与桌腿连为一体，花叶雕花细致秀丽。这些木器，雕花、异形一个不少，云头、卷叶、弯足各式各样，工艺极为细致，有点儿南方的轻夸之风，又毫无俗气，甚至颇具气度。

这杨魁是个面白无须的中年男子。这么些东西，他自不是一个人来的，只是叶家不敢放这么多外人进来，便自个儿接手了。杨魁的目光在厅内转了一圈，落在上首的徐菁身上："在下是东升记掌柜，您可是咱们东家叶家三夫人？"

徐菁忍住没看扬波，点头称是。

"原该待夫人安顿好，择日再来问好，只是这套木器得早些送来，也免得夫人不便啊。"杨魁笑眯眯地道，"咱们东升记经营的就是木料，这些全是上好的楠木，另有几个大件儿是紫檀木。知道您要在京师置办后，我便从名匠那儿收了过来。"

像这般的整套木器，用料贵，耗时久，工匠肯定不会随意打造，搁着不知多久能卖出去，可她原先的木器也就是上个月才损毁。杨魁轻轻松松说收了过来，也不知其中有什么渊源。不过东升记既然是买卖木材的，必然别有别人没有的路子。

这样多东西，原本是有些繁杂，虹玉也只知道站在身旁犯傻，她都不知道夫人还是啥铺子的东家哩。反倒是移玉安排自己院里的人把东西都归置好了，将那些才搬进来没多久的杨木家具又清了出来。

徐菁对赵婆子道："如此……这些就请二嫂收回库房吧。你替我向二嫂道个歉，我也不知道木器准备得这样快，让她白忙了。"

赵婆子讪讪点头。不是说三夫人没什么资妆吗，敢情是误传，人家不过没千里迢迢带木器来。只是如此一来，反倒显出她家夫人的笑话了。她又忍不住舔了舔下唇，说道："这楠木细腻，花式也好看得很，打这么一套，少说也要三百贯吧？"

杨魁昂首道："匠作便不说了，这原料是从川蜀深山里运出来的百年好楠木，看看这料子多温润，胡商出到五百贯也不卖的！"

赵婆子抽了口气，五百贯！而且这五百贯是杨掌柜殷勤送来的，他那生意一年进息怕也低不到哪儿去吧！

徐菁笑笑没说话，其实心里也吓了一跳。她虽知道楠木价贵，却不知具体能卖几何，听到这数字，心尖儿都一颤。

待杨魁和赵婆子都走了，院里仆婢的心里还在翻腾，他们的心情也算是峰回路转了——白日还有人传三夫人家境贫寒、嫁妆单薄，连茶砖都没见过，谁想这会儿便让他们开了眼界。

"姑娘，这居然要五百贯不止！够我多少年月钱啦！"虹玉小脸红扑扑的。

温澜小声低语了几句。

虹玉一时没忍住，脱口而出："什么，夫人有十万贯压箱钱啊？"

院内顿时鸦雀无声。

"……"徐菁都不知自己是什么样的表情，她瞪着扬波，只觉扬波是故意的，转而心底又感触，女儿这分明就是为她打算。嫁妆可没有财不露白这一说，张扬出去，纵然她家世与叶家不般配，凭这十万贯，在京师也没人能闲话一句薄厚。

只是，这又叫她如何安享……

多亏白氏给三房院里塞了好几个尖嘴生，还未到第二日，三房发生的事便几乎传遍叶家。还有人打听到，三夫人轻车简从，看似没带什么嫁妆，其实是大部分钱都拿来在京师买铺子与地了，实实在在，做不了假，来日必然还有更多杨掌柜那样的人登门拜见新东家。

白氏听说后气得往叶训身上扔杯子："不是你说她嫁妆单薄的？现在好了，我面皮要不要了！"

叶训也怒："难道只我一个人说吗？老三和家里通信时就这么说的，我看他一定是故意的！好啊，难怪他那么多年没续弦，这会儿却娶了个寡妇，原来徐氏嫁妆那么多！"别说老三，哪个听到这数字不会心动？

然则被他们责难的老三现时也呆愣得很，怎么一时半会儿的工夫，他娘子就家财万贯了？他竟然还偷听到有人胡说，说三老爷根本就是冲着嫁妆娶的三夫人！

本朝女子和离了能分家财，娘家无后也能继承部分，倘若是个富家寡妇，那更是坐享家产。莫说叶谦只是大名府推官，这上到当朝宰执，下到平头小民，为了钱财迎娶寡妇，甚至当起接脚夫的都大有人在。

三夫人携了十万贯资妆的事一传出去，他人立时理解叶谦为什么会娶一个平民寡妇了，而且私底下议论纷纷，说什么的都有。还算叶谦平日为人正直，才没有恶意揣度，说他要谋取徐菁财物的。

不错，说他看在徐菁豪富方才求娶，已经是较为中听的言辞了。

叶谦满腹委屈说不出，回去质问徐菁："夫人有万贯家财，为何先时死死瞒着我，还假称资妆单薄？若是心有猜疑，我可以指天发誓，我叶谦确确实实不知道夫人有如此多嫁妆，我真的就是踏春时看了夫人一眼，心生爱慕才求娶的！"

徐菁的父亲名下也有商铺，叶谦一时没想到那么多，只以为钱是徐父给的，只是家中人丁单薄，怕人觊觎，藏富而已。

徐菁先是惊愕无语，待听他说起踏春时一见钟情，面颊都红了："老爷，不是这样。"

叶谦还在自陈心迹："外人闲言碎语，我立身正不怕，唯恐夫人你也误会。你若不信，我们可以找林主簿对质，他那时与我同行。我见了夫人便同他说，若夫人并无夫家，我必求娶！"

徐菁目瞪口呆，没想到叶谦还有如此放浪的一面，她强忍着羞窘道："那些钱，是扬波放在我这儿的。"

叶谦："嗯？"

徐菁此前对叶谦只是宣称扬波幼时身体弱，险些夭折，因此除去名字寄养在寺庙中，一直到过了生死劫难才接回来，相关文书手续还是扬波补齐的——徐菁一定要将扬波带到京师，除却母女分别多年，更是不希望留在章丘被揭破。此时也只能从这个谎言上再找补，她半真半假地道："扬波很有经商之才，起先在庙会做些小买卖，后来慢慢做大了。这钱财是她隐匿下来的，毕竟身份不便外露，外祖家无男丁，也不愿留给过继子，如今又要赠予我做嫁妆。可我怎么能收，只想着待她出嫁了一并给她。相公，你知道此事，可千万不能对外说。"

叶谦半晌才回神，一脸尴尬："是扬波的啊……竟然是扬波的……呵呵，我就说，扬波这孩子怎如此干练。早先在章丘我便觉得，扬波若是男孩儿，一定要叫他去考科举的。"他瞄了徐菁一眼，见徐菁也不好意思着，反倒松快了些，感叹道，"世上奇人何其之多，纵然身为女子，才略也不输他人。古有巴寡妇、吕妇，今有吾家扬波。"

再说温澜来叶家那日，夜里月上柳梢了，叶诞方才回来。

因家中现有个皇城司的大祸害，叶青霄不敢声张，连他娘也不叫知道，偷偷去敲他爹的门。此事他不便四处宣扬，又不得憋着一个人知晓。

"你这鬼鬼祟祟的像什么样子？"叶诞皱眉呵斥。

"嘘，爹，小心察子。"叶青霄竖起一根手指。

原本昂首挺胸训斥儿子的叶诞立刻面色一紧，放低了声音："什么？"

叶诞好歹也是盐铁副使，听见"察子"二字，面色也为之一变，可见皇城司密探遍布，使人惴恐。

"今日我去接三叔，三婶带了个女儿过来您是知道的，可我见了面却发现那分明是原来皇城司的祸……温澜，就是陈琦的义子！"

叶青霄这句话里包含的意思有些复杂，叶诞白日办公耗费心神，竟想了好一会儿什么叫三婶的女儿原来是恪忠公的义子。

这是个什么关系？到底是男的还是女的？

叶青霄道："我同他打过交道的。数月前他辞任离京，谁知又打章丘过来，成了三叔的继女。他若不是探事，何以变服？"他又将白日与温澜的见面、对话复述一遍，不过刨去了自己失态的部分。

叶诞沉思半晌，方道："依我看，他言之不虚，怕确是暂住。既然假称辞任，他要办的事定然不便宣之于众，要探事也不必亲自来，还叫你发现了。你说，他先去了一趟章丘，可是有所图？"

白日里叶青霄又气又急，后来回去仔细琢磨了一下，也觉出不对味了，此时低声道："应当说是皇城司有所图。恪忠公在世时，便一心要使皇城司能外出探察其他州府之事，而非限于京畿，只是屡次折戟在地方上，朝臣也屡屡反对。三叔在外为官，谁知道他是不是借这个身份，在那一带暗中布置。"

布置完了自然就回来，只是暂住在他家，待来日金蝉脱壳，回去复命。

叶诞颔首赞同："既然他叫你知道了身份，应当是无碍的。你记得，此事不可叫你我之外的第三个人知道。"

得到父亲的认可，叶青霄才真正松了口气，但还未放下心来："只是他住在家里总是不便。您不知道，温澜心眼坏得很……"

"那又能如何……唉，皇城司越来越过分了。"叶诞幽幽道，"便是朝中大员又如何，他们是天子耳目。这些时日你多注意着吧，虽说他只是'暂住'，也莫让人捉到把柄。"

六

叶谦依叶老爷子之言不约见任何人，数日后果然有消息了，但这场官场风云与他想象中的大不相同。

大名府推官这位置，本来考虑的头一个是原乾宁军的通判顾虔，结果近日消息出来，顾虔被降黜了，细细一打听，方知顾虔原本上报狱空，狱案悉数审决完，狱中空虚，竟有野雀筑巢。

所谓善为政者，仓廪实而囹圄空，狱空正说明了顾虔的理政能力。狱中现雀巢一事也被引为美谈，顾虔大受褒奖，大名府推官的位置应当是十拿九稳。可惜后来不知怎的，被查出来顾虔是谎报狱空，实则将狱中犯人全都藏匿在另一处。就连那雀巢，也有小吏供称是顾虔让他儿子捉来的，实在可笑。

顾虔有谎报嫌疑，自然被剔除出了候选，如今经由复核、审议，又确认他果然藏匿囚犯，也就被降黜了。

除却顾虔，大名府的掌书记谢壬荣也铆足了劲儿想升一升。顾虔之外，便是他最有可能。不过顾虔还只是被降黜，前后脚的工夫，谢壬荣竟直接被免官了。

前不久运河上浮了大木，引得许多民众围观，京中有童谣称"木拦江，龙巢翻，三秋水浩洋"——那大木被指为龙巢，翻了龙巢龙君定然大怒，预示今年要发大水了。这引起农户人心惶惶的童谣让皇城司知道了，追查之下，源头竟然是谢壬荣的妻弟，且他妻弟一直借住在他家中。

这两年陛下身体大不如前，这无论是有心还是无意的童谣在他耳中又多了一层含义——他是真龙天子，听见"龙巢翻"怎会欢喜。于是谢壬荣惨了，不只是升官无望，还丢了官帽。

两起事，结果就是大大便宜了叶谦，他在剩下的人选里脱颖而出。

叶谦知道后惊愕许久，最后烫了一壶酒，对徐菁道："这就是运，官运，不能不服。"

叶训也听说了缘由，鼻子都要气歪了，怎么老三就有这样的运气呢？他一钻营，其他人就倒霉？

叶家在京郊有个园子，移植了许多南方的精巧花木，延请名匠造景，景物之胜，在整个京师也排得上，时有亲朋借园子或游览。而叶家在城中的宅邸也自有一番诗情画意，分植了许多草木。

温澜就在移玉的伺候下观赏园内新开的芍药，这是自扬州移植来的。洛阳牡丹，广陵芍药，这扬州芍药乃是一绝，姿态妍丽，芳菲摇曳。

虹玉则在泡茶，手里拿着一块小巧玲珑的圆形茶砖，不过巴掌大小，上头有清晰的兰花图案。现在叶家的人都知道三夫人特别有钱了，一块精致的茶砖算什么。这几日，连连有她名下的铺子掌柜、庄头来送礼，都快堆不下了。

然而虹玉烦恼的却是之前从未用过茶砖，还是现学的，正手忙脚乱地碾茶。

一旁的婆子暗自腹诽，三夫人和姑娘都温文尔雅，万贯资妆也不像是暴富小户，唯独姑娘这个贴身婢女也不知到底哪里入了姑娘的眼，还千里迢迢从章丘带来。听说才跟了姑娘不久，老人都叫姑娘留在原籍成亲了。

虽然姑娘好心，但虹玉这丫头着实还须得调理啊。不过，也许用不上调理了……毕竟那个叫移玉的丫头很有手段。

婆子眼睛一转，小声道："虹玉，怎么是你来做茶？这会儿是移玉在姑娘身边伺候着？"

虹玉喘着气道："对，移玉叫我学一学啊。我还没用过茶砖呢。"

"她叫你学一学，你就学一学啊？"婆子笑道，"她那名字还是依着你起的呢，什么时候轮到她给你派事。你在这里为姑娘忙活，可不见得有移玉跟在姑娘身边入眼，谁记得你背后的好？"

虹玉一下愣住了。

婆子又道："再说了，移玉和赵婆子亲得像一家人，你怎么也不琢磨琢磨？"她虽然是新来三房的，但是儿子也跟着三爷，加上知道三夫人手里攥着许多铺子，因此很有报效三夫人的心。

虹玉一想也开窍了，没想到移玉看起来和善可亲，竟然可能是向着二夫人的，姑娘心地善良，可千万不要被她给害了。

此时，虹玉心地善良的姑娘正看着柳木后面探出半个身子的叶青霄，一挑细眉："四哥？"

过了好几天，叶青霄听到温澜叫"四哥"还是一阵恶寒，可看到移玉在旁边，他只能强压着不适道："好巧啊，扬波妹妹，你也来赏花。"

温澜看了叶青霄一会儿，让移玉在原处，自己走了过去。

"……你别再叫我四哥了。"叶青霄道。

温澜置若罔闻："四哥要说的就是这个吗？"

叶青霄拿他没办法，问："明人不说暗话，狱中雀，河中木，和你有关吗？"

他也听说了顾虔和谢壬荣的遭遇，各个衙门都津津乐道呢。

狱中雀，河中木，弄翻了两名官员。前一个不提，谢壬荣的事却明明白白有皇城司的推动，让他敏锐地察觉到一点儿异样。这到底是巧合还是有意？与温澜有没有关系？倘若真的有，他又为何要帮三叔？难道是借了身份的回报？还是说，他们猜测的根本就不正确，温澜来叶家原就另有目的？

叶青霄紧盯着温澜，心知温澜不大可能老实回答，却想看看他的反应。

可惜温澜这混蛋脸上擦了胭脂水粉，脸色根本看不出来，还淡淡地道："我才到京师几日，怎知四哥说的这些。"

脸色虽然不明显，语气却听得出来，叶青霄一边恶寒一边道："你少唬我！"

两人才说了几句而已，移玉忽然咳嗽一声。

叶青霄顺着声音看过去，竟是青霖和两名闺中好友不知何时手挽手站在稍远处，也盯着这边看，尤其青霖脸上有若隐若现的疑惑。

青霖那两个好友也时常往来家里，都是世交之女，叶青霄是认得的，于是硬着头皮待她们走过来打了个招呼，又一本正经地对温澜说："扬波妹妹，我娘那儿时常有大夫往来，你这水土不服，随时去请人便是。"

叶青霄这灵机一动，还给温澜安了个水土不服的名头，但看青霖的神色，对他们刚才是否在聊水土不服还是有点儿怀疑。

不过在外人面前，叶青霖也没显露出来，而是道："现在便有医生在给阿娘诊脉，扬波姐姐水土不服，不如同我一道回去。我这两位好友也喜爱刺绣，咱们可以顺便一起看看花样。"

"青霁！"叶青霄当即喊了一嗓子，喊完才觉得声音有点儿大，嗓子紧得厉害。

他就这么一个亲妹妹啊，怎么能让温澜给糟蹋了！和温澜在一起是不会幸福的！！！还有那两个世伯家的妹妹，也是正经人家女子，他不能眼睁睁看着她们自投虎口！

叶青霄沉下声音，道："既然知道扬波水土不服，你还看什么花样，各自回房吧。青霁你同娘说一声，请大夫直接去三房便是。"

叶青霁脸上的笑容僵了一瞬："……好啊。"

各自分开后，叶青霁仍然沉浸在刚刚被哥哥吼了的心思中。

她的闺中好友不经意地笑道："阿霁，青霄哥与从前真是不一样了，小时候常揪你头发，惹得你大哭，如今可好，见你堂姐病了还挺细心，平日对你一定更好了吧？"

叶青霁："……"

七

做戏就得做到底，蓝氏那位大夫果真来了三房。

温澜只说已经好了许多，有点儿食欲不振罢了。

大夫把了脉后道，倒也不必吃药，喝些健脾胃的羹汤即可。

既然已经来了，温澜又请大夫给徐菁也把把脉。她早就想到了京师后延请名医给徐菁问诊，此番无心插柳，倒是成了。这大夫长年给蓝氏问诊，除却蓝氏的病症，在妇科上也颇有造诣，温澜都曾听闻过他的名号。

大夫望闻问切之后，徐徐道："夫人应当是长年情志不畅，时而彻夜难眠，此乃肝郁之症，长久如此，气血心肾皆有损伤。"

徐菁叹气道："正是如此。"

温澜在章丘数月，和徐菁一同起居，就发现了她的毛病——徐菁前半生先是女儿被拐，后丈夫去世守寡，积郁之下，已有暗疾。但温澜其实更怕她积郁之后又狂喜，加重病情，不过现在看来，倒是虚惊一场。

"此症需慢慢调理，清除气郁，除此之外，夫人应每日早起在院中走上几圈，借清晨之阳气调理气血。"大夫斟酌了一个方子，刷刷点点写罢。

温澜也看过几本医书，粗通医理，只见方子以柴胡为君药，又及当归、白芍、丹皮、茯苓等几味，皆是补肝益气、解郁化火的，微微点头认可。

诊费大夫也没肯收，说是大房吩咐过了一并算。徐菁怎好意思，便要去大房道谢。温澜替她从铺子里送的那些礼物中挑了几样合用的，一道往大房去。

徐菁同蓝氏在房内说话，因要聊一些妇人间的事，便叫叶青霖带扬波去她房里待待。

叶青霖看到扬波还是有些别扭，二婶在她面前总夸扬波也就罢了，她亲哥哥才和扬波见了几次面，竟那样上心。她回来暗刺了哥哥几句，叶青霄还一副为了她好的样子，真不愧是在官场上打混过的，扯起谎来叫她差点儿要信了！

"我听说霖姐儿定给了御史中丞韩台长家的二公子？"其实倒也没谁特意和温澜说过，只是在皇城司任职，难免要对朝臣之间的关系有所了解，以她的记忆力，这些只是小事。既然徐菁诊脉的事劳烦了大房，那么还个人情也无妨。

提及未来夫家，叶青霖面上多了几分羞涩。这门亲事算是她高嫁，韩台长的夫人喜爱她，特意为爱子求娶，韩二公子也是青年才俊，在双方家长安排下，与叶青霖"偶遇"过一次，彼此都满意。

"那青霖妹妹定然咏絮才高。我听人说韩台长当年是状元出身，作得一手好文章，对新学颇有研究。有韩台长言传身教，韩家子弟出类拔萃，与妹妹真乃珠联璧合。"

叶青霖原本有些不以为然，只当是场面话，可转念一想，她定亲以后一直忙于准备嫁妆、学习主持中馈，鲜少看书了。细细想来，当初韩夫人也夸过她作的小诗，如此倒是不该一心忙于庶务，闲暇时看些新学文章，来日与夫婿岂不更为相投——她与韩二公子说是"偶遇"过，其实不过街市上不远不近打了个照面，哪里知道韩二公子喜爱些什么，倒是这一点真真切切，摆在明面上。

叶青霖心里这么想，面上自然不会透露分毫，正要客气几句，忽听得一阵公鸭一般的叫嚷："救命啊！救命！"

细看，原是二房的青云从学舍回来了。

叶青云十四岁，嗓子粗哑难听得很，倒是好辨认。此时他埋头朝着这边拔足狂奔，身后则是叶青霄在追，只有几步之遥了。

叶青云回头告饶："四哥，我冤枉啊！"

叶青霄和叶青霖却脸色微变——叶青云跑路不看前头，这可是要撞到温澜了。

"小心。"叶青霖出言提醒，却见温澜不闪不避。

叶青霄更为干脆，飞起一脚把叶青云踹得斜飞出去，一头扎在路边的泥土里。

见温澜毫发无伤，叶青霄松了口气。他可是曾经见过温澜怎么把想扑向他报复的人反手一甩，砸在地上后肋骨都断了两根的。

叶青霖则又惊又急,上前把叶青云从泥里拔了出来:"四哥,你、你怎么踹得这样狠?!"

"你没看他都要撞到扬波了?"叶青霄也有点儿惊魂未定之感,他可是挽救了堂弟于水深火热之中。

叶青霖无言以对,只觉四哥太偏颇了,她也知道要撞上了,可是真没必要踹这样狠吧。四哥到底是怎么了,自从扬波来了,四哥的心都偏到不知哪儿去了。再看扬波,对四哥的这份偏心也安之若素。

叶青云却不知道那么多,他坐在地上号啕大哭,声音越发刺耳:"四哥,我真是忘了,你不能屈打成招,不能故意给我吃泥巴啊!"

"你小子到现在还咬死了不承认。"叶青霄把堂弟给提溜了起来,狐疑地打量他。

"因为我真的忘了!"叶青云泪眼蒙眬道。

温澜慢慢道:"云哥儿这是怎么了?"

"扬波姐姐,你给我说说吧。"叶青云脸上还沾了许多泥,撒娇的样子极不可爱,"我抄写了功课,只是忘了而已,四哥非说是我找人代笔。"

温澜拿了手帕出来,要给叶青云擦脸。

叶青霄一看他伸手去碰叶青云的手,心里就是一颤,把手帕夺过:"我来擦。"他胡乱几下把叶青云脸上的泥抹了,然后道,"你哥好歹在大理寺任职,难道连你这点儿把戏也看不出来?你若真照实了抄十遍,回答时还吞吞吐吐,背起原文磕磕绊绊,怕是脑子给烧坏了。上个学舍还把书童带去,二婶真是惯着你,我看,说不定就是那书童给你代抄的。"

叶青云哭道:"真的,真的就是忘性大,我已经很难过了,四哥!"

叶家这一辈里,目前只有叶青霄考中进士而已,而叶青云他爹当年排名还在末等,况且长辈们也没那样多工夫时时盯着叶青云。白氏就同大房商量,想着叶青云回来时叫叶青霄盯一盯,也可以传授些经验。

温澜看叶青云哭得像花猫一样,轻柔一笑:"其实要分辨功课到底是不是云哥儿做的很简单,咱们把那书童叫来问一问便知。若非书童代笔,那就是误会云哥儿了。"

叶青云立刻道:"可以,可以!问问便是了!"

就连叶青霖都觉得不妥:"扬波姐姐,你是不知道,青云平日也爱偷懒,他的书童自然是向着他说话的,不会露半点儿马脚。"

"好,我就把书童叫来问问。"叶青霄板着脸道。

叶青霖:"……"四哥疯了吧?

叶青霄没注意叶青霖,他看叶青云暗暗得意,心中冷笑连连,温祸害阴人的时候你还不知在哪儿玩泥巴呢。

"四哥，"温澜低声对叶青霄说了几句，叫他去拿些东西，说罢默然片刻又笑道，"看青云多得意，我审讯犯人时，他哥都不知在哪儿玩泥巴。"

叶青霄："……"

叶青霄将人带回房里，再命仆从去把叶青云的书童唤来。书童秋梧进来一看这场景，哪儿还有猜不到的，忙低着头行礼。

叶青云只见扬波姐姐随手拿了一张纸，卷了起来，捏住往秋梧眼前一递，大声问："秋梧，我问你，这个是你写的吗？"

因温澜手捏着纸卷，秋梧只零星看到几个字，被温澜一吓，心头虽然跳了一下，但很快镇定下来，想也不想就答道："回姑娘，不是。"

叶青云在旁暗暗得意，秋梧哪能这样简单就被问出来，扬波姐姐就算大声说话，这软软的章丘音也不可能把真话吓不出来嘛。

唯有叶青霄暗自撇嘴，太能装了！

温澜转而走到叶青云面前，手里捏了另一卷纸，同样问道："青云，当着大家的面，我再问你一句，这可是你写的？"

叶青云眼睛刚看过去，嘴里已经吐字了："是我写的呀！"

看来扬波姐姐无奈之下想唤醒他的良知，不过可惜，连他自己都要相信了，那些功课就是他写的！

温澜摇了摇头，将纸张展开，递到叶青云眼前。

叶青云原本不以为意，可一瞥整篇内容，忽觉不对，细细一看，脸色惊变。原来两张纸根本不是他的功课，而是他们不知从哪儿翻来的秋梧平日抄的书。

秋梧自小跟随叶青云一道学习，伺候笔墨，字迹自然相似。他要有心，可以把叶青云的字迹模仿得八九不离十——这也是叶青霄为什么怀疑秋梧。可是叶青云和秋梧对着秋梧的笔墨，竟然前者说是自己写的，后者说不是自己写的。

这份笔墨，秋梧可根本没有刻意模仿叶青云，即便被温澜挡去大多字迹，只要他们并不心虚，定然能认出来。

叶青霄冷笑一声："你们若不是心里有鬼，怎会自己写的东西都认不出来。"

叶青云和秋梧已然傻了。两个没经过什么世事的少年而已，心虚之下，一诈便诈出来了。

一旁的叶青霖也吃惊得很，她只看到扬波和四哥低语了几句，没想到里头还有这样的花巧，还真让扬波给问出来了。可是四哥此前也不知道是这么个问法吧，他怎么就果断答应了？所以，还是疯了罢。

叶青云还待要赖："没有，我刚才没看清楚。这怎么能算，我不过是坚信自己清白！"

"多说无益，把手给我伸出来！"叶青霄把戒尺拿了出来，"你们两个，都伸出来！"

"等等。"温澜叫住他。

叶青云眼泪汪汪地道："扬波姐姐，你帮我求求情……我错了……"他心知这下子是抵赖不过去了，只希望这位新姐姐能看他可怜搭救搭救他。

叶青霄瞧他那尿样只觉好笑，方才这主意可就是温澜出的，还指望温澜搭救？

见扬波目露柔色，叶青云心中一喜，他平日犯错都是这样子和阿娘讨饶的，看来用在扬波姐姐身上也有用。

可下一刻，他就听对方软声道："我看了秋梧的文章和功课，才思敏捷，又勤奋好学，用心得很。贫家子弟能有好学之心不容易，再说他也是受青云指使，四哥，我求个情，就饶了他吧。"

叶青云的嘴巴张大了，一脸难以置信。

叶青霄差点儿笑出声来，板着脸道："好，秋梧，你站到旁边来。"

秋梧一脸惊愕，被叶青霄拽到身边。

叫人代做功课后还敢撒谎，罪加一等，叶青霄可没留情，举着戒尺抽叶青云的掌心，一下下抽得叶青云嗷嗷叫，不一会儿便涕泪横流。

秋梧站在一旁冷汗直冒，虽然身上没有受刑，但是少爷痛叫的声音叫他心惊胆战。而且少爷被打着打着，看他的眼神都不对了，充满了幽怨，好像在质问为什么他不必受罚。虽然自己没有挨打，心里的煎熬可是一点儿不少啊！

"日后若还捉到，四哥也不必罚秋梧，就让云哥儿看看他是什么下场，他的同谋又是什么下场。"温澜语气轻松地道。

叶青霖听了嘴角微抽，从前要是叶青云犯了错，他身旁的小厮也讨不了好，扬波倒别出心裁。可她看方才青云的表现，指不定这样做还更有用。

"行。"叶青霄看了温澜一眼，心里有点儿怪怪的。温澜平时使些手段他挺恨的，可若他们站在一处，又觉出好来了。

原本温澜还要去叶青霖房里，经过这么一出，已到时辰回去了。她走的时候，叶青云正抱着廊下的柱子哭。方才手被打得肿了老高，叶青霄怕把手打坏了，就换作抽屁股，所以如今他撅着臀，抬着手，哪儿哪儿都不自在。

一看到温澜打面前路过，对自己温柔一笑，叶青云又猛地抽噎了一下。这个姐姐……

真是太坏了！！！

晚间，叶诞放衙回来，勉强打起点儿精神叫来儿女教导一番。自从知道扬波乃是皇城司暗探，他恨不能分作两身，时时约束家人。

因白日被扬波无意间提醒，叶青霖也趁机请父亲为自己找些新学文章来看。

叶诞对这个懂事的女儿总是宽厚一些，应下后又玩笑道："怎不去找你四哥？"长子、次子与青霖岁数相差都颇大了，倒是青霄只比她大几岁而已，更为亲厚。

一提起叶青霄，叶青霖心里还气得很，埋怨道："四哥眼里哪里有我，我找扬波姐姐玩儿，他都怨我打扰到人家，外人看了以为我才是堂姐妹吧。"

叶青霖除了生四哥的气，也是想偷偷提醒一下爹娘，她觉得四哥实在太谄媚。虽然扬波是继女，但名分上好歹也是堂兄妹，是不是该避嫌一些，他们叶家可不是那种内帏脏污的人家。

谁知叶诞听了脸色一变，疾言厉色道："你都是要出阁的人了，还不知道稳重些，你四哥提点你一下，还心生埋怨？我也听闻扬波水土不服，你原就不该去打搅，虽是一家人，行事也须有度！"

叶青霖惊呆了，委委屈屈地道："我看着扬波姐姐已经大好了，而且只是讨教一下绣活儿……"

叶诞一抬手，不叫她作声："你四哥说什么，你就听什么，我不在时，以你四哥的话为准。"

叶青霖："……"

她要气死了！

第二章

『路上遇到四哥，

他非要送的。』

一

叶谦一应文书俱办齐，前往大名府赴任。大名府一共有判官、推官各二，共治府事，刑狱至赋税，所辖甚杂。好在叶谦有多年知县经验，倒不至于太手忙脚乱。

一到府衙，叶谦首先去拜见府尹与通判。凡府中事宜，需得府尹与通判一齐准许，方才有效。

大名府不常设府尹，通常只是使官员权知大名府，总领府事。这位长官能为府尹，也是因为身为宗室，乃陛下一奶同胞的兄长恭王独子赵理，封广陵郡王。至于通判尤极，从一县主簿做起，历任判礼部南曹、知州、大名府判官等职，极为老练。

这两位大名府最高的长官中，尤极已四十有七，形容清癯，颔下蓄须，虽说其貌不扬，但见人面带三分笑；赵理却恰恰相反，年约而立，面容俊美，目如寒星，但不苟言笑，举止威仪，自有一派皇家气度。

叶谦微低着头，感觉赵理的目光落在了自己身上，也不知是不是他的错觉，这目光令他有些背脊发凉，一时战战兢兢起来。

这时赵理又轻声勉励了几句，语气不见异常。叶谦便又怀疑自己多心，他刚刚赴任，府尹怎会对他不满呢。

尤极恍若未觉，含笑对叶谦道："府务繁忙，叶推官务必逐日结押，切勿久拖。"

叶谦连忙回应："多谢大人提点，下官定不懈怠。"说罢，也就自觉告辞了。

再回去与诸位同僚相见，尤其是同为推官的章弼及其他两名判官，从各人态度中，叶谦又察觉到一丝微妙。虽然大家掩饰得很好，可叶谦不是第一日从政，他面上不提，私下却从吏员口中探问出了件很有趣的事。

在顾虔和谢壬荣尚未事发时，谢壬荣不知为何有一日忽然十分喜悦，与章弼等人吃了几次酒。后来他们底下的人都猜，那时候谢壬荣也许不知从哪儿打听到了一点儿消息，知道顾虔要完了，觉得自己大有希望。可惜，谢壬荣没料到他自己更惨，现如今在家闲坐。

谢壬荣之前还上下打点过，所以现在大家见了叶谦难免有些许尴尬与微妙，一则是他替代了昔日同僚，二便是觉得叶谦的运气太好，让人有点儿莫名忌惮。

不过相比升官来说，这点儿微妙根本不算什么，叶谦知道只要自己接下来的日子勤勉理政，与同僚好生相处，这只是小事一桩。

叶谦赴任大名府，徐菁作为他的妻子，自然也要帮他尽快融入同僚中，得与同僚们的妻室勤加走动。只是徐菁既非生在官宦之家，头一个丈夫也只是普通人，面对这样的情况，心中有些犯怵。

按理说，这个时候应该有家里人指点，可叶家老夫人要照顾老爷子，蓝氏又缠绵病榻，白氏就算愿意帮，徐菁怕也不敢听她指点。不得已，叶谦把已出嫁的妹妹叶诀请了回来。

叶诀性格爽朗，大大方方应下，与徐菁讲了几句要点，又说自己认识另一位推官章弼的夫人，过两日带她去府上一叙。除此之外，叶诀甚至指点了该拿什么礼物上门。

徐菁听叶诀的，知道章弼的夫人得了一子，便让人备下小儿适用的物什，礼不重财而重情，用心为上。

去之前温澜过来看了一眼，对徐菁道："娘，上回脂粉铺的掌柜不是送来扬州的新脂粉、花水，说是京师还没有大批的？那些留不得多久，咱们又用不了多少，也带一些去吧。"

徐菁犹豫了一下，虽然觉得不如小儿玩物合适，但一对上女儿的眼睛，鬼使神差便点头了。

"移玉，你去拿吧。"一旁的虹玉率先说道。自从听了人家的劝，虹玉就琢磨过来了，不能老让移玉支使自己，却叫她留在姑娘身边。

谁知移玉平日口舌灵巧，这时却毫不犹豫地一点头："姑娘，那我去了？"

"移玉去也好，虹玉憨得很，你选些好的拿来。"温澜道。

移玉应声去了。

虹玉委委屈屈看了姑娘一眼，没想到这也让移玉讨了好。不过让她欣慰的是，至今为止，晚上给姑娘守夜的还是自己，移玉一点儿没沾着。

　　徐菁同叶诀一道去章夫人府上，因是头次上门拜访，并未带上温扬波。

　　章夫人知道徐菁是叶谦的妻子，也较为热情，见面聊了两句章丘风情，称自己也有表亲在章丘。待看了徐菁送的礼物，章夫人竟是笑逐颜开。没有对比也就罢了，现下一看，笑容比方才要真多了，捧着那些胭脂、花水爱不释手，对徐菁更是姐妹相称。

　　后来徐菁才辗转知道，女子爱俏不假，但章夫人这一年来忙于照顾孩儿，疏于夫妻之情，也无心打扮，没防备章弼在外头置了外室，她正憋着劲要重夺夫婿欢心，这京师尚未泛滥的花水正中她心。

　　徐菁一时有些怀疑怎么那样巧，又觉得自己多心，扬波即便在京师待过多年，人家内帏之事她又怎么会知晓。不过，这也只是徐菁心中犹疑罢了。

　　因有章夫人从中引见，徐菁很快结识了不少官家女眷。

　　又没多少日，恰逢今年谷价因天灾有所上涨，府衙控制谷价，府官们的女眷却是联合起来准备施捐，贫者施粮，病者施药，其他官家女眷见状也自请出资。

　　筹备之日，徐菁、温澜、叶青霁带着仆妇乘牛车去嘉宁寺。

　　嘉宁寺并非古寺，而是由宗室出资营建，于八年前方建好，因那年改换年号，乃嘉宁元年，故得此名。寺庙出借的地方现在正在搭草棚，一众妇女在寺内清静处相聚，还叫了粮、药商人来，募了钱立刻便交给他们，钱货两讫，明日便能施捐了。

　　徐菁细看，贵妇们或站或坐，满堂莺声燕语，脂粉飘香，只有很少一些女眷是她在章夫人引见下见过的，不禁担心待会儿记不住人，或有失礼之处。

　　"阿娘给郡王夫人问过好，先去找章夫人便是。"温澜在她耳边道，"您大致看座序应对即可，不必一蹴而就。郡王夫人礼佛，想必心性纯善，无须多虑。"

　　徐菁找到了主心骨，先给郡王夫人问好，而后去找章夫人，很是顺当。

　　这徐菁分不清人面，温澜看过去却一目了然。

　　大名府尹、广陵郡王的夫人坐在上首，身旁是通判夫人及一些因她而来的宗室贵妇，再下首则是两厅推官、判官、司录参军事、左右军巡使、诸曹参军事等官吏的家眷，或有其他女眷，也依丈夫官职、衙门分列而坐，分毫不乱，单看列座次序，便知她们夫婿、父亲的官职高低。

只一打眼，几乎每个人背后对应的官吏、彼此关系便已浮现在温澜心中。

郡王夫人年二十六，生得端庄秀美，穿着八答晕锦衣，珠翠甚少，簪了一朵茉莉。自与郡王成亲以来一直无子，因此她愈加愿意四处行善积德，希望能有福报。

温澜的目光在郡王夫人身上一触即分，有个问题在她心中一直是个谜团——

几十年前，先帝在位时，原本欲立赵理之父恭王为太子，但恭王平乱之时从马上跌下来，得了头疾，从此记不住事，遂由今上践祚。陛下即位后多年无子，只得三女，朝臣一度提议陛下立恭王之子为储君。好在后来一名新入宫的美人承恩诞子，如今太子年约十四。

前些年义父健在时私下与她交心，曾称赵理无后与皇城司半点儿干系也没有。陛下对恭王父子优容以待，但赵理一儿半女也无，防得了人口，防不了人心。

赵理人前笃志崇礼、忠君勤政，唯有在梦中，温澜见到了他不同平日的一面——赵理似也笃定自己无后之事与陛下有关。温澜曾讥讽他断子绝孙，但若要温澜扪心自问，即便义父言之凿凿，身在皇城司多年，她实在不敢全然相信其中的巧合之处。

陛下到底有没有对赵理下手？这个问题在温澜心中一闪而过，很快，她便将精神放在了与徐菁寒暄的女眷身上。

徐菁带来的是亲女，章夫人爱屋及乌，自然和颜悦色。问及年纪时，章夫人听徐菁说温扬波幼时体弱，寄养在寺庙中。她也有一女，又得了幼子，闻之颇为唏嘘："徐姐姐不容易，只是扬波耽误了年华，还是应当早日寻一夫家。"

章夫人看温扬波垂下眼，以为是羞涩，又附耳对徐菁道："你初来京师，不甚了解，若有什么想法同我说，我也帮你一道留着。"

徐菁感激地看了章夫人一眼，刚想说说自己的想法，忽然瞥见扬波波澜不惊的神色，心里又打起鼓来，不敢擅自决定，只含糊道："多谢英华了。说起来令嫒今年多大了，还有几年出阁？"

章夫人立刻转了话头，谈论起自己的女儿来。

两人正畅谈之时，忽然一美妇缓缓而来。

章夫人住声看了会儿，小声道："这是谢判官的夫人。"

"谢判官如此年轻有为？"徐菁看她也不过二十来岁的年纪，不知为何这些日子自己并未见过。

章夫人嘴角微微上翘，说道："哪里，这是谢判官休妻后续娶的，因为此事，谢判官还被御史弹劾了。"

她还有话没轻易说出来，这位新谢夫人是农户出身，原本做厨娘，因为颜色好，才被谢判官看上，不计资妆娶了回来。章夫人平素是不愿同她往来的。

徐菁了然点头。

说话间，谢夫人也走到了近处，与众位女眷招呼。徐菁又细细观察众人对待她的神色。

在这些判官、推官、军巡使等官吏的夫人中，谢夫人是来得最晚的，坐在了徐菁身侧。两人互通了身份，谢夫人立刻感慨地道："总算见着面了。我听过姐姐的名字，早便想见一见，你我也算处境相似呢。"

徐菁愕然片刻，才明白她说的可能是两人都是丈夫的第二任妻子，顿时有些失语，只能干巴巴一笑，默默喝茶。

谢夫人比大家都年轻，也活泼一些，四下一打量，目光落在了温澜身上："这位是……"知道是徐菁的女儿后，她笑眯眯地问起温澜的情况，从衣着打扮夸到举止气度，像是极为喜欢她。

这时，郡王夫人敬了大家一杯茶，打断了谢夫人喋喋不休的话语。

之后众位贵妇人慷慨解囊，为施捐出一份力，粮商与药商也当场交付货物，暂由嘉宁寺的和尚存放，明日施给穷民、农户。

事毕众人也不急着走，只当踏青了。嘉宁寺所处之地佛法兴盛，其中有个尼姑庵，姑子绣工甚是不错，章夫人早约了徐菁一同去看看，或有值得买的绣品。

路上，温澜若有所思地问："阿娘与谢夫人相谈甚欢？"

徐菁不知她怎么这样问。

倒是章夫人听见了，忍不住啧啧道："此女厚颜轻狂，徐姐姐可千万小心些。"

徐菁惊疑不定，拿不准章夫人所说谢夫人脾性到底是怎么个"厚颜轻狂"法。她侧目去看女儿，发觉女儿仍是平淡无波，仿若未闻。

牛车行至尼姑庵,温澜忽然道："阿娘,我听说这旁边的观音院十分灵验,想去上一炷香。您同章夫人去选绣品，我到观音院上了香，在禅房等您吧。"

尼姑庵与观音院只是一条巷子之隔，徐菁原本有些担忧，思及扬波在京师待了多年，便道："那你带上两个小厮去吧，我与章夫人一路走。"

温澜点头，戴上帷帽下车，移玉与虹玉也跟在她身后，进了观音院，上罢香后在禅房吃茶休憩，小厮便守在外头。

"虹玉，去买些细索凉粉来。"慢悠悠吃了一盏茶后，温澜吩咐一句。

虹玉不疑有他，立时出去了。

"姑娘，我再去做些茶来吧？"移玉也紧着讨好一般主动问道。

温澜同意了。

待移玉也出去后，她侧耳听了一会儿外头那两个小厮的动静，将门从里拴上，一掀后窗跳了出去。

自观音院向外围走，临街有些屋舍，是寺院出租给商户、读书人之用。温澜闪身进了其中一间，只见内里已坐了一人，三十出头的年纪，眉清目秀，发间簪了时花，一身燕居服，足下白底黑面的厚底官靴却暴露了他官家人的身份。

"二哥。"温澜将门一关，喊道。

当初陈琦不止收了温澜一名"义子"，还有其他几位，大多与陈琦一般是宦官，有的留在皇城司，有的则在后宫。其中温澜最为要好，也就是外人看来与她狼狈为奸的，当属如今的勾当皇城司之一王隐与亲从第一指挥使马园园。明面上温澜辞官了，但只要王隐和马园园还在皇城司，她仍可调动皇城司兵卒。

"小澜。"马园园看了看温澜的打扮，情不自禁上前一步，摸了摸她衣角上的绣花，"女孩子还是打扮起来好。"

温澜把衣角从他手里抽出来："好久不见，园哥。"

马园园讪笑两声，说道："如何，你让办的那几件事我都办得不错吧？"

温澜一笑："辛苦园哥了。"

"不过……"马园园疑惑地道，"这些事又何必辞任去做？小军通判与大名府掌书记罢了，你在任上不也一样弄？"

温澜目光一沉，低声道："我今日正是要告诉园哥，皇城司内有个人会对我们大大不利，只是我不知道他的确切身份。他在暗，我在明，只好脱身。如今便是我在暗了。"

皇城司戍卫宫城，麾下八厢貌士更可在内廷钳制殿前司的兵马，梦中赵理长驱直入，事先更无预警，若说皇城司没有赵理的内鬼，温澜是不信的。只是她并未梦见那个内鬼的身份，只能自己一点点挖出来。但这些梦中事不可与任何一人轻言，因此温澜只称其要对她不利。

马园园听罢，以为是皇城司内争权夺利引起的——陈琦去世后，王隐可没有陈公的威信手段，能把整个皇城司牢牢抓在掌中，另外两名勾当皇城司也时有动作，温澜平日就没少谋算。

"你不会留下了什么把柄，才急着转暗抓人吧？"马园园狐疑地看着温澜，"你私下蓄养娈童美婢了？强抢来的？"

温澜："……没有。园哥，此前我让你将顾虔的底给翻了，暗奏'狱中雀'作假一事，此事被透给谢壬荣了。谢壬荣如今被免官，赋闲在家，一定会去找能帮他的人。你往上查，看到底是谁。"

算计顾虔与谢壬荣，帮了叶谦只是顺带，温澜真正想要的是找出内鬼。

谢壬荣是赵理的人——这么说可能不大对，只能说赵理用得着谢壬荣，因此要扶他做推官，而谢壬荣可能都没有意识到，至少此时没有。透消息给他的，不过是为赵理办事的人而已。在梦里，顾虔假报狱空也被皇城司揭发了，谢壬荣做了推官。温澜事后回想，方有觉察，愈加认定皇城司有内鬼。

同样的道理，现在无论是赵理还是那个皇城司的内奸都不会想到，马园园查探顾虔有什么私心。这个时候，赵理可还是深受陛下优待的广陵郡王，温澜此人却已经消失于京师。只要不知道温澜在其中，即便谢壬荣被免官，也像是一场意外，因为皇城司本就每日四处察事，乱咬人。

马园园急不可待地搓了搓手："行啊，等着吧，我肯定把这人给揪出来。"

"还有，"温澜凑近，在马园园耳边密语，心中掂量着时辰差不多了，叮嘱道，"园哥，极刑加之于人，莫过以言。"

马园园想到谢壬荣是如何遭殃的，猛一点头："晓得！"

温澜翻过后窗回去，将门打开，只见移玉正拉着虹玉指点她手里的凉粉。

虹玉一脸委屈，看到温澜露面，哭丧着脸道："姑娘，移玉说我这凉粉没买好。"

移玉振振有词："原本就是，你自个儿看看，凉粉用的豆子肯定不好……"

虹玉不平地道："胡说八道，你光看还能看出来豆子怎么样？都做成凉粉了，我怎么看不出来？"她心里益发后悔，当初为什么选了移玉，真是引狼入室。

"行了，多大的事。"温澜随口道，"我现在也不想吃了，你们俩分了吧。"

移玉极快地道："我不吃，给虹玉吃吧。"

虹玉噎了一下，顿觉吃也不是，不吃也不是，差点儿背过气去。

正巧，徐菁和章夫人也看完绣品回来了，便带上温澜驾车回府。

到府上时，恰好叶青云又从学舍回家，他跟着白氏，一进门便撞见了两人。

"青云，来，你还未见过三婶与扬波？"白氏若无其事地介绍起来，分明叶青云先时回来过一次，只是她怎会惦记着叫叶青云专程去三房请安，只当没这回事，"呵呵，我们青云平日在学舍勤学苦读，竟是今日才向弟妹请安。"

"三婶，扬、扬波姐姐……"叶青云怯怯道。

白氏刚夸完叶青云，听他声音都在摇摆，回头一看更是来气，说好听些是没骨头，说难听些就同土蜗一般，身形佝着，贼眉鼠眼，畏畏缩缩。白氏的脸当时便黑了，大觉丢脸，既恨儿子不争气，又烦怎么叫徐菁看见了。

叶青云那日被温澜整了，回去后叶青霄也告了他一状，只是没提起温澜——叶青霖不会去说，叶青云自然更不好意思提——现在见着了正主，心里犯怵，又怕这个面善心狠的姐姐在阿娘面前说些什么。以阿娘好面子的脾性，他岂不免不了又挨一顿打？

温澜意味深长地看了叶青云一眼，看得叶青云双膝更软，但轻轻放过了他："云哥儿可是天热晒久了中暑了，可不能光顾着用功，弄坏了身子。"

白氏还不知道吗，青云才在日头下走了几步路，但她口上还是道："正是，我儿快随我回去喝些解暑汤。不好意思了，弟妹，我家云哥儿平日太勤勉，熬夜看书，身子都虚了，下次我再叫他去磕头。"

徐菁不明所以，真以为叶青云如此用功，怔怔应了。

唯独叶青云在温澜若有似无的注视下大感丢人地一手捂住半边脸，细声道："阿娘，快走吧，我不舒服……"

二

施捐后约莫三四日，正是休沐之时，大名府的林判官忽然来叶府找叶谦。叶谦不解其意，但也好生招待了。

林判官咳嗽两声，说道："其实我此次前来也是受人之托。"

叶谦疑惑道："林判官请直说。"

"前几日郡王夫人与衙内诸官吏的家眷施捐，谢判官的夫人遇到了尊夫人与令媛，很是喜爱，谢判官想为妻弟求婆淑女，托我问一问，不知和之意下如何？"林判官这是替谢判官做中人来了，若是两厢情愿，才好请媒人。

此事其实原是谢夫人的主意，但谢判官管不住娇妻，只能依言托人询问。

叶谦到大名府衙没多少日，却也听过谢判官休弃糟糠之妻的事。且谢判官新妻出身农户，家中兄弟在姐夫接济下方过了正经日子没多久，叶谦怎会愿意将扬波嫁给他的妻弟，当下回绝了，说得也很直接："谢判官抬爱，可惜我有意为继女择一佳婿，最好是儒生。"

林判官不过受人之托，听罢也未多言，再与叶谦闲话几句，自回去转告了谢判官。

叶谦将此事告知了徐菁，她这才知道为何章夫人说谢夫人此人厚颜轻狂——章夫人同样提了会替她留意适龄男子，谢夫人却更直接，要替弟弟求婆扬波。

徐菁无奈道："怪道那日谢夫人甚是热忱，原来打的这个主意。"

"夫人，日后像这样的人不会少。"叶谦早有预料，"虽然他人不知你那嫁妆多是扬波添的，但你仅有一女，陪嫁怎会少！"

徐菁也发愁："唉……那我更要细细择选了。"

只是谢夫人被回绝后心生怨怼，她原想着徐菁的女儿岁数大了，又只是叶谦的继女，配她弟弟岂不是正好，少说还能有几万贯陪嫁。谁知叶谦毫不犹豫拒绝，还说要找个儒生，分明是看不起她弟弟。

谢夫人憋不住，偷偷同人埋怨，可惜人家听了都暗自笑话她——再嫁之女有万贯资妆亦有人求娶，何况叶谦继女只是因病耽搁出阁几年，岂有婚嫁之忧，又岂会嫁给她弟弟！

谢夫人贪财，可惜反落了个没脸，愈加气愤，之后屡次遇见徐菁，不但不给好脸色，还处处针对，又大谈温扬波日后定然是找不到什么好夫家的。

徐菁算是彻底明白了什么叫厚颜轻狂，怒而回讽，但回来后仍是郁闷得很，毕竟出去的心情都被谢夫人毁了，屡屡落个不愉快。

此事徐菁最初并未告诉温澜，可她藏不住心事，面上全显露了出来，之前因着服药走动，夜里难眠之症原本好些了，这会儿又反复起来。温澜发觉后过问，徐菁忍不住，便将前后事宜讲了出来。

温澜并不奇怪，点头道："不过些许小事，阿娘正在调养身子，不必为了这等事再伤肝，这半月莫要出门，避着些，冷冷她便是。"

徐菁知道她主意多，问道："唉，她若不消停怎么办，我该说什么？"

"生性固执之人难以因三言两语改变，"温澜拍了拍徐菁的手，"阿娘，同她说什么都没用的。"

徐菁叹气："你说的有道理。"

温澜想，说什么，直接弄吧。

谢判官自娶了娇妻后，自觉无一处不称心，公事上也倍加勤勉，期盼早日升职。至于偶然因接济妻家带来的小小不愉快，也不被他放在心上。如此青春正茂的美娇娘，岂不胜过他原配千百倍，万般皆是好？

这日公事缠身，谢判官赶着结完案子回去与娇妻共度良宵。眼看只剩下最后一卷，他揉了揉后颈，手摸到案卷，忽觉不对，一看案卷侧边有朱砂痕迹，不由得皱眉。下面吏员办事也太粗疏，案卷都脏污了。

谢判官摇摇头，决定出门打井水洗把脸。

回来坐在案前，他翻开案卷，只见里头竟有一张两指宽的条子，上书一行小字："乞公通融此案，赠钱万贯。"

谢判官陡然一惊，心脏剧跳，随即连忙展开案卷一看。

这是一桩命案。当地一富家寡妇黄氏，招有接脚夫袁某，但黄氏亡夫族中并不认可，频频冲突，要将黄氏与接脚夫赶出宅，收了所有家产。某日袁某被发现受重击身亡，疑为黄氏亡夫族兄蒋某所为。

此案已由军训院审问过，附有法曹检出的法条，又有验状等一应文书。案卷有些矛盾，人证悉数偏颇疑犯，然而有物证存在，证明了疑犯罪行。对此，谢判官自有计较，本朝判案重佐证，且物证高于人证。毕竟证人会说谎，证物却不会。例如此案，证人多是乡邻、族人，不足以为信。

他呆坐案前，四周寂静，只听得到胸口心越跳越快的声音。

"当啷"一声响把谢判官惊醒，原来是门外有人经过，掉了东西。他心烦意乱，盯着案卷看了半晌，索性将纸条拿出来收好，暂不判此案，留待明日。

回去后谢判官仍是心不在焉，满脑子案情。

命案是由军训院审理，左右军训院互相复审，而后法曹检断法条，再交到左右厅的判官、推官处。往前，军训院经手之人多，又需复检，不好动手脚；往后，通判、府尹难以买通。反而到了他这里，有权命人再行勘检，又可初判。

此案中的物证是件碎花瓶，沾了血迹，从蒋某家附近挖出来，而他家正少了一只花瓶。这个物证倒也不是铁证，如果是有流匪从他家偷盗出来，然后遇见袁某，为了脱身，将袁某砸死呢？

流匪，如何证明有流匪？这花瓶可以是一对，另一只被流匪卖到了当铺，让蒋家人找回来了，当铺伙计可以证明有个看起来就非良善之辈的人拿来典卖，还说另一只不小心砸碎了……

谢判官越想越入迷，只觉得其中大有可为。他判案数年，越判越明白，也越判越清楚里头的歪门邪道。

"老爷，老爷你想什么呢？"

谢夫人摇了谢判官好几下，他才猛然清醒："我在思考公事，别闹。"

谢判官对她何曾这般不耐烦，谢夫人不悦地道："都回家了还想什么公事。你听我说呀，我家弟弟想再开个脚店，你这做姐夫的不得帮帮吗？"

"开个脚店？这可不是小事。"谢判官这回完全清醒了，"我一月俸禄才多少，开个脚店说得轻巧，你知道租赁铺子要多少钱吗？知道从正店进酒要多少钱吗？"

谢夫人扑进谢判官怀里，娇声道："这个老爷来考量不就行了。"

"考量……"谢判官暗暗叹息，倘若、倘若他有一万贯……不，不，那么多人经手，要是被拆穿，下场可不妙。

忧心之下，谢判官到了半夜才入睡，第二日耷拉着眼皮去衙门，有人同他打招呼他也心不在焉。

待坐在案前，谢判官再次翻开袁某的案卷，只见案卷内竟赫然又夹着一张纸条。他拿起纸条细看，上面写着："乞公通融此案，赠钱两万贯。"

谢判官险些没坐稳，定了定神，又不住往外看，起身要去关门，走到一半先将手上的纸条放回去，再关了门。

两万贯，两万贯。

谢判官将纸条烧了，在室内踱步连连，随后盯着纸灰一咬牙，终下了决心。

"什么？谢判官被降官了？"徐菁愕然。

叶谦唏嘘道："不错，谪到畿县去了，家小也都带去了。听说同他妻家大闹一场，因为罚了钱，想将原来赠予妻家的财物收回来，他妻家哪里会肯，一家人粗莽得很，将谢子清给打了，多亏那时有厢兵巡查。他还嚷着告妻家，不过就算真告了，这亲戚之间，堂官多半会劝以人伦之义。"

所以，从今日起，至少一轮磨勘的工夫是见不到谢判官和他夫人了？

不用再看到谢夫人虽然令徐菁开心，但这么个下场还是叫她太过惊讶："可这到底是为何啊？谢判官到底犯了什么事？"

"收受贿赂啊，下御史台按劾了，一下贬成小吏。唉，为官以清廉为紧要，太祖朝间，凡有贪赃枉法皆处以极刑，如今不过贬官免职，难怪……"叶谦说到一半赶紧收声，心道在房里说几句，皇城司的察子应该不知道，"咳，反正我听闻谢子清临走前找人诉苦喊屈，说他在御史台受审时想起不大对，那案卷看编号原本不是给他的，上头还有朱砂为印记，只是当时他被钱物蒙了眼，并未想到这点，定然是有人故意叫他审这案子。"

徐菁哑然失笑，若是谢子清自身行正，又怎么会怕这样的伎俩："谁能特意准备两万巨资，只为了陷害一个推官？我看，他是太过不甘了。"

"这可未必，钱是凶手家中送的，无须自己准备，只要知道有这么回事就行。"叶谦分析着也觉得可笑，"谁人为了害谢子清特意四处打探这样的人家，再买通人调换，使案卷到了谢子清手上，这未必太大费周章了。谢子清怎会得罪如此人物？"

徐菁跟着点头，忽而一个念头闪过，又不太敢相信。待同扬波见面，她将此事也转告给了扬波，感慨道："没想到，谢夫人真消停了，但是以这样的方式。"

"只要结果是好的，便是好的。"温澜道。

徐菁沉吟道："不过若真有人对谢子清出手，他是怎么断定谢子清一定会上当的，还是有其他引诱在等着谢子清？"

温澜一笑："阿娘，人皆有弱处。此案若交付继父，他极为珍爱官声，乃惜名的君子，定然不理会。但若交给谢子清，他就一定会接受。财能通小人，只要有人出得起价。从调换案卷起，谢子清已然倒霉了。"

徐菁听着她平淡的语调，不禁有点儿惊恐："扬波，你……"

温澜："怎么了，阿娘？"

半晌，徐菁也并未将话问出来，她实在不敢相信，一定是她多虑了："……没什么，只是听扬波说得十分透彻。"

<h1 style="text-align:center">三</h1>

时至七月，乞巧节将至，叶家上下也忙碌了起来。

依照老夫人的想法，明年叶青霖便要出阁，这是作为姑娘在家过的最后一个乞巧节，应当大办起来，到时在庭中搭个二层的乞巧楼，将叶青霖的闺中好友、邻里女儿都请来热闹一番。

"哦，还有，这也是扬波在家里过的第一个乞巧节。"老夫人想起来，扬波年纪也不小了，在叶家待不了多久。

温澜还未说话，叶诞父子已大大反对："我们也不是什么豪富之家，前些日子京畿才遭灾，谷价高涨，怎可高结彩楼？扬波是明事理的姑娘，想必也能理解这一点。"

叶青霖一脸木然。我呢，我不明事理还是我不是你家姑娘？

温澜一扫叶青霄的神色，心中了然，暗笑道："大伯父说得是。"

叶诞松了口气，这过节铺张虽然不是什么严重的事，可点点滴滴加起来，若被温澜报上去，谁知道陛下如何想。他在盐铁副使这个位置上，与钱财打交道的时候太多了。

"如此，今年搭个棚子便罢了，也别浪费太多丝绸彩锦，简朴为重。"

老夫人握了握叶青霖的手，以作安慰。她虽然不大愿意，可大儿子说得似乎也在理，只好答应。至于叶诞为何话中没有提及叶青霖，无论是她还是其他人，只以为叶诞、青霖一家人，可能早便说过了，也没那样在意。

到了乞巧节那日，一大早虹玉就迫不及待地问温澜："姑娘，您的绣件呢？"

今晚乞巧要拿自己的绣品出来，早些日子温澜就在做绣活了，只是她说虹玉嘴快，叫她看见，全家人都知道了，所以做绣活时都不叫她伺候。此时将绣件捧出来，虹玉眼睛都看直了。这是个精巧的双面绣独扇插屏，竹制的座架，绣面是马上封侯的样子，针脚细密，用色不同时下之人喜爱的淡雅，极为浓艳，但毫不艳俗，反而富丽堂皇，与寓意相得益彰。

"姑娘的针黹真是没得说！"虹玉捧着插屏夸了半晌。

移玉从房内出来，看到虹玉对着光不住欣赏，尚带着困意揉了揉眼睛，说道："虹玉，仔细别把插屏弄污了。"

"我才不会呢。"虹玉哼道，"你怎么无精打采的，昨晚偷油去了吗？"

"行了，少拌嘴。"温澜将插屏拿过来放在桌上看了看，"绣得可真好。"

虹玉和移玉都抿嘴笑："哪有自己夸自己的，姑娘。"

温澜也笑。

"姑娘，咱们去采些花回来插瓶吧？"虹玉看外头天气甚好，遂问道。

今日过节，这也是应该的，温澜点头道："多采些，插好了给我娘送去。"

到了外头，竟遇到叶青霄抱着一大把双头莲回来，想必是刚买来的。

叶青霄一看到温澜心中就暗暗叫苦，又不得不停下来和她打招呼。

温澜看到他那抱双头莲里大多是用彩绳将两朵花苞固定在一处，唯独一枝是一茎上生了两朵背靠着的莲花，一朵还是花苞，另一朵已半开半放了。每到七夕时，家家户户买双头莲，但是天生双头莲哪有那样多，抢都抢不及。

叶青霄见她看自己的花，心里觉得有些不妙。

温澜盯着莲花："好看。"

叶青霄勉强拿了一枝："呵呵，送扬波妹妹一枝吧……"

温澜微微抬了抬下巴，瞥过那朵天然的双头莲。

"……"叶青霄缓慢地把手移到了天然的双头莲上，抽出来递给温澜，"扬波妹妹，来，送你。"

"多谢四哥，我送给阿娘去。"温澜软语道。

叶青霄一听她这么说话就想哭，再听内容，只得又抽了一枝出来："没事，不值几个钱，再给你一枝吧。"

温澜捧着两枝双头莲轻快地走开，离得远了尚能听到她身旁的婢女在夸赞："四公子真好，主动送姑娘莲花……"

"……"叶青霄抱紧剩下的莲花，温澜那和明抢有什么区别？！

温澜插了些花，并双头莲一起送到徐菁房中。

"哪里买的双头莲，既是并蒂而生，又亭亭玉立，碧玉簇着嫩红，好看得紧。"徐菁十分喜爱，直说要将莲花催开些方才更好看。

"路上遇到四哥，他非要送的。"

温澜挽袖接过莲花，上手侍弄，先将根茎削去一些，蜡封后插在装着温水的瓶中。不过片刻，两朵莲花倏然绽放，重重叠叠地依偎在一处，散发清淡悠远的莲香。

"青霄是个好孩子。"徐菁夸了一句，又看送来的那些花烧过了柄，想必能开上数日，"我择几朵给你簪上，今日这么打扮就很是合适。"

温澜便是装得再好，也多年没有做过女孩儿了，听到这话，心绪难有什么变化，只为了徐菁的心情附和了几句。

"对了，你那绣件可做好了？"徐菁小心问道。

虹玉大声夸起来，说姑娘做的马上封侯真是细致精巧得很。

徐菁松了口气，她是早知扬波不会针线的。原来在章丘时有个婢女极擅针线，穿戴都是那婢女做的，来了京师后扬波又自称能瞒得住，如今听虹玉这么夸，她方才彻底相信女儿确实有门路。不过这都是无奈之计，只希望女儿能早日学会女红。

"你赶着做那绣件，怕是眼睛熬得不好了，今夜还要穿针。"七夕夜里，女儿家必然要在一处穿针乞巧，徐菁已预想起理由来了。

"无碍，穿针罢了。"温澜并不在意。

徐菁略安心，又给她选了些花。

到了夜里，徐菁母女一道去庭院内的乞巧棚。虽说叶诞让搭得简朴些，但此时里头挂着花灯，映照出围挂在棚上的彩带，倒也极为热闹。

棚内还插着许多鲜花装扮，单是叶家怕是种不了这么些种类，应当是在外头采买的，今日城里城外不知多少卖花人。香案上供着牛郎织女的画像，两旁摆了一对磨喝乐，因为叶诞要求简朴，这磨喝乐只是泥塑彩绘，既无装饰，也无底座儿。

叶家的夫人、姑娘，还有邻里的女眷齐聚棚中，各自带了绣件来，谈天说地，用些瓜果小食。

叶青霖和温澜的绣件自然是里头最出彩的。温澜绣的是马上封侯，叶青霖绣的却是穿花蝴蝶，用色也偏淡雅，大家品了半晌，都觉不相上下。

可不相上下对叶青霖来说和输了没什么区别，再加上彩棚的事，她就有些闷闷不乐，心中惦记等会儿穿针若是再输了，真没什么意思了。

女眷们齐齐焚香拜月，借着月光穿针引线。一枚银针上开了数个口，将彩色的丝线逐一穿过去，且这五色线得按事先约定的次序方才算数。可是月光昏暗，她们中不少人常年做针线活儿，眼睛都熬得不大好了，尤其是上了点儿岁数的，光凭着手上的感觉摸索。

反倒是温澜，在皇城司从察子做起，也曾习武操练过，目力极佳还拿捏得住分寸，顷刻间已穿了七根针，每根针上按照次序穿了五根丝线，一丝不乱。

而此时，叶青霖的第四根针还未穿完。

温澜自觉今晚没什么其他闲事了，见阿娘那边与邻里也相谈甚欢，便一笑转身回棚。

这一笑看在叶青霖眼里却尤其刺眼，想着扬波一定很是得意拔得头筹，心烦意乱之下，线也穿不好了，也懒与其他人再比较，只想着实在没意思得很。

一夜欢畅，众女客尽兴而归。

彩楼还要留待明日拆除，客人们散尽后，府上的男丁们也饮完酒了。

叶青霄看到温澜十分感慨，我在这儿吃酒，温澜在彩楼里穿针……

"穿针"这两个字配上他别扭得很，甚至平白多了几分滑稽，这祸害会穿针吗，绣活都不知道找谁做的吧！

说到绣活，众女手中都捧着绣件，温澜端着底座，把插屏抱在怀里，灯下看还挺显眼，叶谦一下看到了。

叶老爷子看了说道："哈哈，老三，你这乖女真是有心了，给你绣了个'马上封侯'。"

看着绣件栩栩如生，在众人绣品中脱颖而出，叶谦面上有光，沾沾自喜地上前去接那绣件："那我就收下了，这可得拿去书房摆起来。"

叶青霄只见温澜僵硬了刹那，随即默默将插屏递出去，动作间有那么一丝唯独他才看出来的不情不愿……他差点儿大笑出声。温澜是绝不会绣活的，大家看温澜抱个"马上封侯"的插屏就一心觉得是要给三叔，叫他说，温澜怕是想自己留着罢！

温澜心中有淡淡的惋惜。叶青霄猜得不错，这插屏她是想自己留用的，偏偏撞见叶谦了。

半空中，温澜与叶青霄的眼神对上，片刻后错开。

叶青霄暗喜，该啊，就该叫你也尝尝被明抢的滋味！

温澜心想，叶青霄那么开心做什么，不行，回头就吓吓他。

叶青霖木然想，四哥和扬波刚刚是不是眉来眼去了？

乞巧节的余兴一直持续到第二日、第三日，大家互相赠礼，温澜收到数份七夕礼，连小青雯也送了自己做的花蜡。

温澜找到叶青霄时，他正被叶青云和叶青霖缠得不能脱身，一抬眼忽然看到温澜，心情越发糟糕了。

叶青云见了她也是愁云惨淡。

唯有叶青霖看到她开心得很："扬波姐姐，你怎么来了？"

"昨日四哥送我双头莲，我特意插了一瓶花回赠。"温澜示意他们看自己怀里抱的细颈瓷瓶。

叶青霄心里直骂，还要勉强自己露出惊喜的笑意："谢谢扬波妹妹。不过这等小事，让身边人送来就是了，何劳你亲自动身。"温祸害又憋了什么坏水？！

"日头好，走走也无妨。"温澜转而看向叶青霖和叶青云："你们找四哥又是什么事呢？"

叶青云下意识退了一步："我、我功课写完了。"

叶青霄本是不想见到他的，可一想到方才青云和青霖缠着自己的事，又觉得这家伙应该能理解自己，便道："以前二房有个乳母，是照顾青霖和青云的，后来自家开了工坊便回去了，早几年年节还会上门问好，后来便也淡了。府里有个乳母的同村告诉青霖和青云，她如今在夫家过得极不好，"他叹了口气，指着叶青云和叶青霖道，"这两个就让我穿上官服去吓唬他们乳母的丈夫。"

他们倒也知道长辈不可能干这种事，白氏也根本不愿意理会这等事，这时往兄弟里一看，四哥在大理寺，岂不是最好的人选！

叶青云鼓起勇气道："扬波姐姐，范嬢嬢真的很惨，她娘家前两年没人了，婆家逼着她白天夜里都替工坊做活，听说瘦得只剩一把骨头。我们就想让四哥去吓唬一下范嬢嬢的丈夫，叫他不许再逼范嬢嬢做事了。"

"这不可能，四哥是大理寺官员，不可越权，即便只是吓唬，若被有心人知道，也好不了。"温澜说罢，与叶青霄对视了一眼，忽而觉得有点儿好笑。因为通常这个"有心人"就是他们那些四处伺察的皇城司卒子。

"再者说，纵然四哥去吓唬了范娘子的丈夫，他不敢再逼范娘子做活，却只怕更要生恨，不知会做些什么，旁人怎能时时盯着？"温澜见叶青云和叶青霖一副不以为然的模样，略加解释了几句。

"那要怎么办？"叶青霁鼻头都红了。

叶青霄又解释道："我说过了，你们叫她去递状子，同丈夫和离便是。"

叶青云摇头道："可她娘家没人了，和离后去哪儿？"

叶青霄："不和离怎么能确保日后再也不会被折磨？我判了那么多案子，江山易改禀性难移啊。若是不想和离，递个状子，再叫县官规劝，威慑之下，或能保几年安生。"

温澜在旁听了一会儿，说道："此事你们强求四哥也无用。按宋律，范娘子若与夫君不相得，夫君穷困不能自给，甚至其置外室不归家，都能请和离。只要范娘子递了状子，定然能判离。"

"这不仅是因为天子脚下吏治清明，更是因为京绣天下闻名，县官判多了这样的和离案，也不会为难范娘子。"她见两人露出不解的眼神，续道，"京师女子在家中闲时做绣活，一月下来也有三五贯，夫家不得不敬之。若有不顺遂，即便娘家无人，也敢一纸状文递到县衙和离。想必范娘子身无长技，你们才会担忧她的去处。而范娘子的丈夫肆无忌惮，又何尝不是因为范娘子只能依靠于他？"

叶青云和叶青霁哪里知道这还联系上京绣价贵了，但仔细一想又确是这个理儿，扬波姐姐已说得很是明白。他们身在官宦之家，不缺钱物，从未想过这其间的关系，讷讷道："扬波姐姐，那我们该怎么做？"此刻叶青云倒是全然忘了自己先前还怕扬波得很，他比扬波矮了一个头，仰着脸满是迫切之色。

"这要看范娘子婆家的工坊做的是什么了。"温澜说道。

叶青云和叶青霁听她一说，有了希望，立刻道："是专门做些纸扎供给京内的道观、寺庙，或有些人家祭祖用。"

温澜了然，道："若真想搭救范娘子，从长远计，你们应当替她谋算一下学个手艺，或是做厨娘，或是做绣娘，更甚者，谋一佳婿也无不可。如此，来日她若有此念，也可离开夫家。从眼下计呢，你们不可叫范娘子全然闲在家，一事不做，只可设法让她劳作的时辰短上许多。"说到这里，温澜附耳低语了几句。

叶青云和叶青霁听得连连点头。

叶青霄在旁也听了个明白，看着温澜的模样一时发怔了，心里说不出的复杂。这么看来，温澜也并非时刻只知道祸害人啊，甚至他想帮人的时候，法子更多……说不定，温澜若不是身在皇城司这样的衙门，也会是名良吏。

此时，叶青云和叶青霁听罢温澜的话，心绪高涨，尤其是叶青云，更是万分服气，同两人招呼后便回去了。

温澜笑意盈盈地目送他们，模样极为柔婉，让叶青霄更觉着自己没想错，温祸害也是良吏的料。

真是可惜了。

叶青霄喟然低头，只见温澜送他的花瓶里陡然蹦出了三只小蛤蟆，鼓着大眼睛在他手上一借力，跳到了他身上来。

"啊！！！"叶青霄猝不及防之下慌得把花瓶抛起来，狂掸落在身上的小蛤蟆，心中狂骂，他方才真是瞎了眼，哪儿有这样的良吏！

四

京师乃神州要地，四通八达，往来商客不绝，人口逾百万之众，在这样一个几无空虚之屋的地方，什么样的异闻都有。最近市井之中最广为流传，甚至被搬到了瓦舍之中去演绎的传奇，是天庆观闹鬼之事。

过完七夕，没多少日便是中元节了。每到中元前后三日，城中道观、寺院总要办法会，祭祀地官大帝，告慰九州亡魂。除却祭祀孤魂野鬼，也有些请不起道士上家操办整场法会而跑来道观捐钱供个牌位的，这便是一同将亡灵请了祭祀。

天庆观亦然。中元节时，观内采买了各色祭祀用物，其中也包括许多纸扎器物与纸钱，因用数众多，还分了数个工坊采买。法会办完后，天庆观法会主法的马道长便遇到了奇事——他找个路口施食，回来时却在小巷中被一鬼拦路，向他索要银钱用度。

马道长大怒，正气凛然地呵斥小鬼竟敢索要钱财。

待马道长欲将小鬼正法之时，小鬼叫起屈来："这原本就是你欠我的！我乃某家所供亡灵，本家付你铜钱，合该烧些车马衣物和纸钱来，可你烧来的用物里有多半是用不了的，我不找你找谁？这事闹到城隍爷那里我也有理，你欠着我钱呢！"

马道长大惊，他怎么就欠鬼的钱了？这阳债好躲，阴债难偿啊，他忙询问缘由。

"你烧来的东西多半是生脆的，阴风一吹便化了，定然是体弱女子在半夜扎的。"小鬼解释道，"万物皆分阴阳，女子属阴，夜晚阴气也重，积弱之女夜里扎的纸一丝儿阳气也没有。此物阴阳失调，怎能用得久，才到我手里便坏了。"

马道长一听也有道理，但要他认下这债是万万不可的："这些都是从工坊买的，冤有头债有主，你若伤我，便是不分青红皂白。不若如此，我明日去查验一番，若真是工坊用了女子在夜里做工，叫他们补给你可好？"

小鬼当下应了："那你可万万不能食言，按我生辰八字给我烧来。今日是欠了我一小鬼，来日祭神、祭祖若也用了'短料'的祭品……哼哼。"

小鬼飘然远去，马道长却是被最后一句话惊出一身冷汗。

第二日，马道长问过了纸扎都是哪里来的，又逐个查问，果然有个坊主承认他妻子为了赶工夜里还在做纸扎。马道长再请出夫人一看，果真也如小鬼所说体弱身轻。到此时，马道长更是深信纸扎出了问题，小鬼没有骗人，当下将欠鬼债一事告知坊主，叫他们偿还了此债。

马道长未避着人，因此此事很快传扬开，瓦舍里演得绘声绘色，百姓们再去买纸扎时也多会问一问是不是弱女子夜半扎的，他们可不想也被小鬼找上。

如此要求的买家越来越多，各家工坊自然也得避讳，好在会那么做的工坊原本就少。

至于被吓得最重的，当然是这工坊坊主，生怕夜里有小鬼找来，当日就按照马道长提供的生辰八字烧纸还债，全都是自己亲手扎的，不敢有些微懈怠。

"马道长，辛苦了。"叶青霄示意叶青云将荷包给马道长。

屋内的屏风后，站在温澜身侧的叶青霁则偷偷往外看。

"些许小事，不足挂齿，郎君客气了。"马道长接过荷包，大方查看了一下，发现比商量好的还多了些，"哎呀，这可给多了，小郎君是不是放错了？"

"没事，听说马道长甚是用心，还找了同道传散，这是特意谢你的。"叶青霄说道。

"受人之托，忠人之事。"马道长喜滋滋地拱手，告辞出门去了，从头到尾一点儿没问过为何要他做这事，怕是习以为常了。

叶青霄揽着叶青云的肩，问道："怎么样，现在开心了？"

找马道长的花销都是叶青云和叶青霁平日攒下来的。

除此之外，在温澜的劝诱之下，他们绞尽脑汁也一时没想到范娘子能学些什么，倒是无意中打探到官府所建收留孤儿之用的慈幼庄短缺照料孩子的妇人。

幼时乳母带他们是极好极用心的，于是他们便请叶青霄托人从中牵线，如此一来范娘子每月也可有几千钱进账，虽比不得那些精于刺绣的妇人，但也算解了她目前的窘境。

这已是叶青霁和叶青云能做到的极限了。

从头到尾，叶青霄都领着他们一道办这件事，现在付完账，便是彻底了结了。

叶青云又兴奋又担忧，也不知他们做得够不够。

叶青霄便道他们也不是范娘子，如今给了范娘子活计与这样的环境，往后就看她自己了。

"扬波姐姐，谢谢你……"叶青云期期艾艾地道谢，看了眼叶青霄又补充道，"还有四哥。扬波姐姐、四哥，我们请你们吃茶果吧。"

叶青霄也用力点头。

叶青云如今对扬波姐姐已彻底心服了。那日扬波姐姐便同他说范娘子的丈夫是劝不住的，唯有因势利导，以收益逼迫。待找了马道长后，所有发展都与扬波姐姐预料的一般无二。范娘子的丈夫自然而然便不再逼范娘子通宵达旦地做事了，再加上范娘子白日有了活计，他们最急望的事已经成了！

最让叶青云和叶青霄觉得有些诧异又好笑的是，他们在家时甚至听到母亲吩咐下人去查问先前中元节烧的纸衣是不是夜半做的，还认真告诫，说夜半做的纸衣，尤其是体弱女子做的阴阳不调，不经用，烧了反被祖宗责怪。

这种感觉太妙了！

他们憋着不能说自己与此事的关系，心里却不知为何很欢跃。

温澜一笑："好啊，那今日便谢谢霄姐儿和云哥儿了。"

青云兄妹做主，请温澜和叶青霄到茶肆去吃茶果。打茶肆进去，两廊有许多小阁子，茶仆将他们迎入了小阁子后点些茶汤，再叫上些甜豆沙、馓子等吃食。

四人分坐两列，温澜和叶青霄为了饮食方便，将帷帽前面的纱罗卷起。

茶博士拿着器物进来，见一室年轻小娘子与少年郎，一面利落地分茶，一面问道："几位贵客可要唤人来弹唱？"

温澜身形微动，险些大方地道"叫两三个来弹琵琶、唱曲"……

这茶肆只卖茶饮，茶博士不过问问，若要得帮他们上外头叫人。似温澜从前当差时，与同僚去的都是花茶坊，楼上住的都是女妓，有客来便伺候着用茶，甚至有时候不少事也得去此类地方查问。

叶青霄看到温澜那一动，心里就差不多猜到了。京师就这么大，他也听人闲话过，那些女妓极爱温澜的颜色，每每迎到他去吃茶，一定是争相侍奉。虽说这茶博士只是叫人来唱曲，可这卖唱女与女妓之间多少有些是互通的，叶青霄只怕温澜萌生色心了！

"不叫，不叫！"叶青霄抢先喊道，"你只泡茶便是了！"

"四哥，"叶青霄的样子可怜得很，"为什么呀，我同青云付资，叫人唱几段琵琶曲吧？"

"回去专让人请到家中给你唱去，这茶肆的茶百戏京师闻名，还不够你看的？"叶青霄坚持己见，绝不可以满足温澜的色心。要不是实在不方便，他都不想让温澜和青霄坐一边，应该叫温澜坐他旁边，好叫他盯着的！

叶青霁和叶青云都悻悻然，转头去看茶博士分茶。

这茶博士心中觉得有趣，暗自打量。方才有个姑娘没说话，虽说从他这里只看到侧面，但纱罗半掩下也依稀得见丽容，实在清艳绝俗。小娘子和小郎君不谙世故，谁知道他们兄长是不是心悦那位姑娘，才连唤人唱曲都不肯，看那紧张的模样。

茶博士如此想着，手下一动，细乳在茶汤上显出蝴蝶逐花的图样来。这下倒真将叶青霁和叶青云的目光吸引过去了。

茶博士每分一杯花样都不相同，常年在茶肆中，口才自然也不弱，捡近来有趣的事说了起来：“也不知诸位有没有听说近日京中异闻，说天庆观马道长撞见小鬼索钱……”

“听说了，听说了！”叶青云立刻说道，“其实是因为他买纸的工坊坊主之妻半夜扎纸，烧到下边不得用。”

叶青霁唇角微翘，怎么会没听说呢，他们方才还见了马道长。

“这是旧闻了，提它不过是个引子。”茶博士一挺胸说道，“小娘子多在闺阁，恐怕知道得不清楚，庆元街有户姓林的人家适逢家祖冥诞，要烧些纸衣、纸马祭祀，谁知其妻深恨其流连烟花巷陌，偷将纸扎都换作了特意命体弱女子三更天所扎的！这下可得了，当夜林老爷就被梦魇住了。毕竟他可没有马道长那样的胆量与口舌。”茶博士口齿伶俐，将林老爷见到如何可怖形状，又是如何挣扎逃命的场面说得分明，宛如亲伏在林家梁上得见。

“啧啧，最后林老爷的弟弟找了个阴阳生去回背，又烧了成倍的纸扎，这才将祖宗送走。”茶博士摇头叹息，“所以说，这阴间的规矩还是要加倍小心的，祭祀亡魂与神灵的东西是能随便做的吗？”

叶青霁、叶青云目瞪口呆，没想到那事不只是传遍京师，竟然、竟然还生出了其他故事！若非他们就是始作俑者，恐怕真要相信了！

茶博士分罢茶便走了，叶青云怔怔道：“扬波姐姐，我们是不是……好像……会造出一个新民俗？”

叶青霁也暗想，此俗会从京师流往各地，延续几十上百年吗？

温澜轻轻一笑：“回去多看看书，用心看。”

叶青云一时没反应过来：“啊？”

叶青霁在他后脑勺上拍了一下：“你这小子，读书总是囫囵吞枣，扬波的意思是叫你去悟一下，有多少民俗、谶语是别有用意的。”

他偷偷看了一眼温澜，不得不暗自承认，皇城司监察言论，又以言设狱，温澜更是其中的佼佼者。青云和青霁若能从此事中学得温澜一星半点儿的手段，日后也受用了。

五

叶青云在学舍中素来是不大受先生喜爱的学生，前些时候回去一趟，听说挨了教训，不敢再不背功课了。这次回家后再来学舍，又有了新的改变，学舍食堂内用餐时，竟有先生看到叶青云一面吃饭一面看书。

先生只道叶青云又偷偷带闲书话本来，从后面凑过去，冷不丁劈手夺过书："叶青云！"

叶青云险些整张脸砸进饭碗中："先、先生，你吓死我了。"

"你在看什么？"

先生扫了一眼书皮，刚要训斥，觉得不对，定睛一看，书皮上写的竟是"五代史"。先生难以置信地翻开书，确认了里头的内容也的确是《五代史》，而非包了个假的封皮。这还是叶青云吗？他真不是认错人了吗？叶青云怎么会吃饭都惦记看正书？

先生顿时汗颜，将书还给叶青云，大叹道："青云真是大有长进，餐时还在读史。反倒是为师，不知士别三日当刮目相看之理，反而误会了学生，糊涂了啊。"

"先生别这么说，"叶青云忙离席起立，"学生近日方开窍，觉出读书之妙，不觉看出神了。"

看叶青云方才的神态就知道这话绝不是作假，先生满面欣慰："好，孺子可教。那你作篇文章给我，为师看看你有什么心得，不拘题材，就写你这几日所见。"

叶青云怯怯应了。

过几日叶青云再回去，叶训夫妇极欣喜——早前叶训遇到叶青云的先生，先生亲口对他说叶青云大有长进的事，叫他面上有光。他叫叶青云把交予先生的文章默写给自己，白氏更是逢人便提叶青云在学舍被褒奖的事。

叶青云当下将文章默写出来。叶训见了心中更暗暗点头，如此流利默写，看来确是自己作的。待看完文章后，叶训更是一展笑颜："虽说文笔稚嫩、词不相俪、句不对偶，但切当事情，看来你读史真读出了些意思。"虽不可做神童而视，但以青云从前的表现，真是大有长进，难怪先生都忍不住提起。

白氏抢过文章看了看，满口夸道："我看无一处不好的，日后下场定能中个进士。"

"少听你娘的，无知妇人，进士是那么好中的？"叶训板着脸道。

正拌着嘴，叶青霁也来了，手里拿着一卷前人笔记："阿爹，我这几日看了些本地的县志、笔记，又想看看史书，到你房中借阅可好？"

"你们兄妹这是怎么了，一个两个忽然都爱读书了？"叶训笑逐颜开，"读史明事理，你只管去拿，不要弄污了便是。"

叶青霁和叶青云相视一笑，不语。

叶青霁又道："对了，阿娘，午后我想去扬波姐姐那儿坐坐，我用新针法给她做了个荷包，正好送去。"

一提到扬波，白氏的脸色又不好看了："有什么好去的！你扬波姐姐急着找夫君，你去耽误人做什么。"

随着徐菁来京师日久，认识她的人越来越多，向白氏打听她的人也就更多，想知道她真有十万贯压箱钱吗，有没有说过膝下待嫁的女儿会陪嫁多少钱……白氏听得满心烦闷，每日打点家中账务时都要暗恨一次。她原想在分给各院的东西上做点儿手脚，好让三房吃些闷亏，但是徐菁握着那样多钱，铺子里送来的东西用都用不完，还四处送，这点儿小事徐菁怎么会放在心上。

谁知叶青霁和叶青云听了都不开心："阿娘说的是什么话，叫人听见了对扬波姐姐不好。再说了，三叔也是一府推官，扬波姐姐何愁嫁。"

"你们吃了什么迷魂汤，上赶着捧她？"白氏柳眉一竖，"都给我看书去！"

往日白氏这么一说，叶青霁还好，叶青云肯定噘起嘴闷闷不乐，现下她一呵斥，这兄妹俩竟然欢欢喜喜携手去书房了，把白氏气得胸闷。

"夫人莫气，"婢女给白氏揉了揉心口，又道，"用完哺食还要去茶肆，曲夫人约了的，夫人戴那套新做的翠玉头面可好？"

白氏一下转而想着如何打扮去了。这曲夫人是枢密院承旨，也就是叶训上司之妻，家资也十分丰厚，她自然要仔细奉承着，又不能显得寒酸，在曲夫人面前露怯。

"二嫂请我去吃茶？"徐菁诧异地抬头，"这……二嫂有什么事吗？"

她和白氏见了面总都不大开心，而且白氏在她院里放了许多人，向来只白氏对她院里的事情了如指掌，她是一点儿也不知道白氏院里发生了什么的。

传话的小丫鬟一脸懵懂，答非所问："二夫人准备了好些茶点，还叫了女先儿来唱弹词。"

徐菁这里无事，白氏又是二嫂，请她也不好推拒，只是不知道她所为何事，心里总有点儿慌。在丫鬟询问的眼神下，徐菁忽而道："许久没去给二嫂问安了，其实倒不该叫二嫂来请，我换身衣裳，带扬波一道去二嫂那里吃茶。碧羽，你去叫姑娘来。"

婢女应声，不等传话的丫鬟说什么，快步出门去寻温澜了。

待温澜姗姗来迟，小丫鬟都要急了："怎么用了这样久，二夫人那儿……"她话说到一半却没声儿了，因为扬波姑娘的贴身婢女正恶狠狠地看着她，好像她再失礼，就要扑上来划她脸了。这个叫虹玉的她早听说过，特别没规矩，莽莽撞撞的，扬波姑娘也不紧着调理，说不定真敢划她脸。

温澜似笑非笑地看了小丫鬟一眼，轻飘飘地道："我们快些走吧，叫二夫人等急了可失礼得很。"

有了扬波陪在身旁，徐菁一下安心许多，母女二人手挽手去往二房。

待到了二房，徐菁方才知道为何小丫鬟那样着急——等在那儿的竟不止白氏，还有个戴着花冠、满头时花珠翠的华服贵妇。

白氏眉宇间已带着些焦急，一看到徐菁便忍不住站起来："弟妹，你怎么才来？"

"二伯母，是我那里耽搁了。"温澜抢先屈膝一礼，"叫二伯母久等了。"

白氏看到她眉头又是一皱，不知她怎么也跟来了，此时也不好再让她回去了，再说了……

倒是旁边的华服贵妇曼声道："女孩儿家出门总是费时久一些，阿白，你我少年时不也如此？"

白氏神色随之放松："曲夫人说得也是，何必和小孩儿计较。弟妹，来，我给你引见一下，这位是枢密院曲承旨的夫人，今日也同来做客。"

"先前不知有贵客在，失礼。"徐菁一面与曲夫人寒暄，一面在心中疑惑，不知道白氏这是唱的哪一出。她假作不经意侧头看了一下扬波，发现扬波仍是面无波澜，也慢慢缓了心绪，带上从容的笑容。

"哪里话，我闺名清河，阿徐与我姐妹相称或是直唤我闺名都可以。"曲夫人笑容中带着几分亲近，叫人见之生喜。

白氏心里更是暗暗发酸，曲夫人在她面前总是带着几分不经意的骄矜，这副面孔她可少见。再想到曲夫人同她说想求娶叶家女儿，因叫她引见、说说好话，还送了只水头极好的镯子，更是恨不能说她女儿也十四岁了，不比扬波青春年少？

徐菁倒不知曲夫人平素模样，尚无知觉。

入座后，一面听弹词，曲夫人一面引着说笑，径问些徐菁的事与章丘的风土人情。她极善言辞，三言两语，徐菁已忘了先前的疑惑，与她谈笑风生。

"今日与阿徐真是相谈甚欢。"曲夫人笑盈盈地道，"对了，我娘家陪嫁了绸缎铺，近日要关张了去做别的生意，货库里还有些余的绸缎急着脱手。我知道你也有绸缎铺子，不若我让几分利转与你罢？"

徐菁一时有几分犹豫，曲夫人堂堂枢密院承旨夫人，应当不会骗她，但是一则今日白氏相邀之事太诡异，二则她们不知道这生意都是扬波的。

曲夫人看着她神色，又道："我名下嫁资众多，但友人并无几个，阿徐若是愿意，今日便可请你的掌柜去验货，一匹绫罗八百钱。"

徐菁虽然打理铺子没多久，但总知道布价的，一时瞠目结舌，不知曲夫人竟如此豪爽，只为结交就让如此多利。八百钱，别说买绫罗了，顶多裁两件布衣，还是夏日穿的，这哪里是让利，分明赔本了。她铺子里少说几百匹各色绫罗绸缎，都照这样算，徐菁转手一匹最少也能赚两贯。

白氏心中嫉妒得很，又不得不为曲夫人说话："弟妹，曲夫人与你一见如故，方才有这样的好事，若是我，眼下就答应了，有什么好犹豫的。"

温澜忽而道："二伯母如此说，是不知道曲夫人有事相求，还是真的不通世情？"

白氏愕然，扬波在她面前总是温柔端庄，她一时之间竟反应不过来。

曲夫人的笑容也收敛了一些："侄女这说的是什么话？"

温澜知道此时需挑明了，非得自己开口，免得再生事："兴许世上果真有人愿以一面之缘让利千贯，但绝对不是夫人您。"

白氏倒吸了口气："放肆！扬波，曲夫人是朝廷命妇，岂有你如此无礼的份。"她又看向徐菁，恼怒地道："弟妹，你是怎么管教女儿的？我原以为扬波进退有度，是个知礼的好孩子，没想到啊……"

她惊愕之后，心里竟然有些窃喜，扬波这么愚蠢失礼，曲夫人还看得上她？再一想，又有些怨，可别叫曲夫人捎带着看她也不痛快了。还有曲夫人送的那只镯子，她是留着好还是退回去？真是不忍啊！

徐菁心中也想明白了，扬波说得没错，她方才还在想世上竟有这样的人，稍稍多想一点儿也该知道无缘无故哪儿来的好事。

"无碍。"沉默了一会儿的曲夫人看徐菁的神色，也知道她什么心思了，说道，"既然如此，我日后再拜访阿徐。"

曲夫人匆匆告辞，白氏送了一段，不住地道歉，也抱怨不知道徐菁母子如此不知礼，自己与她们可不一样。

待白氏回转过来，正要对温扬波大发脾气，却发现徐菁和扬波早走了——方才她没说曲夫人想和叶家结亲是当面照顾曲夫人的脸面，这会儿自然得好好说道说道，好叫她们母女后悔不迭。

白氏正喝茶解渴，想着立马就去找徐菁一说解气，忽而有婢女来报，老太爷和老夫人请她过去。这公公成日就知道修仙，婆婆也不理家事，怎会突然唤她去？

不过白氏转念就想到了："好啊，她们还好意思告我的状！"

白氏赶到公婆院中，果然看到徐菁和温扬波也在。她上前给叶老爷子和老夫人行礼，故作不知："爹、娘，唤儿媳前来有什么事要吩咐吗？"

叶老爷子对后宅之事本就不感兴趣，何况修仙吐纳到一半被打断，不耐烦地道："好了，你知道是找你说曲承旨夫人的事。"

"呵呵，这事儿原本不想说给爹娘，叫你们担心。"白氏面不改色，"可是看样子弟妹和侄女都来诉苦了，爹娘怕是已然知道方才的事情，那儿媳恐怕也不得不分辩一下。"

叶老爷子"嗯"了一声，不动声色地道："分辩？"

白氏侃侃而谈："曲夫人早先约我吃茶，便提起仰慕我叶家家风，又知道弟妹资妆丰厚，故此有心攀门亲。我从中穿针引线，曲夫人见到弟妹后也甚是喜欢，才愿意让利给她，只是第一次见面，自然不会明言，谁知道侄女气性那样大，直接出言不逊气走了曲夫人。我这头还不知道日后怎么与曲夫人相见呢。"

她心中隐隐有些幸灾乐祸，想看两人知道真相后的表情，谁知她们半点儿慌乱也没有。

温澜甚至平静地道："曲夫人的夫君是枢密院承旨，她自己也有许多嫁妆铺子，要说她因为她人嫁妆丰厚而心生为子求娶之意，也不是不可能。但既然是有意求娶，方才谈天时曲夫人为何不多看我一眼，连只言片语的关心也没有？"

白氏愣了愣，说道："这……婚姻之事，父母之命媒妁之言……"

温澜摇了摇头："这不是求娶的态度，这是赠以苞苴的态度。"

白氏没听懂，皱眉不解道："苞什么苴？"

叶老爷子暗暗摇头，儿子无有贤妻啊，身在宦场，妻子却连这也不知道。他耷拉着眼皮道："曲家以绸缎为借口，暗行贿赂。"

"苞苴"便是蒲包，古人用来包裹鱼肉赠人，后来官场上暗中行贿，多喜巧立名目，借正经由头送礼，正形同此，于是为官者便以此暗指贿赂。

叶老爷子心中暗想，虽说老二无贤妻，老三的新妇又初为官夫人，但老三这个继女倒是有些机灵，与平日透出来的温柔端庄不同，既通世情，又能决断，一言一语都有深意。

白氏闻言脸色陡然变了，厉声道："胡说八道！徐菁你怎敢污我！"

她口口声声指责徐菁，眼睛却觑着温澜，只觉得遍体生寒。这个丫头平日里看着温暾，也不多事，今日却极能说道、言辞犀利，看来平素根本就是深藏不露。可是，她怎么能担这样的罪名！

徐菁虽然事后被提醒才明白，但已知道其中利害，不甘示弱地道："二嫂，既然曲夫人对扬波无意，你真信她是与我一见如故才要让利与我？曲夫人求不到我身上，只可能是有什么案子犯在我夫君手里了吧？"

白氏方才也是知道她暗示的什么，这才急了，收受贿赂可不是说笑的："简直一派胡言，你这是信口开河。爹、娘，你们可不能由着她污蔑我啊！我就知道三弟还是心怀不平，这才叫媳妇针对我，我是好意才引她认识曲夫人的！"

徐菁也急了："二嫂，你这话也太偏颇了，明明是我们险些被害了，若不是扬波当时便拒绝了曲夫人，真叫她日后再来，被人看见也说不清啊。前些时候，府衙里才有个判官因收了人家的贿赂，被贬到县里！"

"二伯母，娘，你们都别太大声了，免得叫旁人听到。"温澜冷静地道，"到底是与不是，等到继父放衙不就知道了，看一下有没有什么案子与曲家有关。"

白氏眼神闪烁，显然不大有信心，但还是嘴硬道："那就问问啊。"

叶老爷子几乎睡着了，此时说道："那就谁也别走，在这里等老二、老三放衙。"

白氏暗恨低头，心中不住地盘算，可是心一乱，什么也算不出来了。难道曲夫人真的是骗她，好叫她引见徐菁，借机行贿？

待叶谦和叶训都放衙回来，一同被叫来，见妻子都在，下人也被屏退了，心中疑惑。

白氏和徐菁刚要说话，被老夫人瞪了一眼，都住了嘴。

叶老爷子有气无力地道："今日曲承旨家的夫人来访，想要赔本卖给老三媳妇儿一批绸缎，利逾数千。"

叶谦差点儿被惊得蹦起来，急道："夫人，你没有收吧？啊呀，这曲承旨的妻弟殴伤平民，正是在我手里审理，她此举一定是想贿赂我！"

白氏眼一翻险些晕过去。

叶训看到自家夫人在这里就觉得不妙，这还是他上司家的事，迟疑地道："此事我也听说过，可只是殴伤罢了，没什么大碍吧？"

叶谦这才匀过气，说道："哪有那样简单。案子判了没几日，伤者不治身亡了，按律这治伤期间死了也是凶者的责任，他们想推到伤者自己误用了药上，正四处买通……夫人啊，你到底收人钱了吗？"

老夫人要拦徐菁也得说了："我没有！"

叶谦这才松了口气："那就好，那就没事了。"

叶老爷子道："这里还有桩公案呢，曲承旨夫人是老二媳妇带来的。"

真是好的不灵坏的灵，轮到叶训急了："你这婆娘，什么事你都敢掺和！"官场上是有些暗中往来，但这事儿办得太蠢了，白欠老三的。这下好了，叫老三拿住了由头，他们腰杆都不直。

白氏也怕了，啜泣道："我怎知道此事啊，你也不同我说，都是曲家的骗我。对了，她、她还送了我只镯子，该怎么办？"白氏畏惧之下不打自招，叫人知道她怎么那样卖力为曲夫人说话。

"还不退回去！立刻包了送到她府上去！"叶训不耐烦地道。

听到白氏还收了东西，叶老爷子也不觉得奇怪，淡淡道："曲家就不该登门，既登了门，才遭拒绝，难免心生怨怼。老二媳妇儿经理家事还如此糊涂，该好好反省了。"

老太太也道："原是长媳体弱，不得已才让你分担，明日起还是叫老三媳妇儿和你一并理家吧。"这还是考虑到徐菁才来叶家。

白氏一听如遭雷击，又不敢反驳，只心里悔恨得很。原以为不是什么大事，谁知道被徐菁一状搞得理家权也丢了一半，她还如何在家中立足，一时又更加痛恨三房，尤其这次扬波出了大力。

白氏还未缓过来些许，叶诞也匆匆赶来了："我一回来就听说父母兄弟都在，怕有什么大事。"其实主要是听说温澜也在。

老夫人三言两语说了今日发生的事，叶诞顿时大怒，斥责白氏："真是无知妇人，二弟就该休了你这愚妇！"

白氏又惊又惧，不知叶诞为何发这样大火，她都不禁怀疑起来，犯的错有这么严重吗？再怎么说，徐菁也没有收礼，叶谦更没有办事。

叶训也吓了一跳，护着白氏道："大哥息怒，她也不是有意的，只是脑子愚笨没发现，东西也叫人退回去了，就是被察子探到，咱们也问心无愧。"

就连叶谦，虽然后怕，也有一丝疑惑，大哥这脾气发得也太大了吧？

叶诞瞪着他，把这两夫妻都吓得缩脖子不敢吱声了。竟然要皇城司的察子亲自替你阻拦收贿啊！就这，老二还敢说问心无愧？只要温澜当时有一丝恶意，不等叶谦来说什么不知情、要拒绝的，直接将人都缉捕了，浑身是嘴也说不清！

"老三如今在大名府做推官，像这般的事情，日后定然少不了，三弟妹要尤其注意，其他人更是不可大意，省得稀里糊涂酿成大祸。"叶诞沉声说得十分严重，"这次多亏了扬波警醒，老二家的很应该道个谢！"

白氏哪儿有脸对晚辈道谢，那就彻底没脸了，只埋着脸不说话。

往日叶谦和叶训相争，叶诞总是不偏不向，极少掺和进去，这一次发火，倒让大家隐隐觉得有些偏颇，但还没那样怀疑，毕竟也不知道叶诞的用意，只以为大哥在衙门就积了气。

如此闹了一遭，众人心里都不是很痛快。

往外走的时候，叶训特意走到三房面前，小声讽刺道："好啊，好清官啊，我倒要看看你日后是不是一直如此刚正不阿。"

如此被训斥，二房起先还有点儿悔，现在也都化成了怨，只觉不过是白氏糊涂，被三房抓着了机会。可是你叶谦在大名府这样的地方做推官，京中多少达官贵人、名门子弟可能犯事，未必真能正直下去。

叶训走了，叶谦还在发怔。其实，他也不敢保证这一点，他是极为珍爱自己的官声，可有的时候不是不想，而是形势逼人。京师居，大不易，说的又岂止是百物价贵！

就连徐菁也在想，难道白日不该那样不留情面，几乎是驱赶走了曲夫人？枢密院承旨可是时常能面见天颜的。

但此时温澜却在一旁意味深长地道："父亲，以我粗见，大名府推官位于京畿重地，一旦办出成绩，极易入天子之眼。谁说京师耳目众多是坏事？所谓悦上者荣，悦下者蹇，可京师贵人虽多，谁贵得过天子？官场上没有永远的对手，被荣宠者也不会缺朋友。您说是吗？"

也许做一个直臣会得罪很多人，甚至是上司，但是能够获得天子的喜爱。以叶谦的资历，这是他最好最快的升官途径——温澜不仅是助叶谦入京，她还要推这位继父往上爬。

叶谦浑身一震，侧目去看温澜，吸了口气道："扬波若是男儿身，定要搅动一池风云变化了。"

扬波字字句句通透在理不提，更是叫他忍一时之遭遇，朝着高官名臣去，反倒是自己，先前只想过若能熬出资历，顶好到外面做一任通判。他得承认，自己还不若扬波心胸开阔。

但这一番话也激励了叶谦，他咬牙道："好，夫人，你记得了，日后时时警惕有心之人的拉拢与陷害。曲家若是因此事不满，要冲着我来，我也认了，叶某还就刚正不阿了！"

温澜微微颔首，面上露出了些笑意。

第三章

大房向来不偏不倚，

怎么会突然偏帮三房？

一

叶家自来都是由主母治家，这一辈应当是蓝氏理家。她也是生长于富贵之家，身子还好时独当家务，量入为出，上下之事不分大小一概决于蓝氏，乃是公婆都倚重的长媳。

可惜蓝氏这几年养病，这才交由二儿媳白氏掌家。此番白氏被训斥，不得不交出一半管家权，日后什么事都得和徐菁商量着做。

回去后白氏与心腹仆婢们商量了许久，知道公婆定然是顾忌到家里还要倚仗她来打点，徐菁却没掌过家，故而只叫分一半，但日后徐菁熟稔了家事，岂还有她立足之地。故此，这掌家权只可明面上给徐菁，万万不能让她真的熟悉了家里的事宜。好在这几年白氏经理家中，上上下下收拢、调换了不少自己人，只叫他们阳奉阴违糊弄徐菁便是。

如此想着，白氏放心了许多，一时又忍不住痛骂起徐菁母女，尤其是温扬波。她仔细回想发现了，徐菁那时根本没有发觉，后来也是温扬波寸步不让，从前真是看错她了！还有，后来大哥竟叫她和扬波道歉，她那时脸都烧起来了，幸亏没有下人在场，唯有温扬波一个晚辈把她的笑话看了去……不对，根本就是温扬波造成的！

"扬波这无赖种子，莫要让我寻着把柄。"白氏咬牙切齿地拍打身下的罗汉床。

"阿娘……怎么了？"叶青霁原本是听说白氏好像被训斥了，于是来探望，谁知道撞

064

见白氏发脾气辱骂扬波，她惊诧地道："您为什么这样说扬波姐姐？"

"什么扬波姐姐，温扬波是你哪门子的姐姐？"白氏翻着白眼道，"不过是徐菁拖油瓶拖来的，根本算不得叶家正经姑娘，还成日和我装模作样。你娘今日被训斥都是她害的，你日后再敢同她耍，就是往你娘面皮上踩。"

叶青霁被白氏这一通话说得面色发白，咬着下唇道："阿娘，到底怎么了？"

白氏哪里好意思说实话，思来想去她做的事在场人为安全计也不敢到处宣扬，只道："三房的母女为了抢娘的管家权，到你祖父祖母那里闹了一通，说长媳不管家，那二房媳妇和三房媳妇是一样的。"

她自觉说得十分可信，不想女儿却露出了怀疑的神色，不禁有些恼怒，也有点儿疑惑，青霁平日里一派天真，浑不似她的种，怎么今日竟不是说什么信什么了？

白氏不知道叶青霁因私下被温澜指点过，只觉得若是扬波姐姐想抢阿娘的管家权，怎么会当面大闹，她定然有更好的法子，就像帮范孃孃那样。

"你连阿娘也不信了？真是养你何用！"白氏心里正火着，就将叶青霁赶了出去。

叶青霁在外头可怜巴巴又站了一会儿，只想明日再来安慰阿娘吧。她凑近了门，想和阿娘隔门道个别，让阿娘消消气，谁知正听到有个婆子对阿娘说："夫人，那咱们要不要叫搁在三房的那小丫头……"接着，她又听到阿娘小声打断："暂且不要，这个时候……"

搁在三房的小丫头？叶青霁一惊，阿娘竟然还安插了人在三房？对了，先前三房的仆婢都是阿娘送去挑选的，这也不奇怪。

转过天去，白氏身旁的赵婆子将账本、对牌等物都送到三房。

这也是白氏思虑再三决定的，这叫以退为进。她虽然恨得紧，但也是在房中解气，出了门要知悔改，因此将账本和对牌都送去，好给公婆、大哥看。反正徐菁离了她必然也一头雾水，支使不动下人，等同个摆设。至于温扬波，白氏也想过了，她嘴巴再厉害也是个未出阁的女孩儿，对经理家务能有多少见解，更别提也不了解叶家了。

徐菁在赵婆子的注视下拿过东西，果然是有些茫然地翻了翻账本——叶家好歹也是世代簪缨，家务不是一时半刻能了解清楚的。

"这个……那就收着吧，每有决议，我同二嫂商量着来。"徐菁谨慎地道。

待赵婆子略带几丝得意地走了，徐菁就坐不住了，问道："姑娘呢？"

婢女答道："早去请了，姑娘房里的婆子说是去大房了。"

徐菁睁大了些眼："大房？"

不错，正是大房。

早晨温澜就进了小厨房——虽说吃食都由公厨供应，但各房也有小厨房，好随时给主子做些小食方便用。她只留移玉打下手，说要亲自下厨做些吃食。旁人还以为是要做给徐菁，谁知她提了食盒径往大房去。

到了大房，温澜又笑吟吟地说近来她母亲的病大好，于是做了些吃食感谢。满满一食盒的金齑玉鲙，色香味俱全，看上去是考虑到了大房的每个人。

蓝氏没什么力气，加上温澜准备得这样多，索性将儿女都叫来。

叶青霖听说扬波送了吃的来，不由自主就赶紧往母亲房中去了——她也在学习厨艺，未来要主持中馈，不禁又起了一较高下之心，不知道扬波厨艺如何。

除却叶诞已走了，大房的三儿一女都到了，一齐用温澜做的鱼鲙。

温澜亲自分盛，移玉再端给众人。轮到叶青霄时，他明显躲了一下，不住地看温澜的动作，就怕温澜动什么手脚。这家伙可是不择手段得很，别说他不会无缘无故害人，他就是那种以看人笑话为乐的人！

"这好似是南方的做法？"叶青霖端详了一下，这配色鲜浓，金白绿交杂，看了叫人食欲大增，味道也相当地道，与她吃过南方厨娘所做的不相上下。这上头叶青霖就没得比了，她这两年才开始学习下厨。

叶青霖吃着有些闷闷不乐，转头去看，发现四哥埋头大嚼，认真得很，又是一阵发酸。她做的糕点，四哥也没吃得这样认真过啊。

温澜看叶青霄埋头苦吃，不愿意抬头看自己，饱含深意地又盛了一碗与他："四哥是饿了吗，还有的。"

兄弟们笑说："扬波妹妹的手艺太好了，看老四吃得这样香。"

叶青霄不知道这是否真是温澜做的，反正他是食不甘味，听众人调侃，也只能麻木地道："真香，真香。"

待众人用罢了，温澜又和蓝氏寒暄几句便收了食盒回去。蓝氏道谢时，她更是一礼道："哪里，早便该来了。"

叶青霄听到这话，手抚着额头，头埋得更低了。

温澜一走，其他人自然也各自回房，叶青霖原本要回去，瞥见四哥慢了几步，便也留了个心，没有走远。她在外头等了半晌才见四哥出来，身边还跟着柳婆婆。这柳婆婆是她娘打娘家带来的，极为倚重，平素帮着打理家务，无一不精。

"四哥，你带柳婆婆去做什么？"叶青霖心中有个隐约的想法。

果然，叶青霄不耐烦地道："你管这许多，三婶那里忙着，阿娘叫柳婆婆去帮忙。"

白氏交出一半管家权的事，叶家上下都传遍了，但叶青霖从未想过四哥竟然会帮三房问阿娘借人——绝对不可能是阿娘主动叫柳婆婆去的。

叶青霖上前一步，小声道："四哥，你为什么要这样做啊？"

其实她也大概知道为什么，但是她实在不理解，这还是她四哥吗？

叶青霄也想哭，难道他愿意？温澜大早上跑这一趟是为什么啊，不就是暗示吗！最后还说一句"早便该来了"，是不是在责怪他没有主动把人送去？叶青霄一面揣度温澜的心思，一面唾弃自己，可是让他不理又不敢，只能乖乖去找母亲借人。

叶青霖看着四哥那沉溺其中的样子，心里一凉：完了！

徐菁左边站着柳婆婆，右边站着温澜，面前则是叶家几位管事。她从容不迫地将找出来的问题事无巨细都说清楚："譬如此处，前日采买的时鲜乌贼鱼？如今都什么时节了，乌贼鱼过了小满便小了，绝没有这样的价格……族内孤女从前出嫁皆以禄赠，这两年庄子、铺子出息都不少，为何要取消呢？"

徐菁越说，这些管事就越不敢慢待，她也益发有信心了，可见刚才说的都切中了，待管事们恭谨回复后，再点头道："我知道了。我会同二嫂商议，你们先回吧。"

见她不给答复，只说和二夫人商量，大家心中忐忑，这一家两主，不知日后家里又是什么样的风气。

不过，还不等徐菁去找白氏，白氏已自己找上门来了，急得额上都冒出了小汗，在外间整理一下方进来——白氏一听说柳婆婆竟去了三房，当时便傻了。

大房向来不偏不倚、分寸不差，怎么会突然偏帮三房，就算昨日大哥骂了她，也不至于吧？这一半管家权她已交出来了啊，蓝氏更早已专心养病，不问外物，如今竟把柳婆婆派来，这其中必然有什么缘由，白氏不信大房只因她险些害叶谦收了贿赂便如此做。但无论是为何，现在来看，她把对牌都交到三房简直是惊天大蠢招了，因此才急得立刻赶到三房。

"二嫂。"徐菁不冷不热地道。

白氏看到柳婆婆果然在旁边，心里更揪紧了，勉强笑道："弟妹，是这样的，婆婆叫我们分掌家务，我先时没想明白，后来觉得我们可以这么分，你来管账，我来管钱。"

她只当先前什么也没发生过。

其实白氏一样也不想叫徐菁管，但是大房出人了，她不这样，怕是自己才要变木偶僵。

徐菁先前就被女儿吩咐过，若是白氏来找，不必拖着，大家各掌一半便好，此刻刚要答应，忽听扬波道："如此不太分明，还是按照院子来分吧，若有大事再一并商议。"

如此，二房、三房的院子当然各自负责，另有长辈院子、后厨、库房、庄铺等等，各领一半，泾渭分明。

白氏稍稍一想，就明白了这样做的用意，分开大半人事但不分家不说，到时两房治事不一样，出来的面貌也不一样，孰优孰劣，甚至哪个耍了花巧，岂不是一目了然。

白氏的笑意僵了僵，只希望徐菁有主见一些，不要任听女儿的。

可惜徐菁不但不反对，还赞同地道："不错，这样极好。"

"这怎么好，像是要分家一般，外人知道会怎么说？"白氏一心不想如此。

温澜道："这也正是我们想同二伯母说的。这些日子我从三房下人素日行径看，颇多尖嘴好事之人，母亲在房中说些资妆的事，竟全京师都要知道了。"

徐菁听得都忍不住低头忍笑，那事分明是扬波有意泄露，不过说得也挑不出错。

"因此，很应该整治家风，免生祸因。如此一来，咱们在家中如何分治，外人怎会知道？"

一字一句说得白氏心头如同放了一把柴火，烧得焦干冒烟。她直直盯着扬波，只怪自己从前小瞧了她，又不得不从牙缝里挤出几个字："如此……好吧！"

徐菁在柳婆婆的协助下打理家务，又有温澜从旁出主意，一肃家风，将自己这一半管得严严实实。

二

另一面，曲承旨妻弟也已按律判刑。

听说曲承旨家里闹得不可开交，曲夫人盛怒之下竟把曲承旨打得阖府乱蹿，又大骂曲承旨，言她嫁入曲家后嫁妆任家里人使用，曲承旨拿来打点了多少事，偏她弟弟陷在大名府救不出来。曲承旨也不敢反驳，如此厮打一番，面上带伤到衙门，枢密院上下都看了几日热闹。

叶训送还手镯时让人带了几句话，话里话外的意思都是他有心相助但无可奈何，三弟油盐不进，把自己都择了出来。故此，曲承旨夫妇对叶训倒也没恶语相向。

曲夫人没能给弟弟脱罪，那日又在叶府大失颜面，更别提此案还是叶谦判的，真是恨极了叶家三房。可惜曲承旨挨打归挨打，却不敢听曲夫人说的生事。他妻弟刚刚被判，若是叶谦出什么事，傻子也想得到是他，被夫人挠几下就挠几下吧。

曲承旨既不肯帮忙，曲夫人自己盘算了一下，也没别的路子，只好打听到徐菁的铺子，命手下人去添点儿乱——京师闲汉无赖多得是，找人去徐菁名下的铺子里寻衅生事，生意定大受影响。而等皂吏赶到时，那些混迹街头的闲汉早便消失无踪了，更别提问到幕后主使。偏偏铺子那样多，就算是推官夫人，也不能使唤那么多皂吏守在每个铺子旁边。

徐菁虽然心中早有准备，也不禁恼怒。此事猜也猜得到是曲家做的，这都是扬波的产业，若是在她手里衰败了怎么是好。她同叶谦商量，索性去打点些关系，找些厢兵守着。叶谦怎么说也是大名府的推官，怎么能叫这些人唬着！

温澜知道后却道："只怕他们一计不成再生一计，反而麻烦。"

"你是说？"徐菁疑惑地看着她。

温澜笑笑道："没什么，说说罢了。"

徐菁极其怀疑，然而也没有证据，只是难免在心中回想到了谢判官之事，又觉得这枢密院承旨和大名府判官应该不一样吧？

其实温澜倒没有徐菁想的那样可怖，这样的事叶谦以后恐怕遇得还多，她岂能次次都下狠手。

曲夫人名下出息最多的便是京郊的园子，种得千种花木，四时开放，租赁出去或是游人入内，皆有收益。

这园子里最重要的乃是一名姓黄的接头，领着园内接花工侍弄花草，技巧高超，京中每每有富家欲请他至府上，只是被拒绝罢了。不过这接头虽卖身在曲家，每年也需给他一百贯钱稳住人心。

这日曲夫人正因徐菁的铺子生意受损而痛快，尚嫌不够之际，下人通传道黄接头一把火烧了园子，人也消失无踪了。

听到消息的一刹那，曲夫人心口一痛，抓着身边的丈夫，手指甲也狠狠刺进他肉里。这真是新伤叠旧伤，曲承旨双眼含泪，还要扶着曲夫人，伸手去掐她人中："夫人，你没事吧？"

曲夫人脸色发白，气都出不来了："我的、我的园子……可救过来了？"

下人瑟瑟道："因在岛上，赶去的时候，花木房屋都化作焦炭了。"

曲夫人的园子四面有水，游人需得缴了钱方能乘船入内，绝无隐匿偷入的可能，又因环水之景越发好看，一向是曲夫人得意之事。谁知现在反而成了救火不及的缘由。

曲夫人"呃"一声，彻底晕厥了。

那样多为了吸引游人从各地千里迢迢购置的花草都毁于一旦，也难怪曲夫人只粗一算计就晕了过去。

曲承旨感同身受，毕竟曲夫人那些出息给他打点用了不少，连忙悲痛地道："快叫大夫来，还有，给我报官，我要抓逃奴。"黄接头本在他家好好的，为何要逃，还将园子给烧了，实在令人不解。

曲夫人醒来后，第一件要做的事就是将剩下的接花工都叫到府中来细细盘问。可这些接花工日日与黄接头相处，竟也不知道他何时有了这样的念头。甚至原本黄接头同他们说了今日要移花，忽然改了主意打发大家出去买物什，待他们回来时，一切都晚了。

曲夫人忍着心痛，一面督促他们向官吏描述黄接头的长相特征，一面又自己派人去追。这黄接头让她蒙受这样的损失，若就这么让人逃了，她实在不甘心。

按理说黄接头没有路引、正经户籍，逃不出多远，京师每日也会有厢兵计算各坊人丁，但真找起来，竟是半点儿身影都不见。曲承旨当下便说："定然是有人授意。若单单烧园子，还可能是对主家有怨或者与人置气，但人都找不到，必然有人替他改换身份！"

曲夫人白着脸道："谁会这么做，你新近与谁结仇了？"

"这个……"曲承旨细细想了半天，小心地道，"夫人，咱家最近只与叶谦有怨吧。"

曲夫人白白的脸一下又黑了："那就是叶谦？好啊，定然是因为我派人去他家铺子捣乱，他就把我的园子烧了。叶谦身在大名府，替黄接头逃出去方便得很。"

曲承旨心中叫苦，他都不知道夫人派人去捣乱了，眼下又不敢指责夫人，想了想道："虽说他是大名府推官，但伪造事涉数个衙门，叶谦新近调来京师，不大可能是他啊，除非他不怕人多嘴杂传扬出去。再说，叶谦行事有君子之风，怎么会……"他说着便噤声了，因为行事不君子的曲夫人正瞪着他。

幕后主使到底是谁不得而知，曲承旨后来打听了一下，果然与叶谦毫无干系。

可曲夫人思来想去总觉得不是那么回事，隐隐忌惮起来。再者，园子在清理中仍不时刺痛曲夫人的心神，折损如此之大，她又哪里还有心思去理会其他，自然消停了下来。

三

叶青霄躲在街角，探首看前边那架二人抬的轿子。轿子上首簇着些杨柳枝，四面垂下来如帘幕一般，中间又编了些紫薇花，一看便是女子所用。

轿子停在了茶肆门口，却下来一名穿着石青色燕居服的青年男子，步入茶肆。旁人倒也不觉得奇怪，这用着女轿的青年生得眉目秀丽，焉知不是身着男装的娇客，近年来京师倒也多有女子如此打扮。

叶青霄跟在后头，打听那人在哪个小阁子，走到门口刚想偷听一下，便有个茶仆将门打开，说道："公子，里面的贵客请您进去。"

叶青霄尴尬地直起腰，转念一想，又掸掸衣摆，昂首走了进去。

温澜悠然坐在里头，面前已摆着两盏茶，见叶青霄进来，对茶仆做了个手势，茶仆便关上门出去了。

"你在这儿等谁呢？"叶青霄抢先问道。

"等四哥啊。"温澜施施然道，"跟我一路，想必辛苦了，坐下来吃杯茶吧。"

她伸手将茶盏揭开，叶青霄方看到里头装的果然是自己平素最常喝的普洱，登时无言以对。他原本是找温澜有事，正遇到温澜穿着男装出门，想着说不定他是去与皇城司的人碰面，便跟上来看看，谁知早被温澜发现了。

叶青霄掩饰住尴尬坐下来："我也是受人之托，找你说件事。"

温澜："哦？"

叶青霄道："青霁妹妹如今被二婶拘着不让去找你，这才托我传话。她说你们院中有二婶的人，但不知到底是哪一个，你自己注意着些。"

温澜还真没想到是这件事，也不知叶青霁从哪儿知道的，还让叶青霄传话给她，恐怕也不容易，她自然是领这份好意的。叶青霁到底年少，而且也不知如何被白氏那样的人养成这般，难得遇到如此天真纯善的孩子，温澜的表情不觉温柔了一些。

叶青霄见此却十分警惕："提到我妹妹，你露出这神情做什么？告诉你，就算你不是皇城吏，年纪和青霁也差得太多了！"

温澜："哦。"

叶青霄犹带怀疑地看她几眼，才道："青霁也是想得太多。曲承旨家的园子是你烧的吧？"

曲家大肆寻找逃奴，他家园子又出名，事情早传扬出去了。虽然不知内情，叶青霄却能猜出几分——不过是捏造个身份，还有看准人的弱点撺掇人而已，温澜再擅长不过了。

温澜吃了口茶："呵呵，我成日在家中绣花、看书，怎么去烧什么园子，可能是天谴吧。"

叶青霄看她吃茶，自己也有些唇干，露出不屑的神情端起茶："鬼才信你。"普洱茶刚入口，他就一口喷了出来，"咳！咳咳！"

"呀。"温澜平静地说，"不合四哥的口味吗？"

这茶里也不知放了多少盐，叶青霄被齁得说不出话来，极想掐温澜的脖子——这要是茶博士失手就怪了。他四下看了看，夺过温澜的杯子灌了一盏茶下去，这才缓过来些。因喝得太急，胸襟上不免洒了些，叶青霄看着一派自然的温澜，哼哼道："魔头。"

温澜置之一笑，问道："四哥如今在大理寺，虽说资历弱一些，但很是磨炼人，下一任欲谋何处？"

叶青霄心中警惕，哪里肯答，只觉得温澜问这些不怀好意。

温澜关心叶青霄还真无他意。在她的梦里，叶家虽然有叶老二这样的糊涂蛋，但终归叶老爷子教得不算歪，赵理夺位时，叶家上下没有一个趋炎附势之辈。再者说，大家现在好歹是一家人。

温澜自顾自道："在六部转一圈，到州府上两任足够，再回京中，未来也可期。"

叶青霄从警惕变作狐疑，不知对方这是什么意思。温澜帮青霁他还能想通，在这里给他出什么主意？

两人正说着，外间传来一声响，叶青霄清楚地看到温澜莹白如玉的耳尖动了动。

温澜倏然起身走到门口，把着阁子门听了片刻，然后才将门打开，只见庭中一把琵琶摔得弦崩把碎，另有名浓妆艳抹的女妓被个中年华服男子揽着，二楼挤着些看热闹的茶客。

叶青霄还以为有人斗殴，也三两步走到门口。

那中年男子忽将女妓放了下来，道："咦，你在我怀里做什么？"

女妓一脸惊愕："这……方才奴失足从二楼廊上摔下来，是贵人出手搭救啊……"

那男子只是露出一个侧脸，温澜和叶青霄却都认了出来，分明是当今天子的亲兄弟恭王变服出游。方才温澜所听到那练家子的动静显然是他出手救人——虽说得了脑疾不记事，身手倒还在。

"不记得了。"恭王揉了揉脑袋，也不等女妓道谢，转身便走。

他自南边廊下走过，正巧叶青霄和温澜也在小阁子口，于是打了个照面。

叶青霄是同恭王见过的，虽说恭王不记事，他却不能视而不见，当下行礼，还自报家门。

温澜在他后面两步，也跟着一礼。

"我们见过？唔，叶家的啊，那就是叶致铭的孙子。"恭王抚了抚颔下须，"这是带着姊妹还是夫人出来吗？呵呵，你们玩，我还得去吃茶。"他俨然忘了自己根本就身在茶肆，迈步走了。

叶青霄看着恭王的背影，颇有眼见英雄暮年的唏嘘，昔日才兼文武、离储君之位仅一步之差、出了名慧眼识人的恭王，如今却因脑疾不记事，且连男女都认不出来了！回头再看看温澜，叶青霄不禁坏笑道："哎，温郎生得太过俊秀，连恭王殿下也难分雌雄。"

温澜一皱眉，这叶青霄年纪轻轻，男女都不分。

照理说，叶青霄是最有可能认出她真身的人了，大约是从前她给叶青霄留下的印象太差了吧。温澜莫名怜爱地看了叶青霄一眼。

叶青霄尚不自知，只觉得自己被温澜整治的郁闷都在方才发泄了出来，颇为自得地道："我今日便陪着扬波妹妹吃茶，晚些时候再护送你回府。"

温澜原本的确想约马园园出来说事，但也并非非见不可，见叶青霄如同偷了腥的猫，她反而有些好笑，坐下来自然地道："那就谢谢四哥了。"

叶青霄心道，自己的脸皮到底是不如温澜厚，他好像半点儿没觉出那句扬波妹妹中的调笑。

说起来，两人倒是难得有这样不吵不闹、共处一室吃茶的时候。

叶青霄借着茶杯掩饰，偷看温澜。今日温澜虽一身男装，仍难掩俏丽，看着便让叶青霄一念生起，为何"扬波"会是温澜呢？！

这个念头一出现，叶青霄就瑟缩了一下，慌忙放下茶杯道："今日下面呈来一起疑案，是弥县一富商死于家中，死时身旁除其妻别无他人，近日也未与人结怨，仵作验过三回却查不出伤口。唯独富商的寡母坚称必是儿媳所为，因夫妻二人早有嫌隙，且只她有机会下手。此案若交予你，当如何理清？"

虽温澜害人不浅，可在皇城司混迹大，刑狱方面颇有见解，也是此前帮范娘子一事才令叶青霄胆敢拿此事来问询温澜。

在叶青霄忐忑的注视下，温澜竟真没有冷嘲热讽，反而道："此事从人情看，最紧要的反而不是为死者计，而是替其妻澄清，倘若她真的并未杀人，此案最后糊涂定成了暴毙，她名声却是毁了。你可记得验状上如何写的？"

叶青霄看了数遍，早记下验状，当下将验状并案卷上审讯的回答背给她听。

温澜侧耳细听，在心中推了推死者的人情往来关系并验尸格目内容，然后道："既非鸩杀，也无外伤，又确实只有其妻嫌疑最大，你可让县里再验一遍，看鼻孔或者头顶发髻处是否有铁钉痕迹。"

叶青霄一时未反应过来："铁钉？"

"不错。或是发髻之中。"温澜见他不解，便道，"此事你问及老吏应当知道。"

官员数年一调任，吏员却积年累月，甚至代代留在同一个地方。像大理寺这样的衙门，陈案卷集充斥库房，若非像温澜这般曾经长年累月钻研在故纸堆中，常人怎能一一看完记住，故此温澜才说须问及老吏。

"大约三十年前，京中也有妻杀夫之案，妻趁夫熟睡，以手指长的铁钉从鼻孔中钉进去，其夫一点儿动静也没有便死了，醒来后报了个暴毙。若非巧合之下，她自鸣得意被他人探听到报案，谁也不知晓。"

这般死法，叶青霄只想想便觉得浑身发寒。他这几年自觉判的案子也不少，竟未听过如此阴毒的法子，也不知是何人想出来的。

温澜把玩着杯盏道："后来审讯罢了，妻自陈此法乃是从母亲处得知，仅在妇人间流传。若欲杀夫，且只得自己动手，便寻长钉，趁夫熟睡从鼻孔或是头顶钉入，立死无声，验尸也难验出来。我们依此验了些陈案，也有几桩合上。此案你依样查过，若无半点儿痕迹，恐怕果真是暴毙。"

叶青霄目瞪口呆，甚至有些不敢置信："……你是说，女子之间竟然私下广为相传如何不露痕迹地杀夫？"

"只是部分。"温澜强调道，"再说，毕竟并非人人都有胆子亲自下手。"

无论富商一案是否如此，叶青霄也被狠狠吓着了，心有余悸地道："我宁愿没有问过，日后娶了妻，同床共枕之时，我岂能安睡！"他甚至胡思乱想起来，除了这法子还有没有其他。

最可气的是温澜还答了："你对待妻子恭敬爱重便不用怕了。"

叶青霄气罢后又忍不住想，倘若温澜真是女子才最可怕吧，铁钉钉头算什么……她知道的那些，足够躺在她旁边的人夜夜做噩梦。

两人在茶肆里耗了一两个时辰方一同出去。

温澜来时的轿子早被她打发回去了，叶青霄出门也是两条腿，只得一道走回家。

冷月半斜，街面上零星还有吃茶晚归的妇人自茶肆中出来登车，又有人沿街叫卖胡饼，叶青霄腹中正有些饥饿，见了便买一张来吃。他啃了几口道："……太难吃了吧。"回头一看，卖胡饼的小贩已不知到哪里去了。

温澜却看着胡饼似有痕迹，一伸手将胡饼夺过撕开了，里头竟露出个纸头来。

叶青霄抽出一张纸条，只见上头写着几句童谣，不觉念了出来："东屋点灯西屋明，家家小姐织罗绫。"

只回想片刻，叶青霄就脸色微变，看向温澜。

温澜也眉头紧皱。这句童谣早便被皇城司禁唱了，盖因他们觉着有暗喻之意——当初恭王才智双全，更为出色，最后登基的却是当今天子，不正与童谣暗合！如今竟有人将之写进纸条里，四处叫卖。

温澜正思虑之际，忽有两人冒出来，指着叶青霄厉声说道："大胆，竟敢当街唱禁曲！"

叶青霄莫名其妙："这是我买到的，你们又是什么人？"

那两人不过平头百姓打扮，叉着腰强做威武状："我们乃皇城司暗探，买到的就能唱了吗，还不随我们领罪！"

叶青霄转头看温澜："嗯？"

温澜："……"她原本就猜忌到赵理的阴谋上了，没想到只是两个不长眼的骗子。

皇城司暗探平日都是变服行事，四处伺察，人数逾千。京中就有无赖借着变服这一点装作暗探诈钱。这便是京师了，鱼龙混杂，你说皇城卒令人惴恐，但也有不要命的无赖敢假扮骗钱。温澜也记不住每个暗探的脸，但她记得骗子诈人的手段——近来冒充皇城卒之案频出，她虽不在司中也有耳闻，不过就是拿着夹了禁物的食物卖与他人，同伙看准了时机出去行骗。普通人遇到这样的事，即便不读出来也会被逮住，只能认倒霉，多半会在骗子的暗示下花钱消灾，回头又骂皇城卒收贿。

只可惜这两个骗子也太倒霉，偏偏诈到了温澜面前。这等事若不严查，恐有大患，她正觉得司中人办事不力，心中不满，冷冷道："既然二位是皇城司亲事官，可否明示番号？"

每一军番号皆不同，但这二人只是街头无赖，怎知道皇城司有哪些番号，他们甚至分不清皇城司亲从官与亲事官的区别。两人答不上来，对视一眼，倒也有些默契，昂首道："你又是什么人，反倒质问起我来了，怕不是同伙，我看一并拿住了。"他们疾言厉色，常人轻易就被唬住。

温澜是谁自不必同他们说，她道："只是因为有些市井无赖借亲事官不着官服之便假冒行事，故此要核实一番。再者说，"她退后一步，站在叶青霄身旁，"我四哥是大理寺官员，若有此案，诸位应当请御史台协同办案。"

要么说撑死胆大的饿死胆小的，叶青霄的身份还真吓不倒这两个无赖骗子，他们在街头混迹时，什么都干得——朝廷官员不得眠花宿柳，若有犯戒，被这些无赖知晓了，必要敲诈一番，在他们眼里，官吏与常人一般都是钱袋子。只是温澜的逼问令两人有点儿语塞，他们飞快思考是否听过皇城司的番号可以抬出来用一用，反正总得将这二人哄住。

不等他们想到，温澜已再度悠悠然说道："两位最好想好了再说，皇城卒的番号皆刺青在大腿上，若是挽了你们裤腿看不到可如何是好？"

那二人这才明白过来这人早就肯定了他们是骗子，登时恼怒起来："小白脸，耍我们？"

先前卖胡饼的小贩也从暗处冒了出来，三人挽着袖子要动手。四周不见巡逻的厢兵，路人远远瞧见这里的情形也都避开了。

虽然是两个对三个，但叶青霄心里一点儿也不害怕，他是见过温澜出手的，温澜一个打两个，没问题的！当下他便小声好心道："我帮你解决一个。"

温澜却忽而换了副嗓音，捂着脸软语道："我不是男的，你们别打我。"

叶青霄："嗯？"

竟然是易钗而弁的女娘？那几个骗子一愣，便盯住了叶青霄一个。他们想着，即便是要打女人，也得先搞定这个家伙吧，不然他拦着怎么办？

"……"叶青霄含恨看了温澜一眼，硬着头皮合身扑上去。

万幸叶青霄平日也习过弓马拳脚，与三人缠做一团，挨了好几下，方才鼻青脸肿地把无赖们掀翻。

这会儿工夫，温澜竟是不紧不慢地走到街口的店铺要了一捆麻绳来，回来正好将这些无赖的手脚都绑了，猪猡一般系在一处。

叶青霄捂着肿起来的俊脸，幽怨地看着温澜。

"多谢四哥了。"温澜对他笑了笑，说道，"这些人就送到承天门去查办，强盗罪可以判死刑的呀。"

那三个无赖呆了，纷纷喊道："我们没有强抢，怎么能判强盗罪！"

"你们还打了我四哥，难道不算强盗？"温澜指了指叶青霄，又道，"判不了强盗罪，纸条还在这儿，总可以判个妖言惑众罪吧，比较便宜你们，绞刑。"

无赖们嗷嗷乱叫。

叶青霄听得头都痛了，没好气地道："他吓你们的。你们当为何不查办冒充朝廷官吏？若到了衙门里指认些其他骗子出来，或可戴罪立功。"

亏他们遇着好时候，要不是温澜想一举将所有胆敢假冒的无赖都缉捕归案，敢勒索温澜，这会儿他们就已经半死了。

温澜欣赏地看了叶青霄一眼："四哥真是机灵。"

叶青霄毫无欣喜之意，只觉得脸更加肿了，心中委屈得紧。

为什么啊？为什么他这么倒霉啊？！

叶青雪原是约了三两好友出门吃花茶，因坐在临街的窗口，不经意便看到了老四和老四身旁的温扬波。

起初叶青雪还未反应过来，回身躲了一下。他借着办差事，已经几日未回家，今日还偷偷来吃花茶，要是被老四看到，同他娘告一状怎么办。虽然老四年少一些，就因为上进，家里人无不更倚重老四，要不是他这个年纪了，他娘恐怕想叫他也跟着青云一起去老四那

076

里上课。

这时候叶青雪只当是家里人一道出来喝茶，但很快他就发觉这出来的只有老四和扬波两人，扬波还做男装打扮，像是掩人耳目。

"咦，怪了，这两个怎会单独出来？"叶青雪半天没回神，而叶青霄与温扬波已走远，与他同来的玩伴也在推他了。

这个疑惑一直存于叶青雪心中，再隔一日他回了家，白氏好一番关切在外可吃好喝好了。

叶青雪仿佛不经意地问："大房和三房关系挺好的？"他成日在外浪荡，对家中事是一概不知。

白氏听罢脸一黑："也就那样……不对，大房怪里怪气，出人去帮三房了。"

叶青雪犹疑惑："帮三房什么？"

"你成日都在干什么，这事儿也不知道？"白氏瞪他，将大房柳婆婆去三房的事情说了，又皱眉道，"你怎么会关心起这些来？"

叶青雪支支吾吾说不出来，心想又怪我不管事，问几句又要怀疑，阿娘好难讨好。

白氏一巴掌拍在桌上："快说。"她原本还不觉得怎样，叶青雪这做贼心虚的样子反倒让她觉得有问题了。

"就是……"叶青雪想想这事儿可大可小，还是要说说，"昨天我们办完差，几个同僚硬要叫我去吃茶，我推拒了好久，但是这应酬嘛难以避免，只能去了。只是吃的清茶，清茶。"

见白氏瞪着他，叶青雪赶紧道："然后我就看到了老四和扬波啊，扬波和他吃茶吃到晚上，俩人一起从茶肆里出来的。"

白氏万没想到会听到这种事情："什么？"

若是兄弟姊妹几个一同去倒也罢了，偏只有老四和扬波，这里头问题可大了，若是嫡亲的堂兄妹也就罢了，扬波可是继室带来的，还不得避嫌？尤其是白氏忽然想到，为什么蓝氏不理事那么久，又忽然把柳婆婆送来，难道这其中有什么关联，比如……老四去求了情？她的心扑通扑通跳起来，觉得自己知道了什么不得了的事情。

叶青雪看他娘兴奋的模样儿，忍不住道："阿娘你想什么呢？你说他们俩是不是有问题？"

"有问题，自然是有问题的。"白氏说道，"你可看清楚了，是扬波没错？"

叶青雪点头道："当然啊！"扬波妹妹生得那么好，他看错别人也不可能看错扬波啊。当然这话是不能在阿娘面前说的。

堂兄妹之间有私情，这可是大丑事。青霄是叶家子弟，但于温扬波和徐菁就不好了，到时徐菁抬不起头来，扬波少说也会被急急嫁出去。还有大房，他们要是知道扬波与青霄勾搭上了，还能这么对三房？这些日子以来，不知是不是她的错觉，虽说还掌着一半家，但下人待她好似没以往那么恭敬了，尤其是三房那一边的。

白氏气闷得久了，乍听到这消息，是越想越按捺不住，半晌才缓过来，揉着心口把心腹的婆子叫来，让她去细细打听。

待婆子从三房打听回来，果然报给她知："移玉那边说，昨夜扬波的确回来得很晚，没叫三夫人知道，贴身人也只以为与人同去吃茶了。"

若是没有蹊跷，怎会瞒着所有人。到此时，白氏才确认了这一点，舒了口气又道："移玉那边……"

婆子低声道："夫人放心，她家里头都被安排到咱们庄子上了，牢牢捏在咱们手里呢。"

白氏这才放心，手指在扶手上摩挲几下，不自觉用力捏紧道："好，好，我倒不信了，她温扬波再牙尖嘴利，这次还能如何辩白。"

四

叶青霄替温澜把人送到了皇城司，后头的事自然不需他理会。第二日，他又依温澜之言写了函文，命县中官吏再行复验。同时，他也找了法寺的老吏，问及三十年前的杀夫案，老吏果然有些印象，还帮他把案卷找了出来。

叶青霄虽已从温澜口中听过此事，再看案卷仍是心惊，忍不住去摸自己的鼻子，鼻子立时一痛——被无赖殴伤的地方还没好全。

因弥县离得不远，快马回报，次日便有了消息，死者头顶果然验出了一枚指头长的铁钉，其妻见着凶器，一诈之下供认不讳——那夜她趁丈夫睡着，将铁钉对着丈夫顶门，拿铁锤狠狠一击，只一下丈夫便断气了，她和衣与尸首同睡一晚，第二日才报与他人知。

因案情惊悚，上官问及叶青霄如何想到，他不敢说是皇城司那个温澜告诉自己的，只说自家有亲戚因对这些旧闻感兴趣，曾听过这么一桩，说与他听，又将旧案卷也呈上去。两相对应，上官看罢感慨一番，与温澜说的竟差不多——卷帙浩繁，他们这些官员一任几年，岂能悉数看过，融会贯通。

叶青霄心情越发复杂，摸着脸上的伤痕想，这个温澜真是让人欢喜让人忧啊。但无论如何，此事他需领情，故而散衙后买了一盒果子，回家到三房去找温澜。

因旁边有婢女在，叶青霄只能含糊地道："之前的事多谢妹妹了，已然断了，特意送来些吃食，只是不知道你喜欢什么，拣卖气最好的几样装盒了。"

从吃喝到穿着，温澜从不会对人透露自己的喜好，这点也越发让皇城司内的人觉得她可怖、难以亲近。她看了眼叶青霄送来的东西，也只微微一笑："四哥客气了。"

正是时，下人禀报老夫人身边的婢女闻莺来了。

叶青霄清咳一声："应当是祖母找你，正好我也先回去了。"他心中奇怪，祖母怎会找温澜？

闻莺进来时叶青霄正要走，她惊讶片刻道："四少爷且慢，奴婢奉命来请扬波姑娘，也有姐妹去请四少爷了，您可以一道过去。"

"哦，这是看什么稀罕玩意儿吗？"叶青霄算了下也不是什么特别的日子，还当是祖母得了什么好东西，才叫儿孙过去。

闻莺哪知其中究竟，纵然察言观色觉出不对，也只闭口不提。

叶青霄糊里糊涂同温澜一起到了祖父母房中，这才发现除了祖父母只有他和温澜到了。他一脸莫名觉得不妙，忍不住偷看一眼温澜的神色，可惜毫无异样。

只是这一眼被有心人看去，难免又多了几分深意。

老夫人更是眼色一暗，问道："小四，你如何与扬波一起来的？"

叶青霄道："因之前扬波妹妹帮了些忙，我去送点儿吃的谢谢她，便一道来了。"

若无白氏所告的状，这个理由是极其正常的，此时老夫人听到却眉头一皱，只是也不去探究帮什么忙了，还有更重要的问题。老夫人问道："扬波，你前日哺食后可出门了？"

温澜低着头道："并未出门，一直在家中做绣活，因为过些日子父亲过寿，想赶件衣裳。"

叶青霄心中疑惑，却并未立刻说话。

老夫人皱眉："我再问一遍，你当真没出门？可是记错日子了？"

温澜笃定地道："没有。这几日都未出门。"

老夫人失望地道："那为何有人说看到你夜里出没在茶肆？"

温澜一笑道："兴许是看错了呢，再说，晚上去吃茶也值得说道吗？"

老夫人和老爷子对视一眼，心里都觉得奇怪，白氏那边言之凿凿，可是扬波的神色也不像是说谎啊。他们也活了大半辈子，并不觉得扬波心虚。

"这是因为那人看到你与青霄二人同行。"老夫人终归还是说了出来。

温澜一脸荒谬地道："奇哉，莫非世上竟有与我长得一般的女子？"

老夫人一时竟有种不知道该说什么的感觉，实在是扬波的神色太过自然了。

紧接着，温澜疑惑地道："不对，那人必是认得四哥又认得我，却选择单独去同祖父、祖母说，这是想指认我与四哥关系不同寻常吗？此事关系我的清名，还请祖母明示此人在何处，我想与其对质一番，我这几日绝未出过门。"

叶青霄听到这里，哪里还有不明白的，他和温澜在一起被人看到了，还来祖母这里告状！这一会儿他简直两眼发黑，到底是谁在找死？！

老夫人征询地看向叶老爷子，老爷子想了想，颔首道："既说到这个分上，你让人过来吧。"

另一个房间内，三房的长辈除却蓝氏都齐了，再加上一个叶青雪。此事与三房相关，老夫人却不愿张扬，只把人叫来等着，待先问清楚小四与扬波再说。

老夫人让人去唤叶青雪，过了些时候，非但叶青雪现身，白氏竟也跟着来了。原是婢女去叫叶青雪，白氏想着叶青雪笨嘴拙舌，万一被扬波那丫头唬住了怎么办，便非要同来。

"嗯，原来是二伯母指认四哥与我夜半在茶肆私会？"温澜不等老夫人开口劝退白氏便开口道。

叶青霄心中是相信温澜能应对的，但不知他有何安排，只好暂时不作声。

白氏看着心里窃喜，用眼神示意了一下，叶青雪立刻反应过来现在的情况，说道："是我看到了，扬波妹妹。前日晚上你和四弟不是在秀园茶肆一同吃茶吗？"

"难道就因为我家与二伯母有些嫌隙，就要让二哥诬陷于我？"温澜说道，"我这几日都未出门，诬陷就凭二哥一张嘴吗，茶肆的茶仆何在，可能作证？"

"不可。"老夫人蹙眉道，"怎可叫他人知道？"即便隐瞒身份，若有万一，日后茶仆再看到了叶青霄，岂不也会传出流言蜚语，对青霄官声不利。

白氏手头还有人证做撒手锏，听扬波那么说反而沉着下来，打算最后翻问，叫她措手不及，自己也好出口气："扬波想得差了，我作为长辈，不过知道此事，怕你们行差踏错。好在是青雪看到，若是外人看到可怎么好？还有，我怎么听说方才你还是和青霄一道过来的？"

叶青霄赶紧道："我是恰好去送些吃的感谢扬波妹妹。"当他疯了吗，和温澜行差踏错？

白氏又呵呵笑了："你们有些什么往来，还用感谢她？"

叶青霄为难地道："之前为了二婶的面子我一直没说，其实青云叫人代写功课的事还是扬波去和青霖玩时发现的，还教我怎么教训青云，我这才谢她。"

白氏最好面子，自己私下管教儿子不提，到了外人面前，定然是要夸耀一番的，谁知道当着公婆和扬波的面被叶青霄话锋急转地如此一说，脸色当即青白交加。她硬撑着道："此时不同你说这些。青雪看得明明白白，扬波却坚称没有去过茶肆，那你去过吗？"

叶青霄只想了片刻便道："我去了，但不是与扬波一道，而是同皇城司的人谈公事，中间遇到恭王爷打了招呼，回来时还抓了两个无赖，将他们送到承天门去了。"恭王爷的记性大家都知道，故此说出来也没事。他从茶肆出来抓了人去皇城司，但有温澜在，便是要作证的人也管够。

老夫人和老爷子看叶青霄这理直气壮的样子与扬波一般无二，心中都疑惑了起来。青霄不可能提前知道青雪要告状，还去找了人证吧，何况皇城司的人又怎会给他作证。

叶青雪急道："不对不对，你就是和扬波一道，扬波穿着身石青色的男装……"

"男装？"老夫人皱眉道，"青雪你会不会当真看错了？夜里看不清，可能只是同扬波有几分像。"

"娘，那不如将扬波身旁的婢女叫来问问吧，这猝不及防的，想必她们也无法对词。"白氏微微一笑，信心十足。虽然扬波面无表情，但看在白氏眼里，这就是强作镇定啊。

老夫人想想道："那便叫来吧，此事不弄个水落石出也不是回事。"

过了会儿，移玉与虹玉一同进来，垂手而立。

老夫人刚要开口，叶老爷子忽然道："既然老二媳妇大张旗鼓，那便你来问吧。"

白氏心里"咯噔"一下。她自觉已经很低调，也是怕传扬出去家里名声受损，倒连累了她的姑娘，但显然公公仍不满，可能是自己藏不住那点劲儿吧……这时候也顾不得那么多了，箭在弦上不得不发，白氏便一本正经问道："你们一同伺候姑娘，可有轮换？"

移玉答道："有的。"

白氏问道："前日夜里是哪一个伺候？"

虹玉侧头去看移玉，心里忽然觉得不对劲。她便是再傻，也听得出老爷子口气不对，现在由白氏来问，而前日夜里正是移玉伺候，这里头怕是有问题！

就连叶青霄也提了口气，他还记得青霁特意提醒说二伯母在温澜身边放了人，不会就是这个丫头吧？

白氏又问："姑娘夜里什么时辰回来的？"

白氏这看似"诈问"的一句，叫虹玉更加确定她们是想对姑娘不利了，虽然不知细情，也急得几乎要合身扑住移玉。

此即，移玉仰起脸来，疑惑地道："二夫人是说回何处？姑娘前日夜里一直在绣给二老爷的衣裳，熬了几乎两个大夜，门也不曾出过的。衣裳就在房内，每日姑娘都拿出来叫丫鬟婆子们看看样子好不好。"

白氏面上轻松的神情僵住了，慌道："这、这是扬波的贴身婢女，大约还是早便……"

就连虹玉也呆了一下，不知这是什么意思，移玉不是白氏送过来的人吗？

叶老爷子锐利的目光投在白氏身上，白氏不敢继续说了。只消想想便能知道，白氏可能收买过三房的人，谁知小丫头临阵倒戈——三房如今也有一半掌家权，人家何苦听你的？

"真是胡闹。"老夫人怒道，"不是你说这猝不及防她们也没个准备吗？怎么，你还要说扬波特意赶绣了衣裳，还是叫他人代绣的，要不要拿来看看针脚？"

白氏自知大势已去，但她实在不明白，移玉家里老小都在自己手里，怎么还敢反戈？她语无伦次地道："不是，青雪真的看见了……"

叶青雪也反复思考，长辈说夜色昏暗，他也记得那人步态不似女儿家，但脸也真的是扬波妹妹，怎么会看错，一时陷入了混乱。

这看在他人眼里，倒像是心虚了。

叶青霄趁机道："二伯母，你要是不信，我还是去皇城司请人吧？"看到移玉倒戈，他就知道自己白提那口气了。

"好了，"老夫人止住话头，挥退移玉与虹玉，又命人将叶诞三兄弟与徐菁都从一旁请过来。

叶青霄敢请皇城司为证，白氏赖以为据的婢女也有绣件为扬波作证，反倒是叶青雪一脸茫然，孰真孰假已是一目了然。在大家看来，白氏与三房早有嫌隙，以她的为人，自觉受辱之下很有可能做出这样的事情，只是没料到人家扬波将下人约束得稳稳当当罢了。叶老爷子甚至不觉奇怪，以扬波此前苟且之论的表现，怎会被白氏阴，怕是心里早就有数了。

叶诞三兄弟与徐菁都被请到厅中来，老夫人将方才的事转陈一番，说道："如今知道青霄和扬波是清清白白了，老二媳妇教唆青雪诬陷他们二人。"

徐菁听到女儿险些名声受损就快昏过去了，再听到后头，更是又气又恨，正要不顾脸面上前撕扯白氏之时，就听叶诞勃然大怒，掷杯痛骂："简直刁妇！青霄约谈皇城卒是向我说过的，哪来工夫去会扬波。你为一己之私，竟不顾晚辈清誉，怎配为我叶家妇！"

他竟比徐菁还要激动，双目发红，似是深恨急了——这要是温澜报上去，就是板上钉钉的治家不严，本朝以来，何止一两名高官因为这样的事被皇帝训斥。自从有了皇城司，这京师的人，关上门的事就再也不是秘密。

白氏吓得腿软，叶青雪更是觉得自己可能真的看错了，再没有那么确信。

叶谦原本要替扬波出口气，也被大哥这一嗓子吓一跳，气都没了，尴尬地续了一句："二嫂糊涂。事关三个晚辈，你因心中记恨教唆青雪，栽赃扬波与青霄，实在是不应该。"

叶训脸色发青，一时说不出话来。他与白氏多年夫妻，白氏那个性子，以前也没出大差错，谁知自老三回京竟连连磕碰。

白氏瑟瑟发抖，哭道："爹，娘，大哥，这真是青雪看到……应当是他看错了，我也是为他们着想，怕真有这回事才来说的。"

可惜她之前太过笃定，即便果真如此，也显得此时的话毫无诚意，分明是盼着别人出事。

"大哥，我这个时候休妻不也影响名声，何况事不至此，有错则改。"叶训强自冷静，又对白氏道："你还不给大哥和三弟道歉。"

白氏咬着下唇，向叶诞与叶谦夫妇赔礼道歉。

叶诞冷笑了一声。

叶谦夫妇也仍是含怨看着她。

叶老爷子心里叹气，老二和老三闹了那么多年，这老三一回京，果然不消停，只是他此前真没想到，老三的继女会有这样的能耐。老爷子处理这样的事也算轻车熟路了，说道："此事是老二媳妇无知鲁莽，你从今日起在房中反省，好生学学家训，否则真是哪儿来的资格教导子女。至于家事，还是劳累老三媳妇吧。"他看白氏还有辩驳之意，又道，"事不过三，你好自为之。"

当着大家的面貌似问心无愧地去同温澜说话，更显得坦荡，叶青霄小声道："二伯母应该拿捏了那婢女的痛处才对，不然怎敢使她。你不会对她做了什么……"说不定移玉以后摇身一变，就成了温澜的侍妾！

温澜也带着温和的笑容，低声道："四哥烧糊涂了吗，这自然是我从一开始便安插在你家暗查窥伺的人啊。"

叶青霄："……"

为什么你能把这种话说得如此坦荡？不知道你们这些察子名声有多坏吗？！

温澜对叶青霄行了一礼，不疾不徐地回身了。

叶诞见了很满意，甚至对叶谦道："千万不能让这等事伤了孩子们的情谊，都是一家兄弟姊妹。"他自然还有一层深意，温澜在家时，不说与他称兄道弟，但总不能得罪了吧。除此之外，这字字句句也是心声。

叶谦也深以为然地点头："正是这个道理，咱们这一辈人丁也不多，我膝下更是只有两个女儿，日后多得是倚仗父兄叔伯的地方啊！"想想更觉得齿寒，若是白氏的挑唆得逞，扬波婚配后为了避嫌怕是难与娘家往来。

回去后，叶谦和徐菁仍在说还要好好奖赏一下移玉的忠诚。

移玉乖巧地道："姑娘对我那样好，还替我爹娘找了活儿，我愿意结草衔环报答姑娘。"

便是虹玉也拉着移玉的手说："我误会你了，一直以为你与二夫人有瓜葛，好在你有良心，没替他们害姑娘。"难怪姑娘那样心大，好些事都让移玉去做。

移玉抿嘴一笑："你知道就好，以后别再挤对我了。"

待回了房中，移玉利落地替温澜泡茶，又拿起快做完的衣裳赶起工来。

温澜伏在案上闭目沉思片刻，开口道："可有消息了？"

移玉即刻将针线放下，恭敬道："照您的吩咐，准备停当了。"

大多普通百姓可能不大清楚，皇城司有亲从官与亲事官之分，亲从官拱卫皇城，而亲事官才是大家口中的探事卒、察子。亲事官从最初的数十人到今朝已到达一个顶峰，有数千人之众。但是靠数千人就能对京畿动态都了若指掌吗？这显然不大可能。而这些亲事官每月还有定额，于是许多亲事官手下还有自己的耳目，身份、来历不一。就像移玉这样，她虽然是女子，也不像温澜那般以男子身份行走，可实际上也属于皇城司的势力。

如此一来，耳目遍布，所有消息汇聚一处，使得皇城司对京畿的掌控根深蒂固。而温澜也得以即便独坐一室，却对京师之事了如指掌。

白氏眼中，温扬波为她母亲掌家而钻营；他人耳目不能及之处，温澜却在为赵理细密布织一张张罗网。

五

叶谦穿上了继女亲手做的新衣，甚是满意地去衙门。他已经好几次在心中感慨了，倘若扬波是男儿身便好了，他非要当作亲生儿子好好教养，而非只是让她在家里绣花。

"叶推官，皇城司的人来了。"府吏打断了叶谦的沉思，"这次为首的是……亲从第一指挥使马园园。"

叶谦回过神来："第一指挥使？"

他心里有些打鼓。因为时近天晟节，也就是天子寿诞，各国使臣前来贺寿，大名府官吏也前去接待，也不知怎么，此事偏落在叶谦这个刚做上推官的人身上。这等热闹，皇城司也派亲从官领着人参与，明为护卫，实则有亲事官在其中监视。几个衙门携手办事，难免有个高下，而如今京师哪个不忌惮皇城卒三分！

府吏点头，面有惧色，低声透露道："您可能不知道，马指挥使是内侍出身，从前的勾当皇城司恪忠公陈琦的义子，为人比较……挑剔。"

皇城卒就够让人苦恼了，还是个挑剔的内侍，听这府吏的口气，以往接触的人怕是没少吃苦头。难怪大家推来推去，把这么件要事推到他这个新官身上——原先谢判官那缺还未补上。叶谦心中叫苦，这可怎么办！

任是叶谦再苦恼，也得出门相迎。出门之时，也不知是不是叶谦先入为主，总觉得路过之人都对他报以同情的目光。

远远的，叶谦便看到了几队人马，为首者穿着武官服饰，面容白皙阴柔沉似水，还簪了一朵半开的鲜花，正在训斥身边的下属："简直愚钝不堪！些许小事也被你办成这样，不如去禁军当差了！自己回去领杖罚！"

叶谦："……"

这真不是个好脾气的样子，骂下属之余还连带着侮辱了禁军。虽说禁军与皇城司渊源颇深，原为一体，如今关系也真称不上亲近——其实皇城司同哪个衙门关系又亲近了呢？

叶谦硬着头皮，领着府吏们上前："可是马指挥使？"

马园园一回身，那疾言厉色收了起来，面色如常地拱手行礼："正是在下，叶推官，咱们还是头次见吧？"

叶谦见着他的脸色变化愣了会儿，才反应过来："呵呵呵……呵呵……是啊。"

"咱们边走边说吧。"马园园伸手一引，与叶谦并肩同走。

无论是马园园手下的亲从官，还是叶谦带来的府吏，全都对自己看到的感到难以置信。向来阴阳怪气的马园园能够"面色如常"，就已经是最和蔼的形容了！

大家倒也不是没见过马园园的正常脸色，但着实鲜少见他对大名府的人摆，毕竟两衙多有摩擦。这叶推官还是新来府衙没多久，为何马园园就对他……不说善待，但丁点儿脾气也没有？

叶谦把马园园带到房中，正要谈正事，马园园一看他桌上摆放的桌屏便拿起来细细玩赏，口中赞道："真是好绣工，好画！也不知从何处摹的，灵动得紧，看这一猴一马，纤毫毕现！"

叶谦一愣，随即道："此乃小女所绣，马指挥使如此青睐，我虽不能将桌屏割爱，但可以回去问问摹的是何人丹青。"

马园园忽绽开笑容，如同坚冰化水："那就多谢叶推官了。"他好似遇到知己一般，大谈了一番书画。

他人都在心中暗叹，往日马指挥使除了钱也没甚其他爱好，没想到只是不显露罢了，此时见了真喜欢的，倒不由自主流露出来，反倒便宜了叶谦，得他一张笑脸。

叶谦恍恍惚惚地与马园园谈事。这迎接使团的事宜，叶谦说一条，马园园便同意一条，令众人更加不可思议。

"等等。"马园园忽地打断。

叶谦反而松了口气："马指挥使有何高见？"

"霜桥驿今年修缮时，因京师阴雨绵绵并未完工，后又因小吏久拖，如今仍有几处未完，用来接待使臣实在不雅。"马园园认真说道，"原住在这里的几个使团恐怕要分别移往他处。"

叶谦讪讪道："有道理，我竟不知今年霜桥驿未修缮好。"到底还是皇城司消息灵通啊，事无巨细，所知甚详。

如此谈了一日，叶谦只觉得要不是他目睹过马园园斥责下属，这人看上去还真不像其他人说的那样难相与，便是提出什么意见，也必然有他的道理。要么怎么说倾盖如故，他们只见一面，马园园却待他比起身旁经年跟着的下属好多了。不过若非女儿那幅桌屏，他也不会得马园园如此善待吧！

待到后来，两人谈及为官之道，马园园更是面色一整，追思道："先父常说，我等官员，人皆奉之，然而本无自威，倚仗朝廷、天子之威，因此平日行事定不可骄矜。"

叶谦心道你骂人时可看不出来，但面上还是要恭维："不愧是恪忠公的义子，一脉忠臣啊。"

马园园极为受用，也回敬地夸了叶谦一番："不敢当不敢当，叶推官为人正直仁义，为政清廉自慎，才是堪为典范，真乃相逢恨晚。我看日后咱们也不必这样客套了，私下里我就唤您一声伯父。"

叶谦吓得差点儿喷茶："哎！不可不可，称呼我的字'和之'即可，咱们平辈论处，或可叫声叶兄。"

马园园也吓得差点儿喷茶："不行不行，您大我许多，这么称呼不合礼啊！"要是让小澜知道他和叶谦兄弟相称，他都不敢想象小澜的脸色。

叶谦叫苦不迭，称伯父才是不合礼吧？便是他上头的通判见到了马园园，也不敢以此自居啊，官场之上，年资排不到官职之前的。

马园园与叶谦面面相觑，都觉得有不妥之处。

马园园讪讪道："也罢，还是只叫官职吧，倒省得相争了。"

但有了这么一节，倒让叶谦深觉马园园此人还是有谦逊之处，两人相处越发融洽，连带着下面人办事时看上司的脸面也友善许多，迎接使团之事进行得有条不紊。

大名府上下心情极为复杂，原本是想把一桩难事推给叶谦，谁知道反而成全了他，看上去接下来也不会有什么大碍，甚至会因为皇城司的合作办得极为出色，应当是铁定的功劳一件。

这个叶谦，从来到大名府起，运气好像就很不错啊！

六

温澜领着婢女在园中剥蜡梅树的树皮。这拿回去浸在水中，用来磨墨，能叫墨汁更为光润，给父亲用正好。

"扬波姐姐……"

温澜回头一看，原来是叶青霁牵着叶青雩也出来玩儿，她随意一笑："青霁啊，许久不见了。"

自从苞苴之事后，白氏便拘着叶青霁不让她去找温澜，到后来被禁足，更是每日痛骂，话里话外总是她管家权被夺走，叶青霁一定不被善待，叫叶青霁也惴惴不安，夹在其中好不烦恼，此时撞见了，更有几分尴尬。

"是啊，近来总在房里陪着阿娘。"叶青霁低头道。

温澜了然："二伯母身子可还好？没气坏了吧？"

温澜这么直白地问，倒让叶青霁不知道到底什么意思了。

叶青雩年纪小，嘴上没个把门的，一下说道："扬波姐姐，阿娘说你好坏。"

叶青霁捂住叶青雩的嘴巴，简直想找条地缝钻进去。虽然白氏诬陷之事没有其他人知道，为了她这个做母亲的面子，也没有同女儿说她反省些什么。但爹娘在房中吵了几架，阿娘又不住骂三房，她大约也知道是和三房有过节，再往里深思，怕还是阿娘的过错。

"什么是好，什么是坏？"温澜眼眸一沉，说道，"善恶、好坏、君子、小人，都由人所定。单单以此评定一个人，是最愚蠢的。"

温澜对此再有心得不过，但她无心细说，故而叶青雩听了不懂，叶青霁倒是听进心中，暗暗思索。

"青霁，你也不必长带忧愁。"温澜抚了抚叶青霁不由自主微皱的眉心，"你这般年纪，该欢喜一些。这是长辈间的事，与你无关，叫四哥从外头给你带些新鲜玩意儿来，别理会其他。无论你怎样做，我心里也知道青霁是好孩子。"

这话说的与白氏是两般模样，照白氏说的，她不对三房横眉怒目，也该视而不见。叶青霁被温澜的话触动，顺势扑进她怀中，嘤嘤哭道："扬波姐姐，我喜欢你……"

可为什么阿娘要讨厌扬波姐姐，还不许她去找扬波姐姐？

温澜摸了摸叶青霁的脸，一触即分，轻声道："好了，你起来吧，否则你四哥的眼珠子要掉出来了。"随即将她推开。

"啊？"叶青霁一怔，抬头看了看，这才发现四哥站在后头不远处，面目狰狞得很，两只眼睛瞪得老大。

叶青雯抱住姐姐的腿，大声道："四哥要吃人了。"

叶青霄真是想吃人了，尤其是看到温澜这个色魔摸他妹妹脸的时候——虽然是青霁先抱温澜，但温澜摸那一下绝对是故意的吧，眼睛还瞧着他呢！

叶青霄僵硬地走过来，说道："在这里说什么喜欢不喜欢的，小孩子家家懂什么。"

"四哥你怎么偷听人说话？"叶青霁一捂脸，"我就是喜欢扬波姐姐怎么了！"

叶青霄急得都要上火了，千言万语堆积在胸口说不出来，最后只能道："你啊，二婶现在的心情你也不是不知道，为你娘着想，就少叫她再不快了，否则憋出病来。你扬波姐姐定然也是理解你的。"

这与扬波姐姐先前说的意思也差不多，叶青霁可怜地点了点头："知道了四哥，我娘肯定会想开的。"

"你快些带青雯回去吧，晚了又要被说。"叶青霄越看这傻妹妹肝火越旺，将她打发了。

叶青雯一走，叶青霄便指着温澜气势汹汹道："青霁不懂事，你可别生事，否则小心我的拳头！"

温澜调笑道："若只是四哥的拳头，那倒还好。"

叶青霄差点儿没背过气去："你个无赖！"

"我当青霁是妹妹罢了，四哥多虑。"温澜见好就收，免得光天化日被外人看到叶四公子发疯，"不过，四哥想必不是恰巧路过吧，找我有事？"

叶青霄顿时又有些尴尬，深恨起温澜的敏锐。他刚刚才大发脾气，这会儿对来意便难为情了。叶青霄低着头，喏喏道："就是……找你……问问……"

温澜没听清一般："什么？"

叶青霄一只手挡着脸，极快地道："找你帮个忙。"

温澜唇角一翘："帮个忙啊，四哥早说呀。"

叶青霄局促地看温澜一眼，气咻咻道："我就骂你了，你犯不着这样子，你敢碰我妹妹，我一样要揍人的！有本事你打死我！"

"气性怎么这样大？"温澜看他像只蹦蹦跳、乳牙都未长齐的狗崽子一般，咬在人手上大约也只留两个浅白的印子，"你先说说是什么事。"

不等温澜使眼色，移玉便利落地将篮子一放，走到路口去看守。

叶青霄这才一步步挪过来："就是……有桩杀人盗库之案，审问不出真凶，我知道皇城司每日都会暗察各个库房，这记录你能拿到吗？"这话是白问，皇城司哪儿会真有什么温澜拿不到的东西。

此案说大不大，说小也不小，叶青霄也想堂堂正正叫皇城司协理，可惜没成，只能来温澜这里试试。但他也不敢确定温澜会帮他。

温澜沉吟道："公器私用，实不可为。"

公器私用其实不算新鲜，温澜不过一听便觉找到记录也无甚大用，皇城司会记录当班之人，若遇到可疑之人，当时便报上去了，鲜有"遗珠"，恐怕叶青霄来问她也是没有办法的办法。

虽说不出意料，叶青霄仍是露出失望的神色。

温澜话锋一转，又道："但四哥若是求求我，我可以替四哥参详这案子。"

真正是柳暗花明又一村，若是温澜愿意参详，岂不比手拿记录还要好。但是叶青霄到底与温澜争锋相对过许久，自温澜来家里关系意外好了许多，可要"求"他？

韩信能忍胯下之辱，我也能忍……叶青霄脸涨红了些，上前低头道："温、温兄勇于为义、智略神出，你一人在京，百姓无四顾之忧……请、请你帮帮我吧。"

"中过进士的人夸人就是不一样，格外顺耳。"温澜懒洋洋说道。

叶青霄："……"

再说下去，温澜怕叶青霄就要咬她，一拍手掌道："你将案卷抄一份，明日我同你一起去查问。"

她也算了解叶青霄，大理寺并不亲临问案，只看下头交上来的疑案。若是以叶青霄的能耐，在案卷上看不出端倪，还想索要记录，那么必然是下头皂吏有勘验不足，未验到重要处。故此，温澜选择与他一同再行查问。

叶青霄一大早便赶了辆马车等在巷尾，到了约定的时间，便见温澜一身女装，戴着帷帽，利落地蹿上车。

"你怎么穿女装？"叶青霄惊了，下县里去还穿着女装，这行动不方便吧？

温澜摘了帷帽探出头来，叶青霄这才发现他还梳了高髻，装点得如同已婚少妇。

"今日需得暗中探察一番，我若穿男装，与你一同在县里太怪异了，会被看出不对。这般打扮，好歹人家不会怀疑你是大理寺官员。"

叶青霄半晌才反应过来温澜的意思是他们要假扮夫妇，登时满头大汗，险些拽不住马缰——温澜说得倒有道理，但假扮温澜的丈夫，光是说出来都惊险得很。

出城之时，叶青霄看到好些皇城卒与大名府吏也出城去，便多看了两眼，还在其中看到了三叔的身影。因身后车里坐着温澜，他也不敢打招呼，反而遮了遮脸。

温澜不知何时挑开了些帘子，轻声道："这是去迎接使团呀，各国使团应当都快到齐了吧。"说着眼中闪过一丝异色。

叶青霄并未察觉什么异样，只道："是啊，我记得你也负责过监察使臣，这次倒是没你的事了。"这都赖在他家多久了！不过能给他帮帮忙倒是好的，他那些朋友同僚谁能想象啊，温澜帮他查案，还扮他夫人！

"我不在也没事的。"温澜说罢放下了帘子，"走吧，查你的案子去。"

杀人盗库之案发生于云敷县，云敷县上属大名府，离京师极近。被杀的是守库兵吏，事发后检点，共被盗去金银玉器等，值上万贯。

县中仵作验尸，证死者乃被他物击死，死前正在吃酒饭。原本怀疑是盗匪所为，但后来多处查访，当晚并无可疑生人出没县衙周遭。以地上拖曳痕迹与足迹来看，为凶者只有一人，乃反复搜拿。以此判定，为凶者应当住在县衙附近，甚至就在衙内，是内鬼。

于是刑狱官怀疑上了两人，一是府内的一名皂吏王百里，他家中原本有些小财，但最近走了眼，买到假书画，亏了不少；一是住在县衙后门附近的杨三，他家只有个破旧的茶摊，还要供儿子读书，十分潦倒。

这王百里是发现尸体的人，也是他一开始就嚷嚷有盗匪，有误导之嫌。而杨三则被更夫看到，夜里送过吃食去库房，可能是最后与库吏会面的人。两人各有辩解，如今都暂时羁押在县衙牢中，待案子查清。

温澜在车上便看了一路案卷，琢磨半晌，将纸张一卷，报了上面记载的地址："我们去两名疑犯家中打探。"

两人先驾车去王百里家，他虽然被羁押，母亲已亡，但老父、妻子皆在。

叶青霄前去叩门，声称是路过此地，夫人身体不适，想借些水。应门的是王百里的老父，他看叶青霄穿着光鲜得体，也无怀疑，将人让进来，因有女眷不适，又叫孙子去唤儿媳出来照应。

叶青霄和温澜打量，王百里家有一进院子，家具极为简单，符合案卷里说的王百里亏了不少钱，过得拮据。温澜低头一看，王妻的绣花鞋上还有一抹墨迹。

"天这样热，怕是有些中暑，喝碗凉茶吧。"王妻看这位夫人生得如高岭积雪，秀丽不可亲近，还在看他家简陋的家具，有些局促地道。

温澜正好打量罢，露出一个和善的笑容，用京地口音温和地道："多谢大嫂了，我们一路遇着那么多人，您真是难得的仁善人家。"

王妻受宠若惊地道："一碗凉茶罢了，当不得。"

温澜扶着王妻的手，拉她到一旁坐下，径问些家中琐事。王妻渐渐镇定，被温澜三言两语说得对她更为喜爱，简直无话不谈。

叶青霄见着温澜和王妻闲话家常，心里头暗想，他从前认识温澜时，只觉得这人极为讨厌，一颦一笑都是好看中带着恶意，让人心头发寒，待到他家里，则化身为温扬波，一个进退有度、落落大方的闺阁女子，此时出来问话，又成了个极贴心热切、讨人喜欢的少妇……后两种样貌令叶青霄猛然意识到，温澜如果愿意，其实能够让身边的人都喜欢他，那么他从前是故意表现得那样讨人厌吗？

叶青霄正在出神之际，温澜已和王妻谈罢，说道："我现已好了许多，今日还需赶回家去，来日若有机会，再来拜访大嫂。"

短短时间王妻就喜爱她得很，拉着手依依惜别："若有机会，咱们再叙。"

出来后，叶青霄在车上对温澜道："我看王家地上的印记，好似变卖了不少大件儿，可见确实因为王百里亏钱大不如前。表里还能光鲜一会儿，但王百里的妻子鞋上有洗不去的脏污都不舍得换，可能是因为王百里现在还在狱中……这么看来，倒不像有问题。除非王百里连妻子、父亲都瞒着，这也不是没可能。"

温澜微微颔首，赞同他所说的："现在议论为时尚早，再去杨三家。"

去杨三那里看就方便多了，他家本就有一个小茶棚，支在屋外头，卖些茶、饼。叶青霄将马车赶停在茶棚外，假作休息吃茶。

这年头能用得起马的非富即贵，杨三的妻子连忙上前招待，可惜他们这小破棚，哪里来的系马之处，只得现找了个石墩子拴住马，又要去邻居家借些草料来。

"大嫂这里可有针线，借我来给夫婿略缝补一下？"温澜道。

"有的，有的。"杨妻领她和叶青霄进去，看着两人模样，又忍不住夸奖道，"郎君和夫人真是一对璧人，好生般配，看着像画上走下来的一般。"

温澜羞涩地道："您说笑了。"

叶青霄："……"

趁着杨妻拿针线的工夫，两人把屋内打量了一番，只有大门处照进来一道光，屋内黑乎乎的，说是家徒四壁也不为过，唯一值钱的可能就是杨家儿子的书了，可见阖家微薄的钱财都用来供他读书了。

温澜背着杨妻在叶青霄内衫上扎了几下，就草草给他系好衣裳："好了，相公。"

杨妻也毫无怀疑，满口夸奖客人："夫人好针线啊！"

叶青霄甚是无语，这不是睁着眼睛说瞎话吗……

待出去后，叶青霄一面喝着散茶，一面低声道："杨家也穷得家徒四壁，看不出什么端倪啊，我们再去邻里探问，还是下狱中审问？"其实他早就想说了，皇城司多少审讯手段，尽够用的吧？

"叶四公子兴许见识过市井齐民，但不知道真正穷民过的日子。"温澜盯着茶碗内的茶沫，淡淡道，"真正的穷民，夜里舍不得点灯，像杨家那般儿子要读书不得不用灯的，与邻里合用不说，这用的胡麻油里又加几分桐油，虽说烟气熏眼，却耐点得很。"

叶青霄听得一怔，他方才并未仔细看杨家用的是什么灯油，但既然温澜这么说……

"他家用的什么灯油？"

温澜伸出白生生的食指，上头沾了些油迹，她轻嗅一下后又放到叶青霄鼻间，在叶青霄嗅闻之际低声道："杨三之妻虽然不敢去买柏仁水油，但胡麻油里她再没掺桐油用，免得熏坏了孩子的眼睛。胡麻油单用耗得极快，杨家既然舍得这样用，是哪里来的余钱？现时杨三和王百里一般都羁押着呢。"

叶青霄豁然开朗。王家和杨家情况不同，因此观察他们的迹象也要从家境考虑，王妻还穿得起绣花鞋，但脏污了都不舍得换，杨家虽然用的是胡麻油，可尽管用不怕耗。两相比较，杨家可疑得很。

"案卷上写着杨家收成用度，杨三时有饥饱之忧，没有胆量与力气击死库吏，这也是县官不敢轻易判决的原因之一。"温澜又道，"故此，你现在可去县中，令他们再验一遍尸身。"她贴着叶青霄的耳朵说了几句话，外人看来就好像是一对新婚宴尔的年轻夫妇在说些体己话。

温澜又给叶青霄整了整衣襟，轻笑道："去吧。"

虽然知道温澜是在做戏，叶青霄也不由得身子软了半边，心里头麻麻的，又夹杂着几分恐惧。温澜这个人真是太可怕了，学什么像什么，可他这副模样，竟让叶青霄觉得比往日那恶意的面孔还吓人，吓得他几乎落荒而逃。

"郎君这是去做什么？"杨妻好奇地问了一句。

温澜笑说："夫君去给我买些羊羹来。"

杨妻流露出艳羡的目光："夫人好福气呀，夫君如此能疼人。"

叶青霄跑出去还零星听了几句，险些一头栽在地上。

第四章

时势造人，真正的温澜也许和他从前认识的不一样……

一

大理寺官员也有亲赴调查的，不过通常是先下调令。如此倒也谈不上违例，毕竟云敷县就在大名府境内，上司官员愿意前来调查，县里只会恭维。

叶青霄到云敷县衙中亮明身份，要求再验一遍死者的尸体。也亏了云敷县离京师近，尸首保存还完好。

"叶寺丞，初验、复验时，这死者亲属、邻人等都是到场了的，每道文书都详详细细填好了，绝无隐瞒之处。"县官听说叶青霄要再验尸首，恐要担责，边走还边辩解。

"放心，本官只是察访一下。"叶青霄颔首道。

到了停尸之处，叶青霄叫验尸官将尸身翻过来，先看过脑后的痕迹。因有头发遮挡，看不到血荫痕迹，只有血迹，根据猜测，这库吏就是被用棒状物从后面击打后脑而死。

叶青霄再将尸身翻回来，摸了摸鼓胀的肚皮——因死者生前还在吃酒饭，腹中尚有遗存。他将肚皮拍了几下，听得砰砰作响，问道："可问过死者平素吃多少饭食？"

众人皆是发愣："没有。"

"不过……"验尸官倒是有些察觉到叶青霄的意思，"酒饭都吃净了，装酒的瓦罐有痕迹，原装得满满的。死者就在县衙当差，现在可差人去问问酒饭量。寺丞，您的意思可是他并非死于棒击？"

"我今日与……友人一同暗访了王、杨两家，发现王家虽说还有些底子，但窘迫到其妻无鞋可换，杨家同样没了当家，且更为贫困，其妻点灯油时却尽用胡麻油，不像普通穷民掺些桐油。"叶青霄整理了一下自己和温澜查到的，还有温澜同他说的那些话。

"杨三家贫体弱，寻常情况恐怕胆小不敢杀人，但是倘若那日夜里，库吏找他要了些饼吃，然后饮食过度，胀满心肺而死，杨三有没有可能趁机盗取库财，并趁他死后在脑后造出棒痕，布置得宛如盗匪劫杀？只是他没料到，县官从地上痕迹推测到了凶手可能是哪些人，仍是将他归为疑犯。

"杨三的妻子也知道这件事，但不敢透露，还照旧开茶棚，也不敢超格用度，只是在细处难免露出马脚。倘若如此，问一问死者平素的吃食用度，再剖腹验胃，即可知道真正的死因。而杨三的妻子既然知道，可假称杨三已认罪，再借灯油一事去诈问她，察其情，观其色，必有疏漏。"

"叶寺丞真是观察入微！"县官赞了一句，命人速速去找库吏的亲朋好友问过此事。

库吏的同僚就在县衙中，平日没少一同用餐，叫来一问，再验过胃中食物，果然有酒饭过度致死之嫌。

单单如此，还不能认定是杨三所为，但其妻的形迹十分可疑，想来诈问一下即可知。

叶青霄急急走回茶棚，却不见温澜在，倒是马车尚在一旁，难道是温澜等太久，自己去别处探察了？换了一般女子在陌生地头断然不敢，但温澜岂是一般人。

杨妻坐在门槛上拣豆子，并未注意到叶青霄已回来。

"大嫂，请问我……我夫人呢？"叶青霄说出这几个字时，总觉得难堪得很。

"郎君，你可算回来了啊，我就说路不熟莫乱走，尊夫人正在里头休息呢。"杨妻说着就引叶青霄往里面走，"在我房间里，都是我不好……"

叶青霄正将房门推开，只听杨妻在身后道："收拾桌子时不小心洒了茶水在夫人身上，只好进来收拾收拾。"

叶青霄一眼看过去，温澜竟手拢着内衫侧坐，露出好长一截白皙的腿。他看了一眼，什么也没空想，急得忙将门关上，挡住杨妻的视线，再回身时，温澜仍手拢着襟口，正神色变幻莫测地看过来。

叶青霄仔细看去，舒了口气。温澜虽说褪了裤子，外衫也脱了，但衣长至髀间只露出半截大腿，右边外侧还文了"摄月"两个小字——这是温澜还是皇城司普通亲事官时的所属番号。

但顺着这两字，叶青霄又注意到了其他。只穿着单衣的温澜看上去比他想象的要单薄许多，平素裹在皮革宽带中的腰肢已显得十分纤细，此时看去，拢着白色的布料竟多了几分不可言喻的旖旎。皮肤则比白衣还要白，或者该说鲜活，不是一径的白，而是透着象牙般的光泽，极为细腻，笔直修长的两条腿并在一处……

叶青霄恍惚间觉得四周好似升温了一般，烧得他面颊升腾起热气，蒸出红晕。

而对面温澜那清凌凌的眼睛微微眯起，小窗映进来的几点微光映在她眼中，如同湖面烟波的光鳞，又像是盈盈的泪光。当然，下面掩着的不过是温澜眼中诡异的神采。

叶青霄也不知道温澜为什么这样古怪地看着自己，对方头发已略微散乱，除却眼神，无论是细腰还是白皙并立的双腿看上去都是楚楚可怜的姿态，简直……简直就好像一个真正的女人，甚至比他见过的任何一个女人都要动人心魄。这是否因为其中掺杂了属于温澜的特质却不得而知，也不可细思。

"……嗬。"叶青霄抽了口气猛然回神，仰望着屋顶，一派漠不关心地找着话头，"温兄，你腿挺白的。"

温澜："……"

温澜冷静地拢好衣裳，慢条斯理地穿戴整齐，又看了叶青霄一眼。年纪轻轻就傻了，她应不应该负点儿责任？看到叶青霄闯进来的刹那，她真以为叶青霄会认出她的真身，谁知这愣头青盯着她的大腿看了半晌，口中还喊着"温兄"。若不是认识久了，温澜怕要以为叶青霄在装相。

叶青霄貌似自然，身体却有些僵，眼神飘忽，直等到温澜穿戴好才道："我重验过了死者，确实不是死于棒击，已经和县官约好了诈问一下杨三的妻子。"

温澜将发丝重新理罢，看看外边的日头："可以，还能等到审问完回府。"

叶青霄看到她抬起手整头发，又露出一截手腕，也是一样的白皙，倒不与女子一般柔软，手背有淡淡的青色，介于雌雄之间的美。

温澜嘴里衔着一支银钗，侧目看过来。

叶青霄豁然转了转头，嗓子发干地道："原来你从前是在摄月军啊……"他和温澜认识的时候，温澜已被陈琦正式收作义子了。

叶青霄纯属没话找话，却勾起了温澜的回忆，她将银钗取下来，插在发间，垂目道："皇城司原属禁军，'摄月'这个番号也与禁军如今的'捧日'相对。那时我和好几个兄弟都在摄月。我还守过皇城大门，天光未亮，寒风透骨，就站在门口检点官员们的马匹、人数，夜里再挑灯看书，用的就是桐油。"

别人当了一日差，回去吃睡都嫌时辰不够，她还要挤出时间看书。且过得竟是还不如杨家，杨家尚可一斤胡麻油掺三分桐油用，她尽用的桐油。

"桐油烧起来烟火气大，熏得眼睛发红，我生得幼弱，第二天起来旁人又笑我是兔子。"温澜说着，脸上竟浮现出一丝笑容。

叶青霄心里一跳，没料到温澜还过过那样的日子，守大门不提，这"兔子"二字肯定不是单指眼睛红，还是嘲笑温澜像女孩儿。他此时哪儿有嘲笑的心思，讷讷道："都过去了。"

温澜的笑容渐渐变得怀念："是啊，都过去了，如今哪儿还有那么多不长眼睛的人能磕到我脚下给我练手，唯独在你家找到了熟悉的感觉。"

叶青霄："……"

温澜若无其事地站起来，走到叶青霄身边，将他走动时翻起的衣褶都抚平了，轻声道："四哥，我很白是吧？"

叶青霄头皮发麻，浑身寒毛都竖了起来。温澜吞吐的气息明明那样温暖，身上淡淡的馨香引人遐思，他却哭都来不及。不就是刚才多看了几眼，说错一句话？！

"我、我和说你兔子的人不一样，我就是……单单夸你白……"叶青霄费劲地道，"我真的没有说你像女人的意思！这还在云敷县，你不要乱来！"

温澜更觉好笑，看叶青霄掩不住心虚还要呜咽吠叫的模样，一抬手撑着墙，扣住了叶青霄的下巴："我白吗？"

叶青霄耻辱地道："……是英俊的白。"

温澜一笑，手捻着下巴摇了摇他的脑袋，正要说话，忽听外头动静，似是县衙的皂吏来了，她反手将帷帽拿起戴上，使了个眼色："看看吧。"

叶青霄察觉到对方指尖的温度从下颌离开，有一丝恍惚，因为温澜这一身女装，加上方才所见，除却屈辱之外，他心中竟还有一丝异样，但万万不敢说出来，否则大约会被温澜捶死。

温澜将门打开一条缝，只见县里的县尉领着几个皂吏站在杨妻面前，沉着脸道："杨氏，县库杀人盗库之案我们报上大理寺，如今法寺再行验尸，已查明死者并非死于棒击，再审后杨三已招认，是他趁死者胀死伪造盗匪杀人，所有赃物皆由你保管，此来正是拿你去取赃物。"

杨妻只是小民，与官府打交道心头都要颤几下，能憋住这么些天没叫其他人看出来已经算不得了了，此时被一诈，神色便慌了。杨三进去前说了，无论如何他都不会招，可如果有京里来的青天审问，谁知道他熬不熬得住……

县尉一指桌上的灯油道："真是狡诈，面上不露声色，这灯油你倒是舍得用了，连桐油也不往里掺，一日得用多少两？耗多少钱？"

杨妻没想到县尉这也知道了，再没有抵赖的心，捂着脸哭道："县尉老爷，杨三就是一时鬼迷心窍，他没有杀人，钱财我也没怎么敢用，都还给县里。"

县尉松了口气，果真诈出来，杨三就是见财起意。他冷面道："休要说那么多，快去将赃物取来！"单单强盗之案，无论赃物多少，都要判死刑，何况盗的是官库。

待杨妻被领出去，温澜才将门打开。

县尉看叶青霄在里头，身边却有个戴着帷帽的女子，心中不免稀奇，不是说来的是友人吗，怎么还是女子？不过这等事也不是他能管的，只上来报喜，感谢叶寺丞替他们找到了真凶。

叶青霄破案的欣喜早便减退了，喟然道："一念之差，害人害己，杨三入刑，其妻亲亲相隐，或不论罪，但杨家子身为罪犯之后，怎可科举，苦读十年，毁于一旦。"

县尉也收敛了喜色，说道："叶寺丞说得是，老父母也说此案可用来警示百姓，叫那些想走邪门歪道的人有所忌惮。"

时辰也不早，叶青霄拒绝了县尉传达的知县宴请，带温澜回京。

"……谢谢。"叶青霄把马车停在街角，对温澜道。虽然今日发生了一些意外，可该谢还是得谢。

温澜没说什么，跳下马车。

"等等，"叶青霄心中一动，叫住温澜，"往后，还能去找你帮忙吗？"

虽说温澜很是戏耍了他一番，今日也发生了一些意外，可叶青霄思来想去，难道温澜就因为他低声下气求一求便答应，这也太不合算，也显得太过幼稚了。他还自觉窥探到了不同的温澜，时势造人，真正的温澜也许和他从前认识的不一样……

温澜头也不回地道："可以，你上门来卖个乖就行，我爱看。"

叶青霄："……"

二

各国使团进京，加上天晟节将至，京师愈加热闹起来。

叶谦忙得脚不沾地，又接到了活儿——陛下给各国使团赐下饭食，他得去其中一个驿站陪宴，同去的还有马园园。

叶谦坐在牛车上，马园园则赶马在旁，后头跟着一溜亲从官。换作往日，大名府和皇城司的人肯定是分别去的，但如今上下都知道他们处得好，好到结伴而去。

官道上若有来往车马，远远见到皇城司的服饰便自觉避让开了。

叶谦瞥见路边有个高鼻深目的突厥人牵着头小毛驴，垂手而立。在京师的外族人多是商贩，这个时候也有使臣，但必然不会独自外出。这个突厥人衣着富贵，显然是经商的，叶谦扫一眼，一点儿他心也没有。

反倒是马园园策马出去一丈远后忽而回头，厉声道："将那个突厥人给我拿住！"

马园园手下的亲从官们反应极快，虽不解其意，但一听马园园下令，立刻呼啦啦冲出去十来人，乱中有序，将那突厥商人按倒在地。

突厥商人惊恐地用汉话大喊："为什么抓我，我是做买卖的！"

叶谦也惊了："马指挥使，这是做什么……"

马园园面带寒气，翻身下马。那突厥商人被亲从官拎到了近前，马园园一脚踩在他胸口，顿时引得那人痛哼一声。

"做买卖的？"

突厥商人一张脸痛得皱起来："我有文书。我在京城做生意，出城耍一耍而已……"

叶谦还是头一次看到马园园这般形容，脸上表情狠厉得紧，十足戾气将眉宇间原本的阴柔之气都冲做了杀意，只见他一手便提起了壮大的突厥商人，从那人身上捻下一枚松针："做买卖能上东山顶吗？"

此言一出，在场的人都抽了口气。皇城四周唯东山最高，登山顶更可俯瞰皇宫全貌。故此，东山脚下长年有禁军把守，普通人不可登山。

窥伺皇宫可是大罪，何况窥伺之人还是突厥外族。

叶谦盯着松针看了半晌，这才醒悟，冷汗俱下："不错，这周遭花草树木都无人栽培，自己生长，唯有东山高寒，山顶才生了松柏，其他山还有平地上长的多是杨、柳，不登山顶，如何会沾上松针？"

突厥商人急道："我在别处沾到的不行吗！"

马园园冷笑一声，在他身上摸索了一下。

突厥商人紧张地盯着他，而后绝望地看到马园园熟练地在衣服上捻了几番，自夹层中抽出了一块布，布上粗略绘制的正是皇宫图案。

叶谦感慨，大概唯有这样心细的人才适合做皇城卒吧，马园园现在是亲从指挥使，最初却也管辖过亲事官，凡事多想一层，颇有种宁可杀错不能放过的意思——东山有禁军把守，常人也不会觉得有人能上山顶，大概真以为是别处沾到，即便察觉到那小小的松针，也不会深究。

一想到禁军，叶谦又感慨道："禁军怎会如此粗疏，竟让外族人上了东山？"突厥人都绘好了图，若不是遇到他们，几乎快成功，禁军这失察之罪犯得大了。

马园园却露出了快意中带着一丝狡诈的笑容："叶推官，你管他们如何，抓到了探子，补全了漏洞，就是咱们的功劳。"

叶谦顿了一下："咱、咱们？"

马园园自然地道："这不正是你我一同发觉的？叶推官，回去我便为你请功。"

叶谦目瞪口呆，这是见者有份吗，马园园也太仗义了。可是这不叫他深深得罪禁军吗？马园园乃皇城司第一指挥使好说，他一个小小推官，怎么惹得起三衙啊！

叶谦有心拒绝，可马园园自说自话便已敲定了此事，还对叶谦道："叶推官，可觉得此事还有蹊跷处否？"

叶谦焦头烂额，本来想说不知道，但是脑中忽而灵光一闪，说道："会、会是这么巧吗？各国使团恰好进京，偏偏在这个时候上山？"

马园园含笑道："哦？"

叶谦咽了口唾沫："难道与突厥使团有关？"

马园园勾起一个冰冷的笑容："世上哪儿有那么多巧合。使团皆携带了大量财物进京，依照往年看，可能是使臣购买茶叶、丝绸等物自用，但也可能有其他用途。比如，按文书上的记录，此人早便在京，那么他是如何以一己之力与使团接触，又上了东山？"

马园园翻身上马，又一抓叶谦的衣襟，将他提到了自己的马上。健马再受一人之力，四足不稳地踏了踏才定住身形。

叶谦慌了："这是干什么？"

"牛车太慢了，叶推官，咱们不去北京驿了！"马园园一提缰，"驾！"

叶谦猜到他要做什么，鼻头沁出汗来，话语都卡在喉咙口说不出。

马园园率着一众亲从官浩浩荡荡到了东山下，当即被禁军马军司的士卒拦下来："前方东山，来人止步！"

"吁。"马园园抚了抚鬓角，张狂地道："我乃皇城司亲从第一指挥使马园园，这是大名府推官叶谦，我二人今查到一名突厥探子上过东山绘图，现在你们所有当班的全都要收押，我怀疑你们中有人被突厥探子收买！"

禁军卒子哗然。马园园话中包含的意思太多了，突厥探子且不提，这是连疏漏都不算，直接定他们私通外贼了吗？

为首者黑着面走出来，说道："阁下是亲从指挥使，何时权涉探事？大名府推官好像也不管这个。再说了，收押我们，此处何人把守？"

"自然由我的人把守。"马园园说话的嗓音略尖，但丝毫不影响其带来的震慑，"至于职权如何，那也是我们皇城司内的事，就算我越权又如何，也是为了抓突厥探子。"

"你可要想好了，我们奉命守东山，你私自将我们全都收押，这不合条例。"禁军卒威胁道。

叶谦眼见两个武官针锋相对，他自己夹在其间，一个字也不敢说。

马园园竟嘻嘻笑了两声："凭你也敢同我说这话，怎么，被温澜整治得还不够吗？"

对面的禁军霎时间颜色大变。

马园园虽是亲事官出身，内里关系又错综复杂，但久为亲从了，与这些禁军打交道的时间不若温澜多。温澜还在皇城司时，明面上就抓过多起禁军私下饮酒斗殴之类的事，最后甚至闹到枢密院，整得他们没脾气，更别提私下的伎俩了。如今人虽不在，余威尚存，这些人听马园园熟稔的口气，与温澜像是相交极好，态度竟是渐渐软和了，最后乖乖叫马园园都带了走。

叶谦啧啧称奇，没想到一开始看着要硬杠的禁军只听了一个名字便低头了，他好奇地道："这个温澜是什么人？"

马园园古怪地看他一眼，说道："是咱们皇城司一位已经离任的同僚，也是我的义兄弟，素日最喜整治禁军。"

"原来如此。"叶谦暗想，都说皇城司在京中积威甚重，本以为马园园那令大名府官吏闻风丧胆的架势已经了不得，谁承想这里还有位猛人，靠名字就能唬得傲气的禁军低头。

马园园还未作罢，接着去突厥使团所住的驿站，吓得叶谦几乎以为他要连使臣也逮起来。好在马园园还没有那样张扬，他只是去将守在那儿的皇城司亲事官一并锁了起来。

叶谦这才明白他先前所说，这探子可能与使团接触过，意思是非但禁军，皇城司内也有人渎职了。

亲事官也万没想到自己会被同僚抓起来，还奋力挣扎了一番："你们干什么，我是皇城司的亲事官，你们是哪一军的，看我腿上的刺青！"

马园园兀自打量自己修整得整齐圆润的指甲，连个轻蔑的笑也吝于给他。

"抓的就是亲事官。"下属的亲从官恶声恶气地道，将察子绑了起来。

这可真是闹大了！

叶谦两眼发直。他答应过扬波要做一个直臣，但是如今这个情况也太古怪了……

到头来，叶谦没能完成差事，去驿站陪餐，还跟着马园园四下里抓了不少人，最后到承天门，也就是皇城司所在地去，陪着马园园审案、写条陈。

此事其他处叶谦不知道，但单在皇城司便来了几拨人，马园园俱是不理，一径将人审完罢了，写好奏疏，命人呈到御前。

叶谦半途中就已明白过来，马园园抓到自己人头上，这里头怕还有皇城司内部倾轧之事。后头再看来了几拨人，更是确定心中所想。他不知道马园园为何非要带上自己，但如今脱身已晚，也反抗不了马园园，只能认了。

此案到了御前，引起陛下震怒。

突厥商人已交代，他原不是探子，但使团来京携了重金，其中有人与他相识，花钱叫他在京中打点关系，上东山描了图送到使团。商人在京中跑了许久关系，毕竟钱能通神，重金砸下去，还真教他打通了禁军的关系，皇城司那面儿他却压根儿摸不着头脑，也不知为何与使团接触没被发现。

禁军受贿固然可恶，皇城司虽未受贿，难道就无错吗？

对于一个职司伺察的衙门来说，什么都没查到就是最大的责任。

陛下雷厉风行，禁军指挥使与勾当皇城司之一皆被申斥、罚俸，上下革了数名监管不力的官员之职，下头更有斩首、绞刑之辈。

与此相对，则是马园园与叶谦大受褒奖。

马园园原就是皇城司出身不提，陛下见叶谦是大名府推官，还多赞了一句"叶卿善断，不畏豪强，有此推官，必是百姓之幸"。以叶谦身在的位置，这便是极高的夸奖了，更何况算入了圣上的眼。

叶谦激动之余也警惕起来，陛下都说他不畏豪强，即是知道要和马园园一起查办禁军、皇城司的人需要多大的勇气。接下来，他确实需要多加防备。

到此时，叶谦也不知该不该怨马园园了。

处置下来后，叶谦回家即叫上了徐菁和温扬波："我虽得陛下褒奖，但也得罪了禁军指挥使与皇城司长官，外人又忌讳我与皇城司指挥使曾一同办案，你们切记要小心谨慎。若是熬过这段时间……"

只要熬过这段时间，他就能出头了！

徐菁还有些糊涂，本朝官职差遣太过复杂，若非长久耳濡目染，一时真分不清："怎么得罪了皇城司长官，又与他们一起办过案？这皇城司到底与你关系如何？"

"唉，得罪的是勾当皇城司之一覃庆，这勾当皇城司有三个，与我一同办案的是另一个长官王隐的心腹，他们内里自相倾轧。"叶谦摇头叹气，又道，"虽说皇城司无孔不入，但只要其身自正，倒也不怕。"

徐菁记着这一点："放心，我会约束好家人。"

温澜也在旁安慰道："福兮祸所伏，祸兮福所倚，父亲只要多加小心，再多办几件漂亮案子，岂愁陛下不重用，到时也不必怕什么禁军、察子的了。"

"好了，这些话咱们自己说说，切莫在外头透露了。"叶谦想到自己在马园园处所见到的手段，"这皇城卒真是张罗结网，谁知道家里会不会也有察子探事，还是小心为上。"

"父亲说得是。"温澜一径应了，乖乖回去刺绣，叫叶谦安心得很，他还怕要给徐菁和扬波两个章丘女子解释皇城卒的可怕呢。

三

温澜手里拿着几张纸条，这是从几份奏疏的贴黄上抄下来的。

朝臣上奏疏，言有未尽之意，则摘其要处，以黄纸贴在后，往往字数不过百，便叫作贴黄。故此温澜要看他人的奏疏，只待下头人弄到贴黄所陈，看过后即可将整本奏疏了解个差不离。

移玉在旁做着绣活，口中小心地道："姑娘，覃庆不过被申斥，并未伤筋动骨，禁军那边倒算是吃了些亏，可是有些不合算？"

温澜将纸条都看罢了，就着烛火烧成灰烬，淡淡道："言之尚早。"

移玉看到火舌吞吐下，温澜眼中仿佛也有光焰猛然一盛又缩回去，语气虽是云淡风轻，却叫她心头一凛，自知温澜还有安排，自己猜想不到罢了："是。对了，姑娘，我探到老太爷要去访仙。"

"访仙？"温澜知道叶老爷子成日修仙，没想到还有心力去访仙，"到何处访仙？老太爷不便久行。"

"倒也不远，京南妙华山听说来了位极有仙名的道长。"移玉说道，"老夫人说，若是如此，那她就带上家中的女眷陪着，顺便在山下的佛寺拜观音。"

老爷子和老夫人一个问道一个拜佛，倒也融洽。

移玉皱眉道："只是一来一去难免也要两三日，咱们方便离京吗？若是姑娘不去，我好提前准备药材，看装个什么病。"

"有何不可。"温澜慢悠悠地道，只要运筹得当，人不在京又如何。

她忽而想到什么，对移玉道："你设法叫人提点一下，这许多女眷出门，老爷子精神头不好，虽有家丁也不方便，还是要青壮相陪。"

移玉想了想，随即眨巴着眼睛道："您说四公子呀？"

温澜："哈哈。"

叶家长房三个儿郎，叶青霄既不是年纪最长的，也不是最清闲的，偏偏阖家女眷同祖父出去上香，要把他带上压阵。原本叶青霄还未多想，但是当家中上下准备牛车，而角落里的温澜倚着车架抱臂对他恶意地笑了笑时，他便有了不大妙的联想。

叶青霄："……"

叶青霄仔细回想了一下，这件事情分明是他娘身边的丫鬟说起来的。蓝氏身子弱历来是不大出门，何况这要去山里，湿气重，不过因女儿要去，蓝氏便也关心了一番。明面上看，此事与温澜一点儿关系也没有，可叶青霄仍是心里存疑，尤其是他知道温澜早便在叶家安插了人，万一不止移玉一个呢？不过，他单单叫自己去是为什么？

叶青霄正要说话时，看到温澜忽地站直了，手一抚裙摆，立刻知道有人要来，侧过头等了一会儿，果然看到叶青霖慢慢走过来。

叶青霖见到这两人默不作声地隔着一丈站在这儿，也愣了愣，但她又多想了几道，见四下无人，咬了咬下唇，对叶青霄说道："四哥，三思而后行！"

知情人因上次白氏那一闹与叶诞的安抚，反而不会胡乱猜测，可叶青霖多次见过四哥对扬波态度暧昧，便是知道那一出，也只会更加笃定的。眼见着四哥越来越管不住自己，扬波也丝毫没有要劝阻的意思，叶青霖真怕四哥的前途都要因此毁了。

叶青霄原来真没多思，一心都用在担忧上，也都是因为白氏才醒悟还有这样的误会。此时听叶青霖说话，真明白了几分，心中叫苦的同时又一闪而过那日在云敷县所见温澜雪白柔润的肌肤。

"你……小丫头又胡说什么！"叶青霄很快回神，因为捎带着他也回忆起了温澜捏着自己下巴那一段很丢人的画面。

叶青霖见叶青霄冥顽不灵，父亲更是也一同中了邪般无比信任扬波，深感无力，心灰意冷。

温澜却是微微一笑，过来要牵住叶青霖的手。

因蓝氏不在，叶青霖同徐菁母女一架车。还有白氏那头，虽是禁足在院里反省，这阖家都出门，连叶青雯都带上，老夫人心一软，便叫她也一道去。

叶青霄一见温澜的动作，便瞪了她一眼。

温澜怕惹得叶青霄又汪呜叫，手一错便只隔着衣袖在叶青霖腕上搭了一下："霖姐儿，我们到车上去吧。"

叶青霖见到两人再次眉来眼去，灰心之中又挣扎着冒出一点儿念头，不行，不能放任如此。

叶老爷子夫妇一架车，其他女眷又分了两架车，叶青霄自个儿骑马，偶尔同祖父母一车。

徐菁因到叶家时间还短，不大了解，倒是叶青霖在车上说了说叶老爷子要访的那位道长："祖父崇尚的是丹鼎派，不过他不大服丹，从前都是炼的心丹，就是用自己的身体作鼎炉，在脏腑内存想炼丹。"

徐菁觉得玄得很，而且有个念头不大尊敬——若寻仙问道有用，老爷子现在也不会每天还精神不济了。

"祖母说妙华山上住的那位庄道长是白海琼天师的亲传弟子，乃丹鼎派的高人，仙迹早便流传到京师，这次北上弘扬道法，祖父哪里按捺得住。"叶青霖提起这些来，也是半信半疑。平素大家都会拜拜佛念念仙人，可凡人的仙迹便要存疑了，他们大户人家更见多了拿神佛巫术做幌子的江湖骗子，高人到底是可遇不可求。

到了妙华山下，先在大慈院安顿下来。这妙华山挺拔不群，景色壮阔，佛家道家都争着在这里修行，一座山从山脚到山顶便有三座道观、佛寺。

女眷们在这里拜菩萨，叶老爷子却还要上去问道。他身体不佳，故此稍微平缓一些的路可乘肩舆，若是险要则需搀扶了，好在妙华山的路几经修整，已然没什么险处。

温澜看到叶老爷子上了肩舆，心中暗叹口气。叶老爷子年纪大了，已是时而精神时而糊涂了啊，曾经宦场沉浮，现如今在仙人之说中寻求慰藉。他方才自己都在感慨，年轻时也常斥责肩舆之类，以人力代畜力，有悖道德，牲畜不可登之处，宁可自己爬，如今老了，急着问道，竟也不得不乘肩舆。

他这般样子，让温澜想到了陛下。近几年，宫中也有道士、和尚出没，虽然没能借得大势，翻起什么云雨，但足以证明陛下确实有寻仙问道的心了，毕竟身体一年不如一年，从梦中情形看也寿数将尽。如今，还是中宫劝着才没有用丹方。

"好了，你快扶着祖母。"

白氏略尖厉的声音把温澜拉回到烟火人间中，她回首一看，白氏正殷勤讨好老夫人，叫叶青霁去扶老夫人。她如今管家权也没了，家中下人对二房虽不敢克扣，态度却大不如前，令她好生失落，有了机会后，也越发上心侍奉婆婆，想着婆婆向来喜欢女儿，便提点着叶青霁也多尽孝。

老夫人对白氏仍淡淡的，但对着孙女还是露出笑容："好，霁姐儿牵着妹妹，咱们一道走。"

叶青霄也被留下来照顾这一帮女眷，唯有大管事跟着叶老爷子上去了。

徐菁让人取了铜钱同他去给院中的姑子，吩咐吃住。

白氏看得眼热又心酸，往常支钱都是从她这儿，家里的仆婢管事哪个不是恭恭敬敬。现如今，她自己想住个朝向好的房间都不好说。

一路劳累，众人先在大慈院用了斋饭，而后老夫人照例是拜佛、布施，买了些手抄的经卷。

徐菁思及扬波的婚事，也极为上心地默求菩萨保佑。她极想与这自小离开自己的孩子能多相处些时日，但年纪到了不可再拖下去。

温澜却好像知道她心中在想什么一般，在旁低声说道："阿娘可为父亲求求前程。"

徐菁恍然："也是要求的。"

温澜在徐菁的手背上摩挲一下："阿娘近来身子调养得不错，不需忧心那许多。"

徐菁带着淡淡的忧色道："我知道你长于谋算，若能多为自己考虑便好了。"

温澜没说话，也许她想要的和徐菁想要的不一样。

女眷们正在吃茶听经，先前和老爷子同去的管事忽然满身汗湿地赶来。

老夫人一见他，惊讶地道："你怎下来了，出什么事了？"

"老夫人，"管事汗颜道，"是老太爷想叫大家都上山去。"

这可怪了，先时说好了，老太爷上去访仙，她们在下头求佛，怎又把她们也叫上去？

管事怕被姑子们听到尴尬，凑过来些小声道："那位庄道长神通广大，午间用斋饭时竟然招来了九天玄女，老太爷这才急让您诸位也上山。而且庄道长有些丹药，但未谋面者不给，无道缘者也不给。"

这一屋子人都面露异色，世上竟真有高人，能够将九天玄女也招来？那她们不去看看倒是不行了。

老夫人半信半疑，说道："真有这样灵，你可看到了？"

管事摇头："小的哪儿有那样的仙缘，但老太爷说看得清楚。"

叶青雯拽着白氏的手："阿娘，我们可以看仙人？"

白氏也正激动着，公爹成日修仙修得整个人都缥缈了，竟真访到高人，她又想起什么，道："娘，咱们这里才刚拜完观音，上去了，道长能见咱们吗？"

这一语令众人都陷入了沉默。是啊，而且现在上去，与大慈院的尼姑间岂不尴尬？

倒是温澜轻轻一笑道："祖父既然访到了高人，想必也不会即刻下山，我等拜完佛也必是要去候着的。此处已布施过，上山也无妨。"

老夫人轻咳一声："说得也是，老三媳妇，你和师太说说，我们上山去迎一迎。"既有仙人至，老夫人也顾不得那许多了，她真是好奇极了，这次还真叫丈夫访到仙了？

这厢都决定了，在外头指挥下人整理的叶青霄才得到消息，又要重新装车。他惊愕地道："九天玄女？这……"

若非传这消息的是他亲祖父，他简直要笑斥了，真是荒谬至极。僧道之流虽有德才俱备之人，但更多妄立名号，诱骗百姓。烧香布施，养身休息可以，谈及鬼神便可恶了。可惜，有时候愈是上位者、年长者愈容易陷于神仙之说，令人无可奈何。

但即便要劝解，也得上山再说，叶青霄急急让人将部分物什寄放在大慈院，然后再与家人一同上山。

女眷们乘着肩舆上山，路上犹在讨论此事真假，提起远近流传的仙人事迹，以做对比。

叶青霄闷声道："真神仙如何能招之则来，呼之则去？"

众人沉默一瞬，觉得老四说得有道理。

白氏又犹豫地道："可庄道长不是仙师白海琼的亲传弟子吗，听说白道长活了一百三十岁后羽化登仙了，民间还有拜他的哩。"

叶青霄可笑地摇了摇头，不禁去看温澜，盼着她能说几句。京师三教九流，什么样人物没有，皇城司哪个月不处理一把巫蛊、淫祀之事，再往上乃至自造谶语、假借鬼神名义这些把戏，温澜应当再熟悉不过。若是由温澜来说，定然是深入浅出，一语中的。

可惜，温澜一点儿也没有要出言劝阻的意思，反而带着笑意问："管事，我们上去还能见着仙人吗？祖父有没有说仙人的形容？"

大家都忘了问细情，只顾着追问仙人是否真的存在，此时也侧耳听去。

管事瞪着眼睛道："呀，这个，老太爷说道长招来了九天玄女，原要聆听仙音，但玄女只在空中冷眼看了片刻即离去了。道长说唯有仙缘极深之人或人间天子方可一叙。"

这下子，彻底没人理会叶青霄了。玄女在空中？那是怎样的情形，岂不是和画里的神仙一般踏云而来？

女眷们叽叽喳喳起来，叶青霄只能满腹牢骚地看了一眼温澜。

待到了山上时，已是接近傍晚，叶老爷子一见到他们便对徐菁道："老三媳妇儿，你检点一下带的钱物，我要布施万贯给道长。"

众人皆惊呼。万贯？

叶老爷子凝眉道："庄道长受京中贵人相邀，原要进京，若是到了京师，我们再难得见了，我也是多番恳求才令道长多待些时候，好为你们讲经，面赠些丹药。"

叶青霄道："付了万贯，怎么还能叫赠呢？"

"庄道长并未索要钱资，是我知道道长欲在京中修建道观，自愿捐助。这是在道长答应我之后，我方才提出来的。"叶老爷子强调道，"你们未见到玄女下凡，庄道长更是极有智慧之人，非寻常俗流。"

徐菁面露犹疑之色，虽然是叶老爷子的吩咐，但这笔钱不是个小数目，她一时有些犹豫。

反倒是白氏热切地道："父亲，庄道长可能测算命数？"她倒是有心算算丈夫的官运，若能知道，这钱花得也值啊。

徐菁侧目去看扬波，见她微微颔首，这才低声道："没带这样多交子，得命人去取。"

"祖父，我们还能见玄女吗？"

"庄道长在哪儿呀……"

"父亲可得了丹药？"

你言我语之中，温澜对徐菁耳语几句，带着移玉走开了，他人只以为是去更衣，并不在意。唯有叶青霄看准了，他也不是第一次来妙华山，等上一会儿就走另一条路去堵温澜了。

"你怎么不拦着些？"叶青霄就差没抓住温澜了，只是顾忌这里或有外人出没。

移玉一见他，便自觉地走到一旁去守着。

温澜将手里的帷帽转了几下，戴在头上："四哥来了，那随我走吧。"

"嗯？"叶青霄听她口气怎么像是知道自己会跟过来，"走哪儿？"

温澜冷静地道："四哥废话太多了，那种人不打怎服得了？"

叶青霄："……"

四

"我此来京师，不过炼了两炉丹，一路遇着有缘人与道友，已散出去大半。过些日子进京了还待再炼丹，需得向道友借些水火。"庄道长对挂单道观的观主说道。

观主忙道："道兄只管吩咐便是。"

庄道长从葫芦里倒出三粒红丹："这三粒回春丹赠予道兄罢。"

观主捧了丹药一嗅，面露喜色："感激不尽！"

两人又闲话几句，观主便退出房外，庄道长站在门口相送，待他走出院子，便回身关门。房门刚要关上，一只穿着皂靴的脚踩在门上，抵着不叫阖上。庄道长抬眼看去，原是一个俊朗青年，身旁还有个戴着帷帽的人，那垂布长至膝盖，下头挽起衣摆，只露出裤脚与靴子，也辨不清男女。

庄道长端着架子，沉声道："二位……"只说了两个字，那戴帷帽的人便一脚踹在他下腹，他倒头栽在地上一滚，发髻都散了，神色惊恐。

庄道长绝非手无缚鸡之力，相反，他剑术极好，因此对刚才那一脚感受更深，这力道、着处都刁钻无比，挑着他最软处一脚踩上来，他浑身无力，嘴唇都白了几分。也因此，庄道长笃定帷帽下应当是个男子，而且要么是经年的街头无赖，要么就是刑狱老吏，他的剑术毫无发挥余地。

趁着庄道长一点儿气力也没有，温澜将门关上，抢过庄道长的葫芦，倒出丹药来闻闻，又刮下一点儿粉末尝罢："倒还有几分能耐。"

庄道长虽然是个"装神仙"，丹方倒研习得不错，医术大约也可以，这回春丹炼得很有火候，少量服用可强身。温澜把葫芦里的丹药全都磕出来，拿布一包便卷走了。

叶青霄："……"

他欲言又止的模样被温澜看到，便从里面数出几颗给他，漫不经心地道："回去七日服一粒，小儿减半，补得很。"

叶青霄："……"

庄道长挣扎着坐起来："两位，两位施主——"他听着这戴帷帽之人声音清越，动作利落，愣是没往女娇娘处想。

温澜将一根手指竖起来，隔着帷帽放在唇前："还未到你说话的时候。"

庄道长面色青白，隐含屈辱。他走到哪里都是神仙人物，纵有慢待，也绝无这样粗莽阴毒之人，连开口或出手的机会也不给，一下将他打落在尘土里，灰扑扑的一点儿神仙样子也没有。

这么说吧，就连先前还对露脸有一点儿顾忌的叶青霄这会儿也毫无感觉了。这若是真的神仙人物，能引得仙人下凡，那为何还不动用他的仙术？

温澜将床幔扯下来，绞了几下从庄道长的手缠到脖颈，一下提起来："四哥……"

只见温澜一下闪身，拖着庄道长让出去几步，露出后头一名提着剑的道童，他没想到房内还有人藏着，还待偷袭。叶青霄连忙合身扑向前，提起竹凳架住剑，转腕把剑连同竹凳甩开，又提着道童的发髻捶了他几下。道童功夫本就不高，立时软了下去，被叶青霄一脚蹬到角落。

温澜按着庄道长，捂住嘴巴狠狠揍了几下，也不打脸，专挑暗处，把个神仙打得涕泪横流。庄道长到这时哪儿还能不明白自己得罪人了，只是嘴被捂住挣扎不开，只能泪眼蒙蒙地对道童示意。谁知一旁原本呆呆惊看的道童一个激灵，忽而拔腿就往外跑。

庄道长："……"

那道童一开门就有只素手抓住了他的发髻，就手往门板上一磕，立时鲜血长流，再往里一扔，阖上门。从头到尾，也只露出来过一只手，顶多再加一截手腕。

道童头晕眼花，把脸上的血一擦，好歹还有几分机灵，立刻跪下来道："两位爷爷，我们初到京师，还未来得及拜访各位同道，若有得罪之处，愿意赔礼，只盼示下个章程！敢问两位是哪门哪派？"他们只当京师水深，来的是同道。

温澜却又加了三分力道，庄道长的惨叫被堵在喉间，只有一张脸紫涨了。

叶青霄不忍侧目："够、够了吧……"

"我说过了吧，还未到你们说话的时候。"温澜冷冷道，将如同一摊软泥的庄道长丢在地上，这才道，"我说，你们听着。"

庄道长和小道童都忙不迭地点头。

"我不管你们想走哪条通天道，现在都死了这条心，自回南方去。"温澜漠然道，"也劝你千万别把辩解的话说出口，你既在人前说九天玄女唯有道缘深厚之人或人间天子才可一叙，打的不就是到御前的主意？"

庄道长额上冒出了冷汗，尽是被揣度清楚的心虚。

叶青霄倒没想到这么多，他只以为庄道长是来京师布道，拢些钱财的。不过一想倒也是这情形，往年陛下绝不会接见僧道之流，近年倒是松动了，偶有僧道在宫中出没，虽没什么大名声，但好歹是混到御前去了。想来各处三教九流之人都动了钻营之心，还有特意上京来的。

温澜眼神闪烁，方才，她言有未尽之意。

庄道长只是许多前来京师谋算的三教九流之一，她并不认为这些僧道是单单的闻风而来，毕竟没有路子，来了也不过和京师从前那成百上千的僧道一般混迹市井。这般样子，倒更像是受了有心人的煽动，妄图蛊惑君心，也与温澜梦中陛下临终前那段日子，京师妖风四起、谣言纷纷的情景相应。

温澜正暗忖之时，只听叶青霄好奇地道："那九天玄女到底怎么回事？"

"九天玄女不就在你手中？"温澜回神，随口说道。

叶青霄看了看那小道童，还真是眉清目秀、身形娇小，他思忖了一会儿，惊呼道："是他假扮的？"他只想着所谓九天玄女下凡里头有些障眼法，却不知道内里的技法。

"有些手艺，用得好，就是神仙中人，行走宫阙，用得不好，就是市井之娱，聊以糊口。"温澜施施然道，"不过其实顶要紧的不是手艺，而是口舌，是投其所好的眼力。一些障眼法加上踩绳的伎俩就能招来神仙下凡，唬住那样多王公贵族。"

庄道长听温澜说破自己的法术，神情极为窘迫，况且温澜言辞极为犀利，把他们和瓦舍中的杂耍艺人相提并论。

有些东西一点就通，叶青霄听罢才知道，原来所谓的神仙下凡只是如此而已——只需要一个踩绳技艺高超的小道童扮成仙娥，再用些障眼法遮挡，远远看去，尤其是他祖父年老眼花，远看时可不就是九天玄女。他有些可笑又觉得可悲，有时他们仰鼻息于贵人，贵人们却追捧这样的人物，就连曾经一字一句教他读史的祖父也不能避免。

叶青霄又在箱笼里翻找了一下，果然还找出来一些纸人、胭脂、宫装、火药之类用具，另还有许多他一时说不上用法的器物，想必也是庄道长赖以成名的法术用物。

庄道长借此愚弄了不知多少民众，甚至贵人，万没想到自己的法术有人都看穿了，京师果然卧虎藏龙，不是他能闯的地方，不得不低声下气地道："不知阁下究竟是何方高人？小道心服口服，只是想输个明白。"

温澜一翻手腕，屈起两指对他比了个手势。

庄道长一个瑟缩，这才知道对方并非同道，自己这是惹到专治他们这些牛鬼蛇神的人了，还未正式进京就被人制住。庄道长低声道："郎君，我有银钱万贯，甘愿奉上，然后即刻离京。"

温澜冷不丁一抬腿，膝盖顶在庄道长小腹上。

"啊！"庄道长痛叫一声，吐出来一口带着血丝的黄液。

温澜自喉间轻笑了两声，仿佛夹杂着寒冰冷丝丝的凉气，刺进庄道长骨子里："万贯，只够买你在皇城司狱中的铺盖。"

庄道长倒吸了口气，狼狈地伏在地上，透出些万念俱灰的神态，叫叶青霄看了虽不可惜，却莫名感同身受。

温澜想到什么，又轻轻一笑道："退你五十贯，托你办件事。"

叶老爷子领着家小等待庄道长出来，却不见叶青霄，随口问了一句："青霄呢？"

老夫人小声道："你又不是不知道，小四不乐意看这些，找个借口走了。"

"真是糊涂。"叶老爷子失望地道，"难道这就是没有道缘吗？"

正在此时，庄道长手里捧个葫芦仙风道骨地出来，光是这个飘飘欲仙的劲儿，便让阖家女眷心中暗道，倒真像个高人呢。

叶老爷子连忙迎上去几步："天师，不知这引仙之术今日还可再用吗？"

庄道长一整神色，说道："方才我入定时得了一梦，白祖师托梦告诫我，需得快快回海州，不可在京师久留，否则恐有大患。"

叶老爷子惊道："怎会如此？"

"时也，命也，京师龙虎盘踞，我乃月蟾入命，流年不利于此。"庄道长摇头道，"看来少说再过五十年方可上京……叶相公，你也是福缘深厚的人，我既不在京师，你要布捐的钱还是算了，留着日后赈济百姓。我这里也有一些积蓄，听闻今年京师粮价贵，请叶相公替我布施了吧，但勿要提我姓名。另外，我这里还有一葫芦的回春丹，都送给你。"

叶老爷子又惊又喜，还有一丝糊涂，因为半天前，这个回春丹还是有缘人才能得赠一粒的。

"福缘深厚啊。"庄道长意味深长地看了一眼叶老爷子。

叶老爷子立时有了精神，珍惜地捧过葫芦："多谢天师。"

庄道长又拿出官交子，极为缓慢地交到叶老爷子手中，眼中依稀可见泪光。

叶老爷子也郑重地接过："我替京师百姓谢过天师高义！"

众女眷见此情形，哪里还有不服的。老太太心中更想，该叫青霄来看看，这年头骗子虽多，但庄道长总不是浊流，即便今日看不到他的仙术，单凭这份高义，不图名不图利，也堪为天师。

待与庄道长道别，叶老爷子将那葫芦里的回春丹倒出来一数，一共有四十九粒。他极为珍惜地数出几粒，要分些给儿女孙辈。

白氏亲见先前叶老爷子服丹后精神大好，眼巴巴地道："爹，这可不能按房分发，我们二房人多，青云还在进学，正是要进补的时候。"

"唔。"叶老爷子淡淡瞥她一眼，倒也真按人头分给各房。庄道长那笔钱则叫徐菁收起来，回去后依庄道长的意思匿名布施了。

独处之际，徐菁又点了一遍手里那几粒丹药，对温澜道："看来庄道长的确是得道高人啊，视名利为浮云。老太爷说这是汉时传下来的丹方，我这份便切开，给和之与你用了，可惜咱们房中人少……"

徐菁话音未落，就见温澜手一抬，与自己手中一模一样的红丹如圆珠倾泻，嗒嗒落在瓷碗中，粗粗一数也有几十粒。

徐菁："……"

其实从在章丘时起，温澜就在有意一点儿一点儿向徐菁坦陈自己的真实身份。她不敢一开始就说明事情，否则徐菁必然难以接受。而要不是温澜在点滴之中刻意不遮掩的痕迹，徐菁是不可能有之前的任何怀疑的，即便她作为母亲朝夕相处，温澜也能瞒得滴水不漏。不过徐菁在拜菩萨时的话，令温澜着意控制她接受的度。

几十粒药丸砸在瓷碗里，徐菁已是目瞪口呆，问出了自己分明知道答案的问题："这、这是什么……"她捧起瓷碗嗅了嗅，和自己用匣子装好的丹药是一般的味道。

"嘘。"温澜将一根手指竖起来，做出了在庄道长面前也出现过的动作，但神态是截然不同的，在徐菁面前时甚至有点儿顽皮，"庄道长并非什么神仙中人，我见过他玩的那些把戏，故此去提醒了一番。只是老太爷年纪大了，不便拆穿，省得他气冲上头，有个万一。"

温澜说得很理所当然一般，她拆穿了庄道长，庄道长便不敢骗人，不要叶家的钱了。但徐菁还记得更重要的一点："他不收钱便罢了，为何还要倒给钱……还有，所以这丹药也是假的？"

徐菁仔仔细细看自己的女儿，难道单凭义正词严就能责备得人找回良心？可若非如此，女儿又能用什么手段去……威逼呢？

"这种假借神佛名义行骗是朝廷禁止的，咱们便是官宦之家，继父是大名府推官，四哥又是大理寺丞，他不想被治罪，自然只能收手，反落了个好名声。"温澜顿了一下，又续道，"阿娘应当还记得我说过，人皆有弱点。你看他仙气十足，也有惧怕的东西。"

徐菁怔怔道："倒是如此……"

温澜一直在提点徐菁如何处事理家，一时半会儿不开窍倒也不急，待赵理的事毕后，她还有更多时间来告诉徐菁。

温澜又将庄道长的骗术底子一一揭给徐菁，徐菁听罢直觉不说则已，一说这九天玄女下凡也没有那样稀奇，踩绳这样的杂耍，大家在瓦舍都看过，看来难得的还是庄道长那嘴皮子。

"不错，像他们这样的人，功夫三分在手上，七分在嘴上。"温澜见多了这样的人，"他们同走街串巷的阴阳生、巫娘也没有太大区别，阿娘平素知道哪些可取哪些不可取即是。

比如这回春丹便是下功夫炼出来的，加了不少名贵药材，说是丹方，我看药方还差不多，他若去做道医还可信些。此方调养精神，不过药性过补，所以得慢慢吃。"

温澜将那些丹药都替徐菁收拢到匣子里："阿娘你在吃补肝的药，为免药性相冲，就不要用了。可以叫父亲一旬服一次，他在这位子上耗心神，正得用。至于我，"她淡淡一笑，"我自觉没什么虚的，倒是用不着。"

徐菁总是被女儿三言两语说得服气，此时也不例外："唉，你都打点得很清楚，咱们娘俩反倒像是掉了个儿，尽是你在提醒我。"

"这也没什么不好的。"温澜揽着徐菁道。

母女两个正是温情脉脉，车驾忽而大大颠簸了一下，温澜皱眉，探首去看了看。

家仆连忙道："夫人、姑娘没摔着吧？是有放羊的经过，避让间颠着了。"

温澜的目光在赶着羊的老汉身上一扫而过，又再探出来些回头看了看，镇定地道："无碍，去看看祖父、祖母可受惊了。"

趁着这工夫，温澜回过头来极快地小声道："阿娘，从这一时起便小心一些。"

徐菁还未从方才的温情中回过神来："怎么了？"

"如果我没有看错，应该是有人盯着我们……多半是皇城司的察子。"温澜垂目道，"就像先前父亲说的，他得罪了禁军与皇城司，人家自然要有所'回报'。"

徐菁坐立不安："那要去同老太爷说吗？那些察子会怎么做？"

"没事，"温澜摸了摸徐菁的手，"就别让老人担忧了，还记得父亲说的吗，咱们身正不怕影子斜，他们找不到把柄自然就散了。"

她还有后半句没说出来——皇城司若是把你里外翻过一遍，发现你真是个完人，半点儿能拿捏的错处也没有，下一步当然不可能是散了，而是……构陷。

然而皇城司构陷之法，这么说吧，一半儿是温澜首创的，另一半儿是她在任时负责教习的。

五

因突厥探子的事，叶谦行事愈加小心翼翼，尤其是听说皇城司的察子在窥伺他家之后，还特意去找了大哥叶诞，希望得到大哥的支持，一起约束家中上下——他父母在，并未分家，若是其他房出了问题，他也未必能全身而退，如今和二房关系又不大好，更要大哥做个中人。

叶诞心道，还要你来说，你这时候才想起小心未必有些晚了吧？！

心中虽说极为沧桑，为了这个家，做长兄的还是要撑起来，叶诞缓缓道："我知道，我会提点老二的。家中你也不必太过担心，青霄同皇城司打过数年交道，还算有些了解，他也会上心的。"

"这就再好不过了！"叶谦道，"我凡事多来请教大哥和侄儿。"

叶谦这厢正担忧着自己的安危，先出事的反而另有其人。

这日在衙门中，叶谦正在处理政务，忽有府吏来报，禁军与府下的巡卒吵闹起来了。他心中暗叹，这禁军本就刺头多，因他得罪了三衙指挥使，有些愈演愈烈的势头，真是不胜其烦——府中上下只要知道对方番号，便知道和叶谦有关，故此都来告知他。

叶谦叹了口气，强打精神道："事由如何，且将人都带到堂上来，我问一问。"

府吏应了，回转去传人，可是这一传传得有些久，再回来时便一脸惊慌了。

"怎么了，打起来了？"叶谦急问道，"人呢？"

"叶推官，"府吏咽了口唾液，"禁军都急令回营了，那、那个……禁军马军司指挥使被下御史台狱了！"

叶谦只觉脚下踩着棉花一般，飘飘浮浮，极不真切。三衙指挥使的身份何其特殊，马军司指挥使进了御史台狱，又得是何等动静的案子，难怪他那点儿事人家再关心不上，全都缩回营了。

可是这马军司指挥使到底犯了什么大事？叶谦也是灵光一闪，问道："你可有问过，马军司指挥使是直接入御史台狱，还是从其他处转过去的？"

府吏摇头："我知道的也不真切！"

叶谦也顾不上处理公务了，赶紧去其他同僚那里探听。此事正飞速地传遍京师上下，自然有消息灵通的人神神秘秘地道："马军司指挥使是自承天门转去的乌台。"

从皇城司转去的御史台？！叶谦脑子里闹闹哄哄的，问道："那、那岂不得是勾当皇城司亲自拿人？是哪一位可知道？"

"覃庆。"

这不就是前些时候，和禁军指挥使一起被陛下申斥的那名皇城司长官？叶谦只觉有电光闪过一般，灵台清明，想通了其中关节。

虽说禁军受罚颇重，但对皇城司来说其实更严重，因为他们职司伺察。而且此事太巧，禁军与皇城司同时出差错，二者本该是互相牵制。哪怕为了重新获得陛下的信任，皇城司也要加紧伺察，办个漂亮案子。但没想到，他们会直接选择马军司指挥使开刀。

这就是其中唯一的疑点了，便是人选说得过去，闹到要下御史台狱也太过了，否则就是马军司指挥使真有什么大罪被逮住了。

不只是叶谦想到这一点，其他人也估摸到了覃庆是想赶紧弥补过错，嘀咕道："不会疯狗一般四处咬人吧……"

覃庆要干出政绩来，倒霉的还不是京官们。

过得一会儿，又有消息传来："马军司指挥使以指斥乘舆下狱。"

众人陷入了死一般的寂静。

"乘舆"在此处指的不是车驾，而是天子，因不可直言天子，故以天子车驾代称。此大不敬罪，重则斩首，轻则流放，旁人知之不告也要流放。马军司指挥使到底长了几个胆子，敢指责天子？是因为先前被申斥，心生不满吗？

更可怕的是，马军司指挥使是什么样人，不可能没脑子地随处乱说，必然是与极为亲近之人相处，甚至独处之时说的。便如此，都被皇城司探到了！

众人顿生坐立不安之感，再没有心情聊下去了，万一有失言之处被皇城司探到怎么办？！

散衙后，叶谦深一脚浅一脚地回去，他原想着身正不怕影子斜，但马军司指挥使的遭遇让他汗毛倒竖。满腹心思，他也只能再次叮嘱家人小心了。

温澜听罢，唇角不可察觉地翘起一点儿。

梦中赵理非但暗中勾结了皇城司某位官员，根本就是借禁军之力起事——当年恭王数次领禁军平乱，在军中甚有威名，埋下许多关系。此次正好借覃庆之手，王隐只从中暗作挑唆，便让他们狗咬狗。覃庆与赵理虽未勾结，赵理在皇城司的暗子另有其人，但禁军与皇城司成仇，暗子必会设法保禁军，就算覃庆揪不出此人，温澜也会助他一臂之力。甚至到最后，还可以顺势除了覃庆……岂不大好！

"父亲，照您上次说的，既然现在三衙指挥使被皇城司治罪，您若真担心，何不去找马指挥使？"温澜温声道，"想必他会不吝赐教。"

叶谦犹豫道："我也考虑过这点，但是他毕竟是亲从指挥使……"

怎么说他和马园园也合作一次，现在皇城司另一位长官要四处咬人，若有能够解除他担忧的人，似乎只有马园园了。可是，他对皇城司这地方还是存着忌惮。

温澜说道："我看马指挥使对父亲还是颇为尊重的，否则也不会为您请功。您看，如今三衙指挥使不是下狱了吗？"

叶谦恍然惊醒，若说马园园的做法有欠缺之处，那就是可能导致他被报复，但是如今三衙指挥使都下狱了。说不定，马园园凭对皇城司的了解早便料到了这一点？

"不错，不错，我现在便写个帖子。"叶谦忙到桌边铺纸。

徐菁上前为他磨墨，又倒了温水，叫他用粒回春丹，看这急得人都憔悴了。

"园园吾弟……"叶谦边念边写。

温澜险些控制不住表情："吾、弟？"

"唔，会不会太过亲密？其实此前我们也讨论过私下如何称呼，没能统一才作罢。我想与他兄弟相称，他却说要叔侄相称。"叶谦仔细回想，他要上门拜访跟人讨教，拉近些关系比较好。

温澜面无表情地道："那父亲就随马指挥使来吧。"

徐菁在旁边道："哎，他与你父亲同朝为官，这样会不会不大好？"

叶谦点头，他正是考虑到这一点。

温澜继续面无表情："可马指挥使若是怕被叫老了呢？听您说，他也才而立之年。"

叶谦心中闪过马园园头上簪着的那朵鲜花，还有夸赞绣件的样子，猛然清醒："有道理，有道理！"

六

叶青霖原是难得出门与好友同去吃茶，席间一直闷闷不乐。好友问及，她又闭口不谈，只因心中想的是四哥与扬波之间那点儿事。她只是未出嫁的闺阁女，为了这件事承受了太大的压力，谁叫母亲生病，父亲犯糊涂。

好友只以为叶青霖是将出阁女子的忧愁，还玩笑了她几句。

叶青霖勉强笑了笑，起身倚在窗边透气，忽地在来来往往的人流中见到一道熟悉的人影，正是四哥。这会儿应当是刚刚散衙，不知为何他没有回家，而是孤身来了茶坊。

她原本以为四哥和同僚相约了，可一想若是同僚，怎没有一路走，选的茶坊也是清幽之地，不像这个年纪人爱去的。再回忆起偶然隐约听阿爹和阿娘说起二婶被禁足之事时提到的几个字眼，叶青霖忽然有点儿紧张，对好友道："我……出去买个花，等等。"

……

"覃庆发疯，难道你们就不管管吗？"叶青霄小声问温澜。

他们正处一间茶坊的小阁子中，叶青霄近来郁闷得很，将温澜约出来说说话。只因他要说的，同其他任何人说都不大合适，也不敢信任。反倒是温澜，他竟十分信赖了，若是以前知道，恐怕万万不会相信，此一时彼一时啊。

温澜闻言只是喝了口茶，面色平淡地道："覃庆是皇城司之长，我如何管？"

皇城司向来放肆，但最近覃庆疯狗一般四处抓人，要么说人指斥乘舆，要么问个讥毁朝政的罪，有点儿失去控制的样子。整个京师都被覃庆手下察子的狂热笼罩了，他们就像着了魔。可温澜躲在叶家，王隐也好像聋了一般，一点儿要压制的意思也没有。

叶青霄看了温澜一眼，有种被敷衍的感觉。

"四哥，你别这么怨妇似的看我。"温澜说道。

叶青霄："……"他嘴里若是有茶，肯定就要喷出来了。

温澜忽地抬头，瞥了周遭一眼。

叶青霄郁闷地搅动着自己的茶，说道："皇城司日益跋扈，执律过苛，然而防民之口甚于防川。"换作温澜在的时候，也没有嚣张到这样的地步，四处捕人。这令他竟然怀念起了从前，至少温澜还有个度，而覃庆此举分明是为一己之利。

温澜心知陛下约莫十分不安，也不说话。

叶青霄郁闷至极，拿起笔蘸墨就在粉壁上题了首诗，摔笔又怒饮了两盏茶。

"小人计已私，颇复指他事。"温澜看着墨汁淋漓的句子，默念了一遍其中一联，微微眯起了眼，"不妥。"

叶青霄也不怕她看到，反正方才他都直接表达了对皇城司现下做派的不满。他也知道温澜说的不妥指的是自己此举，便更加想苦笑了。谁能相信，温澜会来劝他。

此时小阁子的门忽然被推开，一抹倩影立于门外。

两人侧头看去，神情各异。

叶青霖扶着门框，直勾勾盯着他们。

叶青霄一时愣住了："霖姐儿，你怎么……"

温澜抬手，将头上帷帽的遮布放了下来。

"扬波姐姐，你现在遮住又有什么用呢？"叶青霖一步步走进来，盯着一身男装的温澜看，"上次二婶被斥责，就是因为她指出你们二人在茶坊私会吧？可不但是二婶，连我也不明白，阿爹怎么就看不清！"

温澜没说话，倒是叶青霄那点儿怒气都被惊讶冲散了，坐直了道："霖姐儿，不是你想的那样……"他真不知该如何解释才好，说他们只是约在外头聊聊？

今后真是不该再来茶坊了，难怪温澜问了一句要不要去瓦舍。还是温澜有经验，现在仔细想想，茶坊虽然清净，但是不如瓦舍那样热闹的地方能藏人啊。

"扬波姐姐，你虽然还未入我叶家族谱，但出嫁前迟早要开族谱记名的吧，否则你无家无族如何在京师出嫁。你同四哥是堂兄妹啊，不为四哥想，你也要为三婶着想吧？"叶青霖哀求道，她还有一点儿理智，努力压低自己的声音，"你们这般没有将来。四哥，你要是还冥顽不灵，便是阿爹不信，我也要说到他信为止！"

叶青霄："我不是，我没有……"

叶青霖："够了！难道我是瞎子吗？"

叶青霄："……"

叶青霖见温澜不为所动，也不知帷帽下是什么表情，一时更为气愤，胸口起伏着，上前想拽住她的手。不想温澜也霍然起身，大步向前走。她一身男装，戴着皂色的帷帽，个头比叶青霖高一些，行走生风，气势十足，叶青霖竟不由自主兔子一般抖了抖，往后退了好几步，怔怔看着她。温澜一伸手，叶青霖更是闭了闭眼睛。

然而温澜只是将小阁子的门猛然打开，只见外头一个茶仆一脸讶色，讷讷道："小的来加热水……"水字尚未落地，就被温澜一把拽进了小阁子。

叶青霄看清这茶仆的脸，皱了皱眉："你不是负责这几间的，你是什么人？"

茶坊的茶仆自有安排，哪一个专理会哪几间小阁子，断没有越俎代庖的道理，何况这人鬼鬼祟祟站在外头被温澜发觉。

叶青霄灵光一闪，说道："皇城司的巡卒？"

"茶仆"听叶青霄说破自己的身份，反而轻松下来，目光不住在粉壁上打量，露出喜色："我乃皇城司亲事官，还不将我放下。他书此诗有谤讪大臣之嫌——"

叶青霖听得更觉可笑，这是自领了小人的帽子？

"你说这诗？"温澜忽地轻笑一声。

叶青霖听得莫名遍体生寒，觉得不太像平日看到的扬波，正疑惑是不是错觉之际，便见她将那察子一下摔在墙上！

这亲事官痛叫一声，被放开后慢慢滑坐在地上，忽觉头顶有什么落下，仰头去看，只见带着墨迹的粉壁被他刚才那一下击得龟裂数块，粉皮翘起，簌簌撒落，什么字也看不清楚了。

亲事官大怒，爬起来咳嗽着道："大胆，你以为毁坏了证据就有用吗？你是什么人，也是叶家的？连你一同治罪！"

温澜道："你说你是亲事官就是亲事官了？前不久还抓了许多冒充亲事官的骗子，我看你也想进衙门了吧？"

这个亲事官孤身一人，被她刚才那一下摔怕了，萌生退意："等着，我去回禀，你很快就能知道我是不是亲事官了！"说着转身就跑。

叶青霁仍是一脸呆滞，待亲事官跑了才反应过来："等等，他知道我哥的身份……不，那诗他怕已记下了，回去奏事怎么办？"她都要急死了，"还有你，扬波你哪儿来那样大力，你为了四哥命也不要了吗？他们会连你一起抓了的！"

先前叶青霁还在指责他们，现在心中竟然生出一点儿佩服的意思——扬波为了四哥居然如此拼命，宁愿去和亲事官动手，毁坏证据。

叶青霄："……"

"没事的，霁姐儿，我爹前几日上皇城司马指挥使家去了，有这位的关系在，这事不会奏上去的。"温澜安慰道。

叶青霁的眼泪已经忍不住，滴滴答答下来了："我不信，哪儿有这样简单，我虽然没理过朝政，也知道如今皇城司大张挞伐，罗织罪名。四哥，四哥你也太糊涂了，写这样的诗做什么？"

"你不知道如今便是随意写几句没干系的话，也会被安上莫须有的罪名吗？"叶青霄皱眉道。虽说他扪心自问，敢如此发泄，除却心情激荡，确实隐隐有在温澜面前放心的缘由。

"霁姐儿，是真的，不然我们怎么不拦他，给他塞钱也能隐下这桩事呀。"温澜摘下帷帽上前，在叶青霄严厉的目光下只虚抚了几下叶青霁，"你别自己吓自己了，我保证四哥定是好好的。"

叶青霁哪儿管那么多，一下伏在她肩头："我不想你们做错事的，但是……但是你对四哥这样好！"

温澜对叶青霄挑了一下眉。

叶青霄窘迫地把叶青霁扯开："胡、胡说八道些什么。"

叶青霁一边擦眼泪一边说："我都看到了呀，四哥到底还在嘴硬些什么，从第一次看到扬波姐姐，你的眼睛就没离开她。"

叶青霄："……"

对，是这样！但是他是因为别的原因啊！

叶青霁擦干了眼泪，咬牙道："倘若四哥真没事，我也管不了你们了，扬波姐姐为了你，连皇城司的察子都不怕。你们太惨了，为什么一见便是错的……"

叶青霄在叶青霁的眼泪下溃不成军，他不知道妹妹到底在感动什么，他只尴尬得想死。

最过分的是温澜看到叶青霖难得泪眼婆娑的样子，竟然还心生爱怜，满脸唯独他才能得出来的特殊善意，柔声道："换作是你，我也不会让皇城卒加害你。"

叶青霄："……"

叶青霖却心情复杂，这是爱屋及乌，还是扬波真如此大度？她对扬波那点儿不满还未消散，却又混入了钦佩与可怜等等情绪。

"好了，霖姐儿你不是独自出来的吧？要么同你朋友会合，要么我带你回家。"叶青霄耐不住地打发她。

方才发生的事太过刺激，叶青霖低声道："四哥等我，我先去更衣，再同人说说。"

待叶青霖一步三回头地走了后，叶青霄沉默地看着意犹未尽的温澜。

温澜："怎么了？"

叶青霄："……你为什么对青霖说那话？你不善良。"

温澜被这句"你不善良"逗乐了，叶青霄说得诚然正确，她心知叶青霄用意，只反问道："四哥这也不满？放心，你哪个妹妹我都不会碰的，不过是美人在前，安抚几句罢了。"

叶青霄自知方才那句话有些明知故问了，面颊涨红，唇舌间还有后半截问题迟迟说不出来。他方才看到温澜和妹妹的样子才忽然冒出一个疑问，所以不善良的温澜之前几次又为什么那样对他呀？心里来来回回纠结，总觉得这冷不丁在心底冒出来的问题有些丢人，他为什么要把自己和妹妹放在一处比啊？思来想去，这、这都是大祸害的错！

再说自茶坊跑了的那名亲事官怀着愤懑跑回承天门，将此事写作条陈报了上去，又申调人详查。他知道叶青霄乃大理寺丞，也是叶谦的侄子，故此更要严查。

"无凭无据，怎么能定其在墙上写了讽诗？再者说，叶青霄也是官员，谈不上谤讪大臣，政见不同罢了。"马园园大步走进来，手里拿着不知如何到了他手上的条陈，轻飘飘便将叶青霄的举动抹过去了。

亲事官见到马园园先弱了几分，连忙给同僚使眼色，叫他去通报长官。

马园园也不在意，将条陈拍在案上，抚了抚鬓发说道："前些时候，叶青霄的三叔才与本官一同办了突厥探子的案，此举怕有挟怨报复之嫌啊。"

亲事官惹不起他，一径赔笑："小人也是秉公办事，叶青霄的确在墙上写了这诗，到底如何追究还是要长官来断。还有与他同行一人，将我狠狠摔了一下，把证据给毁了。"其实他们皇城司只管探听，什么时候必要铁证了，他心知马园园要护叶家，只能如此对答。

"哦，你是说，我断得不如你上司准？"马园园似笑非笑地道，"我怎么记得，我当年正是在亲事官任上办得好，才升官儿的呢。"

这臭不要脸又阴阳怪气的劲儿，哪个不恨，又有哪个敢顶嘴？

亲事官连忙低头："没有，小人绝没有这样的意思！"

谁还能不知道马园园的经历，现如今的勾当皇城司之一王隐、指挥使马园园，还有温澜，连同他们在后宫的几位兄弟，都是恪忠公一手抚育大的。尤其温澜，在皇城司兴风作浪，整得大家苦不堪言，她一走，覃司长好像还吃了顿酒。

马园园上前逼问："你不是这意思是什么意思？给我好生解释一下。"

亲事官吓得两腿发软，支支吾吾："真、真的没有，只是您、您如今毕竟是亲从指挥使……"

马园园阴冷一笑，还待再逼问，已有一人大步走来，高声道："马指挥使何必为难一个小小亲事官。"

正是皇城司三位长官之一覃庆，只见他冷着脸道："我知道你同叶谦是好友，但阻挠公事不太妥当吧？"

"覃司长。"马园园不阴不阳地拱手为礼，"我只是提出一些质疑，恐怕此案办不成，还让您担上公器私用、蓄意报复的名声。"

"若真的要报复，我也是报复叶谦本人。"覃庆意有所指地道。

马园园看了他一眼，呵呵笑道："说笑了。"

覃庆仔细看过了条陈。如今京中暗里已是怨声载道，叶青霄不是唯一有怨言的，证据也被破坏了，倘若报上去可能被马园园扳回来，再说了……他也不必单计较这一桩，重头戏还在后边。

"这件事就算了。"覃庆似笑非笑地道，"不过，还是要让叶家的郎君小心些啊，为官者，谨言慎行为重。"

马园园面色如常地道："您说得是，有您的话，这条子我也不动了。"覃庆没脸出尔反尔，这条子倒不必撕了。

"马园园，"覃庆忽然叫住了转身离去的马园园，眯眼问道，"温澜到底去哪儿了？"

数月前，温澜和马园园还辅佐王隐，打压得他在皇城司内举步维艰，大好形势之下，温澜却忽然离任。他欣喜之后总有些不安，花费心力查了许久，也不见结果。

马园园侧过身来，微微笑道："她已归隐了。"

第五章

／

到底为什么他连根
束发簪也没有呢？

一

不过三日，覃庆说的话便应验了。

叶青霄的证据没叫抓住，倒是叶谦本人被伺察到有大不敬的言语，作诗借古讽今，甚至对朝政颇有微词，认为背离祖宗之法。一伙皇城卒闯进府衙和叶府，将叶谦往日的书文全都搜走，要检点是否还有其他狂悖之语。虽未下狱，但推官之职自然停了，也不得出门半步。

所有人都认为，叶谦怕是要完了。

然而叶府之内却平静得很。

叶老爷子也有些焦急，叶诞父子却镇定地压住府内流言，再怎么样，他这叶家老大还在，加上这段时间以来徐菁的约束规矩，仆婢们一如既往。

叶谦本人因被马园园安慰过，倒也还能勉强坐住。

令徐菁有些惊讶的是，白氏那里也没什么动静。

白氏算是长记性了，心里再欢喜再有胜算，没等尘埃落定，千万别露出来，否则一回头，这时候的笑都是以后的泪。

124

叶谦这头还安慰徐菁母女："我虽然偶然议论过本朝的刑狱，但绝不算什么大事，原本恢复重刑也是我一直的盼望，屡屡与通判提过的。至于大不敬之论，乃是无稽之谈，我何曾作过什么诗，必然是从我往日的诗文里牵强附会的。马指挥使那边，想必也会给我说话。"最重要的还是最后一句，没人帮忙使劲，他再清白又如何，皇城司构陷的冤案错案还少吗！

"相公既然问心无愧，又有何惧。"徐菁看叶谦一派镇定，也安定下来，再看扬波，还是有些担忧，心中不禁想，再怎么样，扬波也是弱女子，听到这样诬陷的事当然会害怕。

叶谦也看到了继女的神色，问道："扬波还有什么担忧的？"

温澜看他一眼，慢吞吞道："我只是担忧，父亲的诗文作得可够好。"

叶谦："你的意思是？"

"父亲身正，说不定因祸得福。"温澜轻声道。

她若是不想，覃庆怎样也无法把叶谦所谓的把柄呈上去。可是……倘若陛下能亲自发现一桩错案，甚至从中捡到人才，才会格外得意、优待，不是吗？

覃庆的人把诗文都搜罗回去，自然是检点不出什么的，他们正在动手脚，内廷中已有内侍在皇帝面前念叨起这位推官是被褒奖过善断的，听说在民间也颇有清名，没想到会是这样的人。

皇帝身边日日跟着内侍，何等亲近，当下也不大舒服，此人真是辜负自己的褒奖，便叫人把证据都呈上来，要亲自看过。

如此一转手，覃庆也不知道，到了皇帝手里的又是原原本本的内容。

这除了叶谦平素的诗文，因他在大名府做推官，也有些判词。皇帝浏览过一遍，感慨道："大名府推官日判案卷何其之多，此人书写判词却片刻成文，援经据典，俪偶皆精，所判之案更是上合法、下应情，非但善断，更是有才之人啊。"

见皇帝起了爱才之心，内侍在旁又道："陛下，叶谦有急才，难怪能出口成文，借古讽今，实在是将才华用到了歪处，辜负您的一片苦心。"

皇帝手里正翻着叶谦平素的诗文，听到耳中正缓缓点头，忽觉不对，皱眉道："观其往日文章，极少用比，文风更是清丽，和呈上来的探察之词大不相同。"

内侍也做惊讶状，小声道："难道是错听了？皇城卒是耳目探之，想也难免有误。"

皇帝心中却想到了前些时候覃庆正因叶谦受斥，顿时冷哼一声。

那诗文怕根本不是叶谦作的。

至于对朝政有微词，看他的诗文是崇敬太祖期的重刑，这也无可厚非，并无过激之处，偶尔提到一些人浮于事、冗官之弊病，想想反而切中实际，颇有见解，为官期间必然是沉下心干过的。

这段时间覃庆到处捉人，如果他织罪成了，铁证在前，皇帝看到也不会有怀疑。可谁让叶谦有个好女儿，有帮还未相认的世侄在为他忙前奔后，把覃庆的构陷都抹平了。

"去把覃庆叫来。"皇帝将案卷一摔，说道。

覃庆垂手站在阶前，憋着背上的冷汗，在心底痛骂王隐。到底是如何做的手脚，他分明都安排停当了。

"此事微臣并不知晓，下头卒子报上来时，微臣也不敢相信，细细分辨。"覃庆心眼极多，立刻拉出前事佐证，"想想此前还有人来报叶和之的侄子大理寺丞叶青霄私下诋毁微臣，当时微臣只置之一笑，没将条陈递上来，幸好幸好。"

皇帝抬起头扫了他几眼，怒气按下去一点儿："哦？"

覃庆颠倒黑白，将那事全都描述为自己的大度宽容，恐怕啊，要么是个耳误，要么就是下头人觉得他和叶谦不和，想讨好他而为。

"微臣方才在检点叶谦往日的诗文时也觉得有些奇怪，还是陛下慧眼如炬，一下便看出来了。"覃庆垂头丧气地道。

皇帝手指点了点桌案，并不打算因此便将覃庆如何，但想了想还是淡淡道："行了，此事你移给王隐吧，速速结了。"

覃庆一凛，行礼道："是，是，也好早教叶推官回府衙。"

皇帝听到这句话，又露出了若有所思的神情。

叶谦错案反正、官复原职的消息出来，还不等叶府上下欢庆一番，天子圣谕已到了，因叶谦博学善断、深沉有德，特超擢为大名府通判——原来的通判尤极调去淮南做转运使了。

圣旨一下，大名府乃至全京师的人都震惊了。

能够在覃庆的疯咬下全身而退，甚至被陛下优待，特加超擢，一跃升为大名府通判这等要职……你说他的背景只是一个致仕的侍郎父亲和做着盐铁副使的兄长？还不如猜测一下他的运气到底有多好吧！

叶谦本人也几近无话可说，他只想着马园园会帮他脱罪，但升官他真梦也没梦到过，就算女儿那天提及因祸得福，他也当是安慰罢了！

叶谦异于常人的好官运似乎一下子从大名府就传扬到了全京师。

唯一愁云惨淡的，大约就是二房。

毕竟覃庆还不至于为此发愁，至多不快。

叶谦这一超擢，何止是升官那样简单，这证明他彻底入了今上的眼。有赖于本朝官制复杂，官员品阶与差遣分开计较，六品以上便有资格做宰相了，相对品阶，更重要的是实职，只要得到赏识，从一介知县一飞冲天都有可能。

叶谦只往上提了一品，但他的实职已是大名府通判，与府尹共治大名府！以大名府的特殊，这是实实的简在帝心。往前看，三司使、宰执，大多高官都知过大名府，便是尤极这样稳稳当当的，不也外放了转运使。

从以前到现在，叶谦和叶训品阶上差得还不算多，可从实质上，已经无法同日而语了。

叶训："要过重九了，老爷子说都去园子里庆贺，把你也带上。"

庆贺什么，非但是庆贺重阳节，踏秋赏景，更是要为叶谦这飞速升官欢庆。

"带上我做什么，我才不去！"白氏伏在枕上哭了一遭，三房的地位变高，无形中她不就更低了，难道要她去伏低做小吗？

叶训也恼怒得很："好了，你当我开心去看老三那张脸吗！"

谁知道老三这都能安然无恙啊！他出事时叶训也担心，毕竟都是叶家人，但叶谦逢凶化吉，甚至升官，他又难受得慌了。

叶训幽幽道："老三少说还当得两年通判，小儿年纪到了，明后年还参不参加府试呢？"

白氏一时哑口无言。

<h1 style="text-align:center">二</h1>

官吏逢重阳休假一日，学生则长几天。初八之时，家中的男丁几乎都收到了朝廷分发的丝绸扎成的菊花，而女眷们早便提前做好了茱萸囊。

到了重九之日，阖府之人到郊外的园子去赏菊花。

这一日叶府的园子放开，京师百姓花十个铜板就可以进园观赏。非但叶家，京中园子其实大多如此。不过自家人自然专有院子，不叫外人进来，方便亲友相叙为乐。一家人坐在高阁之上，周遭也摆着许多菊花、茱萸，作诗、饮酒，和着不远处进园观赏的百姓的欢笑声，格外热闹。

今日唱主角戏的自然是叶谦，来了些叶家的远近亲戚，难免都问及叶谦近日的遭遇。还有人仿佛眼见了一般，夸张叶谦如何在皇城司的威逼下镇定自若，终于换得陛下亲自为其平冤昭雪，超擢为通判。也不乏听说叶谦诗文被陛下夸奖，问他要些旧作学习，或为自己点评一二的……

叶谦自己免不了窃喜，这是人之常情，但面上总要谦逊一番。

女眷那头也是差不多的情形，不过主角换作了徐菁，她这个新出炉的通判夫人正是炙手可热。

但是和叶谦不同，徐菁这一日被问到最多的问题，就是她平时到哪个寺庙上香——到底是上了哪位神仙的高香，才能如此走运啊！

与之相对，便是叶训和白氏的尴尬。他们备受冷落，既不能发脾气，又有些不好意思上前讨好，到底还是要脸面的。虽是亲兄弟、妯娌，还没远亲来得热切。

在这样的环境中，同叶家的堂兄妹们坐在一处的温澜将食盒打开，露出了里头精巧的重阳糕。与厨房做的大块重阳糕不同，全都捏做了大象的模样，不过巴掌大，也叫万象糕，里头别出心裁地放了些花瓣，豆沙和糖加得满满的，料足得很，好看又好吃。

因费时久，做得也不多，温澜一块块分给家里的姐妹。

叶青霁因被白氏吩咐过，这时欢欢喜喜和叶青雯一同坐在温澜身旁，接过万象糕小口吃起来。虽然娘亲是因为三叔升官了才叫她和扬波姐姐玩，但是她知道扬波姐姐不会介意。

叶青霖接过糕点时则神情有些复杂，但还是道了声"谢谢"。

温澜点了点还多出来一块，随手放到了叶青霄面前："四哥，这块给你吧。"

众人也未在意，唯独叶青霖察觉，但她也只是在心中叹口气，假作不知。

叶青霄瞪着那块万象糕，心里却一点儿被优待的感觉也没有。他甚至开始胡思乱想，温澜是不是故意的。为什么多做了一块？为什么其他的都发给女眷，这块偏给他？为什么像是把他和女子相提并论，这是温澜的羞辱吗？真是羞辱怎么办，要不要发火？

叶青霄正在纠结，叶青云扑上来，公鸭嗓大声嚷道："四哥你怎么干瞪眼，吃不吃呀，不然给我吧，扬波姐姐这重阳糕做得真香！"

"……吃，吃的。"叶青霄想了片刻，小声答道。

"肯定加了很多豆沙。"叶青云直勾勾盯着叶青霄的重阳糕看。

叶青霄恼怒地背过身去，两口把万象糕吞了，果然是软糯生香，甘甜无比。

温澜笑了两声："四哥吃得也太快了。"

可不是，周遭的姑娘们还用帕子接着，小口小口吃着呢，像叶青雯年纪小，更是舍不得立刻吃，先赏玩赏玩。

叶青霄："……"

他控制不住自己多想，听来听去总觉得温澜嫌他没有其他闺秀斯文。可是为什么要把他和女人相提并论啊？

叶青霄喝了口茶，梗着脖子咽干净了重阳糕，不自然地道："我就这么吃。"

刚说罢，一只手拍在他脑后，原是叶诞经过，骂了一句："吃个糕点，怎么同饿死鬼一般！"

大家都哈哈笑起来，只说是扬波做的糕点太好吃了吧。

叶诞听到糕点是温澜做的，露出复杂的神情，隐隐带着同情地看了儿子一眼。儿子要叫温澜满意，也不容易啊，可算忍辱负重了。

叶诞在叶青霄肩上拍了拍："那你更要慢慢吃了，否则怎么好好品味扬波的手艺。"

叶青霄在心中幽幽叹了口气，阿爹和四哥一般，看扬波处处都好呢……

这厢玩乐一会儿，叶青霄两个兄长都下楼去了，他们约了同僚来赏玩，到园中作陪。便是叶青云也蹦跳起来，说学舍里的同学今日约来了园子，要下去一道玩。不多时，剩得除却叶青霄就只是姑娘家了。

叶青霁玩笑道："四哥，你没有朋友吗？"

叶青霄才不放心让温澜和这么多姐妹一道坐，就算温澜没那个意思，女儿家间总喜欢牵手相依，如此也不行。

叶青霁却是自觉深知叶青霄的苦心，叹口气道："哥哥衙门忙碌得很，近来累了，重阳不必办差，该好生休息休息。"

叶青霄真不知该如何谢谢妹妹的好意。

温澜笑而不语，倚着栏杆向下看，园内大片大片的金黄，间或夹着浓红，煞是好看。秋风鼓荡着她的衣袖，仿佛要凭风而起。

叶青霄偷眼去看，心底莫名躁动起来，有个羞耻到连在自己心底也无法直言的想法冒了出来——他生得真好看。

温澜虽然将眉描细了，可眼底仍然埋着叶青霄熟悉的张扬，有时也会漏出一点儿恶意，把他气极了。都怪温澜易弁而钗，这雌雄莫辨的美感令他难以直视。

这时，温澜忽然转过脸来，直勾勾盯着他。

偷看的叶青霄吓了一跳，连忙坐直了，在心里不住地想，我只是"盯"着他。

温澜皱眉道："有人落水了。"

"哦哦……什么？"叶青霄一下站了起来，冲到栏杆边向下一望，远处湖中果然有人在扑腾，岸上的人正用竹竿引他，试图叫他抓住上来。

这样的距离也看不清到底是谁，然而很快有家仆禀报，还在高阁下头便急急大喊："不好，青云少爷落水了！"家仆怕喊得不清楚，直接喊出了叶青云的姓名。

这一嗓子，把叶训夫妇惊得从冷板凳上弹了起来。

没想到落水的不是旁的游人，而是叶青云——他驾小舟要去湖心摘荷叶，谁知道一个不慎落水，小舟都打翻了。众人哪里还有心思玩乐，除了身子虚的叶老爷子夫妇与蓝氏，其他人都赶下楼。

白氏跑得钗环都掉了，到湖边一看，叶青云虽然被救起来了，但被平放在地上，脸色青白，也不知是死是活，她一下扑了上去，哭号起来。

叶青云的同学慌张地道："因在湖心落水，竹竿不够长，我们游过去救起来，已这般了……"

白氏摸着叶青云的手脚都是凉的，也没什么气息，整个人厥了过去，被丫鬟和叶青霁扶着按人中才苏醒一刻，又几乎背过气去。

叶训也抱住了叶青云，但好歹还有几分理智："我儿才落水一会儿，还有救啊，去叫大夫来！"

周遭人多，不少百姓来看热闹，都被叶府仆婢推远，好留出地方。

叶青霄扑上来，仔细去摸叶青云的心口："二婶你让开，青云心口还有热气，叫大夫来不及了，我来试试。"

"青霄，青霄你要救青云啊！"白氏嗓子都喊劈了，也顾不得形容。

"莫要喊了。"叶诞一推叶训，叫他扶着自家媳妇儿，又让仆婢把年纪小的女孩儿都带走。

叶青霄把叶青云的衣裳解开，整个扛在肩上，背贴着背，抓着两脚，试图叫他把水吐了。白氏平素老喂叶青云吃补药，这会儿落了水湿了衣，这十来岁的少年身子沉得很，一会儿工夫，叶青霄额上都冒出了细细的汗。

叶谦上前搭了把手，急道："怎么还不吐水，可要灌些酒下去？"

"砰！"

正是此时，众人听得一声闷响。叶训夫妇挂心叶青云，其他人却看得清楚，方才一个漂亮姑娘极不文雅地抬脚踹一旁盖到一半要做花房的土壁，大约这姑娘力气大，土壁也不大紧实，竟然叫她生生踹倒了。

温澜冷静地道："四哥，身已僵了，怕是吐不出来。"

白氏疯了一般喊道："胡说八道，谁说吐不出来！青霄你快点儿救你弟弟！青云，青云你把水吐出来啊！"

130

她几乎要扑出去了，叶训险些拖不住，徐菁和丫鬟几个人一起方把她给抱住。

叶青霄却熟知温澜的行事，他把青云扛到温澜面前，喘着气道："怎、怎么……"

温澜将叶青云放平了，沉稳地道："取用别的器物都来不及了，只试试能不能将水汽吸出来吧。"她将土盖在青云身上，只把眼睛、嘴巴两处露出来。

温澜的语气太过笃定，叶青霄还随她一同把人盖着，白氏耳听着眼见着，甚至都慢慢不挣扎了，白着脸依在丈夫怀里，喃喃念着："我的儿啊……"

过了半晌仍不见动静，白氏焦躁不安，被叶训摁住，满头大汗地低声安慰："没那么快，再等等。"

白氏的眼泪成串掉下来，呜咽出声。

温澜盯着叶青云，忽地向周遭一扫，起身走到旁边。来此的游人有的自带了酒食，她劈手夺过人家的食盒，在里头翻找一番，捏出一瓶东西回来，又把叶青云的鼻子也露出泥土外。

叶青霄闻到酸味，再看她动作，脸色一变，低声紧张地道："你要做什么？"旁人或许猜不到，或者不会往某处想，但他与皇城司打过交道，知道皇城司有项酷刑便是把醋灌进人鼻子里，犯人会生生呛出血来。

温澜淡淡道："他若再不醒，我便要灌进鼻子了。"

竟真要灌醋，叶青霄急道："你想上刑啊？吐血怎么办？"

温澜反问道："那水不也一同吐出来了？"

叶青霄无语，竟不知还有用酷刑救人的，可思来想去，这还真是无奈中的办法，怕也只有温澜才想得出来吧。

温澜手摸着壁土，正要在叶青霄略带惊恐的目光下给叶青云灌醋，就见他猛然一声咳呛，已醒转过来。温澜一挑眉，醋用不上了。

与此同时，白氏也发出了震天的尖叫声："青云啊——"

叶青霄一身的泥土与汗水，还有沾上的湖水，好在是自家园子，他在房内擦洗一番，准备换上干净的衣裳。

思及方才那情形，若不是温澜，青云只怕凶多吉少，而且还差那么一点点，温澜就要拿酷刑救青云了。

叶青霄正在唏嘘之际，门忽地开了，他还以为是小厮来伺候，转头道："不必……"后头的话卡在喉咙里，说不出来了，只因进来的是梳洗换装后的温澜，头发还带着些水汽，贴在莹白的肌肤上，鸦黑鸦黑的。

见到温澜，叶青霄一下把衣服抱在身前，想想不大对，又赶紧抛开了。

此时，温澜漫不经心看了他一眼。

叶青霄又浑身不自在地把外衫匆忙披在身上，恼怒地道："干什么你！"

"路不熟，走错了。"温澜淡定地退出去，"四哥挺白的，是可怜的白。"

叶青霄："……"

闷闷不乐地换好衣裳，叶青霄有种被温澜羞辱的感觉，他就知道温澜还是那样心眼坏透了，丁点儿事也记到如今。

他能不认路？他就差过目不忘了！

他能进错房吗？那趁早从皇城司告老还乡吧！

叶青霄出去时，叶家已请了大夫来，叶青云虽救醒了，但毕竟几乎气绝，又惊悸过度。大夫验罢，郑重地说叶青云口鼻吃水太多，再晚一些就真救不回来了，即便如此，现在也要好好养着。

白氏亦步亦趋地跟着大夫，确认了叶青云无恙后，才松下了一直提着的那口气，双腿一软，险些倒下去。

叶训把妻子扶着，神色不大自然地道："这次多亏了青霄和扬波，否则我儿危矣。"

白氏心情极为复杂，她虽然厌恶极了三房的人，尤其是在徐菁和扬波那里碰得头破血流之后，即便叶谦升官了也难以拉下脸去讨好，然而如今扬波救了青云，叶谦也搭过手，她心底实在很难再说什么不中听的话。

虽说仍有点儿心结，白氏仍是给叶谦和徐菁行礼，讷讷道："回头我再备谢礼，若不是青云的兄姐，青云有个好歹，我也活不下去了。"

大家都知道白氏平日最是溺爱儿女，有个头疼脑热、刮擦青肿都能嚷嚷三天，遇着这种事，难怪气焰全无了。

叶谦心底还是有些痛快的，侄子是肯定要救的，回过头能看到二哥二嫂主动低头，也是难得。面上他还是淡淡道："都是一家兄弟姊妹，这是应该的。"

他这话一说出来，叶训夫妇难免又想起那时白氏和叶青雪指认叶青霄、扬波有私情，不禁脸上发热。

"好了，你们还知道这点就好。"叶诞说道，"待青云大好了，老二还是得好好教一教，这个年纪了还如此毛躁，把自己折腾得溺水。这是园子里人多，倘若在郊外哪里有人来救他？弟妹平日过于溺爱子女，日后定然要严加管教。"

放在平日，白氏肯定是不会认的，这时却不得不点头，毕竟她自己也心有余悸。

移玉给温澜把头发丝都擦得干干的，然后一面给温澜挽发一面道："姑娘，二房那头有人挑唆了一番。"

温澜顿了顿："嗯？"

移玉小声道："大夫给云哥儿看过了，说是差点儿救不回来。知道没大碍，大家也散了，二房那边白氏的表嫂同她说青云少爷落水蹊跷，说不定是皇城司为了报复大房和三房干的，只因不便直接对大房、三房下手。"

温澜竟笑了出来："这倒是个法子。若是如此，叶训夫妇岂不恨上我们，叶家内里乱起来，省得人出手。"

移玉也抿嘴笑了笑："他们哪里知道外人手伸不进来。最好笑的是，您知道二夫人怎么答的？"

温澜思及白氏的德行，轻笑道："她这次若还不长记性，便真是没救了。"

"还好，二夫人斥责了她表嫂一番。"移玉给温澜学了学。

当时白氏一听便炸了，直问表嫂是不是想被她告到皇城司去，她儿子有多粗心大意、毛毛躁躁，她自己知道，这要是人祸，也是叶青云自己造出来的。白氏的表嫂被吼得哑口无言，竟没料到白氏这次痛快认了，毕竟白氏面上对三房也带着点儿别扭，没有太亲近。

"还不算笨到无可救药。"温澜淡淡道。白氏为人厉害，平日得罪的人也不少，她那表嫂这么说，谁说得清是为白氏着想，还是故意害白氏。

移玉笑着点头，这白氏对着其他人撒泼时看着倒也有意思，一想到她冲表嫂嚷嚷"我要上皇城司报告你毁谤朝臣"就觉得好笑。

三

叶谦走马上任大名府通判，徐菁也跟着升了一升，受封了个恭人诰命。

说来原先叶谦也要给徐菁请诰命。他成亲后便升了官，于是回京来才请，谁知道还未等请下来，又飞速被拔擢，待下来便是恭人了。

诰命文书一拿到，温澜便将头面铺的人叫到了府中来。

徐菁起初还不解其意："可是有什么问题？还不到看账的时候，我瞧着他们素日生意做得也好。"

"阿娘如今是命妇了，头面该换一换了。"温澜说道。

徐菁忙道："我这里绢花、簪钗尽足，倒不必特意打新的，日后有用再打吧。"

若非命妇，寻常妇女首饰不得用金子、珍珠、翡翠，多用些银、玉，民间更多的是用铁钗、木簪的。不过这命妇里也有高有低，家境有好有坏，也不是人人都能满头珠翠。徐菁想着倒不必特意去打新的，只是日后多了选择罢了。

温澜径自道："阿娘，我们铺子进息那么多，不就是给用的？您平时在家中主理经济，闲暇之余把玩些金银珠翠也好，京中时兴样式多，您只管挑就是了。"

徐菁心里怦怦跳，扬波说得可真吸引人，哪个女子不爱俏，她也喜欢好看的首饰。扬波那句"铺子进息就是给用的"更是让打算惯了的她心头一阵发热，赶紧握住了扬波的手："我的儿，你要多为自己着想，你正青春年少，才是应该多打些首饰，日后带到夫家去。你若是也嫁个有出息的夫君，封个诰命，也尽可以满头珠翠了。"

"阿娘，我知道的，现在不是说您的事吗，受封是喜事，莫要节省。"温澜反手握着徐菁的手。

一旁的移玉也劝道："是呀，夫人日后有宴请，也得配几件好首饰。京中都知道咱们夫人资妆甚多，若是还用银首饰，岂不显得悭吝。"她心中却是想着，温长官要什么满头珠翠？往年每到年节，朝廷给官员发幡胜绢花，簪在发上那才好看得多，整个皇城司没有比温长官更俊俏的。

徐菁听罢，想着也是这个道理，如今在京师，凡事不论自己喜好，还要顾及他人眼光。

头面铺的掌柜带了几个伙计，抬了箱笼来，里头尽是一格格的样子，也有成品，一打开，满屋子都被映得金灿灿一般。身旁伺候的丫鬟都不错眼地看，光是看看心都跳得快些了，这可太羡慕三夫人了，嫁妆多就是有底气，首饰随便打。

"东家，近来京中都爱做镂空的花样，像是这两支，您喜欢什么花，咱们也可以镂刻两支，不拘是时花。近来有位夫人定做了，簪头是小亭子，也有意思得很。"掌柜滔滔不绝地道，"还有这样的金簪，您看看，我们的工匠手艺一流，整个做成龙形，龙身上的鳞片都栩栩如生。凤簪也好看，这翎羽还做成了活动的，摇曳起来多好看。"

徐菁挑花了眼，摸着哪个都觉得不错。

"这么一样样地选得选到什么时候？"温澜虽然细心地考虑到了给徐菁打首饰，但还真不耐一个个挑，"我看了，你这里看着样式多，大致上簪钗也就是十三种样式，冠、梳、箆也是十来种大体变化，先照着这个每样来两三套，金玉珠翠轮着来。另外项链也多打几副。"

徐菁："……"

温澜说得太干脆了，掌柜一愣，随即连连点头："这也是好法子啊，夫人您看？"

"这也太……"徐菁快说不下去了，"我哪里戴得了那样多？"

"不多吧，阿娘多换换。"温澜心里算了算，京中爱打扮的女娘，匣子里都装得满满的，可能她这一次叫打了，徐菁才觉夸张。

掌柜也在旁边劝道："对啊，东家，您看这又要分配的衣裳、场合、节庆，算下来也不算多的。"

徐菁瞪着眼睛，又想拒绝，又难以割舍，这么横扫一大把头面简直是她梦里才会出现的，她真没习惯自己有钱了这件事。

"就这么定了吧。"温澜按住徐菁的手说道。

掌柜也看出来夫人心底还是愿意的，连忙记了下来，接下来只定花样就行。

温澜又看了看格子里的饰物，想到叶家几个小姑娘也是正当年纪，便道："这个漆纱的银冠、那个小玉冠，还有玳瑁镂刻插梳也给我留下来，我们府里还有几位姊妹。"

温澜这三言两语，将原本可能要挑上一天不止的行为大大缩短了。

徐菁这里挑着花样，那边她叫仆婢把冠梳包了送到其他姑娘那儿，漆纱刻花蝶的银冠给叶青霁，小玉冠送给叶青雩，一对玳瑁镂凤形的插梳就送到叶青霂那里。

那边厢，叶青霂收到礼物后插在发髻两边比了比，好看是好看的，便是换作从前，她收了扬波这里的礼物，都不好意思对扬波再有微词。当然，她还是会想一想扬波送自己头面怕是因着四哥的面子，再问一问，得知其他两位姑娘那里也收到了，又想应该是做掩饰吧。

于是，她遇着四哥后便忍不住说道："四哥，扬波姐姐送了我一对插梳。"

"她没同我说啊！"叶青霄第一反应便是如此，"送你做什么？只送了你？"

叶青霂眨眨眼道："还送了青霁和青雩银冠、玉冠，听说今日三婶打了许多头面。"

那怕是顺带送些礼。叶青霄先放下心来，随即心内极快地冒出一个念头——怎么我没有？随即他又被自己的念头吓到了，白着脸脚步虚浮地走开，心里暗恨温澜这个混蛋，害得他都胡思乱想起来。

不过，到底为什么他连根束发簪也没有呢……

四

叶谦升官通判大名府后，这府衙中事务便需要他与府尹连署才能决定。

起初叶谦面对府尹赵理时还有点儿忐忑，在心底掂量如何自处。

倒是赵理很是谦逊，反叫叶谦若见着什么不足，尽管同他提。

叶谦连称不敢，言自己也是方上任，说不得还要郡王包涵。

通判本就是制约、监督长官的，可以直接向陛下报事，可赵理身份又不同寻常知府、知州，他是广陵郡王，极受陛下优待。陛下不会希望他这个通判尽随着府尹，但他若找赵理的麻烦，也得掂量一下。故此，叶谦得在其间找到平衡。

不知为何，赵理态度虽好，叶谦被他注视时仍是有一丝不自然，想了半晌，大约府尹看通判都这样吧。

这日散衙后，叶谦被马园园约着去吃酒。

马园园把热酒给两人斟满了，问道："叶叔在府衙可还从容？底下官吏还得用吗？"

叶谦失笑道："我也才从推官升上来，同僚们没什么不好的。"他暗嘱，马园园的确与一般内侍不同，从上次的事情便看出来了，这人重情义，喜好也十分直白——欣赏他，说话口气都是一副瞥着谁对他不敬了就要帮忙动手的样子。

"那便好。你也知道，你们在任上不过几年，下头府吏却数代经营，若有个欺上瞒下也容易。"马园园深谙京中各个衙门的德行，尤其大名府这种府务繁杂的地方，里头关系更是错综复杂。

"那倒不会，我觉得顺得很。"叶谦觉得自己今年运道确实挺好，干什么就没有不顺心的。

马园园满意地点头，又道："近来京中有造假者，你可知道？"

"市面上假伪之物盛行，昨日还有件案子，是酒家告商贩肉食灌水，前日也有卖假茶被抓来的……"叶谦细数起来，多得很。从前在地方时就不少造假法，京中鱼龙混杂，便更多了，都人心眼多，连皇城卒都敢冒充。

马园园一笑道："自然，我指的是有贼人私印官交子。皇城司收到了几张三百贯的假交子，怕只是小头。"

叶谦险些被酒水呛到，这可不得了，还有敢印假钱的了，又是在他治下，一个没弄好，钱都流出去可是要出大乱子。他一时都坐不住了，放下酒杯就站起来："这、这……我得去府衙让人细查！"

"慢些。"马园园动也没动，让他坐住了，"急什么！"

叶谦一看他，讪讪道："也是，此事皇城司都探到了，自然是你们来查办。"

马园园道："不不，我同叶叔说，自然是想同你一道办这案子。这案子是我徒弟在经手，原本最后也要移交大名府治罪的。"

最后犯人得下大名府狱，可功劳是谁的就不一定了。这和大家路上一起撞见探子，来个见者有份可不同，完全是马园园平白把功劳分给叶谦了。

叶谦惊喜交加，又有一些疑惑："马指挥使……园园，你这般做，实在令我受之有愧啊！"

"哎，咱们两司日后还多得是协力办案的机会，你我叔侄之间又何必客套，都是为了京师的百姓。"马园园把酒又满上，与叶谦碰了一杯，"我那徒弟已着人追根溯源，会派人去府衙借人一道办案的。"

叶谦满饮一杯："无以为报！"

二人正说着，忽听得小阁子外头有些熟悉声响，马园园去将门打开了，见回廊正有两人。一个穿着一身皂袍，三十来岁，面容清秀，颔下无须，鬓边有几丝银发，气质略显阴沉，正是勾当皇城司之一王隐。旁边一人带着谄媚的笑容，他们也识得，还是叶青霄的同僚，法寺的寺正刘珍卿。

"司长。"马园园见着大哥，露出笑来，"我听着声儿便知道是你。"

王隐这才露出一点儿笑意，又扫了一眼旁边的叶谦："园园与叶通判在此吃酒啊？"

叶谦见过王隐两次，但话都没说过，没想到他竟知道自己名字，心情有些奇异："王司长，久仰了。"

刘珍卿与叶谦也相识，看到这位近来风头正盛的通判，当下笑容可掬地道："难得啊，叶兄与马指挥使也在，咱们不若一同吃过？"

"也好啊。"平素脾气极差的马园园欣然应许。

见原本不耐烦的王司长也没有反对，刘珍卿心中暗暗庆幸。

酒吃过几轮，都松快了些，刘珍卿有意拉近关系，说道："这私下里，大家也不必官职相称。"

见王隐首肯了，叶谦才道："呵呵，是啊，王兄——"

"咳咳咳。"王隐捏着杯子几声咳嗽，吓得大家又不敢说话了。

叶谦心头一紧，这皇城司官吏在大家心中都是喜怒无常的模样，谁知道王隐为什么突然不满了。

王隐手抵着下巴道："我与园园兄弟相称，这么叫不合适吧？"

叶谦沉默了，没想到王隐还知道他和马园园是叔侄相称。可是他和王隐也没差多少岁，难道他敢叫王隐贤侄？

马园园笑道："罢了罢了，还是叫官称吧。"

这倒是刘珍卿讨了个没趣，他转念一想，又道："今日难得，能聚着王司长、马指挥使与叶通判，我不胜欢喜，送三位个礼物吧。"

叶谦正欲推辞，只听刘珍卿说道："我府中有几名歌姬，尤擅南曲，送与诸位吧，尤其是叶通判，刚刚高升，红袖添香岂不美哉？就当是给你的贺礼了。"

虽说大家都知道王隐与马园园是内侍出身，但这宫内的内侍都还有找对食的，何况他们二人都在皇城司为官了。宦官收钱财美色，与常人是一般的。

叶谦则继续低着头不说话。他在等王隐开口。

然而半晌也没个回应，叶谦疑惑地抬眼，却见王隐和马园园也正一动不动盯着自己，都有点儿诡异了。

叶谦："……啊？"

王隐轻声道："叶通判意下如何？"

就连刘珍卿也不知道为什么轮到叶谦先来表态了，但他还是附和道："叶通判，如何？你是喜欢细腰，还是……"

"不了不了。"叶谦一迭声道，有些哭笑不得，"多谢寺正好意，不过我府务繁忙，家中新妇又是今年方过门，阖家经济都是她在主理，歌姬带回去也无福消受。"

刘珍卿暗笑，听说叶谦的媳妇儿单是压箱钱就有十万贯，压得叶谦在家怕是说不上话。

马园园赞赏地看了叶谦一眼："叶通判醉心公务，是百姓之福。"

王隐却淡淡道："叶通判若是畏惧妻子，那不如置个外宅，闲暇之余过去消遣也无不可。"

叶谦与王隐从前不相识，否则定会惊奇他怎么管起这鸡毛蒜皮的小事，给人出主意置外宅。

饶是如此，叶谦也莫名觉得有点儿发寒："呃……还是不必了，实不相瞒，这夫人是我亲自求娶来的，珍而重之，也是对得起自己。"他原本只想敷衍一下刘珍卿，被王隐这么一问，倒是不得不说些实话了。

"啧啧，叶通判有情有义啊。"刘珍卿倒也不强求，只赞了一句。

王隐脸上也慢慢浮起一个淡淡的笑容，那莫名萦绕在叶谦周身的寒气好像也消失了。

叶谦莫名其妙地倒了杯酒："惭愧惭愧，不过一俗人。来，咱们再喝一杯。"

"大理寺正？"温澜听罢这名字，眉梢眼角纹丝不动，"是那个酒囊饭袋啊，送礼也送不到人心头，做到这里便到头了。"

她只在听到叶谦拒绝了歌姬时眉毛挑了挑，听完后都不过问，只嘲了这么一句。刘珍卿要攀附王隐，却连王隐真正喜欢什么都不知道，若不是遇到叶谦，怕是那顿酒也没他的份儿。

移玉笑了笑，说道："大理寺正如何奴婢不知道，但是叶家家风真正好。三老爷刚升了通判，多得是人要送美婢娇妾，他一概不理会。就是二老爷那样糊里糊涂，也没有纳妾呢。"

"这也是叶老太爷规矩好。二老爷动过念头，老太爷说了，若非他夫人三十五岁还未生子便不可纳妾，家里这些男丁也不必过早议亲。"温澜提起来，仿佛她早多少年就在叶家待着了一般。

"难怪御史中丞也求娶叶家的姑娘。"移玉说道，"对了，还有个叶家的世交有心结亲，过两日怕是会到府上来。"

温澜闻言解意，这个关头，叶谦刚升官，这位世交若想与叶家结亲，十有八九指的是叶谦。不过，叶谦亲女儿已外嫁，独独剩下她这个继女。

温澜轻轻叹息一声："后宅琐事太多。"

五

陈宾大概想不到，他还未登门，已经有人将他的心思都揣摩出来了。

陈、叶两家是叶老爷子那一辈的世交，叶老爷子与陈宾之父是同科进士，当年就曾有心约做儿女亲家，可惜年纪都不合适。

陈宾与叶家几位老爷都是自小相识的，如今他与儿子陈烨柏同在御史台为官。陈宾从前为陈烨柏与其表妹定过亲，可惜陈烨柏等表妹出阁等了两年，谁知自己都高中进士了，表妹却得了急病，一命呜呼。如此一来，陈烨柏也二十四五了。

大好的年纪，还在御史台为官，却没有妻室，也有许多人想与陈家议亲，陈宾却不敢马虎，定然要选知根知底，又对儿子有些助力的。

关于叶谦的升职，外头比较玄的说法有好几种，其中有人因为叶谦一娶妻就调到京中来，还是因为两件案子，后来更是步步高升，觉得徐菁十分旺夫。叶谦本人又对扬波极是满意，平日在外头也曾夸耀过女儿聪慧，若是叶诞在场，也要附和几句。这些陈宾听在耳里，记在心里。

陈宾的夫人也毫无异议，因为叶家家风还是很不错的，叶谦的继女能得父、伯认可，还自带嫁资许多，年纪纵然大一点儿也不是什么事。

陈宾稍稍同儿子透露了一点儿才领他上叶府，借做客为名，想试探一下叶谦对儿子的看法——陈宾上叶府来，叶家人是不惊奇的，毕竟世交。

他先带着儿子去给叶老爷子问了好，又找叶家兄弟几个吃酒。

"烨柏到御史台也半年了吧，可还应心？"席间叶诞问了一句，关心小辈也是惯例了。

有叶谦在，陈宾得夸奖："如今好些了，刚到时因为未奏满，还罚了辱台钱，现在知道发狠，上月台长还夸了一遭。不若青霄啊，从大理寺出来，该外放几任了吧？"

御史台的台长就是叶诞未来的儿女亲家，他笑呵呵地道："烨柏还只罚了一次，新御史哪个不是三五次罚出来的，这才是前途无量呢，大理寺不过闲散衙门罢了。"

二人对着吹了一番儿子，叶训大儿没什么出息，小儿还在进学，没好意思插话，叶谦没儿子，也不在意那么多，各夸了一番。

陈宾听他夸儿子心里一喜，说道："烨柏啊，多和你叶三叔请教，陛下可是夸过你叶三叔诗文判书的。"

陈宾推着要叶谦考较一下陈烨柏。

都是熟人，叶谦也不好对外人似的推拒，便与陈烨柏说起来。要说起来，御史台也有刑狱，他指点陈烨柏也属应对。

"哎，很应该将青霄叫来，让他也听听。"叶诞想着便让人去把叶青霄唤来，一起听他三叔聊聊判案的事。

叶青霄入了席，一番招呼。他和陈烨柏自然相识，一道探讨。

酒过三巡，陈宾有心探叶谦口风，便说："你们小辈不要贪杯，青霄带烨柏去给婶婶问安吧，我们老哥几个再喝一会儿。"

蓝氏与陈烨柏的母亲也是闺中好友，甚至沾点儿亲，叶青霄不疑有他，带着陈烨柏离席了。

"……重阳时从园子里搬了不少菊花来，今年找的接头手艺极好，现在花也未落。"叶青霄和陈烨柏又不在一个衙门，路上只拣些芝麻小事说来。

二人打长廊穿过，前头忽有身影一闪，叶青霄细看了看，竟是温澜和她的两个婢女提着篮子经过，怕是看到这里有外人便停了下来，可惜避无可避。

不过陈烨柏也不是生人，叶青霄只说了一句："扬波妹妹？我同陈世伯家的烨柏兄去给阿娘请安。"

再看陈烨柏，原本看到一个未见过的女子一闪而过，虽然辨不清细容，依稀也知道是名佳人，便联想到了父亲所说叶三叔的继女，立刻收敛目光，思绪却跑远了。

温澜这才慢慢移步出来，慢吞吞一礼："四哥，陈世兄。"

陈烨柏这才看清，温澜今日一身月白色，越发显得皮肤白净，眉目柔和秀美，气质恬静，颇有点儿南国之温婉，看得原本对婚事并不十分上心的他也心魂一荡，慢半拍才应道："失礼了，扬波妹妹。"他虽然不热衷婚事，一见到扬波却心间一动，宛如湖水起微波。据说扬波自幼多病，在庙里养大，难怪如此沉静温柔。

"我摘些花回去插瓶。"温澜倒不打算多聊，只说道，"这便走了。四哥，回头有多我叫人给你也送一瓶。"

"随、随便。"叶青霄根本没注意到陈烨柏的模样，只回了这么一句。当然，回绝得可能不是特别坚决。

温澜若有所思地看了陈烨柏一眼，这才朝着相反的方向离开。

也是温澜临去那一眼，叶青霄才看到陈烨柏，觉得他眼神不大对，怎么还盯着温澜的背影看？

陈烨柏回过神来，掩饰地笑了笑，说道："扬波妹妹真是贤淑。"还会插花，一定很会理家吧。

插个花就贤淑了？叶青霄不太懂。

陈烨柏走了一段，又按捺不住，轻声道："青霄，扬波妹妹平素就喜欢莳花弄草吗？"

叶青霄这才反应过来。这也不怪他，因为温澜的身份，他一开始没往这头想，此刻惊看着陈烨柏。

陈烨柏没想到叶青霄反应如此大，一时不好意思起来，但他们相识已久，父亲反正也有议亲的心，虽说还未定下来，此刻他心魂荡漾，却也一声不吭，露出个默认的态度。

无声之间，二人完成了问答。

叶青霄的脸发绿了："你……他……"

陈烨柏腼腆地道："怎么了？"

叶青霄半天憋不出一句话，陈烨柏怎么会看上温澜？他心底滋味极为复杂，觉得陈烨柏瞎了，看上个男的，又想温澜后来多看陈烨柏一眼是什么意思，他怎么觉得和平日看自己的样子有些像，也是在嘲笑陈烨柏？哎，不对，温澜对他还是比较优待的，只有一些是嘲笑，还夹杂着许多欣赏。

叶青霄正在胡思乱想，陈烨柏已误会了他的意思，低声道："我绝无轻薄之意，青霄，你莫与旁人说，其实家父今日上门，便是有意与三叔结亲。"

"咳咳！"叶青霄猛咳了两声，表情怪异地僵住了。

另一头，陈宾离开之后，叶诞也好奇地问叶谦："这阿宾怎么找你说了小话，我看你表情怪得很。"

叶谦也憋不住，笑出来道："这个家伙想求娶我家扬波呢！"

叶诞："咳咳咳咳咳！"

叶诞毕竟年纪大些，身子不如叶青霄，咳得面红耳赤，把叶谦唬得连忙扶着他，不解地道："大哥怎么了？"

"我没怎么，你、你怎么想的？"叶谦问道。

叶谦喜滋滋地道："一家有女百家求啊，烨柏是咱们看着长大的，也很长进，我看着还是极好的……"

叶谦话未说完，叶诞已经头疼地捂住了额。

"大哥，你又怎么了？"叶谦奇怪地问。

叶诞："我、我觉得不行啊！"

叶谦面色一肃："为何？"难道自己久不在京，有什么不知道的事情？

叶诞捂着脸，又实在挑不出陈烨柏的错处，只得有气无力地道："……我只是说，咱们这样人家，盲婚哑嫁是要不得的，何况扬波资妆那样多。虽说和阿宾家世交，也得问询扬波的意见。"

"这是自然。"叶谦信心满满地道，"再安排见一面，这个方便，也不必去别处，两家聚一聚……"

"头疼了，头疼了，我先回去。"叶诞听不下去了。

"移玉！"叶青霄在暗处唤了两声，把移玉叫过来，"找你们姑娘出来。"

"四公子。"移玉看着他道，"我家姑娘已休息了，这么晚您找她做什么？"

这才什么时辰，叶青霄压根儿不信温澜已休息了，催促道："快点儿！"

移玉哼哼唧唧地走了。

过了半晌，温澜披散着头发走出院子，站在叶青霄面前。

叶青霄满腔的话一时反而说不出来了，挤了半晌才弱弱道："你到底什么时候离开我家啊？"这都有人来议亲了，再不走，难道真叫三叔给他找个如意郎君吗？

温澜笑了两声："陈宾想找我继父提亲，不过他们与其他别有所求的人不大一样，所以解决起来还真会麻烦一点儿。"

叶青霄想想也不意外："你知道了？难怪白日看陈烨柏好笑。"

温澜："看你也很好笑。"

"……你什么意思？！"叶青霄也不知道她说的是陈烨柏也和起初的他一样不知道她身

份还是说其他的,至于到底什么其他的,他一时说不清,反正他们认识那样久,与陈烨柏不同。

温澜:"嗯,什么什么意思?"

又装模作样了。叶青霄憋不出话来,恨恨道:"就该让三叔把你嫁出去,父母之命媒妁之言,在婆家侍奉公婆讨好小姑,回去还不敢脱衣裳……我看你怎么做人家新妇。"

温澜不怒,反而仰脸笑了起来:"哈哈哈!"

叶青霄气死了,黑着脸瞪她。

温澜笑罢了,抖抖衣袖往回走,说了句:"四哥有意思得很,常来。"

叶青霄:"……"

这厢,叶谦将陈宾亲自上门暗示的事情告诉了徐菁,喜悦地道:"我们两家关系亲近,他才亲自来提,其实我内心也是愿意得很呢。烨柏这个孩子也是少年进士,上进得很,只可惜婚事上和扬波一般坎坷了一点儿,从前定亲的表妹病逝了。他性格温文,做事一丝不苟,又孝顺谦逊,平素也不贪恋女色……"叶谦越说越觉得,没有哪里不好。

徐菁听他转述,也喜道:"我忧愁了许久,好姻缘倒是自己找上门来了,真是佛祖保佑。"

叶谦颔首道:"你把此事细细和扬波说了,这种时候不能害羞,最好是安排个日子,找个由头让他们见一面。"

"我知道了。"徐菁说罢又提醒他,"此事别人不知道吧?"

叶谦:"只有大哥知晓罢了,不必担忧。大哥也说烨柏没什么不好的。"

徐菁就更放心了,叶诞常年在京,他若是都赞成,那陈家的小郎君必然是极好的。

可惜叶诞不知道,自己的态度反而成了极力赞同。

转过头去,徐菁找到温澜,又把这位陈公子的条件细细转述了一遍。她原本是极为兴奋,但是看温澜神色淡淡,不禁越说语气越往下落,最后甚至有点儿不确定了:"……这个算青年才俊吧?"

温澜见她不确信的样子,失笑道:"自然算的。"

徐菁松了口气,面带喜色地道:"那你看如何?"

温澜手指在茶杯边沿摩挲了一会儿,面上现出思索的神情。

徐菁小心劝道:"陈家公子头前那位未婚妻急病去了后,到如今房内也没纳妾,一心扑在公务上,虽说可能有些不解柔情,但读过书做了官,明事理,嫁人还是嫁品行……"

正如温澜对叶青霄所说的,陈家挑不出错处,她若一径拒绝,却没有站得住脚的理由,只得淡淡道:"晚些时候见一面再说吧。"

徐菁陷入狂喜中,虽然她也觉得陈烨柏很适合,但不知道为什么,女儿应下时她还这样狂喜，大概是之前就惴惴不安，总觉得女儿不大想成亲的样子。

徐菁走后，虹玉有些激动地道："先前咱们也撞见了陈家公子，他倒是像对姑娘有意，没想到真有意求娶。"而不是夫人所说的什么不解柔情。当然，并不是说陈烨柏表里不一，只是那样子愣得很，好似对姑娘一见生情了。

温澜面色未变，不以为意。

移玉在旁道："这事八字还没一撇，你可千万不要上外头学舌，否则有损姑娘的名声，显得不端庄了。"

"我理会得！"虹玉用力点头，"哎，那咱们得好好看看，见面那日姑娘怎么穿戴……"

虹玉心里大约已在想象姑娘穿嫁衣的模样，还未反应过来她家姑娘和移玉都冷淡得很，仿佛求娶的对象不是自己。

六

温澜坐在勾栏之内的高台上，下方场内正在进行相扑角逐，周遭皆是助威之声，独她一人异常冷漠。

她原本是出门与叶青霄见面，这次叶青霄终于清醒了，把她约在瓦舍，只是到现在温澜也不肯和叶青霄说话。

叶青霄坐在旁边一脸不快，几次想要和温澜说话都被她止住了，只知道专注地盯着下头看，到底相扑有什么好看的？

台上的相扑终于分出高低，喝彩声四起，也有些观者下了高台，准备去瓦舍中其他处看看热闹。温澜也站了起来："走吧。"

叶青霄发愣，跟在后头走出去几步，说道："去哪儿啊，找个地方坐着不行吗？"

"先看看，晚些再说。"温澜淡淡道。

温澜把他带到演傀儡戏的地方，上头正演着牛郎织女的故事。

叶青霄心忽然怦怦跳起来，哎呀，他可是要来问陈烨柏的事情，听说温澜同意了和陈烨柏见面，把他给气得鼻子都要歪了。虽那天晚上温澜和他说推拒陈家有些难办，但他没想过温澜会办不成，再说，温澜怎么可能嫁人！

所以温澜到底在打什么主意，难道叶家潜伏够了，要趁机去陈家？

他都不敢置信，一下想着这样肯定会被拆穿，一下又觉得说不定温澜真有什么法子瞒住。如此思来想去半晌，叶青霄忍不住把人给约了出来，要质问清楚。这、这……他们和陈家是世交，怎么能让温澜顶着叶家姑娘的身份骗人！

原本满肚子的质疑，这会儿忽而都说不出来了。叶青霄想着，温澜平素尽忙些公务，说不定也没时间到瓦舍来消遣，是不是趁这个机会看看戏？若是如此的话，他也不是不可以满足她……不过牛郎织女这戏太过儿女情长了，没想到温澜喜欢看这种。

叶青霄偷偷去瞄温澜，只见她正认真盯着前头，虽是一身男装，却收敛起了气势，只难掩清丽，怪道从前会被猜测也是内侍。那眉毛与眼睫一般是浓黑的，更衬得瞳色有几分浅，嘴唇却不点而朱，肌肤雪白细腻，领口露出来的一截脖颈也是细白修长。

叶青霄没察觉到自己几乎是盯着温澜看了。待到戏演完了，大伙儿开始叫好，他才回神，心想也不怪我走神，平素哪儿能见到温澜如此安静的模样，她若不说话，平心而论，还是有几分惹人爱的。

叶青霄为着自己这个念头有点儿羞耻，低着头跟在温澜身后，又被带去看杂耍了。

那杂耍艺人立起一高高的杆子，叫一小儿爬上去。小儿灵巧地往上，一直爬到瓦舍顶，从空格处继续往上，直到大家都瞧不见了。

杂耍艺人道："我这杆子往上可自长，顶着青天，我家小儿顺着杆子，到天上偷些蟠桃来与诸位贵人。"他在杆子上弹了几下，片刻后，竟果真有一块丝绸包着物什，拴在杆子上滑了下来。打开丝绸包袱后，里头赫然是三个鲜桃。

众人当即鼓掌喝彩起来，争要鲜桃——即便知道这是把戏，讨个彩头也好。

叶青霄微红着脸问："你要不要吃桃子？"

温澜这才慢慢转头看他一眼。

叶青霄顿时赧然，咳了一声道："讨个彩头。我看见这个，倒是与那位庄道长的把戏差不多，难怪你说他们只差在口才上而已。"看那杂耍艺人，嘴皮子虽然流利，但讲话朴实，身上也没什么仙气。

"不必了，拿了桃子还得给赏钱。"温澜道。

"难道你还缺那几个钱？"叶青霄忙说，"我来给就是了。"

温澜忍俊不禁："真不用，走了，四哥。"

叶青霄心底嘀咕，那来瓦舍玩儿，什么也不买，有什么意思？

温澜就这么领着叶青霄在瓦舍里转悠了一个多时辰，才意犹未尽地向出口走。

叶青霄也颇为尽兴，手里还拿着个面人儿，是温澜方才叫人给捏的小狗，看着倒也可爱，被她转手送给了自己。

"对了，那个……"叶青霄这才想起自己的初衷，讷讷开口。

还没等他说完，温澜已大步走了出去。

叶青霄正是疑惑之际，便见温澜伸手拦住了两名麻衣少年，微微躬身，嘴唇张阖，不知说了些什么。其中一名少年侧头，那侧脸看着倒是十分熟悉，一时又说不上来。

"小少爷，在瓦舍里耍了个把时辰，还是回家吧。"温澜拦住了少年们原本要去的方向，温声说道。

那两名少年一见着她，都满脸惊讶，还夹杂几丝喜色："温、温大哥，你怎么……"

温澜比了个噤声的动作，少年立刻不说话了。

这时候叶青霄也走了上来，与两名少年打了个照面，差点儿吓死。这与温澜对话的少年，分明是东宫太子！太子身边那少年也生得白皙娇嫩，虽然脸生，可瞧他与太子手拉手，身份必然也不一般。

太子变服出宫，身旁竟然一个侍卫也没有，想到他们一直走在自己前头，叶青霄忽然间好像明白温澜为何不说话，而是一处处转悠，这必然是在暗中跟着太子护卫啊。

所以温澜不是找他一起耍。这念头在叶青霄心中一闪而过，充盈着淡淡的失望。但因东宫在此，他也无暇细思。

"民间勾栏中鱼龙混杂，公子怎来了？君子不立危墙之下。"叶青霄也不敢当众喊破东宫的身份，只能含糊劝道。

太子赵琚看着叶青霄有几分面熟，加上这口气，定然也是朝中官员了，何况与温澜一道的样子，便随意地道："我带沁沁出来玩儿，到了时辰就回去，没事的。"

一听"沁沁"，叶青霄立刻知道另外一个少年的身份了，背上的汗更多了。这另外一位是当朝首相的孙女，太子妃吴沁啊！这就彻底明白了，小夫妻变服出宫，游戏人间。

反正，他现在都不知道这种情况下，温澜是怎么还有心思给他买了个面塑狗狗……

倒是太子妃看见他手里的面人儿，把自己手里的周瑜面人儿也举起来，乐了乐。

温澜叹息道："公子此举实在不妥，瞒着家仆出来，天色已晚您还往太和桥走，可是要去逛夜市？倘若事发了，老爷饶不了家里人。"

赵琚带着几分心虚地低头："温大哥没有告诉别人吧？"

温澜怎敢，她实在不放心，半道发现后就只能自己盯着："只有我与叶寺丞知道罢了。"她此时心情十分复杂，虽然太子偷跑了出来，但能安排逃脱那么些皇城司、禁军护卫的耳目，也是才智过人了。

叶青霄心底却是有点儿惊奇，因为太子与温澜极为熟识的样子，甚至比普通臣属亲厚多了。但想想倒也不意外，太子乃储君，皇城司是天子耳目，是皇家最心腹得用之人，温澜又是陈琦培养的义子，再加上温澜的能力，不亲厚才怪了吧。

从这些日子来看，叶青霄知道只要温澜愿意，是能叫人喜爱的，何况皇城司只是对臣民来说讨人厌，对天子来说却是手中利刃。

"温指挥……温大哥，是我叫琚哥哥带我出来的，我们这便回去了。"吴沁看温澜冷着一张脸，撒娇地拉了拉她的手，"你、你千万不要同人说呀。"

赵琚眼睛一转，说道："嘿嘿，温大哥肯定不会说的。"他刚刚忽然想到，温澜明明去外地与亲人团聚了，怎么还在京师。此事连他也不知道，那定然是秘不可宣的。

温澜好笑地看了他们两眼："好了，我送二位小少爷回家吧。"

她一转头，便看到叶青霄正瞪着自己的手看，忽而醒悟，方才太子妃拉了拉自己的手，怕是被叶青霄看见了，难怪一副见鬼的样子。

"先走吧。"温澜低声道。

叶青霄深一脚浅一脚地跟在温澜身后，心头感觉极为复杂。所以，温澜虽然未正式做过内侍，但真的净过身啊……

七

温澜自小因缘巧合被陈琦买下后，在皇城司待到如今，守卫过宫门，也做过给诸殿洒扫、巡察的差事，官称即是约拦亲从官、护门亲从官，等大些后，还做过教阅亲事官，也就是专司训练兵卒。

早在她还守殿门时就与东宫相识了，那时赵琚还是个孩童，但心地纯善，待宫人极好。

陈琦宠信她，不计其女儿身，只看能力，特向陛下求情，后来随着温澜年纪渐长，掌权日重，储君也知悉了她的身份——为让赵琚熟悉政务，包括如何伺察百官、民间之事，皇城司时而会去讲解京中百态。

因得子甚晚，陛下也急于扶持东宫，早早为他定下亲事，十三岁便与太子妃成亲。温澜记得，两人定亲时还是两个小娃娃，便是后来成亲时，看着也像过家家一般。

再想想梦中，赵理谋反，吴沁的祖父守在殿前，宁死不从，惨死刀刃之下。温澜来不及相救，只狼狈地将赵琚带走。赵琚哭得双眼几乎瞎了，他抱着温澜的手，求温澜把吴沁救出来。可是温澜没法告诉他，吴沁已经在反贼相逼下自刎……

梦中的情形一幕幕出现在眼前，与赵琚、吴沁携手露出笑颜的画面重叠，温澜吐了口气，面上仍是没什么表情。

眼见已到了御街，接近皇城，温澜避开叶青霄，叫住了赵琚："两位小少爷，今日遇到我的事情，切勿对他人言说。"

赵琚沉吟片刻："连阿爹也不能说吗？"

温澜眼神闪烁，赵琚问到点子上了。

赵琚看着她，想了想道："那你何时能报事？"他相信温澜，就像陈伴伴之于阿爹一样，若是连温澜他也无法信，那么偌大的京师，他也不知道该叫谁替自己办事了。

温澜与赵琚有一丝默契，她知道赵琚大约也感觉到她隐身在京内是要察事，低声道："归期未定，来日必集卷呈于案前。"

赵琚比温澜还矮上一些，仰头道："我等着。"

温澜抱拳一礼，又对吴沁道："沁少爷……"她对女子总是柔和一些。

才说了几个字，吴沁已吐了吐舌头，说道："这次已玩了尽兴，日后不敢了。"

温澜失笑："出门总是要带护卫的，若喜欢瓦舍艺人，尽可以宣到府上去。"他们正是贪玩的年纪，因此温澜也不多说，免得他们心底反而更愿意出门了。

她正最后叮嘱着，忽听到远处有呼喊声，侧首望去，竟是皇城内隐隐现出火光，看上去火势还不小。温澜脸色微变："宫中走水了。"

赵琚也有点儿慌了，他原是安排妥当，不会被发现，可若是宫中走水，慌乱之中，各殿定然要保证主子们安然无恙，说不定此时父皇已知道他不在宫中了。

赵琚连忙求助地看向温澜："怎么办？"

温澜无奈地道："我叫叶寺丞带殿下去找马园园吧。"

亲从官拱卫皇城，倘若宫中发觉殿下不在了，只好叫马园园来做这个伪证，假称他唯恐火势过大，带着殿下避开了。

赵琚这才松了口气，若让人知道他带着吴沁一个护卫也没带偷溜出宫，怕是免不了大吃排头。

温澜让叶青霄把赵琚和吴沁带去找马园园，自己却将帷帽戴好，去找王隐。

这火势大得她看着不对头，说不定都蔓延到两宫去了，不大像无意走水。温澜在皇城司这么久，极为敏锐，或是说多疑——有时候，有些案子看着毫无差错，她心里总有纠结，这时十有八九真有内情。

这一待，到了夜里温澜才回叶府。

这火势果然极大，到了傍晚方才悉数扑灭。还未查出起因，但火势一度蔓到两宫去了，宫中乱得很，忙着救火。陛下震怒，命皇城司彻查此事。王隐装着病窝在府中与温澜议事，这差事便落在了覃庆与另一位勾当皇城司迟易身上。

温澜莫名从中嗅到了一丝危机。

现在还未到嘉宁八年，可是在她的干涉之下，赵理屡屡受挫，早已不能尽似梦中了。她动作频频，虽未留下痕迹，但事发之多，以赵理的心眼，难免觉察出异样。温澜早已想到赵理迟早觉察，准备好了面对这种情形，甚至有些许兴奋。

不过此事必没那样简单，若说有人蓄意纵火，也不似冲着陛下与东宫去的，毕竟火从外间烧起，东宫甚至不在宫内。

那若非其他人，便是其他由头了，只是温澜一时还不能确定。

皇城走水一事甚大，第二日连府中的女眷都在议论此事。

徐菁也问及叶谦："夫君，火势可严重？已扑灭了吗？"

"唔，蔓到两宫去了，昨日已扑了，烧伤、熏伤了好些宫人。"叶谦一想起那惨状，连连摇头，"今日怕还要重议此事，陛下已着皇城司彻查了。"

"这天干物燥的，是该小心些。"徐菁唏嘘道，"昨日那火光，府中都看到了。"

叶谦没说话，现在还不知此事是不小心还是有人蓄意为之，事关皇族安危，哪儿能轻下定论，只引开话头道："宫外还有几户民居也牵连了，上府衙来索要赔偿。"

虽然民居与皇城隔着些距离，但是火借风势，京师百姓，尤其是与皇家比邻而居的人家胆子大得很，要是大名府不赔钱，他们能敲登闻鼓去向陛下讨要。

徐菁在章丘鲜闻此种事，好奇地问了起来。

另一头，叶青霄也偷偷去找温澜："你昨日上哪儿去了，挺晚了都不见回来？"他把殿下送到马园园处，再折回来，却不见温澜在家。

"安排一下事情。"温澜说道，"陈烨柏的事情我要不要解决掉？"

"哦……"叶青霄讷讷道，"你好生处理便是，反正你不能同他结亲。"

他想着又看了温澜一眼。难怪温澜经常对自己阴阳怪气，又保证不会碰他妹妹，明明他妹妹们那样可人，原来是温澜身子有缺陷。但温澜自小跟着陈琦，他自己定然也不想的。能力出众，偏偏并非完人，只能困于皇城司……犀利的言辞下藏着这样的真相，令叶青霄不知什么滋味。

温澜看叶青霄眼神闪躲，思及他昨日看到的，恐怕这傻子终于发现她不是男子了，问道："你还在想昨日的事？"

叶青霄埋着头道："你放心，我不会告诉别人的。其实以前也有人这样编排你，后来都觉着不可能，所以你也不必担心会被发现。"

温澜皱眉，以前有人猜过她是女子吗？不对啊，那些尖嘴之人分明只揣度过她是……

温澜看一眼叶青霄，试探地问："你不会看不起我？"

叶青霄立刻抬头道："陈伴伴便是勤公洁己，得陛下爱重，人人称颂，追赠'恪忠'二字。我从前与你虽然不对付，也是各有司职，你比那些轻率骄奢之人好多了！"

温澜："……"没错了，拿陈琦出来说事，这傻子果然以为她是内侍了。

叶青霄见温澜面色阴晴不定，以为自己说得还不够诚恳，又半带安慰半是私心地揽住温澜的肩膀，只觉摸上去确比普通男子要单薄。一股淡淡的香味散来，他惊讶地想，甚至有点儿温香软玉的意思呢……感觉到手下的身子一僵，叶青霄更是觉得温澜也有脆弱的时候，不禁搂紧了一点儿。

温澜："……"

叶青霄只见温澜的脸色一点儿一点儿变了，正觉得不对劲，想抽身逃跑之际，温澜已暴起一把将他按在地上："我像内侍啊？你觉得我像内侍是吗？"

"哎呀。"叶青霄反手去推温澜，"你还吃了吐啊，我又没笑你。"

他觉得可能是自己抱的那一下出了问题，懊恼地道："我、我就是抱抱你，没什么坏心眼的……"说罢竟然也有些心虚，因为他无法否认自己心生遐思。

那他也不想啊，这可是温澜！而且他竟然还一时头昏心热，占了温澜便宜，温澜会不会觉得他有意羞辱？

温澜殴打了叶青霄一顿，小声道："等我回宫了，就让陛下给我和你妹妹赐婚。"

"不！！！"叶青霄惨叫一声。

叶青霄肿着脸回去，兄妹们见到了都吓一跳，他只敢说是摔着了，唯独在叶诞面前吐露了实情，但也只敢说自己不小心得罪了温澜，被揍了一顿。他看着父亲心疼不已的样子，哪儿敢告诉父亲是自己鬼迷心窍占了温澜便宜。

不多时，移玉又来了，斜睨着他拉长声音说："四少爷，我们姑娘让我来把小狗要回去。"

叶青霄："……"

太幼稚了，送出去的东西哪有要回的！

叶青霄把面人儿拿了出来，依依不舍地道："你叫他别生气了，冷静，不要迁怒他人，有什么都……都冲着我来吧。"

移玉看叶青霄脸上居然出现了一丝红晕，狐疑地道："冲着你来什么？"

叶青霄惊醒了，这才发觉自己也不知道说了些什么胡话，好像没过脑子便开口了，冷着脸道："带着你的狗，快走。"

喊。移玉拿着面塑走了。

八

皇城失火之后，宫中忽而传出消息，因皇城需要修缮，陛下欲搬往京西别苑仙桥池住。此处原为前朝演习水军之地，后来才在池上加盖宫殿，供皇家游乐。

温澜听罢后冷着脸吩咐移玉："找出来，是谁向陛下进言。"以她对陛下的了解，这必然不是陛下提出来的，近日臣工上奏也未提及，不知是谁当面建议。

陛下身子不大好，这两年本就时而辍朝，若去往仙桥池，怕是更不会开朝会，与城内也有一段距离。放在这个时候，令温澜极为不悦。她传信给马园园，叫他务必要把仙桥池的宫人全都再细筛一遍，把那里把守得严严实实。

马园园频频听她行事，初时还不大明晰，这会儿已觉察到一丝微妙，默默应了。

而放眼整个京师，仍是歌舞升平，叶家还为温澜与陈烨柏设宴，陈宾一家自备了酒礼到叶府赴宴。

叶谦吩咐在花园中摆宴，又叫来叶诞与他家三个儿子相陪。毕竟他膝下也无儿郎，只他与陈宾父子坐着，略显尴尬。陈宾的夫人则与徐菁、叶青霖等女眷在一旁的小楼上再摆一席。

陈夫人只听闻温扬波的名字，这日见着人了，见容貌出众、举止又端庄，极为喜欢，更难得的是，她从大房那里打听到扬波理家也很娴熟，正是做长媳的好人选。

陈宾父子就更不必提了，陈烨柏那日见过温澜一面后，不说魂牵梦萦那样夸大，但来前也是特意打理整齐的。他并未向父母提起自己与温澜已无意中见过一面，只因想再遥遥见一面也是好的，否则便是议成亲了，再见也是成亲之时。

唯独大房一家有三个人不大笑得出来。

叶诞和叶青霄知道温澜必然不会嫁给陈烨柏倒还好，只是疑惑他到底会如何回绝陈家，也怕其中出什么差错。

叶青霖却是煎熬得很，觉得四哥太命苦了。她都是快出阁的人了，即便父兄没明说，她心底也猜得到此宴的真正目的。这一日终究还是来了，扬波要议亲了，可是四哥呢，非但不能说什么不是，还要在席上相陪，坐在旁边眼见陈烨柏和扬波会面，他该是什么样的心情啊！即便叶青霖从不认为四哥和扬波的所作所为是对的，也不由心疼起来，想必扬波

151

也不好过，四哥和陈烨柏就坐在左右呢。

在叶青霖略带心疼的眼神下，温澜慢悠悠地给陈夫人演示插花。

陈夫人看准时间，对她道："今日天光正好，你家园子听说新种了些花，不如扬波指给我看看吧？"

温澜从善如流地道："伯母随我来。"

她将陈夫人引到窗前，支开木窗，现出花园，隔着一段距离便是凉亭内两家的男子正在宴饮。她大方地指点园内新栽的花木给陈夫人看。

花园内的仆婢见到了，连忙借斟酒的机会提醒陈烨柏。

陈烨柏吃了几盏酒，脸色已是微红，抬眼看去，果然看到扬波与母亲一同站在窗边，指点下头的花木。扬波的衣袖在天风中微微鼓荡，一截皓腕露出来，陈烨柏看得头也不知低下了。

扬波好像是无意间一侧头，还与陈烨柏对了一眼，并无普通闺阁女子的羞涩，反而微微一笑。陈烨柏心头像被火舌狂舔，既羞涩又不舍收回目光，半晌听到叶诞咳嗽一声，才不好意思地低头，掩饰地对旁边的叶青霄道："青霄，来，再吃一杯。"

叶青霄斜眼看他，心里嘀咕，陈烨柏这是不好意思个什么劲儿，刚才他也抬了头，他怎么觉得温澜是冲他笑的啊？不对，不是他觉得，也不是他想多了，就是如此。温澜和陈烨柏有什么交情，也不是真要同他议亲，还能是对着他笑？

虽然被温澜盯着笑，在几个月前还是一件十分可怖的事情……

将要宴罢之际，陈烨柏偷偷叫上叶青霄，塞了个黑釉小兔子给他："这个……给你妹妹……"

叶青霄拿在手里，说道："青雯正喜欢收这样的小物什，我给她送去。"

陈烨柏："不是……"

不是这个妹妹啊！

"不是送小孩儿的啊？"叶青霄恍然大悟，"我知道了，我知道了，抱歉。"

陈烨柏反而赧然，考虑起自己是不是选错礼物了。

陈宾一家走后，叶谦满心觉得这回要成了，兴高采烈地去找徐菁。

叶诞和叶青霄对视一眼，叶青霄把黑釉小兔子拿出来："这是陈烨柏要送温澜的……"

叶诞一把将小兔子夺走："送什么送。"

送兔子，嫌温澜被笑得还不够多吗！

他糟心地把黑釉兔子揣了起来："你也是，还给我看什么。"

那头，徐菁小心翼翼地问温澜的意思。她也远远看了一眼，陈家的小郎君生得很是端正俊朗呀。

"阿娘，我再想想吧，这几日叫人收些陈公子的诗文来看。"温澜平静地道。

"哎，好。"徐菁觉得这像是个软化的意思，欢欢喜喜出门去同叶谦说了。

叶谦则告诉徐菁，他看着陈烨柏对扬波那也是无一处不满意的呢，席间都走神了，还是大哥不满地咳嗽一声才回过神来。那时大家照顾他是年轻人，也没多说什么，其实心底暗笑起来。照他们的想法，再等上几日，扬波看过陈烨柏的诗文——陈烨柏都高中了，定然是没什么问题——那时便能正式请媒人了，顶好明年便能出阁。

谁知过了没几天，陈宾亲送了几十匹绸缎上门。

叶谦一看到绸缎，脸都绿了。按照风俗，若是两家没相上，男方便送两匹彩缎压惊。陈宾送了几十匹来，但意思还是那个意思。

陈宾羞愧得抬不起头来。

叶谦大怒道："你这是何意？！"

原是陈宾提起此事，他才同意叫双方相看相看，如今陈宾却送了压惊礼来，是觉得他家扬波有哪一处不如意吗？倘若陈宾说不出个好歹来，叶谦非要拳脚相向不可。

陈宾遮着老脸，惭愧道："这、这实在是……都是我的错。和之，我一梦醒来，屋内的案几上便放了张条子，叫我自到布庄去领'压惊布'。这条子怕是……察子放的。"

叶谦面色一变："……欺人太甚！"

想想即明白了，他同覃庆还有过节，只是没想到覃庆如此阴险，整治不了他，就在他女儿的婚事上动手脚。陈宾也非权臣，怎么禁得起皇城司的威胁，万一被罗织罪名，一家都完了。

叶谦又气又无法命令陈宾不理会，愤然道："你走吧！"

"和之……"陈宾见叶谦面色难看，也不敢再言语什么，垂着头离开了叶家。他自己也是左右为难，非但得罪了世交，就连儿子在家也郁郁寡欢。

叶谦气极了，找不到地方痛骂，只能去找大哥，还可放心说上一两句。

叶诞原本还在想温澜该怎么拒绝陈宾，一听这话放心了。这主意也是情理之中，温澜哪儿需要想如何拒绝，直接威胁陈家就行了！只是，这次倒叫覃庆背了黑锅哩……

叶诞面上还要安慰："也许是缘分未到，日后还有更好的姻缘等着。"

徐菁知道后也气了半晌，几乎哭出来，看到女儿不痛不痒的样子反而心底一凉，觉得扬波像是早便料到了。可是再一想，这种事即便扬波料到了，那也只是推测皇城司与他家结怨，早做好准备，说到底还是怪皇城司的混蛋。

徐菁抱着温澜一通哭："我的儿啊，如今叫皇城司盯上了，哪个还敢娶你？"

温澜拍了拍徐菁的背："等父亲爬到高位不就有了。"

"那还要多少年？！"徐菁泪莹莹地气道，"你莫怕，大不了，咱们就在寒门学子里招赘！就不信没有胆大的！"

温澜附和道："嗯，定然有胆大的敢娶我。"

第六章

『扬波姐姐，我这样不会累着你吧？』

一

叶谦恨上了覃庆，自知没法告到覃庆身上，便憋足了劲找覃庆其他麻烦。

马园园同他关系好，白与他便利，果然叫他发现皇城司奉命彻查失火之事，却是在内廷牵连了数十人，严加刑讯。

因得了马园园私下自陈心迹，叶谦再无后顾之忧，袖子一撸，连上折子痛陈弊害，指责皇城司为早日破案胡乱刑讯，屈打成招，还趁机清除异己，岂非将皇城当作自家院子？皇城司虽为陛下耳目，却更不可秉一己之私办案，陛下若要继续用皇城司，需得稍加钳制！

前段时间皇城司四处捕人，已惹得人心惶惶，非议颇多。此次眼见叶谦这个陛下最近爱重的臣子上折子，也有直臣接二连三附议。

勾当皇城司中，迟易最为势弱——覃庆和王隐都是内侍出身，在皇城司待了许久，而迟易是武官升上来的——在覃庆与王隐间摇摆不定。这一次失火案，迟易也多凭覃庆做主。

覃庆捉了数十名宫人，逐一审讯下来。这些宫人哪里禁受得起，又实在不知，于是你推我，我推你，最后推到了一名小内侍身上，只说是他侍奉宫中佛堂香火时引燃的。小内侍无可奈何，屈打成招。

覃庆万万没料到，向来对皇城司隐有纵容的陛下此番竟真在那个叶谦与群臣参奏下，命叶谦领大名府吏彻查此案。

叶谦细细勘察之后，发现火源并不在佛堂，小内侍根本是被诬陷。而真正的起火原因，不过是宫室营造日久，又天干物燥，火斗未清理干净引燃而走水。

"皇城吏心狠手辣，只为速速决狱、铲除异己。他们刑讯逼供，屈打成招，判下这葫芦提案子，牵连无辜宫人。"叶谦当着皇帝的面，将他狠狠斥责了一番，"如此德行，怎堪为皇城司长！"

另一位司长迟易反应极快，说道："臣奉命一同勘察，但因司内繁忙，多有懈怠，此案实在是覃庆一人所查。"

覃庆一身冷汗，跪在皇帝面前认错："臣虽欲立辨此案，但绝无私心，鞫讯之法司中自来就有，只是没想到那些宫人为撇清干系一起诬陷他人。"他自己也知道其中漏洞太多，从火源就分辨不清，只能徒劳无力地解释。

前些日子太过春风得意，连王隐也避让几分，他确实得意忘形了，根本没料想到有人来再审。可恨这叶谦，先前的恩怨他还未找叶谦了结，叶谦竟疯了般参他。

好在，皇帝只是说道："皇城司事务繁重，王隐又病了，覃庆也不容易，罚俸三月，以作警示吧。"

覃庆悬着的心落了下来，看来陛下也是高高举起，轻轻落下，正要叩头谢恩，就听叶谦那王八蛋又板着脸道："陛下，为防皇城司继续如此肆无忌惮，还是应以御史台督查，以正清明。"

还未等覃庆反应过来，皇帝只沉吟一会儿，便淡淡道："可。"

覃庆："……"

"宣御史中丞来。"皇帝已吩咐起来，俨然是要叫人来商量了。

覃庆一时怔忪了，宛如被一盆凉水浇了头，瞬间清醒。

叶谦此前就提及要钳制皇城司，但陛下没有理会，只是叫他去查案。覃庆那时只以为陛下也不想自己的耳目有束缚，这时他才知道，陛下其实早下定决心了，只是等一个借口罢了，就算没有这失火案，也会有其他的案子。

此前覃庆在京师大肆捕捉，现在陛下轻轻罚他，叫他仍待在勾当皇城司的位置上，又给了御史台督查皇城司事的权力……这一放一收，京师整治一清，陛下满意了，臣工可以出气了，覃庆也要废了。他现在就是一个活靶子！

最令覃庆心寒的是，环顾一番，数月前便蛰伏的王隐才是最大的受益者。他何止现在成了活靶子，恐怕那时候起就是个靶子了！还有迟易，恐怕也不是因为避让他的锋芒而不理事，说不定就是王隐授意……可是这些日子以来，他何其得意，竟然丝毫没有思考过内里，甚至变本加厉。

此时懊恼已晚，覃庆白着脸出得殿外。这些日子陛下已搬到别苑，水殿四面来风，吹得覃庆遍体生寒。

叶谦对他投来厌恶的眼神："自作孽，不可活！"

覃庆恨极了他，说道："我倒是看走了眼，没想到你叶和之还是个睚眦必报之人。"

叶谦振振有词地道："是可忍，孰不可忍？！"扬波受了多大委屈啊，徐菁也哭了几场，他若是还忍得下来，还配为人父、为人夫吗？

两人牛唇不对马嘴地对骂了几句，方才愤愤散了。

此后令覃庆更加纳闷的是，他原本防备的是御史中丞，因为时任台长的正是叶谦大哥叶诞定了婚事的儿女亲家，谁知道跟斗鸡一般天天参他的，却是御史台一名叫陈宾的御史，每天骂他骂得脸红脖子粗。再仔细一查，又是和叶家有关，陈宾乃是叶家的世交，也不知被叶谦下了什么蛊，如此冲锋阵前。

不过虽说覃庆已人人喊打，已是每日都在被贬官甚至下狱的边缘，但温澜的婚事也无法挽回了。

叶谦见陈宾父子痛打覃庆，心中也唏嘘。就算覃庆被斗倒了又如何，覆水难收，有过那一遭，两家也不可能再结亲。他非常能理解陈宾的无奈，甚至此事中陈烨柏也极为无辜，可不得不顾忌扬波的颜面，既已生芥蒂，实难再当无事发生。

好好的一桩婚事，就这么被覃庆给毁了！叶谦一想，便更加气了。都是皇城司的人，覃庆实在不如王隐、马园园。

马园园叫他向陛下上书整治皇城司时，他还惊讶，虽说冲着覃庆，他们不也要受辖制吗？马园园却坦诚地告诉他，皇城司如若继续张扬，迟早要被收拾，反倒是先一步为自己套上枷锁，还能保有大部分权势——即便有御史台督查，难道人们就不怕皇城卒伺察了吗？

叶谦心中感慨，虽然马园园的重点并非避免冤假错案，而是在保有权势，但马园园如此坦诚，他都不知怎么说才好了。

因这一遭，叶谦在官场上名声更盛，多是称赞他有勇有谋，正气凛然，不畏强御。

眼看覃庆在如此围攻下被以受贿罪下了御史台狱，叶谦也备受重视之时，又有数名臣子联袂上奏：覃庆之事可为前车之鉴，除却御史台督查外，还望陛下以宗室为提举皇城司，弹压皇城卒——皇城司设立之初，提举皇城司才是皇城司长官，但并不常设，已沦为名义上的职位，真正的主事者是三位勾当皇城司。

首倡者举荐，以广陵郡王、大名府尹赵理为提举皇城司。

有提议的，也就有反对的，很是打了一场嘴仗，搞得最初挑事的叶谦都不明白为什么会发展成这样。叫赵理去做提司？若是赵理真去了，其他人如何叶谦不知道，大名府是不是要设一个新的长官，那他是不是莫名其妙就成了大名府长官里资历深的那个？

温澜坐在房内，慢条斯理地插花。

移玉在旁边屏息道："……因此，说不定咱们就要多一位长官了。"

"知道了。"温澜头也没抬。

叶谦不知道赵理为何会被举荐为提司，移玉也不知道赵理为何会被举荐为提司，想必现在连赵理也提着心吧，惊愕于自己陷入一场口水仗。

这一步出其不意，看似赵理占了便宜，可实际上，大名府何其重要，看似事务烦杂繁重，又有通判辖制，但单其所处之地，就不知有多少好处。而调到皇城司去做长官呢，下头有三名勾当皇城司……不对，现在只有两名了，他们把皇城卒牢牢握在手里，更因为覃庆的倒台顺势将司内的钉子都拔除。现在的皇城司，真是前所未有的清楚着。一个被架起来的长官，可指使不动任何兵卒。

更不幸的是，做了这个空头长官，甚至他没做成，单单被举荐，也会遭到陛下的猜疑。他到底不是普通的宗亲，而是恭王之子。"东屋点灯西屋明"，陛下若是心无嫌隙，皇城司又何苦在民间禁唱这句歌谣！

移玉从温澜脸上找不出任何痕迹，只能按下好奇，老实道："还有，陈烨柏把四少爷约出去了。"

"他约了叶四？"温澜插花的动作顿了顿，慢吞吞地重复道，"知道了。"

移玉忍不住小声道："我瞧着四少爷和陈烨柏也差不多，您没看他一面骂您，其实眼睛都直了。"

温澜心内正在算计，闻言失笑，想到叶青霄的傻样子，面上浮起笑。

此时，叶青霄正和陈烨柏坐在茶坊里，陈烨柏埋着头郁闷地道："青霄，之前的事我没法阻止阿爹，我也知道这是我家的错，但是现在覃庆已下狱了，我真的不能再去提亲了吗……"父亲告诉过他不可能了，可陈烨柏想来想去却着了魔，忍不住找到叶青霄。

叶青霄惊愕地道："你怎么还在想这事？"

陈烨柏眼神闪烁："青霄，你能不能替我给扬波传信，我想互通心意。"扬波对此事能释怀吗？哪怕有一丝希望此心相同，他也愿意求一求父亲与叶世伯，精诚所至金石为开。

什么心意，他当然是不喜欢你啊！叶青霄差点儿说出口，连忙止住，犹豫半天小声道："她自幼寄养在庵中，与父母分别日久，绝不会违背母命的。在我们家里，她全都听三婶的，三婶让她往东她都不往西。"

陈烨柏的眼神顿时暗了下去。

叶青霄也干咽了一下，愣愣端起茶吃了一口。

二

叶青霄做了个梦，家里头给他定下了一桩婚事。

吉期前一日，女方的家人来叶府铺房，带了数十箱笼，里头装得满满的都是珠宝玉器、罗衣绸衫，阖府上下都暗暗去院外看热闹，羡慕大房娶了个如此豪富的媳妇儿。

叶青霄在梦里也欢欢喜喜，待吉时一到，媒人将新妇迎到府中来，与叶青霄同坐床上，等着拜堂。他不好意思地去打量新妇，只见她头上凤冠垂下条条珠链，面容在其后影影绰绰，看不真切。

就在这时，新妇仿佛察觉到了他的目光，问了一句："我摘了凤冠可好？"

叶青霄只听这声音绵软温柔，心头又颤了颤，喉头一紧，莫名觉得熟悉，又一时想不起来，只愣愣点头。

新妇一双素手抬起来，将凤冠摘去，赫然露出温澜的面容！

叶青霄吓得往后一弹，发出了惊恐的叫声。

霍然一下，叶青霄就从梦中惊醒。

小斯听到动静，从外间进来："少爷怎么了？"他拿引火点亮了灯盏，举着一看，烛火下的叶青霄满头虚汗，一脸惊魂未定，"少爷这是做什么梦了？"

叶青霄还未从那梦的惊吓中回神："我梦到……成亲。"

小斯面色一喜："那可太好了！这是梦兆啊，少爷要成亲了！"

"……"叶青霄摸了下自己一头的汗，"你高兴得也太早了吧，都不问问我娶的是谁。"

小斯这才想起来，少爷脸色是不好看："少爷这是娶了哪家的姑娘？"

叶青霄自然是憋着说不出话来，无论是温澜的哪一个身份，对小斯来说恐怕都承受不住，他郁闷地道："别说这个了，给我倒盏茶来。"

小斯捧了茶给叶青霄，又叨叨道："少爷，梦兆可不能不当回事。这当朝首相吴相公当年上京赶考的时候梦到龙子，就有相士说他日后要做皇亲国戚，看看如今，吴相公的孙女可不就成了太子妃。"

"少爷，你梦到的姑娘是极不如意吗，否则怎会吓醒？"

叶青霄脸上显出复杂的神色，没能立刻答出来。仔细想想，这好像也不是极不如意，只是被吓着了，那可是温澜！什么梦兆，这样不算数，他怎么可能会娶温澜，都是温澜每日穿着女装在他面前晃来晃去，搅乱了他的梦。

但是，倘若真有这样的可能，比如……比如他就像陈烨柏一样，家长也不知情，把温澜娶了回来，会是什么样？叶青霄往后一仰，倒在床上发起愣来。那日他还骗了陈烨柏，不对，骗了不止一次了，他是故意告诉阿爹陈烨柏送了兔子。

一个不敢想、不敢承认的念头在心底浮现，叶青霄满心不知所措。

一旁的小厮站了片刻，见少爷不声不响，忽然躺在床上开始发呆，把他都给忘了，心道，这好像也不是极不如意的样子啊。

叶青霄也就是忽视了一下小厮，第二日他得了梦兆的事便被蓝氏知道了。

蓝氏把叶青霄找去，说道："如今你两位兄长已定了亲事，也该到你了。听闻你得了梦兆，阿娘虽然身子不大好，你只说是梦到了哪家姑娘，我便请你三婶去探探。"

叶青霄窘迫地道："阿娘，这算什么梦兆！"昨夜他神思不清，胡思乱想，白日里清醒过来就知道太无稽了，他和温澜怎么可能成亲。

蓝氏面色古怪："不是梦兆，那更要找媳妇儿了。"

叶青霄愣了一下后反应过来："……"

蓝氏温声道："这么大人了，还不好意思？你放心，阿娘不会同旁人说的，你只告诉阿娘喜欢什么样子的，阿娘去相看。"虽说她一副病体，总还可以相托娘家人。

叶青霄心烦意乱得很，蓝氏一问他喜欢什么样的，昨晚想不清的那个问题反而又浮上心头，温澜那讨厌鬼就出现在眼前一般……

不对，是真的出现在眼前了！温澜和徐菁一起来了大房！

蓝氏这才放过叶青霄。她约了徐菁来说话——叶青霖明年要出阁，好些事还要徐菁帮忙打理，再说了，叶府三个妯娌，只她们两个能聊聊。

徐菁来得早了点儿，便撞上叶青霄了。

温澜看了叶青霄一眼，只见他立刻便低下头，不敢与自己对视。她向大伯母问了安，便说要去找叶青霖。

叶青霄跟在后头，又想问温澜为什么找青霖，又碍于之前的事不好意思，他怕温澜听到了他和阿娘说的话。

好在，温澜似乎并未听见，自己慢了两步，等叶青霄慢慢走过来后才道："四哥今日样子心虚得很，难道是因为拦下了陈烨柏要给我送的信？"

"咳咳咳！"叶青霄一阵剧烈的咳嗽，没料到温澜突然说这话。他咳得说不出话，一脸惊恐地看着温澜，她怎么会知道他同陈烨柏说了什么？那日在茶坊，明明只有他们两个。

温澜对他笑了笑，仿佛在说只要她想知道就能知道。

放在平日，叶青霄一定会理直气壮地说"那是怕我朋友被恼羞成怒的你报复"，可是现在他还真说不出口，倘若用心不纯，还能不能自诩为陈烨柏的朋友他都不确信了。

叶青霄埋着头不说话，既不好意思像平日那样待温澜，也不好意思处处殷勤。

别说温澜，连移玉都看出来不对了。

不过温澜一时也未想那么多，只是若有所思地道："这是受谁欺负了吗，同我说说。"

叶青霄也不知什么滋味，原本极为混乱的心情慢慢沉静下来，瓮声瓮气道："没有。我还有事，走了。"他有些害怕见着温澜，怕自己的心绪全都被温澜看出来，那温澜会是怎样想法。

说罢叶青霄被狗追一般跑了，到了午后，仆婢来通报，说是扬波姑娘的婢女来了。他忐忑地将人叫进来，见着移玉，强自镇定地道："什么事？"

移玉噘着嘴从怀里拿出一物："姑娘说把狗给你，叫你受了什么委屈莫要憋在心里，去找她，同她说说……"

叶青霄愣愣的，心中淌过一阵暖流。

移玉看他一眼续道："……好叫她开心开心。"

"……"叶青霄怒而站起来，"出去啊，你出去！"

移玉一见他起来便往后退了几步，手伸长了道："那面塑还要不要？"

"谁稀罕啊！"叶青霄吼道。

移玉把面塑小狗放在一旁的博古架上，说道："姑娘说得对，四少爷肯定会心口不一的，我给您放这儿了。"

"喂！"叶青霄看到移玉溜出去跑了，捏住那只小狗，气得在屋内直转悠，到底也没舍得把面塑摔了。

唉，不怪他生了邪念。说到底，温澜那话其实就是逗逗他吧，言外之意还是想给他出头的。还有这小狗，分明是代表着温澜自己在讨他开心。想罢又不大确信自己的念头，叶四公子一时陷入了纠结的心事。

再说另一头，温澜去了叶青霖房中。

叶青霖正在做绣活，见她来了，一如既往心情复杂地让人上了茶水。

"其实我过来，是阿娘叫我来问问你青雯姐姐是个什么脾性。"温澜说罢，见叶青霖惊讶的模样，又道，"此事还未同大家说，我们也是今晨才收到的信，姐夫生意做到京中来了，决定举家迁来京师。"

叶青雯就是叶谦原配的独女，原是嫁到棉城去，婆家乃是棉城富商，叶谦当年在棉城做了一任知县，与他家大人颇为相得，便将女儿下嫁。粗一算算，叶青雯出嫁也有七年了，山高路远，整整七年也未能再见家人，如今方有机会回京。

叶青雯还在家时，叶青霖也是个孩子，她细细回忆后道："大姐姐脾气好，因自幼失恃，由祖母抚养。三伯父外出为官时，也不便带着她，留她在京……"说着，忽而放低了声音快速道，"有时会被二伯母欺负。"

温澜闻言一笑："嗯。"

叶青霖又道："但她待人是极好的，就是好到有些……"她虽然敢稍微说说二伯母，却不好意思讲大姐姐如何。

不过只听她语气就足够了，更何况温澜来这里也只是为了做个样子给徐菁看，她颔首道："我知道了。"转而又道，"对了，你可知道四哥怎么了？我方才遇着他，似是不大欢喜的样子。"

叶青霖心情复杂地看着她："自陈家上门，四哥就没有欢喜过吧。扬波，你到底怎样想的？"若非陈家送了压惊礼，说不定这桩婚事真要成了。但没了陈家，还有其他人。

温澜看叶青霖这忧心忡忡的样子，是真信了她和叶四暗系私情，逗她道："你都要出阁了，别整天替你哥忧思这样多，我还未入叶家族谱，另立户籍不就行了。"

"哪儿有那样简单！"叶青霖听出她语气中的笑意，"户籍是你想另开就另开的吗？"

在叶青霖看来，扬波的想法不过是异想天开罢了，一个闺阁女子怎么可能离开母亲去单立一户。也许身处她父亲或是三叔那样的位置能够做到，但这都要担心御史台风闻奏事或是皇城司伺察，毕竟这里是天子脚下。看来，扬波和四哥着实是没有其他办法了。

"……唉，大姐姐何时会到？"叶青霖不忍再提此事，只岔开话题。

温澜算了算："发信之日，青雯姐姐已出发了，应当还有半月即可到京师。姐夫在京郊置了宅子，打算到了京中再赁一居。"

叶青雯夫家虽然是棉城富商，但在京师买宅子也不是那样简单的。都城人多地少，百官有许多到老都是租屋。他们一大家子，就算有钱，想买到合适的大宅子也很难。故此，他们在京郊置了个院子，先安顿下来，再自己或托行会相看，徐徐图之。

叶青霁晓得这一点，点头道："大姐姐多年未回来，想必祖父、祖母也很欢喜。"她又回忆了一些小时候的事情讲给温澜听。

一直到徐菁那头也说完了，温澜才离开。

三

自那日后，叶青霄心乱如麻，总躲着温澜。叶府那样大，温澜又不似从前出门当差，他有心躲着，一连多日都未见到温澜。

温澜这头忙碌得很，也无暇去找叶青霄，搅得叶青霄心里更烦了且不提。

先时臣工奏请以宗亲——后特指广陵郡王赵理——为提举皇城司，陛下斟酌许久，将赵理迁为提举皇城司。

提举皇城司这个虚职，陛下不是拒绝，也不是叫赵理兼任，而是直接将他迁往皇城司。想来是温澜料想对了，陛下必然是心有忌惮。在大名府衙，陛下原就安排过尤极这么一个能吏在赵理身旁，后来还把叶谦这个刚正不阿的臣子提拔上去，已经透出一丝倾向了。不过，那时也许是因为赵理恭王之子的身份，明面上他还是喜欢这个优秀的侄子。现在，赵理本人才真正显了出来。

这个决定温澜并不觉得稀奇，稳步做着自己应做的事。

半月后。

莫家的车队行驶在车道上，所有人都面带疲惫，更不乏病了的，比如莫家的老夫人。

叶青雯作为莫家的长媳，便在莫老夫人的车上侍奉她。只是莫老夫人身子不适，一时要这个，一时又不满那个，支使得叶青雯团团转，还是小姑子莫金珠在旁说外甥、外甥女还要嫂子照顾，这才放她回去。

待叶青雯走了，莫金珠方说道："阿娘，咱们就要到京师定居了，您这样对嫂子，怕会惹亲家不快。到底嫂子的亲爹还升了大名府通判。"

其实一开始叶青雯嫁到莫家来，婆媳间还是十分融洽的——她脾性好，又是自京师官宦之家嫁来的，可是下嫁了。但是日子一长，莫老夫人也发现了长媳是个面人儿脾气，任人搓扁揉圆，而后头娶进来的那两个儿媳妇都是商人家出身，时常有些小心眼，偷奸耍滑，也不怕同她闹，于是莫老夫人一肚子脾气没处发，反而是叶青雯遭了殃。

日久天长的，莫老夫人几乎已经习惯了，此时听莫金珠提醒，还犹疑道："……我怎么了，儿媳侍奉婆婆是应当的，我还没叫她天未亮来伺候我起床。再说了，这青雯能去娘家说三道四？"

莫金珠想到嫂子那个脾气，也有点儿无言。

叶青雯回了自己的车上，只看到丈夫莫铮正一手抱着一个孩子呼呼大睡，心里不知什么滋味。莫大平素在外经商，谁知道他回家后是装糊涂还是真糊涂，反正遇着什么家务事都是和稀泥。叶青雯就是脾气再好，又何尝没有一点儿怨，只不过清楚丈夫的态度，想来自己过得也不算太差，公公都去世了，哪好再惹婆婆不开心，忍就忍了吧，到哪里不是忍。

正是此时，车驾忽然剧烈晃动一下停住，外头响起车夫、仆婢们的惊呼。

莫铮被惊醒，爬了起来，两个孩子也因为被吵醒揉着眼睛哭起来。

叶青雯连忙抱住孩子："这是怎么了？"

莫铮迷迷瞪瞪地扒开帘子往外看，脸色霎时间变了，竟然是一伙儿足足有数十人的盗匪，手里提着棍棒、长刀等物，将他们的车队围住。他连忙将他们娘儿几个往里头塞了塞。

莫铮在外经商，像这样的事情也不少见，只不过其他地方的盗匪估计没有京师附近的胆子大、人数多罢了。他们此行带了不少妇孺，仅家里的壮丁应付不来这样的阵仗，只能花钱消灾了。如此想着，他忙出去与盗匪交涉。

谁知对方也瞧中了这一点，只叫莫家把行囊全都卸下。

莫铮脸色一僵，他们可是举家搬迁，虽然许多家资已换作了京师的铺子、宅子，但随身带的财富也很可观。他商量道："各位好汉，咱们有商有量，我给诸位交子，万一我再去报案，你们也不好兑。珠宝也不好出手，还是现钱好，我可以给你们现钱。"

莫铮的二弟嚷道："大哥，大嫂不是大名府通判之女吗，你同他们说说！"

莫三也附和道："这是劫到什么人头上来了。"

谁知那伙人哈哈一笑："大名府的通判几个月换一个也有，一个待不过三年，可我们兄弟在这里干活可有十来年了。"

竟是嚣张至此！

莫铮更是面上有点儿难看，他二弟三弟擅自把岳父搬出来也就罢了，居然还没用，太尴尬了。

不过因莫家带了护卫的壮丁，不到万不得已不动手最好，盗匪只是求财。两方磨来磨去，才定下数字，让人去搬现钱与丝绢下来。

莫金珠听得外头动静，心怦怦乱跳，害怕得紧，因不知道是什么样情形，便悄悄把帘子掀开一点点往外头看。

谁知她不过掀开一条缝罢了，就被外头的盗匪看到，嚷嚷起来："那个漂亮的小娘子是什么人，是你府上的歌姬吗？"

"有漂亮小娘子？一并送来啊！"

"不行不行，"莫铮连忙道，"各位，这是我亲妹子。钱已点清，好汉们拿着走吧。"

"这就要送客了？"盗匪之首笑嘻嘻地道，"莫急啊，不带你妹子走也行，先叫她下来给我们煮些茶吃。"

莫家人面黑如铁，盗匪们脸上的笑容也渐渐没了，场面一时僵住了。

"看样子，你们这是一家人出来。你一共有几个妹子啊？"

莫铮很想大喊一句"是可忍孰不可忍"，但事实是形势逼人，这里前不着村后不着店，真起了冲突连个相帮的也没有，对方是亡命之徒，他们却携家带口。

正当莫铮要继续劝时，忽听得清脆的马蹄声隐隐响起，越来越清晰，一名戴着帷帽防尘、身着皂衣的男子骑一匹白马出现在视野中。此人骑术极好，应是路过此地，但到了近前却停了下来，盯着他们看。大家都没想到能遇着这样缺心眼的人，还停下来看热闹。

这人却是摘了帷帽，露出一张俊秀惊艳的面容，盯着莫铮打量几眼："阁下姓莫？"他声音清越，与五官一般有些雌雄莫辨，但配上神气，又全不会让人误会。

莫铮茫然："不错，小公子认识我？"

温澜一挑眉，真是巧了，因叶谦去别苑述职，三房就去郊外的园子小住，离得近一些，同时也是因为知道莫家快进京了，叶谦也好早一日见到女儿。她却是要进京办事，路过此地，因记得莫家应是今日到，也见过莫铮的画像，才一打眼便认了出来。

温澜微笑道："我应当叫你一声姐夫呢，家里人都在京郊的园子里住着，我闲来无事，骑马去附近的观景山散心。"

没想到竟是叶家的人，莫铮虽然不认得到底是叶家哪一个子弟，也无比欣喜。

盗匪却不满了："怎么还叙旧了？小子没看到我们在这儿吗？"

温澜怎么会没注意到他们，或者说她第一眼便是注意到这些人。

像这样的盗匪，是够不上和温澜打交道的，但不代表温澜不清楚，她冷淡地道："我若是你们，现在便会离开。"还不等这些盗匪笑起来，她就继续道，"这好像不是你们的地分吧，越分劫钱，若让人知道，还想在开封府混下去吗？"

说来也好笑，就连盗匪也有地分，在各自的地头上等待着"主顾"，若是越了分，则成众矢之的。莫说莫铮外地人，就是本地人，也不一定能一眼认出来。因此，其他人虽然茫然着，盗匪们却因温澜一语道破而心头一惊——在京城，规矩有时候比一时温饱更重要。

他们面面相觑，最后为首者在莫家人惊讶的目光中，竟真的命手下把箱笼放下，只留了一箱，说道："呵呵……小兄弟，那就卖你一个面子。"

温澜冷冷盯着那一只箱子看，看得盗匪们浑身不自在，总觉得哪里不对。但她到底并未说什么，只待他们走远了之后才扯了扯嘴角，只希望他们今日别将箱笼里的钱物用得太多，否则还的时候补不起可怎么办。

温澜在这些人面前不便发作，人走后，更是下马一礼："方才还未细说，我乃青雯姐姐的继妹。"她看了看身上的衣裳，一派自然地道，"出门在外还是着男装方便一些。"

她如此一说，莫家的兄弟三个反而不知说什么，早听说京师女子格外盛行着男装外出，只是没想到叶家的姑娘扮上后如此英气逼人，乍一看都没认出来。

不远处，莫金珠原本吓得不敢再看，正缩在母亲怀里，听仆人欢喜地说是有位公子来了，说了几句话后那些盗匪便退走，遁入林间不见了，这才掀开帘子细看，正看到那位公子利落地翻身下马，一身皂衣衬得人格外俊俏精神，眉眼真是好看极了……她不禁看痴了。

莫金珠挽着莫老夫人下车，一步步走近那头，越是靠近那位小公子，她就越是羞涩。看小公子穿戴也不是普通人家，不知可有婚配了呢……

三位嫂嫂原本是不打算下车的，因大哥招手，这才下来。大嫂走得快些，才到近前，就听大哥说道："青雯，你猜猜这是哪一个？"

莫金珠听大哥的语气，心中一阵欢喜，难道大嫂认识这个小公子？

叶青雯打量了一下，确认自己并不认识这位公子，正待相问时，莫铮已经欢喜地道："这是扬波妹妹啊。"

叶青雯虽然未见过温扬波，但父亲续弦这么大的事，她自然是知道的，还送了礼，后头凡有节庆，也是徐菁操持送礼到棉城去，两人算是通过书信。一听这个是继妹，她先是惊愕，随后才反应过来应当是穿了男装。

温澜给叶青雯行了礼，叫她"姐姐"。

叶青雯腼腆一笑："没想到竟是撞见了自家人，方才是扬波替咱们赶走了盗匪的吗？"

"不错啊。"莫铮三言两语复述了一遍，又对走到近前的其他家人介绍。

温澜逐个见礼，见莫家的老夫人面对她时有些不自然，转念一想便也明白了。她知道自从莫家老太爷去世，莫家老夫人待自己这个大儿媳是越来越挑剔。在莫老夫人的眼里，温澜能够赶走盗匪，那见识都是因为她那继父叶谦，这就更显出叶家的身份来，让她想到自己待叶青雯如何便有些别扭。

温澜故作不知，待到了莫家的小娘子，她才是真不知这位金珠小妹妹为何一副忧伤欲泣的模样。她总有些怜香惜玉，一拉莫金珠的手问道："妹妹可是被方才的盗匪吓着了？"

莫金珠的脸登时又飞起红晕，一双眼水盈盈地瞧着温澜，有些陷进去了，细如蚊呐地"嗯"了一声。

旁人不疑有他，只叫莫金珠先回车上休息。

"不必！"莫金珠一想到要坐回去，忙喊了一声，这才发现声音大了些，低头道，"我、我在外头待着舒爽一些，里头太闷了。"

"这倒也是。我的儿，你刚才太鲁莽了。"莫老夫人把女儿的手拽了回来。

莫金珠眼中闪过一丝可惜，方才扬波姐姐的手柔软却不失气力，指间还有些薄茧，温暖得很，在这有些凉意的深秋叫她心生眷恋。她心头竟冒起一个念头，纵然扬波姐姐是女子，能同她朝夕欢乐，那也是好的呀。只是，也不知道扬波姐姐是否成亲了，倘若有了夫郎，她才真是梦一场而已。

这一眼之间，莫金珠已芳心暗许，连听着温澜是女子也顾不得了。

其实别说是莫金珠，她其他两位嫂嫂见着温澜的第一眼也是眼前一亮，后来知道是女子才黯淡下去。

别人又哪里知道莫金珠的心绪，只请温澜一路走。

温澜知道今日办事也办不成了，当即道："也好，我陪着诸位一道，也省得再遇到强人，到了地界，再遣人去报信，将爹娘请来一叙，好生团圆。"

"这是应该的，青雯多年未回乡了。"莫铮立刻道。原本他们的打算是自家先安顿好，两家再相聚，可现在遇到这样的意外，扬波又在眼前，自然要变一变。

如此一来，温澜自然坐在叶青雯一家的车上。

叶青雯那一双儿女被侍女抱着，此时见了温澜，听母亲让他们叫姨。他们看这分明是个男的，张嘴便喊："舅舅。"

众人都被逗笑了，原本有些许生疏的氛围立刻和谐起来。

温澜坐在叶青雯旁边，同她说些叶谦的近况。

叶青雯忽一伸手，去碰温澜。

温澜止住自己要闪的冲动，只见叶青雯摸着自己的衣襟，说道："你打马过来，这里被枝条扯了条口子呢。"

温澜："呵呵……抄了小道，怕是有刺条儿。"

"这样不小心，就算你口才好，独身出来也要小心着。女孩儿家家，这又不是在城内，是郊外，你若在城内，半夜回家也要得，处处灯火通明的。不过身边不带人还是不好……"

叶青雯絮絮叨叨一阵，没等温澜同意便拿出了针线，凑近将那小口子补上了。

她有两个年幼的孩子，正是母性泛滥的时候，加上本就脾性软和，见着了继妹也忍不住关爱一番。温澜却是一阵恍惚，她倒鲜少遇到敢关爱自己的人。

只是片刻恍神后，温澜便道了句谢。这一刻，那些死板的关于叶青雯的报告才生动起来。

"这有什么好谢的。"叶青雯不觉得是什么大事。

莫铮也道："都是一家人，你方才不还救了我们，差一点儿钱都让那些盗匪给抢走了。"现在只损失一箱，虽然仍然有一点儿心痛，可对莫铮来说已经非常满足。

温澜并未说什么。

四

到了莫家在京郊的屋子，也是个几进大院子，已有先来的家仆在此候着，主人一来，就忙活着把箱笼物什都卸下来归置好。这期间自然是乱得很，仆婢们搬动来搬动去的。

温澜打发了熟悉路的人去别苑通报，转身只见莫金珠站在身后，愣了一下道："金珠妹妹。"

莫金珠含羞道："扬波姐姐，我这里有棉城特产的普洱茶饼，现在四下里乱得很，我分茶给你吃吧。"

莫铮在旁听到了，笑道："怎么你哥哥没份呢？"

"都有的。只是扬波姐姐是客嘛，我总要先待客。"莫金珠有点儿紧张地道。

好在莫铮也没和她计较，妹子虽然和平日有些不同，他却只以为是先前被扬波救了一遭，心里感激着。

当然，莫金珠也的确感激扬波。

温澜没想那样多，自坐下来与莫家人一面闲话一面吃茶。

也正是在闲话里，莫金珠知道了这位扬波姐姐因幼年体弱住在庵堂中耽误了婚嫁，至今仍未定亲。

叶青雯在莫家待了那样久，大家都知道她是个面人儿，故此态度越来越敷衍。温扬波却不同了，看先前退匪就知道是厉害的，且她若是在叶家不受看中，哪儿能如此随性，独自男装出行。

到了哺食前后，叶谦夫妇也赶到了莫家，亲家相见，父女团聚，好一阵抱头痛哭。那对外孙、外孙女更是头一次与叶谦见着。叶谦只得一个亲女，孙辈也就这两个，怎能不爱，一想到他们今后就在京中，时常能得见，更是大为宽慰。

"亲家，我家这女儿赖着你照顾了。"叶谦郑重地同莫老夫人道谢。

莫老夫人却眼神忽闪，看叶青雯低着头一声不吭，叶谦也是一副笑脸，想着同样是好脾气，这才大着胆子道："言重了，这也是我家新妇。"

温澜若有所思，不过有什么话她也不会选在这个时刻说。

正是一家人面上亲亲热热、各有心思的时候，门房忽然慌张来报："外头来了一伙汉子，说来奉还先前劫的财物。"

叶谦愕然道："你们被劫了？"

方才忙着哭闹，真未说到这一节。

温澜解释了一通："报信时也未细说，其实我遇着姐姐、姐夫，正是他们被劫的时候。"算那些盗匪动作够利索，这个时候便赶到了。

以温澜平日的表现，叶谦也不惊奇，只觉得继女很给自己长脸，又疑惑地道："我从未听过这盗匪劫了财还有奉还的，不都往林子里一躲，省得官兵追捕？而且，他们怎知道你们住在这儿？"

这话说的是啊，明明半道上那些人就走了。

这时又有一名仆人跑来，喘着气说道："那些、那些人带了三个箱子来，说里头的东西都当作赔罪。先前他们以为咱家在吹牛，没想到真是叶通判的家眷，连忙打听了过来赔罪，说是、说是在京师里得罪谁也不能得罪他老人家啊！他们放下箱子就跑了，追也追不上！我看了，那里头都是真钱哩！"

从莫老夫人到莫铮、屋内的仆婢，俱是惊愕不已。

这可真是翻转个彻底，先前莫铮还为报出岳父的名头没用而大觉没脸，这时那些盗匪竟因听到叶谦的名号吓成这个样子，要把钱加倍奉还。

尤其是莫老夫人，没想到多年不见，当年那个知县已在京师混得风生水起、威名赫赫，她心里更虚了！到这时，没读过多少书的她才真真实实地感觉到大名府通判到底是个多么了不起的官儿。若她知道皇城司的存在，怕才要更为惊惧——朝堂上的争斗不是莫家这样的商户能接触到的，日常通书信，徐菁也不会告诉叶青雯她爹升官是因为弄了皇城司。

这众目睽睽之下，原本也有些惊愕的叶谦慢慢一整容，摆出了通判的威严，貌似习以为常地道："唉，这京畿的长治久安，还有得路要走。"

温澜大约是唯一一个反应过来的，面不改色地道："父亲也别太累着了，大名府治下的百姓还指着您。"

170

眼下，莫家兄弟几人不由自主更为热切了。

温澜暗暗推了一下徐菁。徐菁会意，端起笑容吹捧自己的夫婿，提及陛下是如何夸奖叶谦的，惹得外孙、外孙女捧着脸说"外祖父真厉害"。

这捎带着，莫家的妯娌们都对叶青雯更亲热了，唯独莫老夫人心里不是个滋味。

因为莫家还未捡拾好，叶谦一家也不便在此住着，一道了顿饭就回去了。叶谦后日才可回城内，叮嘱女儿女婿一家到时务必要上门小住，共享天伦之乐。

因叶谦在莫家大出风头，这些不解官场之人也大致知道大名府通判管些什么，叶谦走后，莫二和莫三的媳妇都对叶青雯大献殷勤。叶青雯还待侍奉莫老夫人，被她们你一言我一语拽走了，直说路途辛苦不要打扰婆婆休息，皮厚得莫老夫人直翻白眼。

莫二媳妇又貌似推心置腹地劝叶青雯："大嫂，娘年纪大了，有时候糊涂，又爱钻牛角尖，你不必一径忍让。如今咱们搬到京师来了，日后大不了你往娘家一躲，我看令尊和令妹都是明事理的人。"话里话外都想看叶青雯和婆婆闹一闹，那才好看，叶青雯她爹和继妹看着就厉害得紧。

叶青雯低着头不说话。自小阿爹在外为官，他们父女难得见到，虽然知道阿爹也是疼爱自己的，可终归没有那样亲热，她也不是爱诉苦的性子。

到了约定之日，莫铮夫妇带着两个孩子，还有莫金珠一道进城。

为何多了一个莫金珠，还不都是因为她自己找到哥哥嫂子，求他们带自己去城里见识见识。莫铮原本不大想，但叶青雯脾气好，应了下来，说反正家里有地方住，又是亲戚，带金珠去住住也无妨。

他们坐着牛车，午间才到了叶府，门房欢天喜地去报信。

才到第一进，叶青雯便惊愕地看到多年未见、容颜未有什么大变的二伯母推着一名妇人出来，口中还大骂道："你什么东西，也敢觊觎三弟的女儿！"

那妇人狼狈地道："白姐姐，我、我不是那个意思……"

白氏破口大骂，命人将她扫地出门。

叶青雯粗一听，这像是有人想通过二伯母商量继妹的婚事，却被二伯母痛骂了。她有些惊讶，二房三房不对付已久，二伯母也没少刺她，怎会如此为三房的人着想？难道，也是因为阿爹升了官吗？

白氏一眼瞥见了他们一家人，神色收敛了一下，不自然地道："早听说青雯今日要回来，没想到叫我先撞见了，老爷子和老太太就等着你们呢。"

叶青雯讷讷领着人给白氏行礼："二伯母。"

多年不见，白氏再见叶青雯竟和善了许多，也不知到底是转了脾性，还是真的看在阿爹升官的分上。

他们到叶老爷子那里拜见祖父母，又是一阵抱头痛哭。

今日正是休沐的时候，知道叶青雯回来，众人都聚到正房来。莫铮这还是头一遭见亲戚，与两个孩儿好一通认人。

"出嫁的时候还是个小丫头，这会儿长这么大了，娃娃都这么高了。"老夫人擦着眼泪说。

叶谦坐在一旁，今日再见女儿女婿，神色却不大好看，眼见他们哭个没完，咳嗽道："铮儿同我来一下，有些话同你吩咐。"

大家只觉得莫铮初来京师，翁婿之间说点儿体己话，不以为意。就连莫铮也这么以为，欢天喜地跟着去了。他要在京师立足，可不得倚仗岳父。

叶谦把莫铮带到一间小耳室，关好了门，一转身便道："你给我跪下。"

莫铮不明所以："爹……"

叶谦一背手，挑眉看他。

莫铮只得慢慢跪下，委屈地道："爹，这是怎么了？"

"怎么了？我还要问你怎么了！我当年与你爹相交甚笃，看你也是个好孩子，这才把女儿嫁到你家。谁知道你如此糊涂，你娘老了作妖，拿我女儿出气，你连个屁都不放！"叶谦一说起来便更气了。

莫铮脸色一变："爹，是青雯同您说的吗？您听我解释，我很爱重青雯，平日我们夫妻也感情甚笃，只是这长辈……"

"还没轮到你说话。"叶谦道，"青雯没说过一字半句，但你以为能瞒得了人？"

其实都是回来之后扬波和他说觉得大姐姐心情郁闷，他才找马园园去查的。这事连莫家的下人都知道，一家三个媳妇，莫老婆子就可着他女儿使唤，这是娶了个长媳的样子吗？

叶谦来了气，说道："你要不想过了，趁早和离，我给女儿再找个官宦出身的，想必不会这么不懂事！别给我提什么你娘，我不听！"说完，便拂袖而去。

莫铮还跪在原地，灰头土脸的不知如何是好。他自觉对妻子是喜爱的，可难说不是看着叶青雯软和才总想着和稀泥，日子久了更不以为意，此时被叶谦一顿好骂，心情复杂得很。

门外，徐菁探头探脑，捧着一碗茶进来了："女婿啊，你还好吧？"

还是丈母娘疼人，虽然是后头的。莫铮连忙站起来："娘，你替我和爹解释一下啊……"

"那个，"徐菁有些不好意思地道，"你家是做的绸缎生意吧？"

莫铮被打断了，有点儿疑惑地道："……是。"

徐菁小声道："是这样的，我也有些绸缎铺子，生意铺得挺开，与行老们关系也不错。"就在莫铮以为她要说出什么互相照顾的话时，她又道，"听说青雯同你娘处得不好，她从不同家里说，咱们竟现在才知道。所以我准备挤对你家的铺子啦，你近日省着些用度。"

莫铮没想到丈母娘一开口，比岳父还要惊人："娘，我若是不好了，青雯也不好过啊！您二位有什么话不能好好说吗？我也不是不知错的人啊！"

纵然徐菁不大确定听扬波的如此粗暴到底合不合适，此时也不由得费解地问："青雯为什么会不好过？"

莫铮猛然惊醒，是啊，怎么会不好过？

上次因见得仓促，都没准备什么礼物，这次再见，温澜送了些小玩具给外甥和外甥女，两个孩子爱不释手，叶青雯也连连夸奖。

温澜笑道："这个是我房中婢女手做的，她平时就爱做些这样的东西。"

小孩听了哪儿能不盼望，想要再得几件。

"移玉还会做些小孩爱吃、易消化的吃食。"温澜看叶青雯露出了兴味，主动道，"我把她送给姐姐吧。"

"她在你身边想必也是得用的，这怎么好意思。"叶青雯忙道。

"我还有其他丫鬟，"温澜道，"姐姐何必客气。"

"如此，还是叫她去教我家的婢女，教会了再回来。"叶青雯这么一说，温澜也答应了。这时又见丈夫回来了，夫妻这么久，莫铮虽然一脸笑意，却被她看出了强颜欢笑的意思。

温澜瞥了他一眼，说道："那待姐姐回去时，就把移玉带上吧，月钱还是从咱们府上支。"

叶青雯道："哎，她既是去教我的丫头，我也要再给她支些钱。"

"那倒也要得。"温澜露出不易察觉的笑意，叶青雯的确该给移玉一些钱。

两人说着话，莫铮听在耳中却是心头一凉，思及扬波刚才看过来那意味不明的一眼，这应该是送个人去他们身边盯着吧？看扬波面对盗匪也丝毫不惧，她教出来的丫头得是什么样……

眼前的暗潮涌动莫金珠全然不知，她一双美目盯住了温澜，只觉扬波姐姐今日穿着女装又是不同那日的秀美。无论是男装抑或女儿打扮，她在棉城几时见过这等风姿，越看心中越喜，又想到闺中耳闻的磨镜之事，甚是羞涩。

"扬波姐姐，我进来路上见府中许多奇花异草，在棉城从未见过，真是好看极了。"莫金珠期期艾艾地与温澜搭话。

"棉城与京师气候不同，纵然你家有钱，也买不来异地时花。"

温澜一说话，莫铮就不自在，总觉得意有所指。还有钱，丈母娘都要挤对他生意了。

莫铮干巴巴地道："那不如去看看花吧，我也第一次来，青雯可带我和孩子看看你从前的闺房？"现在不讨好妻子，还等什么时候。

"那、那我不打搅哥哥和嫂子了。扬波姐姐，你带我去别处看看可以吗？"莫金珠说着话就不禁越靠越近，几乎依偎在温澜身上。

"有何不可？"温澜伸手扶了莫金珠一把，领她去后头看看。

莫金珠顺势贴着温澜，嗅到她身上花露的味道，芳心乱跳，遂揽住她的手臂。

温澜看了莫金珠一眼："嗯，金珠妹妹累了吗？"

莫金珠没骨头一般倚着她："怕是来时颠着了，出去走走便好，只是有些没力。"

正是此时，因去给大姐家两个孩子取预订的礼物，刚刚才回来的叶青霄也恰到了外头，一眼瞧见多日未见着的温澜同一个娇美的女子紧贴着。那女子眼含春水，不住眼地往温澜身上瞧，娇声娇气地说："扬波姐姐，我这样不会累着你吧？"温澜只道无碍。

叶青霄看得两眼冒火，狗男女！！！

莫金珠正沉浸在温香软玉之间，忽然感觉到一道灼灼目光，她抬首看去，却是一名二十出头的少年郎，长得与先前见过的哥哥们有几分像，只是绷着一张脸，神情不怎么友善。她不自觉支起一些身子："扬波姐姐……"

温澜抬眼望到叶青霄，说道："这是大伯父家的四哥哥，你方才没见到。"

叶青霄想扭头就走，又不大甘心放开这对当着自己面亲亲热热的狗男女——他在等温澜来找自己，温澜却在这里同人不清不楚。他沉重地几步走过来，见那女子对自己行礼，叫"叶四哥"，心里也猜到是大姐夫家的亲戚，果然，温澜说这是莫铮的妹妹。大姐带着丈夫和孩子回来，小姑跟着算什么，还如此不端庄。听说温澜那日还搭救了他们一把，定然有什么猫腻，这会儿竟公然搂搂抱抱……

"四哥这是怎么了，看着不大舒服？"温澜多日未见到叶青霄，也不知他怎么一出现便像发瘟一般，总不正眼看人，要斜着瞪过来。

"没有。"叶青霄硬邦邦地道。

"那我先带金珠去走走，回见。"温澜道。

叶青霄给噎着了："……"

他怕是真的不舒服，现在心底像兜了一汪水，沉甸甸，闷不透气的。温澜又送他面塑，又要给他出头，他不过是憋着没去找温澜，温澜这就……想着想着，叶青霄才觉出自己心底的情绪是委屈，不知道温澜到底在想些什么，叫他患得患失。

温澜已带着那姑娘走了，他在后头看得眼睛都要红了，半晌垂着头进屋。

叶青霖正在里头，看到叶青霄便招了招手："四哥。"

叶青霄无精打采地走过去，心头想的全是温澜方才冷酷的模样，他都没有多问一句！"你撞到扬波姐姐了吗？她方才还问了我一句，怎么这些天都没见到你，是不是衙门里头太忙了。"叶青霖试探地看着叶青霄，不知他们这是怎么了。

犹如峰回路转，叶青霄方才郁闷的心情忽然照进一缕阳光："……是吗？"

"是啊，你没见到她吗？我看莫姑娘好像不舒服，扬波姐姐大概带她去透透气。"叶青霖看他们前后脚进来，还想着应当碰着了。

"是，是……他们往园子里去了。"叶青霄心头的阴霾一扫而空，原来是那小姑娘不舒服，温澜才和她搂搂抱抱啊。这也不怪温澜，他现在是女子身份，人家要求，也不好拒绝吧，那小姑娘看起来娇气得很。

当然，也不是全然无错的，这种时候完全可以让丫鬟代劳，移玉那个丫头是干什么吃的。叶青霄想着，目光巡视一遍，却是在大姐姐身旁看到了移玉的身影，恶狠狠瞪了她一眼。

这大起大落地来了一遭，他是再也忍不住了，决定现在就去找温澜。

移玉察觉到叶青霄的眼神，有些莫名其妙，但立刻喊了一嗓子："四公子回来了。"

叶青雯转头看来，欣喜道："青霄怎悄没声进来了……"

那点儿要去找温澜的冲动立刻被打落，叶青霄乖乖走过去："原是给姐姐去取礼物，方才和青霖讲了两句话。"

五

那边厢，才走到了园子里，温澜就眼看莫金珠好了许多，黏着她问这是什么花，那是什么草。温澜看她年纪小，难得好脾气地说了几句，又借机问她叶青雯的事。

提到叶青雯，莫金珠总有些不自然，起初吞吞吐吐，尽拣些日常小事说，可多看了温澜几眼便意识不清，忍不住透露道："大嫂脾气软和，纵然吃了什么亏，也从来不吭不响。不过，因来京师，我娘也……"说到一半才惊觉自己失言了，闭上小嘴。

温澜仿佛没有听清一般，此事她早便知道了，无须从莫金珠这里套话，只微笑道："一家人有点儿磕碰在所难免。"不过呢，大姐是金玉，旁人是沙石。

大姐的脾性要扳过来难得很,只可慢慢影响,在那之前,当然是帮她磕回去。不说其他,叶家陪嫁的资妆也不比他人少,不过是人善被人欺罢了。大姐那几个妯娌就精得很,装病的装病,在外头诉苦的诉苦,莫老夫人动她们一下,全城都能知道莫老夫人虐待儿媳妇——她们才是看中了莫老夫人的弱处,法子用得虽然粗直,但这人好面子,如此做正中症候。

莫金珠看温澜置若罔闻,心头松了口气,看来扬波姐姐也是以和为贵。她坐在花园里的石凳上,手捧着脸,一面看温澜,一面问她平素爱做些什么、吃些什么、去哪里玩,说罢又不好意思地掩饰道:"我初来京城,也没什么好友,扬波姐姐不会嫌我烦吧?"

温澜是什么人,她只看莫金珠两眼就知道这小姑娘什么心思,没想到莫铮还有个这样的妹妹。这种事她也见得多了,官夫人还有同小妾不清不楚的,手帕交之间闺中厮混也多得是。不过,温澜对这样的小丫头是没兴趣的,她只作不知,给莫金珠留了几分面子,面色淡淡地道:"自然不会。不过你要出门,同大姐姐一道倒是方便一些。"

莫金珠咬着下唇,正要说话,却瞥见了叶青霄。

温澜也顺着她的目光回头看去:"四哥?"

叶青霄追着过来,正看到莫金珠捧脸望着温澜。他越看越不对劲,先前还可能是自己先入为主看错了,现在他瞧了半天,觉得莫金珠眼神太怪了。按理说,莫金珠也不知道温澜是男人。可是,倘若莫金珠有什么特殊的喜好呢?叶青霄越想越觉得有这个可能,这姑娘现在看上去活蹦乱跳的,也没有不舒服的样子,说不定只是为了和温澜独处才装模作样,真是太有心计了!

叶青霄压抑着愤怒走过来:"莫姑娘身子又好了?自己能走得动了?"

莫金珠没想到他会这么问,一慌:"出、出来走走便好了。"

"正巧,我爹说叫大家都到长春阁去,今日在那里用宴。"叶青霄板着脸道,"走吧。"

莫金珠莫名有点儿委屈,不知道叶青霄为何同自己说话语气那样不善,难道就这个脾气?

快走到长春阁,已在视线之内时,叶青霄停下来,说道:"莫姑娘你先进去吧,照直走,那阁楼便是了。我有些话嘱咐扬波妹妹。"

莫金珠不安地去看温澜,温澜却对她点了点头。

"那我先进去了,扬波姐姐快些来呀。"莫金珠往前走了几步,心里头忽然觉得不对劲,扬波姐姐是随母亲进叶府的,和叶家的兄弟姊妹并无血缘呀。她越想越忐忑,不禁回头看了一眼,叶青霄和温澜正目送她。

叶青霄见状,仿着温澜从前的模子嘴角一扯,露出一个带着恶意的笑容。

莫金珠："……"

眼见莫金珠走远，周遭也没有仆婢，温澜转头看去："嘱咐什么？你可是好多天躲着我了。"她怎会猜不到一连多日撞不见叶青霄是他有意相避，只是她自己也忙碌在眼下的局势中，无暇顾及其他。

叶青霄的笑意顿时垮了下来，低着头咬牙道："你也没来找我呀！"

这话里头的怨气可深了，温澜轻笑道："我也忙着，想着你若躲我，便是不想见我吧，还是让你清静清静。"

叶青霄语塞，鼓足了勇气道："想还是……想的。"他说出来才发现没有比蚊子声大多少，甚至有点儿发飘。

但温澜好歹是听到了，并领会了含蓄的内涵，面色古怪地看着叶青霄。

叶青霄："……"

他愈加不敢直视温澜了，久久听不到回答后，心底更是生出惶恐，把先前的勇气冲散了。他就这么鲁莽地说了，可温澜看他还是从前那样怎么办？温澜会不会不信任他？面塑小狗的样子在眼前晃来晃去，叶青霄捏住了手指，忍住拔足就跑的冲动。

温澜仔细看着叶青霄，平心而论，她是喜欢逗这个小傻子，怪可爱的，令她在一步都错不得的现实中有了些许放松。可是眼下的情形令她有些哭笑不得，叶青霄的这些日子难道是在纠结自己对个内侍产生了好感？再思及即将到来的嘉宁八年和在那之前已然蠢蠢欲动的广陵郡王，歌舞升平的京师其实已暗流涌动……其实，她是不应当的，可看叶青霄可怜巴巴的样子，却不忍说出伤人的话。

温澜叹息一声，千言万语化作一句："你这傻子。"

叶青霄："嗯？"

他心酸地想，不但不信任，还嘲讽辱骂他。

叶青霄越想越心酸，委屈地道："是，从前你我公事往来时有口角，多是你占上风……"

温澜也不知他为何开始追忆往昔，下意识打断："一直都是。"

叶青霄看她一眼："……一直是你占上风，我确是含怨在心，即便如今，我对皇城司的行事作风也并不欣赏。可你不同，我都说得这般清楚了，你为何还骂我？从前也都是在耍着我玩的，是吗？"

温澜沉默了一会儿，难以理解地看了叶青霄一眼，说道："自然是耍着你玩儿……"

叶青霄霎时间心碎作了万千瓣，凉得极为透彻。

温澜接着不懂地道："可我若是不喜欢你，玩儿你做什么？"

177

"……"叶青霄哽住了，眼睛圆睁，红色从脸上瞬间蔓延到了耳朵根、脖子上。他自己都只敢含蓄道出来，温澜的直言令他在惊喜中又多了羞赧，却又不舍得低头，直勾勾地盯着温澜看，连呼吸都小心翼翼的。

温澜摇了摇头："不过你太傻了，实在太傻了。"

此时，忽听叶青雩站在门口脆声大喊："扬波姐姐，来呀。"

温澜对小青雩挥了挥手，迈步往前走。

"……什么意思？"叶青霄亦步亦趋追了上去，脸上的红色好歹退去了些，他扫了一眼前头的距离，小声道，"太傻了是什么意思？！"

温澜漫不经心地道："就是有些嫌弃你。"

"……"叶青霄跟着她道，"我兴许没你多智，但不傻啊！我方才是太过紧张了，我中了进士的我怎么傻了？我爹还说我机灵！"

温澜沉吟道："什么时候你猜到了我为何到叶家，才算不傻。"

她都把标准放得这样低了，叶青霄听了却仍未明白过来，只是脚步慢了下来。温澜为何到叶家？不是因公务暂住叶家吗？

待得宴罢，各房各自回去。叶青雯还要在家中小住几日，莫铮来时原本极为松快，现在心带忧愁，想着该如何讨好岳丈一家，让他们早点儿饶了自己。

叶谦宴后又与叶青雯长谈了一番。他知道叶青雯性子内向软和，脸皮也比较薄，并未指出自己知道的事情，只是同她说了说这几年的遭遇，然后意味深长地道："这两年，人人都说阿爹官运好。可是运气是一时的，说不定哪一日这官运又下去了，我便成了白衣。我自己这几十年，什么没有经历过，怕的是女儿们因为我被牵连。"

叶青雯惊讶地抬头，讷讷道："阿爹怎会如此想……"

"别怕。"叶谦安慰道，"阿爹只是感慨罢了。运势总是变幻无常的，唯有持身自正，方能屹立不倒。为了家里，我也会立住，只是偶有担忧罢了。"

叶青雯眼中闪了闪。虽说莫老夫人时而磋磨自己，到底没敢太过分，不正是对远在京城的叶家还存有忌惮？倘若叶家倒了，才不止如此。

"好了，方才吃了酒，我要躺一躺，你去同扬波说说话吧。"叶谦不便说得太清楚，便叫她们女孩儿间去说。

叶青雯出来时，徐菁正给她带两个孩子，扬波也坐在一旁，手里拿着些玩具——知道他们来，早便在房里准备好了小孩用的。

"阿铮呢？"叶青雯坐了下来，抱过女儿，随口问了一句。

"你不会以为只有父亲要同他聊聊吧，祖父、大伯父不都得过问一下近况？"温澜说道，"早被叫走了。"

"哦。"叶青雯心不在焉，仍在想父亲说的那番话。

"青雯现在若是不累，就陪我再坐一坐吧，我正要打理家务。"徐菁说道。

叶青雯下意识应了一句："好的。"

婆子管事们经过这些日子的调理，一个个都乖巧得不得了，徐菁问了一阵后就道："我有些乏了，青雯你来替我听听。"

"这个，我……"叶青雯有些慌。她在莫家也是长媳，但是老夫人那里不用说，院里的婆子都能在她面前辩驳几句，商户出身的弟妹们更是各有心思，小算盘多得很。她自己理家时常感觉力不从心，难以如臂使指，只感慨自己没有经理之能。

徐菁按着眉心，一副疲惫的样子。

叶青雯又看向扬波，却见她把外甥接了过去，专心逗孩子。

而那些管事已然正经向她报起事来："大小姐，祠堂的壁画日久粉黑，您看是不是请匠人来用石灰汤去去黑？我已问过，三日能办好，这几日恰好天晴。"

叶青雯下意识道："哎，祖宗之事无小事，需得先焚香，以免惊扰祖先。"

那管事诚惶诚恐，腰弯得几乎整个背露出来："是，是，小人愚笨！"

叶青雯在家里何尝有这种指出一点儿小错下人便这般样子的遭遇，从她当姑娘的时候就习惯了自己说话，仆婢做起来总是比旁人慢几分。毕竟亲娘没了，亲爹不在，祖母年老，他人照料起来怎么会那样上心？

想也知道这都是继母调理得当，叶青雯心里的不安压下去了一些，继续听下人报事。她自己当过家，又在叶家长大，跟着祖母学习如何理家，眼前人又各个乖顺得很，纵然她说的与如今现状有什么不同也是毕恭毕敬，言语圆滑地告知，不叫她有半点儿不舒服，这一番下来顺顺当当，全然不像在莫家时费心费力。

按理说，叶家身在京师，家里都是官员，无论家常琐事还是人情往来都比莫家复杂多了，可她在叶家顺风顺水，在莫家却时常感慨自己没能力。

如此，叶青雯深深感到了其中的区别——莫家人对她没有畏惧之心，叶家的仆婢却因她与继母相处得当，不敢有丝毫不敬。这其实是她为人的缘故。可纵然叶青雯早知道这一点，此时也不由得怅然若失。

徐菁挥退了人，看她神情，这才慢慢道："还是青雯聪慧，自小耳濡目染，对这些礼节知道得清楚，我还时常要问家里的老人。我家境寻常，初来叶家时常有不顺遂的地方。"

叶青雯心里一动，看着她道："可是母亲如今已十分顺当了。"

"这是自然，我起初连脾气也不好意思发，后来狠狠发落了两人才慢慢好起来。"徐菁笑了笑，"你爹虽然不通庶务，却有一点好，就是什么都听我的。"

叶青雯不禁叹了口气。

"青雯这是怎么了？"徐菁故作惊讶地问道。

叶青雯咬着下唇。她是面人儿脾气，但何尝没有点儿火气，只是经年累月下来，知道丈夫是什么样。

"哎呀，这可是受了什么委屈？"徐菁手扶着她，道，"你爹如今是大名府通判，在陛下面前也有脸面的，怎么还叫你受了委屈？"

"母亲……"叶青雯听到这话，才鼓起勇气道，"倒不是旁人给我委屈，我听您的话想了想，实在是我自己给自己委屈。"

徐菁见总算引得她萌生此心，松了口气，看了自家扬波一眼。

"我带着外甥和外甥女去玩。"温澜把外甥女也接了过来，牵着他们往外走，留出地方给徐菁和叶青雯说话。

虽说要把移玉放到叶青雯身旁，但移玉做得再好也是移玉的本事，总归不是个办法，就如叶谦官儿做得再大也敌不过世事难料。徐菁在身边，温澜都要教她自己理家，何况叶青雯嫁到别人家里，到底要她自己立得起来。

徐菁细细给叶青雯说了自己如何在叶家立足，从章丘来京师又是如何习惯同那些贵妇人结交。叶青雯虽官宦家庭出身，但她的心情有时与徐菁是极像的，听进去许多。

最后，徐菁才隐隐透露了，其实她爹去打听过，知道她在婆家的遭遇。叶青雯这才知道亲爹为何说那番话，捂着脸哭了一场——因与父亲久别，她对父亲极有孺慕之情，也有一点儿怨，如今只觉得世上唯有父母对自己最上心。

"你不要因为不想让你爹担心才改了性子。"徐菁意味深长地道。

"我知道。"叶青雯擦了擦眼泪。她是莫家的长媳，更是叶府嫁过去的千金，倘若她自己不愿做个面人儿了，那谁也化不去！

六

移玉同虹玉都没照顾孩子的经验，温澜一出来便将外甥和外甥女交给了院里的婆子，然后就看到叶青霄鬼鬼祟祟地翻墙进来，她挑了挑眉："你猜到了？"

叶青霄站在原地，说不出话来。

温澜从笔架上取了支笔，蘸墨写条子，口中道："那过来做什么？"

虹玉的声音忽地在外头响起："姑娘，酥油泡螺做好了，可以给小娘子和小少爷用吗？"

叶青霄正站在窗边，立时蹲了下来。

"别吃多了，一人喂一个。"温澜扬声道。

虹玉应了一声，声音渐无了。

温澜瞥过去，见叶青霄蹲在桌边与墙之间，可怜分分，鹌鹑一般。

叶青霄堪称楚楚可怜地问："猜不到……"他绞尽脑汁也不知道到底为什么，若是皇城司之间的争斗，他又从何得知！

面对温澜冷淡的眼神，他丧气地道："我就是傻了，怎么办！"

温澜把笔一搁，仰头笑出声来。

那她还能怎么办？

移玉走到姑娘房门外时，看到窗台上摆了一盆海棠花，立刻道："虹玉，虹玉，海棠花是你移过来的吗？仔细砸了，摆在这里做什么！"里头一支窗，岂不摔下来？

虹玉正陪小少爷、小姑娘耍，纳闷地探出半边身子："不是我呀，问问是哪个小丫头洒扫时端起来的。"

"没事，我摆的。"却是温澜说了一声。

"打扰姑娘了吗？"移玉连忙压低了声音，对虹玉摆摆手。虹玉忙也缩了回去。

移玉叩了叩门，闪身进了房，却发现房中不止姑娘一人——温澜坐在书桌左边看着小条子，中间放一张小桌屏，右边竟是四少爷，他身体微微前倾，提着笔在窗纸上描画。移玉仔细一看，这才发现外头的海棠枝叶映在窗纸上，正巧在里头照出影子，四少爷便顺着海棠影描了一角，看着还挺有韵致。不愧是世家子弟，消遣起来也这般风雅。

不对，四少爷怎么在这里？消遣怎么还有跑到我们姑娘房里来消遣的？移玉后知后觉地想到不对劲之处。而且四少爷哪次来不是压着嗓子咋咋呼呼，每每游走在被旁人发现的边缘，这次却安安静静描起窗影。

叶青霄发现移玉在古怪地盯着自己看了，有些不自然地描完最后一笔，干咳一声："画好了。"

"嗯，那你回去吧。"温澜头也不抬。

181

叶青霄："……"

先前他蹲那儿快哭了，温澜一笑，他便灵光乍现，知道这一笑代表什么了。

虽然温澜还是没有告诉他来叶府的真正原因，而是叫他继续想，什么时候想到了便送他份大礼。但他更多是淹没在欣喜之中。不过欣喜归欣喜，温澜还要办公，他不舍得走也不晓得该做什么，这才提笔要给温澜屋子里装饰一下。谁知道画完后……

温澜没听见叶青霄的回答，一抬头，看到叶青霄恐怖的眼神，失笑道："那你坐这里吃点儿东西。移玉，你去拿些酥油泡螺来。"

虽说无论是温澜还是叶青霄都没有向移玉解释些什么，但她还是敏锐地察觉到了异样，并暗暗震惊，多看了叶青霄两眼。

叶青霄被看得沉默，想想这是温澜的手下，又一抻脖子，昂首回视。

移玉转身出去，到小厨房端了酥油泡螺与茶来，先伺候温澜："您先吃些茶，这些我拣起来。"她麻利地将条子清了，见温澜左手端着茶吃，便伸手给温澜揉着手腕，同时招呼道，"四公子,这儿有放了桑葚的和没放桑葚的,您若爱吃甜,就拿没放的,不然就拿加了桑葚的,酸甜解腻。姑娘今日必去夫人房中一道用餐的,到时辰我来提醒二位。"

叶青霄："……"他总觉得哪里怪怪的，又说不出来。

"咳，谁说我要待到哺食了，待会儿我便走了。"叶青霄拿起一个酥油泡螺吃起来。

移玉也没说什么，摆出一个正经的笑容，甚至有几分恭敬地道："是。"

叶青霄也不知道该不该开心移玉忽然对自己这么尊重。他想着不该沉溺美色，也显得自己极不矜持——方才描窗影时已隔着桌屏的缝偷觑温澜许多次了——吃了点心便悠然起身："我回了，那个，你……"

温澜："嗯？"

叶青霄不知怎么讲，到底脸皮也没那样厚："算了，走了。"

温澜总算起身来，送他到门口，伸手拍了拍他的手臂："叫移玉把看门的婆子引开，你溜出去，别翻墙了，仔细再摔着。"

叶青霄只觉被拍过的地方都热热的，一颗心又轻飘飘的，或者说从温澜"喜欢"那两个字出口后就没落下来过。他极快地点了点头。

把叶青霄送走后，温澜也忙完了，将手擦了一遍，拈了只酥油泡螺吃，打量那窗上的墨色海棠。

移玉恭维道："四少爷画得真是有海棠韵致，有心了。"

温澜瞥她一眼，也只微微一笑认了："嗯。"

第七章

这是他们的第一个吻，实在说不上太美好。

一

莫金珠在叶家也没旁的相熟之人，无处打听叶家四公子到底是什么性子，但她可以确信这个四公子对扬波姐姐必然也有意，因为他对她笑的那一下太坏了。

她和扬波姐姐同是女子没错，那四公子和扬波姐姐还是继兄妹呢，到底得意在何处了？

虽说扬波姐姐也隐有推拒之意，但她们认识不久，哪个能完全放下防心！

莫金珠又去找大嫂，说想去茶坊中吃茶，看看京师的市井风光，买些胡商带来的香料。

叶青雯已答应了徐菁这几日都随她一同理家，也好扳一扳自己的性子。莫铮被岳丈警告过，自然也不敢丢下妻子陪妹妹出去耍。这反而正和了莫金珠的心思——她原是想说请扬波姐姐与她们一道出去，这时便顺理成章地提出能否让扬波姐姐陪自己逛逛。

叶青雯和莫铮还未说什么，徐菁已大大方方地道："这有何不可，你同扬波出去我们也放心，这初来乍到的，有她照应着，你径去耍。"

莫金珠忙甜甜道了谢。

徐菁哪儿能不喜欢嘴甜的小姑娘，让人去把温澜叫来，嘱咐她陪着亲家妹妹在京中热闹的茶坊与街市转一转，买些玩、用的。

温澜向来不大拒绝徐菁的要求，这也不过些许小事，便应声带莫金珠出去。

"扬波姐姐，我们先去哪儿呀？我听说京师的瓦舍大得能装下几千人。"莫金珠今日特意装扮过了，穿着一条鲜红的石榴裙，头上是雕花的插梳，长长的落在发边。

"我们先去找四哥。"温澜对她一笑。

莫金珠不自觉透出点儿幽怨："为什么呀……"

温澜恍若未察："咱们若去瓦舍那样的地方，还要找胡商买东西，有四哥在旁自然方便一些，叫他带着咱们，他还会看胡商的货。"

莫金珠闷闷不乐起来："……哦。"

其实她也会看呀！莫家是经商之家，也与胡商做买卖，无论西域、南洋，她都见过许多，也知道里头的行市，可惜方才为了在扬波姐姐面前扮柔弱，已自称不懂了。

叶青霄听见说是温澜找自己，兴高采烈出得门来，看到莫金珠站在一旁，脸便垮了下来，眼瞪着温澜——带着莫金珠来找他是什么意思？

直到移玉脆声解释了一道，他才知道原来是莫金珠叫温澜陪她出去，温澜死也不从，即便有三婶相逼，还是坚持来找他……叶青霄感动了。虽然昨天他没有说出口，叫温澜离莫家那个小丫头远一点儿，但她还是领会了！

温澜看叶青霄神色变幻，最后对自己笑了笑，心里松了口气。她也是犹豫了一下，想到若是单独带着莫金珠出去，叶青霄说不得又会找她狂吠一番，才决定来找他。

出门之时，莫金珠跟跄了一下，正要往温澜身上靠，移玉已经一个箭步冲过去，扛住莫金珠半边身子："莫姑娘没事吧？"

"……没什么，脚下没注意。"莫金珠看了一眼温澜。

"移玉，扶着些，莫姑娘身娇体弱。"温澜道。

莫金珠思来想去，这也算是一句怜惜吧？

叶青霄见温澜吩咐后移玉紧随左右隔在二人之间很是满意，趾高气扬地走在前头，说道："你们各乘一顶轿子，我骑马便是。先去李家桥瓦舍吧，那里最出名的便是董大捏的面人儿……"

原是可以驾牛车，但他不想叫莫金珠和温澜坐在一块儿，看这小丫头心术不正的模样，这是觊觎着温澜啊。

听得叶青霄的话，莫金珠心不在焉地点了点头，她对京师什么出名哪有认识？

温澜却是挑了挑眉，抬眼看了看叶青霄。

恰好叶青霄也回过头来，两人对视了一眼。

温澜："……"

叶青霄："……"

在温澜戏谑的眼神下，叶青霄不好意思地收回目光。

就连移玉也不露痕迹地翻了个白眼，李家桥瓦舍最出名的什么时候是面人儿了啊……

京师人口之众，往来车马川流不息，令棉城而来的莫金珠叹为观止。到了李家桥瓦舍内，她更是大开眼界。

国朝各地艺人无论杂耍、戏曲、幻术，倘若手艺精妙，是必会上京的。因为唯有在此处能将他们的手艺传扬。因此这京师一处处瓦舍中有着最顶尖的艺人，便是宫廷之中也曾传召民间艺人入宫表演。

当莫金珠看到顺着高杆往上爬的小孩儿不见身影、只抛下一颗头颅时又惊又怕，想去拉温澜的手，可惜隔着一个移玉拉不着，只能探头问："扬波姐姐，那孩子的头掉了，这可怎么办啊？！"

"对呀，这可怎么办？"温澜睁大眼，"我也是第一次看到，难道真像他说的那样，小孩是爬到天上去，被天兵天将砍掉了脑袋？"

叶青霄："……"

莫金珠半信半疑，虽然理智告诉她这应该是障眼法，但她实在不知道如何做出来的，不会真有个孩子在上头出了意外吧？

这时杂耍艺人讨起钱来，说孩子见了赏钱就能起死回生。

莫金珠大方地拿了赏钱，无论是不是真的，她在棉城难以见到这样的把戏，这钱给得心甘情愿。

看罢了戏法，当然要去叶四哥所说李家桥瓦舍最出名的面人儿摊上看看。

这京里的面人儿捏得好像也比棉城的要活灵活现，莫金珠看了好一会儿，想叫人捏个自己，再照着捏一个温澜。

温澜头戴深紫色垂布的帷帽，听得莫金珠的话，淡淡道："我就不必了，妹妹只叫他照着你捏吧。"

莫金珠将头上簪花细线帘的帷帽解了："为什么呀？扬波姐姐就捏一个吧，我过两日要回家了，又不能时常见到你，咱们交换一个面人儿，也算……也算有个念想。"

叶青霄在心底"呸"了一声，这小丫头太不要脸了，想出这么一个法子。可惜她打错主意了，以温澜的为人，这小丫头若要别的，哀求几声，兴许温澜会看在她是女孩儿的分上满足，但要捏面塑，岂不是叫他生生在鱼龙混杂的瓦舍给人盯上许久？只有皇城卒暗中探看他人的道理，哪儿有他们光明正大给人看的！

果然，温澜冷淡地道："随缘即可，何必如此。"

莫金珠心里一凉，想去打量温澜的脸色，可她总是用深色的垂布，面容影影绰绰，神情一丝不露。

莫金珠觉得扬波姐姐这话意有所指，又不太愿意相信。她哀求地看了一会儿温澜，只得沉默以对，于是无可奈何地应了："……好吧。"

莫金珠再没心情看什么把戏了，叫人给自己做了只小猪后，便黯然神伤地坐在一旁等待。

叶青霄则偷摸着小声让董大捏只豹子给温澜。

"给那位姑娘捏只豹子？"董大讶异地看了叶青霄一眼，脸色有点儿古怪，姑娘家来这里捏的都是什么花啊小兔子的，他不禁问道，"确定是豹子，不要兔子？"

"不要不要。"叶青霄忙道。

骂谁兔子呢，送温澜兔子还不得被捶一顿！

叶青霄为了掩饰，还拿了几个面塑的磨喝乐，好回去送给外甥、外甥女。

待董大做好了面塑，温澜拿过那只活灵活现、仿佛正在捕猎的黄色豹子端详半晌，抬手将垂布挑起一角，对着叶青霄唇角微翘，眨了眨左眼。

叶青霄慌忙左右看看，路人几乎不会在意，便有看到的，可能也以为是年轻小夫妻。莫金珠更是在把玩自己的小猪面塑，倒是移玉看到了，但很快默默低下头。

叶青霄脸色微红，心想，哎呀，怎么感觉甜滋滋的。

待回了叶府，莫金珠仍是闷闷不乐的。

她到底是女孩儿家，被那么冷漠地拒绝后深受打击，一时之间也不好意思再黏着扬波姐姐了。但她内心怀疑这都是叶青霄在搞鬼，说什么李家桥瓦舍面人儿最出名的就是他，可到了董大面人儿那里，扬波姐姐却忽然不开心了。

莫金珠暗想，不就是仗着对扬波姐姐了解一些，叶四哥实在是……太狡猾了！

"四哥，不用送了，我同金珠一道回去。"温澜说道。

莫金珠自然和叶青雯夫妇一起住在三房。

叶青霄不舍地看了一眼，倒再没什么不放心了。他现在很有信心，温澜肯定不会看上那种黄毛丫头。

莫金珠倒是心中微喜，又打点起精神来。

可她刚要说话，就听自己的扬波姐姐道："金珠妹妹，你可知道青雯姐姐同我娘提了一下，你家想将你嫁到官宦之家？"

莫金珠如被冷水浇头："什么？我大哥……我大哥没有同我说过。"

"回去大约就会同你说了，总要先问问情形。"温澜说道。

莫家老爷子去了，现在多是莫铮做主，包括妹妹的婚事，莫老夫人也叫他上心一些。原本因为莫铮的作为，即便是由叶青雯来提，温澜也是想叫徐菁拖拖的。但她察觉金珠那点儿心思后，索性说出来断了她的念头。

莫金珠差不离也明白了扬波姐姐说这话的意思，幽怨地看了她一眼："……唉，我知道了，谢谢扬波姐姐。"她自头上拿下一支精巧的琉璃簪，"这个是我喜爱的琉璃簪，姐姐若不嫌弃就收下吧，也算谢谢那日姐姐搭救。"

温澜怜她年幼，想想还是收下了："些许小事，毕竟是亲家。"

莫金珠也知道扬波姐姐救他们是因为亲戚关系，可听到这话还是有些难受，没想到扬波姐姐这样坚决，一点儿余地也不留。

莫金珠想想又有些不痛快，说道："说起来四哥也是正当年，不曾有婚配吗？以他的家世，怕也会娶个官家姑娘。"

不知情的人听到女孩儿打听人家男子的婚事，可能以为她对男子有意，但在场两人都清楚莫金珠这是在上眼药，意思是"那四哥也不是良配啊"。

温澜只避道："呵呵，这个要看大伯父与大伯母的意思了。"

"对对，我想着大伯父乃是那个……盐铁副使，怎么也不会定寻常人家呢。"莫金珠又补了一句，这才痛快许多。

回到房内，徐菁正在亲自收拾行囊，里头都是叶谦的东西。

叶青雯也在旁帮忙。

看到温澜回来，叶青雯还道："唉，好不容易见面，阿爹又要出公差了。"

温澜故作不知："这是怎么了？"

"黄河秋汛，汛情有些紧张。"徐菁抹了抹鬓发，说道，"你父亲要亲去显州察看。"

黄河纵贯大名府，治理黄河也是每任大名府长官的要务。且虽说黄河多有决溢，但在温澜的梦中，这次秋汛有惊无险，故此她也只当寻常："那要多带些寒衣，那儿凉得很。"

"我也是这样说。"徐菁把行囊压压实，"还要带些吃食，路上必吃不好的。"

一家子女人很快便给叶谦把东西都检点好了。

二

公务紧急，第二日叶谦便出城了。

叶谦一走，原本想待上半月的叶青雯夫妇也提前了几日准备带莫金珠回去。

临别前，莫金珠怅然若失地看着温澜，只觉得过去的几日就像一场梦一般，只留下几丝残痕。

与莫金珠的少女心事不同，叶青雯在娘家"重整旗鼓"，心中忐忑地回了莫家。

这莫老夫人许久不见儿子儿媳，乍一见到，又别扭起来。她极为矛盾，既怕叶青雯同娘家告状，又心有不甘，毕竟这几年已经拿捏惯了。她想到自己从前如何就很不想低头，甚至因此更加有气了，忍不住阴阳怪气刺几句。

"回了啊。"莫老夫人不冷不热地道，"岳家位高权重，也难怪你们这么些日子不着家，我想孙子孙女也见不着。我反正糟老婆子一个，媳妇儿的爹娘重要些，不必理会我，往后孙子孙女也尽住在叶府里头……"

叶青雯鼓起勇气正要说话，就听莫铮不开心地道："娘，您这是说的什么话，让别人听到还以为咱们对亲家有什么意见。岳丈岳母也是我长辈，这话传出去像什么！"

莫老夫人一噎："你说什么？"

她鲜少被儿子顶撞，一时竟然愣住了。

"娘，这里是京师，不比咱们棉城老家，您知道什么叫耳目吗？这里到处都是探子，不止探听官宦人家，也探听富户、平民。"莫铮恐吓道，"但凡探到了什么事，往上头一报，咱们在官府心里就不算什么良善人家了！"

莫老夫人惊了："这……还有这等事！"

这还真没错，叶青雯也连忙说道："夫君说的乃是皇城司卒子，自太宗立皇城司便在京中伺察，事无巨细尽皆报在案前，若有失言，按律惩戒。"

莫老夫人张了张嘴，很不服输，又有点儿怕："我不过说自家人，这有什么……"

"娘……"叶青雯原本狂跳的心忽然平静下来，尤其是在看到丈夫也出言阻止之后，她敛衽施了一礼，说道，"您说说是没什么，可若是在夫君面前抱怨，夫君不阻止就是默认、不敬尊长。我祖父以刑部侍郎致仕，大伯父是盐铁副使，二伯父乃枢密院副承旨，家父也是大名府通判，但无论哪一个，多年来对咱们家的事都未插过手。我多年未回京，在家里尽孝半月不到，您这么说会让人误会，也确实不妥。"

听到长媳意有所指的话，周遭还有那么多下人，莫老夫人脸上大为挂不住，胸口一闷说不出话来。

不到半日，大少夫人顶撞——倒也说不上顶撞，大少夫人毕竟是世家出身，更像是劝诫——莫老夫人一事已传遍了莫家。上下惊叹之余又有种情理之中的感觉，泥人也有三分火气，大少夫人家又不是没人撑腰，老夫人那般行事，被顶撞也是迟早的。

像莫二媳妇和莫三媳妇知道得就细一些，连莫老夫人当时的表情有多难看都知道，不由感慨这大嫂平时看起来闷得很，谁知道她不是不会说，只是不想说，要么啊，就是回娘家被教了，到底不是普通人家。还有，这莫大的态度也很值得玩味，平日总是装糊涂，这会儿眼看着来京了，就装不下去了。不过她们此时还是抱着玩味的态度，甚至想看出好戏，毕竟平日里婆婆也没少折腾她们。

首战告捷，叶青雯心中痛快极了，好似这辈子头一次这样扬眉吐气。原来说出自己心内所想也没那样难，也不会有什么难以承受的后果，往日里都是她自己没想通，把日子过得委屈了。

移玉则帮着叶青雯将人事梳理了一遍，凡其他院子的钉子都拔出来，找个由头整治一顿，或有偷拿主人家财物的直接送到府衙去——进了南衙，坐监不坐监的，先被杀顿威风，哪儿还有半点儿硬气可言。

这可吓到莫老夫人和另外两位妯娌了。

叶青雯这是要把从前几年受的气都加倍出了？

原本以为叶青雯的脾气好，不可能这样做，可人现在做了，她们也无可奈何。

去找莫铮吧，如今这家伙哪儿敢松口，只说叶青雯都是道理，他也辩不得。

莫府上下，俱是噤若寒蝉。

到了一日，府上有客到，乃是他们在京师的新邻居陶公。

可怜天下父母心，因莫二夫人与莫三夫人的孩子都在读书，来京城应当换位新先生了，打听过京师有位周先生极会教学生，乃是当代大儒的弟子，收束脩好做学问著书。她们思量着机会难得，无论束脩多少，请他坐馆。

陶公恰与周先生相识，俗话说远亲不如近邻，再说如今她们就一门亲戚在京师，看叶青雯近日的做派，哪里敢叫她帮忙，只好请陶公襄助。

陶公上了门来，与先前乐呵呵的模样不同，面上有些歉疚，只说周先生那里已收了别的弟子。

莫二夫人讶异地道："先前不是说周先生那里没有新学生，正想着找几个聪慧的孩子？敢问他收了哪家的子弟？"

陶公为难不语。

莫三夫人愁道："可是觉得我儿资质不够，或是觉得咱们不够有诚意？改日我叫夫君亲上门去……"

陶公想想莫家既然关心，日后打听一番也会知道，只得道："唉，还请两位先息怒。周先生看过两位小郎君的功课，也较为欣赏，不过、不过……"他有些不好意思，但还是说道，"我也没想到，周先生说不愿收商贾子弟。"

莫二夫人和莫三夫人立刻脸色一变，倍感羞辱。

这士农工商，四民之中属商户最低。即使本朝宽待商人，也免不了有这样的看法，令她们在愤怒之余又有一丝无可奈何。难道她们还能冲上门去和那位周先生辩驳一番？一想便知一定是她们落个没脸。放到外头，人家也顶多觉得周先生守旧。

"周先生，可是新学名家王铭公的弟子周召风周先生？"正是此时，叶青雯迈步进来。也不知她何时到了，听了多少去。

陶公见了她，拱手一礼道："正是这位。"

莫二夫人和莫三夫人是瞒着叶青雯去找的陶公，见她听到了被拒绝，俱觉羞耻，低头不语。

叶青雯却柳眉微蹙，说道："王公博学渊源，为人亲善，我曾于娘家与之有一面之缘。没想到周召风却如此陈腐，毫无乃师之风。"

两位夫人愣住了，也不知大嫂何意，干巴巴地道："大嫂出身名门，你若求师，自然与我们大不相同，所以不知便是在棉城老家，也有不愿意教商户的儒生。"

叶青雯听出她们言外之意，摇头说道："学问越是高，越是该明白四民异业而同道的道理。王公言语之中就并无对商户的看轻。"

"弟妹，人必先自重而后人重之。"叶青雯说这句话时深有体会，她平时虽寡言，但叶家女子俱要饱读诗书，此时不急不缓道来，声音虽轻虽慢，却言之有物、掷地有声，"家父曾说过，商贾何鄙？历市贸之险阻，听教贮苦，常年离家弃室。正是终日做买卖，不害其为圣贤！"

"世人所用，笔墨纸砚、衣食住行，无一不是东西买卖而来。收其利而远其害，这难道是君子所为？"叶青雯摇头道，"这样的先生，不请也罢。二位弟妹，我叶家族中自有饱学之士，你们若是不嫌弃，我便同家长商议，叫两位侄儿去上课。反正我叶家是绝无轻鄙商户之辈。"

她自己就嫁到了商家，这是最好的佐证。

191

在场之人俱是百感交集。

原本叶青雯带来的丫头把家里上下清了一遍，叫她们有些怨有些怕，现在叶青雯这番做派，却令二人头一次对这个大嫂真正心悦诚服了。

陶公也感慨地道："夫人此言有理，我必要说与周先生听。"

说不说叶青雯也不在意，她真正是有感而发，也真叫人传信给大伯父，附上两位侄子的功课，要把他们送到族中去上课。

叶青雯的话家里上下知道，别说两位妯娌，就是莫老夫人并莫家三兄弟也不由慨然。说得不错啊，人必先自重而后人重之，他们为了一家老小奔波，四民异业而同道，何鄙之有！

莫铮听了感触最深。不错，当年岳丈与先父相交，将女儿嫁到他家，难道是贪图他家有钱吗？叶家的嫁妆可给得不少，岳丈就是真正觉得四民同等。可叹他这几年糊涂，倒让岳丈失望，甚至对他说若是和离要将青雯嫁给官宦之家。当时听闻只觉得惧怕、羞耻，到此时，他才从岳丈的官威之下感受到了另一层深意，叫他极为羞愧，也对妻子更为爱重。

此言传到周先生耳中，他也大为惭愧，备了礼登门致歉，自称愿收下莫家二房、三房的孩子做弟子。

二房、三房不卑不亢地拒绝了，言已准备将孩子送到叶家族学。

经此一事，非但莫家上下对叶青雯打心底尊重，连外人听说了也赞赏叶家家风。

叶府这头，徐菁母女听说叶青雯大有长进，也甚感宽慰。

三

自去了显州，叶谦知道徐菁担忧，匆忙间也寄了两封信来，自称为了宽百姓之心也住在了河堤边，果然安抚住了百姓，虽然吃住粗陋，但为官为民也是应当。他苦中作乐，吃着干粮泡野菜汤当作是家里的羊肉汤。

叶谦语气轻松，但其中的危险与艰苦不言而喻。

温澜劝慰道："前两年的伏秋大汛皆是平安度过，今年伏汛也只有小段决堤，很快补救齐全，秋汛也当无忧。父亲身旁还有那么多府兵，当是无碍。"

徐菁对女儿极为信任，听了她的话，这才放下些心来。

温澜安慰过了徐菁方回房，移玉又送了消息来。她看罢将纸条烧了，手指按在桌面久久没说话。

今日，提举皇城司、广陵郡王赵理上了折子，称司中吏冗，请将部分亲从、亲事官差借往秘书省、国信所等处充办。

皇城司吏的确冗多，尤其在本朝，人数多到有些没必要。先前皇城卒察事疯狂，也与人太多有关——完不成察事任务要挨罚，人人抢着察事。若是差借到其他衙门，既可以堵住大臣的口，又减少了部分亲从、亲事官的负担，同时又光明正大在其他衙门安插了人，可谓一举数得。

赵理对皇城司没有掌控力，他这一建议，完全是为他人作嫁衣，替皇帝分忧。如此一来，想必皇帝对赵理也会重新放心许多。

温澜却从其中觉出一丝讯息，轻轻一笑，看来赵理这是被盯得坐不住了。她可以感觉到风雨欲来的气息……

移玉看到自家姑娘的笑容，莫名连呼吸都屏住了，不敢大声出气。

"砰砰砰！"

"温澜——"细细的声音在外头响起，"快、快、快开门，我看到青霄要进来了！"叶青霄慌慌张张的声音把一室凝重给打破。

温澜目光微动。

移玉噌噌跑去开门，就见叶青霄一下蹿了进来。

"找、找个地方给我躲躲！"叶青霄紧张地道，"早知道我就不翻墙了！"

温澜幽幽叹了口气，唉……

叶青霄想躲在床底下，可这床有围板不说，床足、腰衬装饰厚重，云纹雕花，叶青霄这个头哪里钻得进去。

"那就在桌子下头吧，有桌裙，我再站在外头挡一挡。"移玉也不由得为难地道。

温澜听得外头叶青霄已经在叫她了，将大立柜一打开："进去。"

"这……"叶青霄稍有迟疑，但在外头声音的催促下还是猫腰一下钻了进去。

温澜将门关上的同时，移玉也去开了门。

叶青霄手里端着一瓶花走进来，笑吟吟地道："扬波姐姐，我今日采了花，给你送来呢。"她把花放在温澜桌上，觑着移玉道："移玉怎么回来了？"

府上都知道，移玉被温扬波送到叶青雯身边去了。

"我给大姑娘送个信。"移玉一面给叶青霄拿茶来，一面道。

温澜也顺口将叶青雯的情形说与她听。

叶青霄听罢大为解气，拍手道："大姐姐说得真好，若是商人粗鄙，咱们哪家没有几个铺子进息，难道我们用的也是粗鄙之钱？"她这个年纪，正是对男女之事有了些念头，"我娘说了，到时挑人家，给我挑个能镇得住的。她舍不得我嫁到高门去。"

俗话说高门嫁女、低门娶妇，门户低一些的人家能压住，像叶青雯这样的情况，到底还是少数。白氏心疼女儿，不愿意把她嫁到高门去，私下还老念叨，说大房把叶青霖定给了御史中丞家，那门第高，家里规矩严，叶青霖这个新妇过得必是小心得很。

"你看着像是已有了眉目。"温澜看她大方地说出此事，不禁笑着调侃。

叶青雯红了红脸："还有得几年呢，我不过说说。我倒想多留一留。"她小心地看了温澜一眼，又道，"扬波姐姐想高嫁还是低嫁？"

家里面慢慢也知道先前陈家相媳妇没成，后来甚至有人想"捡便宜"趁机上府来，被白氏赶了出去。叶青雯怕刻意避开反而让扬波姐姐不悦，因此有这一问。

"无所谓。"温澜说道。

"扬波姐姐这样厉害，嫁到哪里也过得好。"叶青雯忙道，"只是不要远嫁了，我舍不得姐姐。"

温澜瞥了衣柜一眼，慢条斯理地道："我娘在府上，我自然也不想远嫁的。"

她陪着小姑娘闲聊了两刻钟，觉得叶青霄也该憋得差不多了，便暗示了几句。

叶青雯也觉得自己待得挺久，起身要走："扬波姐姐，我就先回去啦。"

温澜送到门外，叶青雯便让她留步。

待目送叶青雯出了院子，温澜对移玉道："你也去吧。"

"是。"移玉悄悄看了立柜一眼，想想没说什么，出去了。

温澜关了门，立柜那里还没动静，大概叶青霄还不确定人走了没有，于是她说道："怎么，睡着了？"

柜门一下打开，叶青霄踉跄着走出来，整张脸通红，连脖子和耳朵也红透了。

"这么闷吗？"温澜扶着柜门问。

叶青霄眼神飘忽。温澜的衣裳自然多放在衣箱中，但这柜子里除却一些银钱、书之外，还放了几件轻薄的常服，便于穿拿。他钻在里头，整个人贴上去，嗅到的都是温澜的气息，难免心猿意马。

温澜扫了一眼立柜里头，也明白了，伸手捏叶青霄的脸颊："我看看，脸怎么红了？"

叶青霄羞赧难当："是不通气！不通气！"

"我也没说是其他啊。"温澜挑眉，"小傻子，你这是急什么？"

叶青霄真急了："你再叫我小傻子，我不客气了。"

"你急什么？"温澜重复了一遍，"你急了我就不追究你在我柜子里乱搞的事情了吗？"

叶青霄顿时泄了气："……没乱搞。"

他顶多也就是闻了一会儿，那衣柜就这么大，他也没有办法呀，绝对没有陶醉的。

温澜："我不信。"

叶青霄："……"

温澜捏着他的脸晃了两下，松开后留下两道红印子："心境还要再修炼修炼，省得被人一说便跳脚了。"

叶青霄目瞪口呆，嘀咕道："我入宦场以来，只有你们皇城司的人能气我了。"更准确地说，基本都是温澜造的。

"日后还会有更多的。"温澜淡定地道，又从衣柜里摸了个平日常用的香囊出来，丢给叶青霄，"拿去吧。"

叶青霄手忙脚乱地接过香囊捧住："……"

温澜："总不能叫你白钻了，送你留念。"

叶青霄："……"

明明是温澜叫他进去的，怎么倒像他非要钻人衣柜，那也太下流了！

"好了，你来做什么的，还特意翻墙来，怕是有什么急事？"温澜问道。

"……因要离京几日，同你说说。"叶青霄扭捏地道，"秋汛水患，我自请运些粮去显州。我爹说同着三叔多学学，经点儿事。"法寺官员本就多有兼职，前不久法寺才报了狱空，无甚大事，叶青霄就找点儿事做。

"你也要去显州了。"温澜点头，"我知道了。"

叶青霄："……"

温澜看叶青霄那别扭的模样，咳嗽一声，说道："到了显州要好生保重，别被水冲走了。"

叶青霄的神情先是扭曲了一下，又意识到温澜是故意在逗自己，不屑地哼了一声。

"好了，这是个难得的机会，继父在任上也治过水，是有经验的，你们相互照应。"温澜说道，"府里的姐妹有我照顾……"

后半句说到一半，叶青霄就冒火地掐她脖子："闭嘴！"

"如今胆子大了，连我的脖子也敢掐。"温澜玩笑着把他的手扯开，按在手背上头，"好了。多带些衣裳。"

叶青霄挠了挠脸颊："……嗯，不、不必担心。"

这谈不上依依惜别的道别后，叶青霄很快启程离京。

虽然显州离京师不远，但那头正值秋汛，家里已去了一个叶谦，一家老小都千叮咛万嘱咐叶青霄小心些。唯独温澜因知晓后事，并无太多挂念。

直到四日之后信报，显州有决堤之兆，叶谦正率府兵、堤吏固堤。

阖府上下知道消息后皆是求神拜佛，希望不要决堤了。唯独温澜听罢脸色一变。

决堤之兆？何来决堤之兆？

上一次显州决堤是几年前，这几年太平年里也有固堤，以防后患。按她梦中所见，此次伏秋大汛最大的惊险也不过是民心浮动。

可旁人不知，只道大河也有几年未有灾情了，今年闹灾也不出人意料。

"……扬波，你脸色怎么这样难看？"徐菁吓了一跳。

温澜这才知道自己竟没能控制住神情，她低着头道："没什么。"

温澜回到房中坐了半晌，霍然起身写了封信，然后把虹玉叫来："你亲自把信送到醉仙茶坊，交给他们的掌柜。一定要是亲手。"她把信一塞，回身便翻找衣物，拿了身急行装出来。

虹玉见姑娘把男装拿出来，茫然地道："姑娘，你这是去哪儿呀？"

"我出去一趟，还有……"温澜将帷帽也拿了出来，在手里转了一圈夹住，顿了顿道，"算了，我自己去。"

温澜自去徐菁房中，同她说："阿娘，青雯姐姐写信邀我去小住，看看姐夫行事，若是还行，也饶了他一遭。"

"好。"徐菁不疑有他，只是出于为人母的直觉，忽然又叫住她，"我总觉得这心中七上八下，可能是因为你继父在显州护堤。唉，青霄也过去了……你出门也多加小心。"

温澜心中一跳，徐菁虽然不知内情，却无意间好似说中她的去处。她低声道："知道的，娘。"

她手指暗暗握成拳，指尖紧压着手心。

四

温澜换上急行装，牵了两匹健马赶往显州，夜里也休息在马背上，如此昼夜不停，两匹马轮换，也几乎累得它们口吐白沫。

两日后抵达显州之时，温澜身上都已被晨露打湿，黑色的垂布随着马匹奔驰在身后空中，如浪涛般起伏。

堤边有军帐座座，往来军士、壮丁不绝，正在固堤。

堤吏见有生人骑马来，拦住喝问："来者何人？前头大堤有决堤之险，百姓皆退于二十里外！"

温澜勒马停住，将帷帽摘下来，深吸一口气说道："还请通报，我是……大理寺丞叶青霄的同僚。"

叶青霄押粮一到便听闻大堤有险情，现也住在帐中，不敢返回城内，带来运粮的士兵也尽是充以护堤。他正奇怪有什么同僚会来找自己，却见到一张意料之外的面庞——温澜一脸疲惫，眼中带着血丝，一身急行装更是几乎湿透了，也不知是露水多还是汗水多。

"你……"叶青霄口舌都要打结了，顾及有外人在，将人挥退后才抓着温澜潮湿的衣袖，"你怎么来了，我不是叫你不必担心！"

温澜心底一迟疑，忽然倒不好同叶青霄说不是担心他了，只得含糊地道："河堤有险情……"

叶青霄一把将温澜抱住，埋头在她肩上，鼻子都红了。

温澜无奈地一伸手，摸了摸叶青霄的脑袋。

"你身上都湿透了……"叶青霄抱了一会儿才闷声道。他心里百感交集，也不知温澜这是熬了多久赶过来的，见温澜什么也没带，赶紧找了自己的衣裳给她。

温澜将毯子悬起来换了衣裳。

叶青霄只以为温澜因身体短处不便赤诚相见，老实待着，大气也不敢出，听到里头衣料摩擦的声音，又忍不住想起先时撞见温澜光着腿那一幕。

正心猿意马之际，温澜已边系着腰带边转出来。她穿叶青霄的衣裳要大上一些，没那么合身，衣袖挽起来，倒更显得清瘦了。

叶青霄连忙站起来，拿了块布给她擦头发。

温澜随意一坐，问道："此处情形如何？"

叶青霄那点儿心思迅速收了起来，说道："此堤长达十数里，高一丈三，下阔六十六尺，我们现在所处的是其中最险的一段。前几日有决堤之兆，还有小口决溢，幸而连夜堵住，雨也停了，现在还不敢大意，唯恐再有险情。"

温澜又问："人够吗？"

叶青霄答道："原有各处调的三百名黄河夫、六十三名刺配的犯人，又有八百余名兵卒，加上我从常平仓带来的护卫，凑一凑也有千二百人，还算充足。其他段还有数百民夫、堤吏看守，轮番日夜不歇地担土固堤。"

他顿了顿又道："三叔急得唇上都起泡了。你也知道，沿河城池逢水灾，城中居民怀鱼鳖之忧，思想迁徙。这雨水太多还坏了民田，我在城中放粮，三叔又亲自坐镇堤边，这才安定了民心。"

温澜听罢默默点头："那沿河其他州县的情况，你可知道？"

叶青霄迟疑道："此次水患，不是显州最重吗？我来此后便不知了，难道其他处也……"

"我只是问问。"温澜眉头微锁。大名府不止显州临河，她只是一问，但心中确实忧虑，这与她梦中不同的情形使她不再笃定他处是否也有水患。

叶青霄期期艾艾地道："我每隔一个时辰都要同三叔去巡堤，你在这里怎么办，总不能告诉三叔你来了吧？"

"我在帐中等你便是。你拿个信物给我，我若出门看汛情，遇着河卒堤吏了，便给他们看。"温澜道。

叶青霄应了，又问她怎么同府里说的、肚子饿不饿等琐碎，目光总不愿离开，半晌才反应过来，叫脸色发白的温澜赶紧睡一睡。

这帐中简陋，好在温澜也过过苦日子，和衣躺下，不多时便睡沉了。

叶青霄看了一会儿，才恋恋不舍地出去巡堤了。

与此同时，京师之内，叶府。

阖家都在叶老爷子房内，听叶诞说话："这两日府内多处大雨，除显州外，又有几处报水患。京中又传起了民谣。"

"民谣？什么民谣？"

"就是那一首。"叶诞皱眉道，"你们还记得三弟如何进京的吗……大名府原来那位掌书记。"

这件事莫说在叶府，就是在整个京城也算得上"脍炙人口"了。原本大有希望升任推官的掌书记谢壬荣被查出妻弟炮制了民谣，编排运河上漂浮的大木，说是"木拦江，龙巢翻，三秋水浩洋"，当时便被皇城司拿住，还连累他姐夫被罢官。

那民谣说的是龙君巢翻了要发怒，必要发大水。

原本在记忆中已经模糊的歌谣经叶诞这么一提，忽然在众人脑中再次清晰，令人不禁打了个寒战。难道那句"三秋水浩洋"要开始应验了？

叶诞叹了口气："现如今大街小巷都在谈论这民谣，连皇城司也防不住悠悠众口，若是水患还不治住，怕是又要出现一大批流民了。不过我要同你们说的是管好上下的嘴，不可议论此事，陛下恼得很。"

徐菁一面和众人一齐点头，一面满怀忧虑。灾情竟有恶化之兆，叶谦在显州会不会有什么事，已经忙得几日没有信送来了……

"对了，怎么不见扬波？"叶诞说完了之后才不经意般问了一句，其实他早就注意到了，先前只以为温澜晚到，现在却还不见人。

"啊，扬波去青雯那里小住了。"徐菁心不在焉地道，忽又想起来，"是不是要派人去莫府也提点一下此事？他们才来京师。"

叶诞颔首："应该的。"

徐菁派人去莫府，将此事私下说与叶青雯听，让她约束莫家上下，否则叫皇城司的人揪住就不好了。

"还有，夫人说天凉了，多带些厚衣裳给姑娘。"来传话的丫鬟说道。

叶青雯莫名其妙地道："什么？"

"姑娘不是同您小住吗？"

叶青雯讶异地道："并无此事……"

她刚说完，就见移玉气喘吁吁地跑过来，眼中流露出一丝慌张。叶青雯心里"咯噔"一下，想着莫不是扬波同家里扯谎，说来她这里了？看移玉这样子，必然是知情的。

移玉不及阻拦，只好给叶青雯行礼，说道："还请大姑娘不要将此事告诉夫人。"

这显然是不可能的，叶青雯先吩咐了阖府上下，又亲自把移玉带回了叶府。

"什么，扬波不在你那里？"徐菁如遭雷击，想到扬波临去前还一派自然，看不出有什么不对，她抓着移玉厉声道："姑娘在哪里？"

"奴婢不知道！"移玉是真的不知道，她只知道姑娘走得匆忙，叫虹玉去给同僚送信，之后她才辗转得知姑娘人不在京了。以她的身份，并不清楚温澜到底去了何方，又是所为何事。这次没防备好，让徐菁发现姑娘不在了，也不知她回来后会不会生气。移玉心乱如麻，低着头任徐菁责问也不吭声。

徐菁问了半晌问不出个结果，也问不出扬波到底何时会回来，几乎落泪。她想到平素扬波的样子，心里不知为何越来越害怕："你、你只告诉我，她有没有事？"

移玉听徐菁没有要报官的意思，迅速道："没事的。"她虽然不知道姑娘去哪儿了，却有十足的信心，无论什么样的境况都难不住姑娘的。

徐菁瘫坐在椅子上，扶着额良久才慢慢道："你出去告诉大姑娘，就说扬波是同我拌嘴，躲到她好友家去了。"

移玉道："是。"

五

温澜睡醒之时已是夜里了，帐里放了一碗干干的馍，想必是叶青霄给她留下的，叶青霄本人却不知去哪儿了。

温澜毫无饿意，只喝了点儿水便掀帘出帐。

那些州县之中招来的黄河夫正在挖土，虽是秋日了，却打着赤膊，担子上缠着衣服垫肩，挖满了一担土便挑去固堤。这些都只是农夫而已，每年征调来防治黄河水患，见到温澜穿着叶青霄的衣衫出来，都不敢多看她。

再往河堤那边，还有穿着一致的兵卒，隐隐约约能看到叶谦的身影，他被围在中间，正要往堤上走。

温澜遮住脸，借着夜色掩护往那头走，近些了就发现叶谦的脸色很难看——他想要上堤，却被其他人劝阻。

河水汹涌澎湃，仿佛随时都要吞噬一切。叶谦举着手怒斥："难道我在帐中，决堤就冲不走了？河水会淌平州城，漫到整个大名府！"

众吏沉默不语。

叶谦每隔一两个时辰就要看一次，每次他们心头都狂跳，生怕忽然决溢，毕竟先前已决了两个小口子，死伤数人。叶谦又不是普通官吏，他是大名府的通判！这都夜里了，他们实在不放心叶谦上堤，俱劝他回去休息。

叶谦道："你我不熬这一时，有多少百姓要流离失所？即使不能平了水患，至少可以及时知晓险情，回转去城外再筑堤，保住城中百姓的家园。"说罢一拂袖，顶风上堤了。

温澜暗道，她没有看错人，叶谦有一点儿小畏缩、好名，但遇事反而不退，若不是他，梦中母亲也难以保全。就连叶训那人，小心眼得很，赵理谋反时也是宁死不从的。还有叶青霄那小傻子，正亦步亦趋跟在他三叔后头，两人巡查过后回来，头发都吹得凌乱了。

她先一步折返，回了帐中。

待叶青霄回来时，就看到温澜已醒了，正席地而坐吃馍馍。

"你睡醒了？"叶青霄欣喜地道，"才睡了三个时辰，怎么就醒了？"

"过来。"温澜对他招招手，"你去巡堤了吗，如何？"

"还好的。"叶青霄舒了口气，"先前又下了雨，但是方才看了一遍，河堤差不离固住了，只是水势还未减，看来还要守过汛期。"

温澜皱眉："可有专人督查固堤者？"

"有的。"叶青霄愣了一下，说道，"三叔下了命令，修河官一定要守着，堤在人在。怎么了？"

朝廷每年拨给修河的银钱那么多，哪个修河官不是从中赚得盆满钵满。这个险，是他们必须担的。

"没什么，我只是想，应当多叫人监守。"

叶青霄想了想，道："你是怕有人在这个关头偷懒？我去说说吧。"

温澜默默点头，将灯又挑亮一些。她是不信旁人的，即便有修河官守着，她也难以入睡。她只希望不会出现最坏的结果。

叶青霄见了，感动地道："你还是继续休息吧，才歇了三个时辰而已，别陪我一道熬夜了。"

温澜："……没事。"

叶青霄心中一阵暖流涌过，不禁握住了温澜的手。阿爹日后不会理解又如何，他甘之如饴。

温澜："……"

"青霄？"

叶青霄正在感动之际，忽听到三叔的声音，慌忙看向温澜。

温澜倒是反应快，一滚便藏身在被中，叶青霄也赶紧钻进去，屈膝掩饰好。

刚刚做完这一切，叶谦便进了帐中。

叶谦连日来也消瘦不少，面颊晒得发红，他说道："我思及现在情形虽然稳住了，但也不知之后如何，这堤埽还是要继续做。再者，要继续广积土石，以御冲波。"

叶谦在地方上为官时也有治水的经验，因此一来显州就命人加紧用树枝、石头等扎捆成堤埽。若非如此，后来决小口时就危险了——那时现去负土是很费力耗时的，将堤埽放下去却可以分析水势，这才缓了一时之急。

叶青霄知道叔父是有意在教自己，连连点头。

"你累了吧？"叶谦看叶青霄坐在被子里，语气放缓了一些，"要是太累了，就休息休息。"

"没事，我小憩一会儿罢了，还顶得住。"叶青霄说道，"倒是三叔应该紧紧休息会儿。"

"唉……"叶谦点了点头，"我回去写封信就睡了，前几日都没顾得上写信，家里不知急了没。"

叶谦一走，叶青霄把被子往下卷了一点儿，温澜的头便露了出来，正紧靠着叶青霄。

叶青霄看得脸一红："咳……"

他眼神游离，忽然想到一事。就算熬夜，也是要偶尔小憩的，他这里就这么大，那岂不是……

温澜从被中爬出来："拿纸笔来！"

叶青霄愣了："啊？"

温澜推了他一下，他才反应过来，手忙脚乱地把笔墨纸砚翻了出来，给温澜磨墨。

温澜端坐着，闭着眼睛回想，口中道："我当年守库之时曾看过一本旧册，前朝年间，安隆军决堤，当时的治水官曾营造木龙护堤导水，便如巨埽，卓见成效。"

"哦？"叶青霄立刻明白意思，眼睛一亮。没想到还有这样的方法，只是传得不远，没有广为利用。

温澜过目不忘，回忆起来便提笔画图。

木龙需以圆木扎成九层的木排，再垂竖木，用竹绳扎好，置于岸边挑水刷沙，比之堤埽更为有效。木排形长，又命名为龙，也是为了镇河——温澜虽然不信鬼神，但她知道此名传出去，百姓倒是会安心一些。

温澜把河堤与木龙的位置、样式都画清楚，并不复杂，工匠看过只要伐木来，很快便能扎好。她沉吟一会儿，又道："水势有些急，若是木龙下不去，恐怕还要去城中取铁锚。"

"晓得了。"叶青霄将图纸拿去给叶谦，因不便透露温澜在此，只能含糊道忽然想起来的。

叶谦纵有怀疑，此时也不会深究，命人彻夜点火去做木龙。

上下俱听闻通判老爷要做"木龙"镇河，心中振奋，颇觉玄妙，只盼着快些做好，镇住这水患。

京师之中。

"大哥，这几日谣言四起，屡禁不止，难道真如小澜所言……"马园园脸色不大好看。

他们自小在皇城司长大，本就隐隐奇怪，一见了书信，更觉温澜所说的"猜测"不无道理，只是心惊罢了。

王隐看他一眼："谨言。"

他们看到温澜的信时都吓了一跳，虽然是用暗语写的，但字字句句叫人心惊。

马园园叹了口气："要请陛下回宫中住吗？"

"陛下不会肯的，这些日子不断有人进献民间奇人给陛下观赏，陛下正是兴浓之时。"王隐道。此事太过惊人，不敢与他人说，但凡有半点儿差池，就是灭顶之灾。还有些话他不便说出来，那就是这两年陛下清明的时候已经渐少了。

马园园道："司内卒子被调走一些，不过即便城内禁军有鬼，也还有宿卫、府内别处的禁军，兴许不至于……"京内各军、朝中诸臣一一在他心头闪过。

王隐思想良久，方做出决定："去东宫。"

马园园讶然道："小澜也说此事切勿让他人知晓。"

王隐摇头道："小澜、你、我，都不可将储君当作孩童了，此事他人不可知，东宫却是能知道的，也是若有万一，唯一能保住咱们的人。"

马园园低头细想许久："是。"

六

显州。

军士连夜扎好木龙，放在一旁等白日再入水，黄河夫与河卒都各束竹片、麦秸，扎在木龙的横木上，为其加鳞，待到朝阳升起时，便抬着座座木龙置于河中。

眼看木龙深入水中，水势被龙身与其上的龙鳞刷开，肉眼可见地减缓。他们不知水下情形、其中原理，只知道木龙真的镇住了水势，发出欢呼声。

叶谦面露欣慰之意，这木龙果然比一般堤埽要有效。

"好了，命人多做几架送到其他沿河村子，这边还要继续负土固堤。"叶谦吩咐下去。

原本十分愁苦、担忧今年会决堤的人，这时都生出干劲来，有木龙相护，哪里还惧怕。

叶青霄回了帐中，也欣喜地告诉温澜此事。

"见效就好。"温澜低头想了想，不大好对叶青霄直言。她思想这里若是彻底稳住了，就去其他州县看看，可看叶青霄那高兴的模样，还是晚些再同他说吧。

午间，叶青霄拿了干粮来和温澜一起吃。

温澜就着水大口吞咽："这里没什么大事，我就……回去了。"

叶青霄愣了愣，随即回神："也是应该的，你老不在家，府里人会多想。"他虽然难掩失望，但知道不可能叫温澜一直在这里陪着。

温澜还要再说什么，忽听外头有人狂呼："决堤了！决堤了！"

两人霍然站起身，不顾其他冲了出去。温澜还顺手将帷帽提上戴好。

眼见有人策马而来疾呼："陆和村与上茅村决堤了，塌了大口——"

叶谦冲出来，怒声道："陆和村与上茅村怎会决堤！"他抓住修河官的领子，骂道，"木龙不是送过去了吗，两村每时所报也未有险情，怎会决堤？！"

修河官眼神闪烁："下、下官也不知道啊！"

叶谦断案许久，看出他神色不对，只是此时也无暇细判，只喝道："来人，将他给我绑了！"

修河官还待说话，却被一堵嘴绑了起来。

下边有人急问："现在可要赶去护堤？"

"你们先去两村，若有漂民便救起来。"叶谦大声道，"牵马来，我要去借兵！"

若是多处决口，这里千二百人就不够用了。而显州驻守的禁军，应当有近万之众。

虽然，这大决口来得实在莫名。

温澜在旁脸色阴沉。皇城司到底只盘踞京中，对他处鞭长莫及，她盯得住这里，却盯不住所有村落，乃至所有州县，虽不知别处水患如何，可大抵是不妙的。

在听到叶谦说要借兵之时，温澜就知道决堤绝非天灾，而是人祸了，难怪梦中并未出现。在京中时她就隐隐觉得不对，临走前还给王隐送了封信。

见叶谦已上了马，温澜一拉叶青霄："我们也去！"

叶青霄本要去陆和村，但他对温澜是十足信任，这时紧急，也不多问便牵来两匹马。两人跟在叶谦之后，策马往驻守显州的禁军军营去。

到了军中，叶谦翻身下马，求见此处将领，军中来往的军士都侧目看着这几个一身狼狈的人。

"本官大名府通判，巡视汛情到此处，现在陆和村、上茅村决堤，河卒人丁不足，还请将军调兵施以援手。"叶谦有所求，态度十分之诚恳。

禁军将领却慢悠悠地道："我军中儿郎还要操练，通判可命乡兵增援。"

此事的确与禁军无干，比起让自己的人冒着危险去护堤，他更乐意让叶谦去找乡兵。

叶谦气极，说道："操练？现在百姓危在旦夕，倘若不及时将决口堵上，大堤毁于一旦，城中百姓危矣！到时，将军真以为自己脱得了干系吗？！"

那禁军将领神色一动，嘴上还道："禁军只属枢密院调遣，无令怎可妄动……"

叶谦就是没有时间正常请调援兵才亲自来请人的，他现在想痛打此人，让他知道什么叫权宜之计。但无论参劾如何，都是以后的事了，眼下，他也只能卑躬屈膝……

一身深蓝色急行装的温澜几步上前，站在了两人之间。

叶谦只以为这戴着帷帽的人是叶青霄的随从——心急之时哪里顾得了那么多，连叶青霄都没过问了——这时候见此人突然站出来，有些奇怪。

帷帽之下，温澜却面如寒霜。

　　赵理这是被迫得等不及，要提前起事了。但除却京中有禁军驻守，大名府各州县也都有禁军，距离京师路途不远。若说有什么外力能影响京中格局，必然是府内驻军。他欲牵制住地方的禁军，使其无法立即驰援京中，这才有此动作。故此，显州河堤必然都是他遣人毁坏，多半不止显州，还有其他州县。

　　在梦中，赵理策反了京中驻守禁军，如今却被温澜提前剔除了，即便还有未清除干净的棋子——显然，是有的——却也不太多人手。赵理是笃定了各州县禁军要么会被水患困住，要么不敢置百姓性命于不顾，纵然赶到京师也是残兵。

　　不错，温澜现在可以拦住叶谦，令这些禁军入京拱卫皇室。显州驻军人数还算是多，足有近万人，通常州县驻军不会超过一万，甚至多数在八千以下。而拱卫皇室，是皇城卒最大的职责。

　　但是她非但不能那样做，现时还要助叶谦尽快调遣禁军。

　　温澜将帷帽摘了下来。

　　"扬波？！"叶谦看到温澜的面容，惊诧之下，声音几乎变调。

　　温澜却并未理会，她动作迅疾如电，一手夺下将领的佩剑，另一手拿出一枚铜牌，上刻了皇城司的番号与职位："认识这个吗？"

　　只能以黥字辨认身份的是普通士卒，而温澜早已不是寻常亲事官，因她与王隐的关系，铜牌得以保留。

　　将领口舌打结："你、你是……"

　　温澜示意他看自己手中之剑，语气虽轻，却宛如含着霜雪："河患危急，尔若坐视不理，立死。"

　　皇城司势力虽然只布于京师，但本朝官员谁人不知谁人不惧，所以皇城司多次欲权涉各府，都遭到了剧烈反抗。

　　人人知晓皇城司是天子耳目，当一个皇城司指挥使对你说"敢不听命立斩之"，绝非空口威胁。即使不提罔顾百姓性命有何下场，杀了禁军将领后，皇城司有无数种法子令这种行为顺理成章。他们罗织的罪名、炮制的冤狱难道还少了吗？

　　眼看温澜手中的剑刃泛着寒光，禁军将领竟是两股战战、面色青白地道："还请指挥使、叶通判息怒，我这便调人，随你们一同去救人护堤。"

　　温澜偏了偏头，此人便避着她出去，命人传令下去，即刻点齐人马去救灾。

　　而到此时，叶谦还是呆愣的。

　　扬波，是皇城司指挥使？

他没有看到那铜牌上的文字，也不知道扬波是上指挥使还是下指挥使——上下分别对应亲从官与亲事官。

这一刻，许多画面在他脑海中闪过，莫名得到回京的机会、顺遂的官途、对他态度极好的马园园……还有扬波平日的表现。他自己都常说扬波不输男儿，可万万没想到自己的继女会是皇城司的人啊！

而且，扬波又为何在此处、什么时候来的？和青霄一起出现，青霄知道此事吗？叶谦心中有太多疑问，甚至后怕。比起叶青霄，他唯一清醒的地方大概就是由于先入为主，现在仍认为扬波是女子。

温澜看到了叶谦的神情，低声道："父亲，河患要紧，此间之事回京再说吧。"

叶谦猛然清醒过来，不错，现在最紧要的是州城百姓的安危啊！这么多日的相处，他连对马园园都有所改观了，何况是扬波！总之扬波对他没有恶意，回去再说也无妨。

叶青霄也松了口气，他现在还没法和三叔解释他同温澜的关系。

三人上了马，领禁军驰往河堤，分作几路，在河堤的不同段护堤、固堤。

不知何时又下起了大雨，雨助水势，形势更为紧急。陆河段的河堤决了大口，河水汹涌奔流，两旁也岌岌可危。民居已被淹了一半，幸而是白日，多数民众爬到了地势高处，也有少数漂在水里。好在叶谦下过令，若见漂民必救，河卒们早就将门板拆下来救人。

几百名河卒、黄河夫正蹚着水往河中沉木龙、土包等物，除却老弱妇孺，凡有点儿力气的民夫都下水护堤了，可人数不足，杯水车薪。

"通判老爷回来了，援兵来了！"

禁军的到来令上下大为振奋。方才慌乱之中，有些人甚至以为通判老爷已经自己逃命去了，他们这些人拼死到最后可能也就是以身填河，现在看到这么多军士赶来，几近狂喜。

"将军！现在来不及担土了，吩咐所有人马伐大木拦水！"叶谦在雨中大声喊道。

禁军将领应了一声，传与军士知晓。

禁军兵卒选健壮者充，许多更是世代从军，体格比之寻常河卒、黄河夫要强壮得多，他们三五成组，伐大木定水。

禁军将领劝叶谦三人也到地势高处去，叶谦却不愿去："我就在这里同大家一起护堤！"他甚至动起手来，顶着一下一下冲击河堤的水浪拖圆木，雨水、河水将人打得透湿。

温澜拿了条竹绳，一头系在叶谦腰上，又将自己和叶青霄也拴在一起。她佩服叶谦这个死心眼，但还真怕叶谦被冲走了。

见叶谦身先士卒，众人高呼一声，迎着风雨固堤。

京师。

烛火摇曳，同知枢密院事杨文颤抖着手，展开空白的调令。

他看了看黑暗中的人影，两腿发软，然后蘸墨书写，眼泪也流了下来，眼中带着羞愧。

禁军环卫下的别苑。

皇城司、宿卫往来交错，将此处守得水泄不通。

因王隐特意吩咐过，皇城卒不敢有丝毫懈怠，凡有入内者，便是朝中高官也要限制随从人数。连宿卫都在打听，王隐怎么又折腾人了。

王府。

十数名侍卫簇拥着广陵郡王妃与恭王。

赵理面色如常地说道："小单，这几日你侍奉好父亲，禅院我已清空，只有自家人，你安心礼佛。"

郡王妃嘴唇动了动，却没说什么，只是点点头。

恭王摸了摸脑袋："我儿，我又不记得了，新妇入门一年可有孕了？"

郡王妃低下头，她哪里是入门一年，已八九年了。

赵理淡淡道："不过一年罢了，父亲莫急。"

恭王笑呵呵地道："也是，也是。"

赵理垂下眼，他已被迫到悬崖边，兵行险着，成败在此一举。

叶府。

徐菁翻来覆去，难以入眠。外间的婢女听到动静，煮了热茶捧给徐菁："夫人又失眠了吗？可要煎药吃？"

"不必。"徐菁歪坐在床头。

这两日京中小雨连绵，听说大名府各处也雨水不断，她心中慌得睡不着，好像隐隐有个声音在提点她。

婢女困得揉了揉眼睛："您还是睡会儿吧，明日掌柜们还要来的……"

徐菁痴坐了一会儿，说道："去给我拿佛经来，我抄两卷经。"

"夫人不睡了？"婢女劝道，"大夫说了您要宽心，多休息。"

"睡不着，去拿来。"徐菁扶着额道。

婢女无可奈何，只好拿来经卷。

徐菁抄着经，却一个字也抄不到心里。

七

大雨还未停，温澜背靠着门板与土包大口喘气，旁边的叶谦与叶青霄也是一般。这个姿势还能感觉到身后隔着阻拦涌动的水势在蠢蠢欲动地要再度冲破河堤。

数千军士齐忙，伐木定水，险险将决口堵住，然而还只是一层，需要不断加固，否则大雨不断，随时可能再决口。

但好在，他们可以暂时休息一会儿了。

温澜闭着眼道："父亲现在应当速速审问修河官，把细作找出来，立斩于此，以免再生事端。"

"知道。"叶谦应了一句。

这河堤是人祸令他狂怒，然而方才哪有工夫细究，只能先护河堤。他看了扬波两眼，总觉得她应该知道一点儿内情。

水深至温澜胸口，她疲惫地从泥水里站直，一拽绳子，三人往一旁的堤岸上走。

双腿像绑了铁块一般沉重，温澜几乎力竭，坐在地上。

叶青霄连忙扶着她，把绳子解开了。方才有几次叶谦险些被冲走，都是被温澜和他一起拽回来的。

"你二人休息一会儿。"叶谦扶着一名小吏的手臂，就去审问修河官。

温澜和叶青霄席地而坐，靠着石头相互倚靠着休息一会儿。岸头也多得是这样的人，力竭后就趴在泥地里歇息一会儿再回去固堤。

温澜本不想睡，可实在太过劳累，不知不觉就昏睡了。

叶青霄小憩一会儿后，因深眠不住，被水声惊醒，只见温澜正靠着他的肩膀，他抵着温澜的头。他看了看温澜沾着泥灰的脸，忍不住摸了一下。

温澜身上也都是泥水的颜色，还挂着一些水草。叶青霄伸手将水草拈开，竟然看到温澜胸口挂着一条死鱼。

叶青霄忍不住弯了弯嘴角，把温澜的衣襟拨开，果然见不止一条鱼。

不过碰着碰着，叶青霄就觉得不大对。他一直觉得温澜用了些什么特殊的装扮掩饰身份，但是温澜这几日都穿着男装，方才又被大水冲过一遭，到底什么东西还能纹丝不动地停在温澜胸口……叶青霄后知后觉地发现了不对劲，但他一时仍然有些混沌，只觉得脑子里都是刚才灌进去的淤泥。这和他一直以来的认知大相径庭，相当无法接受。

温澜被叶青霄的动静惊醒了，她慢慢睁开眼睛，目光落在叶青霄的手上。

叶青霄仿佛被烫了一般弹开，又抬头看了看四周，苍茫夜色中，没有人在注意他们。

"现在是什么时辰了？"温澜的声音因缺水有些喑哑。

叶青霄茫然地道："大概是……子时了吧……"

温澜撑地站了起来，又对叶青霄一伸手。

叶青霄拉着她的手站起来，感觉到手中的温腻，整个人都是呆的。

温澜伸手摸了摸叶青霄的脸颊："我说过，你若是什么时候想到我为何到叶家了，就送你份礼物。"

叶青霄张了张嘴，还未说出什么话来，温澜已倾身在他唇上吻了吻，柔软的唇瓣间还有着水腥味。

这是他们的第一个吻，实在说不上太美好，却叫两人都心头一悸。

温澜拍了拍木头一般的叶青霄，一吹口哨，坐骑便循声飞踏而来，在她面前低下头颅。她抚了抚鬃毛，拉着马缰翻身上马，深深看了叶青霄一眼，俯身道："我还有要事。京中再见。"

在河患面前，温澜的"要事"得有多么重要？

叶青霄总算觉察到一丝险意。

"等等！"叶青霄回过神来，看出温澜去意已决，他拉着缰绳，手一按温澜的脖颈，抬头又亲了亲她，"……京、京中再见。"

温澜微愕，旋即一笑，打马北去。

禁军捧日军营。

枢密院同知亲往军中，执调令命禁军开拔："昨夜大河决堤，水淹了显州州城，将漫及府内各处，乃至京师。尔等前往州县之中，在城外筑堤，以保一方平安。"

众将领皆是惶恐。近来京中谣言四起，本就人心惶惶，没想到竟然如此严重，到了要京中驻军驰援的地步。如此大的洪水，开国以来也没两次，难道真的是龙君生气了？

枢密院亲送调令，捧日军连夜拔营。

捧日军即走，同知再赴天武军，又是一道调令。

他对其中数人低声道："到了城外三十里再动手。"

大半禁军被调往他处，剩余之人则披甲挎刀，部分往京西别苑去，部分往城内行。

水殿之中。

皇帝正在酣睡，忽被滚滚马蹄声惊醒。别苑尖叫四起，窗外火光晃动。

内侍领着侍卫冲进殿中将皇帝搀起来，满面慌张地道："陛下，禁中生变，有数千禁军反了，将别苑围住。"

皇帝一生经历过许多事，惊讶却不惊慌："是谁人调动？别苑内的军士何在？"

内侍道："听不大清，这……约莫……有个恭字。现在侍卫亲军、皇城卒与宿卫正守着。"

皇帝白日才看过整场戏，非常疲惫，他揉了揉眉心道："传令诸班军士坚守，不可使反贼进来，事后必有重赏。燃起信烟，待禁军大军救驾。"

内侍点头，忽听外头隐隐传来齐声呼喊："龙巢翻大木！五更铡昏君！"他脸色发白，去看皇帝的神色。

皇帝淡淡道："现在是五更天？"

内侍声音发抖道："是……"

本朝并非头次发生皇族篡位之事，当年武帝便是在五更天之时刺杀了兄长成帝，宫中遂有了"只怕五更天"的说法。而武宗一脉虽然得以正位，却颇有忌惮，惧怕这种事发生在自己身上。故此，大内打更从不打五更，到了五更时便乱敲一会儿，称作"虾蟆更"。

现又有人五更起事，固然有意为之，只为动摇人心，却也令皇帝极为不悦。

此时，诸臣工也衣衫不整地冲到殿内来。这几日皇帝召重臣来议事，又共赏水戏，夜里也歇在别苑中。知晓外头发生的事，他们也是脸色惨白。

皇帝在侍卫的簇拥下站窗边望了望，隔着水岸隐隐还能看到旌旗。

"恭王子……赵理……"皇帝呢喃道，"难道，朕待他不够优容吗？"

没有人能回答皇帝这个问题。

皇帝心中也清楚，他待赵理再好，倘若赵理认为这天下原该是他父亲的，那所有的一切就都是委屈。

就在此时，又有内侍来报，声音比起方才还要惶恐："陛、陛下，有宿卫反了，内外接应……大门、大门快被攻破了！"

方才听到恭王子起事也未大变颜色的皇帝终是脸色一青："宿、卫？"

宿卫中包含了侍卫亲军、诸班直、皇城卒等，择其优者充入，是皇帝最亲近的扈从之一，他们中若有反者，怎能令皇帝不颜色骤变。

八

叶青霖是被喧闹与尖叫声惊醒的。

她匆匆起身穿戴好，系着衣裙出门，对丫鬟道："快去看看这是怎么了！"才片刻又道，

210

"等等，别去！"她听着这声音不太正常，就像遭了强盗一般，有很多男子的声音。

丫鬟已吓得如鹌鹑一般："姑娘，怎、怎么办……"

这京师之中，官员宅院竟然有强盗敢进来？叶青霖觉得不可思议，然而此时，她细思之下竟不知找谁主持。祖父母年迈不提，父亲、二伯都去别苑了，三叔和四哥在显州治水，二房的小孩儿不提，叶青雪又上外头混迹去了，她大哥外出访友……

"去找二哥。"叶青霖立刻领着人去往二哥房内。

叶青雷正瘫坐在椅子上，两眼发直，看到叶青霖来便道："霖姐儿，咱、咱们快些躲起来吧，我听到外头的军号了，破咱们家门的是禁军！"

叶青霖脸色大变："禁军？"

叶青雷低头道："难道是父亲或者叔叔们犯了什么事，要祸及家眷……"这是他的第一反应。

"二哥，你醒醒，躲也躲不了的！你带着母亲和院里的人先去祖父母房中，我去寻两位婶婶和弟妹！"叶青霖摇了摇二哥。她总觉得不大对，父亲为官谨慎，能犯什么事，而且偏要在这五更天的时节上门。

叶青霖打发了二哥，又在仆婢家丁的簇拥下去找二婶和三婶，可才走到半路，就被已闯到后院来的军士抓住了，长矛相向，将他们往前院赶。

叶青霖心里一凉，她家里也有护院，本以为可以抵挡一时，没想到连半点儿喘息的时间也没有——到底是夜半突袭，所有人都毫无防备，尤其是对方还穿着禁军军服。

被带到前院后，叶青霖一看，祖父母竟然也在。两位老人身子都不特别硬朗了，尤其是祖父常年卧床休养，上山都要乘腰舆，此时狼狈地坐在小凳上，被人用刀尖指着。而叶青霁姐弟几个则靠着白氏，缩在一旁。

叶青霖尖叫一声扑了过去，抱着祖母的膝盖，用背心朝着刀锋。

不多时，二哥、母亲、三婶……府中一切人等都被押来了，徐菁因熬夜抄经，心力交瘁，还病倒了，整个人昏昏沉沉，被仆婢搀扶着。

那些禁军一些看守着他们，另一些则在府中大肆搜刮起来，将金银珠宝、玉器字画全都装起来，包括叶青霖的嫁妆。

蓝氏见了心焦："咳……诸位都头，我家老爷到底犯了什么事？他人在何处？"

几人对视一眼，并不说话。

叶老爷子佝偻着身体，说道："怕就怕，咱们家中并无人犯事。"

叶致铭怎么着也为官数十载，从未听说官员被贬黜，抄没家中有这么个抄没法，这些

211

人就像盗匪一般强闯开家宅，急着翻找金银，也没有什么手令。

看守他们的禁军听罢都有点儿异样，其中一人嘿嘿笑了笑："老头有点儿意思，那也不妨告诉你们，很快就要改换日月了！"

他们奉命将朝中诸臣的家眷控制住，虽然上头并未下令抄了家产，但这已是默认的了。两国交战，攻下敌国一城时，一切财物军士们也要自留下几成。何况他们冒着杀头的风险跟着起事，岂能不从中捞点儿好处。即便事后这家官员仍在原位，也不可能叫他们把东西吐出来。

小辈们听懂其中意思，都惊恐不已。这些人可是禁军，连禁军都反了！

不知是谁喃喃着低声说了一句："五更天了……"

众人浑身一颤，是啊，五更天了，难道近日来的大水真的是什么征兆……

禁军上下把叶府搜刮一空，箱笼装得满满，为首的统领跷脚坐在一只木箱上打量着叶府的人，目光在女眷身上流连。

叶青霖只觉得一阵恶心，避开他黏腻的目光。

那统领看来看去，只遗憾地将目光留在了丫鬟身上。尚未尘埃落定，官家夫人和小姐，他还是有些忌惮的。

叶青霖看出不对，可是眼下竟无一人能够出头——老人家病歪歪的，母亲和三婶都病了，二婶抱着儿女不敢作声，就连二哥都眼神闪躲，避开她的视线。叶青霖心中火起，站起来恨恨道："今日你想碰我叶府任何一人，就先杀了我！"

统领脸色沉了下去。

叶青霖冷冷道："但是来日平乱后，你也别想好死。"

统领嘴角抽动几下，眼神变得阴森起来。

叶青雷终于没忍住，站了起来："府内财物你们都搜拿走，我也无话可说，但若是想动一人，难道我们上下数百人不能同你们以死相搏吗？士可杀，不可辱！"

那些仆婢听了叶青霖的话，原就十分感动，再听叶青雷所言，也都撑地起来："对，大不了就拼了，死也拉个垫背的。"

让他们看着朝夕相处的同伴被侮辱实在做不到，稍有血性的人都忍不下去。在兵戈包围下，这些人鼓噪起来，蠢蠢欲动。

统领怎敢血洗叶府，眼看他们这副架势，一面让手下把好兵刃，一面道："找死啊你们！"

他口中虽然骂着，脚下却是后退了两步。叶府众人看出退意，也稍微平静下来。

叶老夫人抬手摸了摸叶青霖的手，半晌才缓缓道："好孩子。"

"哼，把东西都搬走，人都锁进屋子里。"统领嫌恶地看他们一眼，冷声下令，决心把那些搬不走的也都捣毁了。

军士们应了一声，弯腰开始搬箱笼。

"哒。哒。哒。"

正是时，忽有脚步声传来，不紧不慢，从堂屋后头渐近。

统领耳尖听见，一抬手命众人都停下，那脚步声便更为明显了。

大家面面相觑，叶府的人都在此处，他们的人也尽在院内，这声音是谁发出来的？

统领皱眉喝问："谁？"

随着他的问询，一只玉白纤长的手撩开了侧门的门帘，旋即一道身影现出来，是个戴着帷帽的黑衣人，身形挺拔略微纤瘦，一手背在身后。此人的步履太过沉稳，与整个叶府的氛围格格不入。

在无数道目光下，此人走到一张交椅前坐下，跷着腿。

"什么人？"统领心中有一丝莫名的慌乱，手扶着腰间的佩刀。

此人手搭着帽檐，手腕一翻便将垂布摘了下来。屋内灯光暗淡，交椅又在角落，帷帽撤去后，那张如玉的面庞在阴影内露出一个微笑。

只是一个淡淡的微笑，禁军中有七八成人却齐齐向后退了一大步，包括统领。他们心中俱是骇然，这分明是已在京消失的温祸害，他怎么会在此地？他和叶府有什么干系？

叶府上下也都陷入惊愕，扬波姑娘这几日不是在大姑娘处住着，为何会出现在此处，还是从后头转出来，她是什么时候回府的？

更让大家有些不安的是，今日的扬波姑娘与往常不太一样，她坐在交椅上的姿势、面上的笑意，都让人几乎不敢相认。

叶青霖那一句"扬波"也堵在了喉咙间，一时唤不出来，只愣愣盯着她看。

温澜两手交握，抵在下巴："怎么，还要我请你们出去吗？"

统领的脸色非常难看，心中想了许多。按理说，他们已然起事，根本无须顾忌温澜，何况温澜还是卸任之人。可是……可是这是温澜常年积威令他不敢妄动，就连手底下数百军士竟也被孤身一人的温澜吓住，军心不稳，叫他有苦说不出。他极为怀疑，此时若是他下令攻击温澜，这些人也不敢向前。再者说，叶府被他们的人围住，温澜是怎么进来的？他敢如此嚣张，背后有什么倚仗？温澜这么狡猾，会不会是空城计？

正是各种念头交杂之际，温澜往前倾了倾身，统领下意识往后又退了三步，险些摔倒。

可温澜不过是动了动身子罢了。

她抬抬下巴看着统领。

统领眼神闪动，不行，一定有蹊跷！

他慢慢说道："……今日卖你一个面子，出府！"

叶府上下陷入了死一般的寂静。

片刻，禁军们便将箱笼都抬了起来，准备搬走。

统领忙道："慢着，都放下！我卖他面子，东西都不必拿了！"

所有人都惊讶地看着统领，随即怀着不甘将财物都老老实实放下。

"走！"

然而还未踏出去五步，温澜又淡淡道："等等。"

统领顿住脚步，回头看温澜。

温澜手指轻点着扶手，歪头道："禁军这么不懂规矩的吗，闯了我的地头，单单这样就行？"她平静地道，"身上的钱，全都给我掏出来。"

叶府上下眼睁睁看着方才还嚣张无比的禁军，在放下叶家的财物后又含着耻辱把身上所有财物都放在了地上！

第八章

每次午夜时分被噩梦惊醒后，她总忘不了梦中的心惊与耻辱……

一

　　一个怎样的人，才能以单枪匹马令禁军忌惮，甚至将禁军洗劫一空？

　　在此之前，叶府所有人都难以想象。

　　更难以想象这个一笑吓得禁军脚软的人是温扬波，是叶府的姑娘。

　　禁军出去后，唯有徐菁回过神来，大胆上前："扬波……"也许是早便有所怀疑，现在看到这一幕，她竟比其他人平静许多。

　　"阿娘。"温澜把食指竖起来，在唇间比了比。

　　徐菁只是一愣，便听到外头出现了兵刃交接之声——禁军小心翼翼，方一出去，身后就有弓箭手、长刀手攻击。

　　统领之前又怕温澜是空城计，又怕温澜安排了人，还想着不拿财物也好，两手空出来。结果没等他出去看看情况，以伺伏击，皇城卒已从后头冒出来。他忍不住破口大骂温澜是骗子、王八蛋、祸害，故意虚虚实实玩儿他们！

　　皇城卒只二百人不到，就将这些平日只知逃训、逛瓦舍的禁军射杀过半，剩下的收缴了兵刃押解起来。

　　他们统一穿着窄袖皂袍，腰间束着皮质腰带，步履轻快矫健，上得堂内，对温澜一抱拳："指挥使，反贼已拿下。另已察到剩余人马所在。"

温澜将帷帽一抛，立即有人接住，她说道："留一队人驻守叶府，其余人等随我走。"她看了一眼那些禁军，又道，"对了，把他们的衣服都给我换了。"

"是。"皇城卒有条不紊地分出人来，又给那些被俘的禁军换衣裳，竟是都换成了与他们一般的装束。

只略想想，这些禁军就浑身发冷。太阴毒了！他们奉命制住重臣家眷，分头行事，这些皇城卒却把他们的衣服换了，到时两边交锋，他们岂不是成了肉盾？

这下也不消叶府的人再问了，皇城卒谁不认得，都听到他们管温澜叫"指挥使"了，即便是叶老爷子也有点儿呆滞。

如若是皇城司指挥使，那么能够将禁军吓退就有道理了。只是，一想到这位指挥使曾在叶府住了数月，还是以女子身份日日与大家相处，他们心中就翻江倒海，尤其是再思及温澜种种行事……

"诸位暂时不要回院子了，就在这里歇息吧。"温澜扫了他们一眼，淡淡说道，"去拿些被褥来，老人家别冻着了。"

温澜也无暇与他们说太多，又对徐菁道："阿娘，我走了，你也好生歇息，无须担忧。"

徐菁手绞着帕子，眼中泪涟涟。她很想叫女儿留下来，但是她终于明白了，她的扬波不是闺阁柔弱女子，还有更重要的事要去做。她哽咽着道："去吧，小心些。"

"……扬波。"叶青霂迟疑地叫住温澜，又不好意思继续往下说。她既害羞，又不知如何面对换了一个身份的扬波。

温澜本已转身，默想一会儿，说道："御史中丞府早便遣人去了。"

叶青霂低着头，面颊微红："嗯。"

温澜领着人离开叶府，这样多人的靴子踏在地上，声音轻软，又齐得如同只有一人。

皇城卒方离开，一道椅子与地面摩擦的声音忽地响起。众人看去，原来是白氏歪坐在地上，眼睛圆睁，面白如纸，身体还在微微颤抖。

二

大军已行至城外数十里，已到了枢密院同知所说动手的最好时机。

恭王当年在军中极有威望，提拔了许多将领，赵理又在暗处深耘，即便当初与皇城司两相攻击落掉些子，也仍把握了部分，否则也不会急于动手。他已察觉不对，倘若再等，剩下的卒子怕也不保。

将禁军分散开来偷袭，既能托住，也好等城内事毕，再行招安。

先头军队停步，只说遇着了泥潭，叫捧日军从旁先行。捧日军绕开他们往前，才分散开，他们便举刀相向。

谁知捧日军的人竟似早有准备，凡前排者持盾列阵，后头军士刺出长矛，再往后弓箭手准备，俨然是两军对阵的架势。

反军首领一惊，却见捧日军中一骑排众而出，身着官服，面容清秀漂亮，肤色白皙，带着阴柔之气，腰间的刀好似装饰——不过看清楚他的身份后，谁也不会这么认为。

"马、马园园？！"反军骇然，不由说出声，"你怎会在此……"

"禁军出行，皇城吏督军，这不是很正常吗？"马园园嘻嘻笑了起来。

皇城司势力虽只布于京师，但若有前往外国的使团、军队出征，也常会命皇城司官员随行，是为监督。然而他们自己心里明白，这份调令根本就是伪造的，又何来督军。霎时间浑身一震，知晓怕是中计了，叫人反将一军。

此时别苑又不知是何样子，然而若是皇城司无有准备，怎会任由禁军出城？这何尝不是抱着与他们相同的念头，要困住他们？

再看过去，马园园脸上的笑容愈加令人如临深渊。

别苑火光冲天，宿卫一反，里外呼应，剩下的人便力有不逮，渐见颓势。

然而别苑内池塘交错，宛如座座孤岛，无处可藏；别苑外更是被反军围得水泄不通，无法逃生。殿内之人心跳愈来愈快，不知能否平安度过今日。

反军在外呼喊："百官若弃暗投明，非但保有原职，必有赏赐！如若不然，诸位的家眷已在我军之手——"

诸臣哗然。什么，赵理的人还闯到了他们府上？

谁人无高堂，谁人无妻儿，这话实在诛心。而殿内的侍卫也都如鹰、狼一般环顾起了官员们，只怕他们也要反了。

皇帝知道，此一言动摇军心，然而此时火光烛影，刀兵之声不绝于耳，难道五更真要应验了吗？

正是此时，别苑之内忽然响起军号声，那不停喊话让人"弃暗投明"的声音一时中断。

皇帝一愣，从窗户看出去。

这京西别苑原是水军演练之处，还有艘艘老旧战船，此时战船竟行于水面，上头载满士兵。东宫太子立于船头，身侧是手持弓箭的王隐——方才正是王隐一箭射杀喊话之人。

赵琚遥遥对皇帝行礼："父皇，儿臣救驾来迟！"

皇帝面上微微一怔，战船就在别苑内，赵琚并非救驾来迟，而是埋伏到现在出现。仔细思之，应是为了引出那些谋反的宿卫。然而再深思，赵琚早便知道可能出事，才提前做了安排，只是未曾透露给任何人。

倘若换了一个人做此事，皇帝即便获救了，即便再信任此人，心里也难免不痛快。可若是赵琚，他便是想到这一点也不会深究。皇帝多年只得一子，父子间亲厚如寻常人家，他可以最善意地去理解赵琚的行为。

赵琚率着数千皇城卒与东宫侍卫军，与侍卫亲军、部分皇城卒等组成的宿卫共同御敌，局面霎时间又势均力敌起来。

赵理亲赴阵前，隔水遥遥相望，每说一句话，便有人替他传声。

"伯父，其余禁军已被我调出城外，若不归顺，便会被扑杀，大名府各处的禁军也被水患困住。此处无有增援，尔等不过空耗罢了。"

"您年纪已大了，何不禅位？我会善待琚弟，就像您善待我们父子一般。"

声音顺着水波到了水殿之内，皇帝面色阴沉。太子附耳与他说了几句话，皇帝面色松下来，一点头淡淡道："同他说吧。"

太子立刻道："乱臣贼子与其妖言惑众，何不忧心自身？"

内侍将太子的话也传了出去。

赵理听罢，眉头微皱，正要说话，便见到水殿顶上不知何时有了几道影子，随即火光亮起来。

王隐一脚踩在屋顶的瑞兽上，刀架在恭王与广陵郡王妃的脖子上，似笑非笑地道："反贼若弃暗投明，或可苟活，否则，你家眷尽在我手中——"

温澜筹划许久，原本思及如有万一，暗杀了赵理一了百了，只是赵理手下也有武艺高强之辈，他自己更是小心翼翼。她暗中使人埋伏、紧盯，虽然未能杀了赵理，此时却有意外之喜，将赵理的父亲、妻子给劫了来。

是选择继续起事，还是保全父亲、妻子的性命？

赵理脸色微变。

此时，水殿内，太子也将诸臣家眷的信物一一拿出来，说道："请各位放心，家中眷属都安然无恙。"

风声呼啸，赵理久久未有言语。

郡王妃眉目间含着一丝愁苦，轻声道："他不会的。"

王隐没说话。赵理与郡王妃感情如何他不知道，可赵理是打着父亲的名头起事，如若他放弃恭王的性命，此事岂不显得可笑。

那个记不住事的恭王却冷不丁说道："儿媳，为父唯对你不住。"

郡王妃愕然看向恭王。

恭王一脸解脱地说道："你与理儿无有儿女，是我下了药。倘若理儿一直不起事，那么你们要儿女也无用，不过徒遭人忌惮，一生被看管。幸好，我的孩儿不是懦夫……"

王隐死死盯着恭王，未及反应，就见这昔日骁勇善战的恭王往前一扑，脖子碰在刀刃上，血溅了他与郡王妃满脸。

赵理遥遥看到一道人影晃了晃，往前一扑，又滚落地上，如同沙袋坠地，不由呼吸一窒，几乎无法保持冷静。

一旁的谋士见状脸色也变了："郡王……"他言有未尽之意，却不敢说出口。

谁也不知道恭王与郡王妃会落入他们之手，恭王又如此刚烈。虽说恭王记事不清，到底非常人。他这一死，剩着郡王妃就尴尬了。纵赵理原有相救之心，恭王一死，郡王妃焉有活路？

刚刚丧父的赵理纹丝不动，仍紧紧盯着对面，隔着夜色望向妻子与父亲，随后抬手一掩唇，片刻后悄无声息地张开手，手心赫然是鲜红的血迹。

谋士眼皮一跳，伸手要扶赵理。见赵理摇了摇头，谋士心念一转，也是，此时更不能叫人看出郡王受伤。

"我原想留一丝余地。"赵理的目光渐渐生出冷意，他喃喃道，"传令下去，务要守好各处，然后……倾油！"

一队反军将木桶滚到水边，偶有泄出，散发着刺鼻的味道，又有手持小罐系在火箭上，对准水殿射出。

侍卫亲军有识得此物的，慌忙扯着嗓子报信："是猛火油——"

猛火油？！

水殿内诸臣登时两眼一翻，已经不知第几次心跳加快了。

猛火油一般用来攻城，烧得极旺，连水也挡不住。此物原是朝廷管控，由军器监严密保存，竟不知反军从何处蓄得如此多猛火油。

到此时，甚至有人怀疑陛下会到别苑来，乃至先前皇城意外失火其实也与赵理脱不开干系了。

这水殿四面环水，唯有虹桥连接，然而外间都是反军，方才是僵持住，出不得也进不去，现在仍是为难，如何出去都要正面对敌。水面已有火油行不得船，难道要杀出一条血路，把陛下与东宫护送出去？

对头战事胶着，便如虎狼环伺，向前向后皆是险地。

火箭划着弧落在水殿内，火焰和着火油猛地向上蹿，点燃了纱帐，再包裹住梁柱。腾，火光熊熊燃烧。众军士要回转救驾，只见水面也燃起大火，与战船烧成一块儿，将虹桥也包裹住，内中人出不来，外边人进不去。

火焰晃动，殿内人影摇动，似是四处奔逃，最后不见。

军士们皆是悲愤，大呼为陛下报仇，背对已成火狱的池水，宁愿血战到底也不愿降——宿卫中虽有反贼，但大多是皇族亲信之人，尤其侍卫亲军，陛下极为重视。

赵理冷眼看着火势冲天，将水殿整个吞了，仿佛他的心也燃了起来。

正是时，冲杀声传来，回头一望，竟是黑压压的军队从后方涌来，粗粗一看，也有万数之众。

谋士惊道："这是为何……"

城内此时怎么可能还有禁军？！

温澜从中策马出来，扬声道："皇城司指挥使温澜率皇城司射月军及禁军捧日、天武二军平反，尔等调虎离山之计已被识破，乱军尚未离营已被制服，陛下、东宫与诸臣工、侍卫安然无恙。"

她轻夹马腹，提缰令马匹向旁让了让，陛下、东宫被簇拥着出现，后头的众臣也平安无事，就连郡王妃也在，一个不少。

先前这些人分明就在水殿内，此时却忽然出现在了别苑外，反军都心生惧意，难道是真龙天子，有神佛庇佑？

一刻钟前。

众臣慌乱，请陛下与护卫冲杀出去，或有一线生机。

皇帝却镇定地道："诸位爱卿都随朕来。"

再看东宫，也是一副自在神态，与王隐率先跟着皇帝走，他们自然也慌忙跟着。

王隐将郡王妃交给侍卫看管，把一张大大的罗汉床推开，再将下头的木板打开，露出一个一丈宽、斜斜向下的通道来。

众臣皆是狂喜，原来此处还有暗道！

王隐率先举着灯走下去，再回身扶皇帝："陛下请。"

这水殿原是人造，水池也是人掘的，引了河水过来。不过这通道能够分河而造，从水底穿出去，也算是精细了。看这四壁虽然有些湿润，但绝未漏水。

当初温澜知道大内失火，陛下想搬到别苑来，叫王隐把别苑的人梳理一遍时，因心中隐隐觉得不对，思量了许多与"水""火"二字有关联的事，便趁那几日在这里修了条暗道，连王隐她也没敢告诉，与此有关的工匠、宫人都被她锁在一处。

这也是为何这别苑被围住，战船也是埋伏在内，王隐手上却有众臣家眷的信物。

一行人有条不紊地下了通道，到前头又有分岔。

王隐轻声道："为免有人发现，此处还有一些掩人耳目的营造。"其实，连他也不知道前头哪一个分岔才是正确的。

他站在这里等了等，在石壁上敲了敲，这时大家才发现石壁上还有铜管，声音传出去老远。

片刻，其中一个岔道出现了火光，一人举着灯走来，正是温澜。

"陛下。殿下。"温澜给皇帝、太子行礼，就像她从未离开皇城司。

皇帝深深看了温澜一眼，又看到太子难掩兴奋地拍了拍温澜，眼中流露出一丝笑意。温澜垂手而立的模样，令他想起了那个陪了自己许多年的老内侍。

"走吧。"皇帝轻声说道。

温澜在前带路，王隐殿后。

众臣之间，有一个一直保持着瞪眼张嘴的表情的，正是叶训——作为枢密院副承旨，他虽然不是什么重臣，却要常伴殿上，这才落得同行。方才隔着数个人头，叶训看到前头火光映照下的一张脸，整个人吓得不敢认，疯狂想那是不是生得相似。这会儿他悄悄拍了拍自己大哥的肩膀，声音微微发颤地低声道："大哥，你看那个人，长得好像咱们家扬波啊……"

叶诞看了看他一眼，悲悯地道："那就是扬波。"

叶训："……"

三

火光煌煌，几乎照亮一角天穹。

温澜冷眼看着，继续道："大名府各处水患原为人祸，并非天灾。赵理派人破坏河堤，现已营造木龙镇压河患，天下太平！尔等还不束手就擒？"

她虽不提大名府各地的驻军，却比提起来要有效，一再冲击着反军的心。

与他们纠缠的就有几千人，眼前还有近万人，听说其余禁军也落败了，一时间士气大跌，任领头人如何用财物鼓励也没了多大作用。

反倒是那些侍卫亲军、皇城卒、诸班直见陛下有神灵庇佑，战意愈加高涨，恨不能引刀屠尽反贼。

温澜在夜色中可以看到赵理的身影，虽面容模糊，但她觉得赵理也在看着自己。他们遥遥地对视了一眼，无形地交锋。

皇帝轻声道："温澜。"

温澜点头："列阵，攻。"

轻飘飘三个字，一旁的皇城卒挥旗施令，大军向前，与内里侍卫成合围之势。

此时若是白日，或可看清号称"禁军"加上"皇城卒"的一群人，内里其实有部分步伐不齐。因为这里只有小部分是皇城卒，其余要么是被俘的反军，要么……只是厢军。

禁军是天子之守卫，而厢军只是杂役军罢了，平素疏于教阅、不堪一击，多数时候不过为大名府巡行各坊市。所以温澜正是偷了叶谦的官印，初时才调动了这些人。

虽说这些只是厢兵，且不堪一击到谋反都没人惦记他们，可是此时的反军哪里分辨得出，他们早已自乱阵脚。

温澜再看去，赵理的身影已消失在一片混乱之中。

"陛下，臣恐怕赵理逃窜，请去擒拿。"温澜身下的骏马好像也感受到了她的心情，在不停地踏步。

"可。"皇帝点头。

温澜眼一亮，与王隐交换了个眼神，赶马要走，马身却险些撞着一人。她低下头去，那人也抬头。

"……"叶训迅速捂着脸。

可温澜已瞥见他的脸了，嘴角微翘道："叶承旨小心些，别被马踢着了。"

叶训尴尬欲死，不敢看她："多、多谢指挥使提醒……"

叛军军心溃散，败局已定，到此时，赵理已无力回天，消失于乱军之中。

温澜却穷追不舍，临行前还从王隐处将弓箭拿上。她策马向南，瞥见赵理与几名侍卫赶马奔逃的背影。大家身下俱是骏马，一时竟追赶不上。

温澜脚踩马镫站于马上，一声呼哨，马人立而起。她伸手一抱横斜的树木粗枝，身体一勾，灵巧地翻身坐在树干上，随后将背上弓箭取下，搭弓拉弦，连发五箭，箭箭命中远处晃动的身影。

他们身子一歪栽下马，又叫马受惊，或踢或踹。受惊的马匹向前奔逃，只余下赵理与最后一名护卫，勒马看地上的伤者。

此时温澜手中只剩一支箭，她一踩脚下的树干，扑到前头更高大的树上，再往上爬了一截，将最后那支箭也射了出去。

护卫觉察箭矢破空的轻微声响，伸手把赵理按伏在马背上。

不过这支箭原也不是射向赵理的，而是射向赵理身下的马。箭矢入肉三分，骏马嘶鸣一声，将赵理甩了出去，然后几步跪倒在地。

护卫脸色一变，勒住身下马匹，下马扶住赵理。他回头看了看，自知是有高手跟在后头，拉来自己的马急声道："郡王可无恙？快些乘属下的马。"

赵理倒没摔出好歹，他扶着树站好，摇了摇头。

以皇帝对恭王府的忌惮，赵理自幼没有被养废就算是好的了，又怎会和他爹一样习武，因此可说是手无缚鸡之力。现下只有一匹马，两人共乘影响脚力逃不走，但赵理一人，恐怕也是凶多吉少。

赵理沉默片刻，说道："来者武艺高强，不是王隐便是温澜，你自逃命去吧。"

护卫浑身一震，低头道："属下……属下誓死保护郡王。"他家中世代都是恭王府的侍卫，问他怕不怕死，他也是怕的，然而叫他扔下赵理比让他死还难。

正是此际，温澜已滑下树，到了半截时向旁一跳，稳稳坐在小步踏来的坐骑背上，然后再一夹马腹往前。到了近前，她环视地上七零八落的侍卫，将腰间所佩的错银手刀抽出，淡淡道："郡王随我回去吧，陛下仁善，必会留你一命。"

赵理笑了一声，仁善？只是需要仁善之名罢了。他仰头道："温指挥使，禁军其实还被困在城外吧？否则为何只见你与王勾司，却不见马指挥使。"

朝中不许营私、结义兄弟，陈琦那几个义子却亲密无间，甚至同在皇城司任职，虽说是从陈琦处论下来，但拉帮结派是显而易见的。可谁不知道，这是陛下默许的。像这样的情形，马园园不在，赵理结合阵上形势，便猜到了真相。

温澜随意一笑，并不反驳。

赵理深深看着她。虽然今日并非都是温澜出头，反而由东宫与王隐打头阵，但他几乎可以确定，今日的一切与消失了一年的温澜脱不开干系。那些若隐若现，让人几乎分辨不

224

出是巧合还是暗中设计的推动，在此时也明晰起来。

"温指挥使真是仔细，连我要起事都能查探到。"赵理眼中满是怀疑，"可我仍不明白你是如何得知，既然知晓，又为何会拖到今日？"

倘若温澜伺察到什么证据，只需报于皇帝知，他早便没命了。可看上去，温澜像是毫无证据，否则也不会只能在暗中设计了。

"是为了……让我彻底地失败吗？"未等温澜回答，赵理自语道。

皇帝早就视他如眼中钉肉中刺，尤其是近年身子不佳，而东宫年少，可是碍于名声，不能直接动手，反而要优待，所以就放任他起事？所有表现出来的一切都是装出来的……赵理沉浸于自己的思虑之中。

温澜翻身下马，还未走近，护卫已举刀相向，虎视眈眈。

"看来今日不取你性命，是没法将郡王带回去了？"温澜隐约记得这个护卫，在梦中，她也与其交过手，只是那时人手不足，唯有牺牲自己保证东宫脱身。

护卫也道："阁下若有本事，尽管来取我项上人头。"

温澜冷笑一声，手刀沉沉劈下。护卫忙一挪步，推刀来挡，双刀沉重地碰在一处。可就在刀刃相接的瞬间，温澜的刀滑溜溜地一撩，错开了他的刀刃，侧着一斩。她刀势极快，刀上还开了深深的血槽，划在护卫胳膊上，霎时间鲜血就顺着血槽涌出来。

护卫觉察到温澜的气力并不十足，但是她步法太灵巧，将大开大合的刀法使得动如滚珠，难以直接刀刃，又要处处防备冷不丁过来的刀锋。他暗暗想，这个人的刀，真是如其人一般狡诈。

温澜等这一日太久了，但到了眼前，她反而越发冷静，手刀从肋下一掠，迅疾得只剩刀影。这一次将护卫的刀挑到了半空中，刀身映着清幽幽的月光，叫护卫浑身一寒。

"呲。"刀锋刺破空气，几乎细不可闻的一声，随即皮肉绽开，紧接着是护卫的刀"当啷"一声落在地上，人已跪在原地。

温澜没有选择跨过去，而是从旁绕过了护卫的尸体，如玉的面颊上还带着两点血迹。

林虫鸣叫，月冷如霜。

赵理终于完全死心，平静地道："走吧。"

"等等。"温澜说道，"把裤子脱了。"

赵理就像没听懂温澜的话："你说什么？"

温澜再次重复："把裤子脱了。"

此刻，赵理俊脸上神情僵硬，死灰一般的心却升腾起满满的荒谬："这难道也是陛下的命令？他要折辱我至此？"

温澜面无表情地道："不，想折辱你的是我。我公报私仇。"

赵理久久无语。远处仍有喧嚣之声，火光还在放肆冲天，成王败寇，英雄末路，他设想过自己的成功，也设想过自己的失败，但从未想过失败后会有这样的遭遇。

可温澜却想过很多回了，每次午夜时分被噩梦惊醒后，她总忘不了梦中的心惊与耻辱，就算那一切在现在并未发生过，她也无法忍受。她要亲手碾碎那个梦境！

现在，她才真正地通体舒畅了。

四

嘉宁七年的事注定在史书上一笔带过，恭王父子谋反，恭王自尽当场，陛下念及旧情，将广陵郡王夫妇贬为庶人，圈禁高墙。

而温澜几乎一月都待在皇城司，他们还有肃清余党之事要结算。当她知道恭王死前所言后沉默了很久，这就是皇家啊……

当日救驾之人，军士皆有重赏，众臣与家眷得到安抚，王隐与马园园也加了衔儿，增了不少食邑。唯独温澜什么也没变，反而被陛下叫去私下训斥了一顿，然后重回指挥使之位，不升不降。

马园园揽着温澜安慰她："小澜啊，你这次确实兵行险着，若不是大哥把东宫也拉上，你怕是要更惨。但陛下既然叫你官复原职，想必还是信任你的。你才多大，还有的是前途可以挣。"

他虽然这么说，心里还是有些可惜的，平乱这么大的功劳……真是可惜了，可惜了。不过，按照他的想法，陛下训了小澜一顿，虽然不给升官，说不定还是会安抚一番的。

温澜没说话，连赵理都想到了先前她是故意处处针对，又何况陛下。她半真半假地把真相禀与陛下知，只说有梦兆，因不敢确信，事成前才未言明。陛下还骂了她一顿。

不过，温澜心底知道陛下压着她的真正原因——与此事有关，却也可以说无关。

陛下身子已经不好了，再过一年便要寿终，他自己也知道。他此时压着温澜，是要留着太子继位后再提拔温澜，好叫温澜领太子的情，为太子尽忠，就像陈琦为他尽忠一般。

温澜心知肚明，默然接受。

马园园也不算想错，没多少日便传出消息来，汛期已过，叶谦回京，治水有功进了官衔，连带着其妻的诰命也往上蹦了三级。

没错，徐菁的品级现在比叶谦还高了。

这原是不合理的，可皇帝如此下令，二府三司的重臣皆保持沉默，余下百官也无处指摘——这对于温澜的遭遇来说，的确只算是小小安抚，知晓内情的人怎会阻拦！

经此一事，温澜的真身多了些人知道，可陛下不说，再考虑到皇城司的特别与谋乱日所为，知情人也只能装傻，当温扬波是她变服后的假身份。因此徐菁受封，是因其夫，更是因其"子"。

"姑……少爷，"移玉险些喊错，她已经被调到温澜的指挥使府上来，"叶老爷昨日到京，今日午间进宫用了御宴，还有……还有四少爷也回家了。"她睁大了眼睛去瞧温澜，"还有，夫人也想您了。"

温澜这边刚刚忙得告一段落，闻言颔首道："知道了。"

因叶谦与叶青霄治水有功，各自加官晋爵，徐菁更是连升几级诰命，叶府上下张灯结彩，为了庆祝，更是为迎接圣旨，所有人喜上眉梢。

就连二房的人也各个笑逐颜开，据说二老爷曾经站在院子里指着所有人说："全都给我笑，这么大的好事，必须笑。"

温澜就是在这样的氛围下重回叶府的。她并非独自前来，自有皇城卒鞍前马后伺候着，移玉也被她带了回来。

到了叶府，亲事官上前叫门。他们在何处都是趾高气扬的，偏到了叶府低了几分头，递上名帖。可就算亲事官自觉和蔼可亲，也把门房吓得够呛，连忙打开门。

"都不用禀告一声的吗？"亲事官一脸纳闷。

还禀告什么，上回大家全看到了，你们指挥官不就是我们扬波姑娘……自己人回府当然不用大肆禀告。

当然，在那之后府内私下有很多猜测。他们也不清楚温澜到底是不是徐菁的孩子，如果是，又到底是儿子还是女儿。这也只是私下，谁都不敢往外说。

温澜穿的一身淡青色燕居服，领着皇城卒走在府内，不知道的还以为要抄家了。路过的仆婢也不敢多看，惊鸿一瞥便在心里想，难怪好些人还在思考指挥使的性别，这个样子看去，除却面貌，与扬波姑娘真像是不同的人，俊美得很。

他们一时更不知道如何称呼温澜，行礼时把脑袋埋得低低的，还总觉得那些亲事官在盯着自己看。

倒不是有什么恶意，而是亲事官们习惯了四下打量，更何况指挥使说了与叶家有亲，他们还不得看清楚一些？往后要是遇着了，也知道是自己人啊。

温澜先去了叶老爷子夫妇的院子，拜见长辈。

她这次以另一个身份前来，叶老爷子见了人，神情复杂得很："温指挥使。"

温澜执晚辈礼："老爷子唤我名字即可，先前多有隐瞒，还请见谅。"

虽然是徐菁的女儿，但她显然不愿意归入叶家宗下，更不会离开朝堂，故此，祖父是叫不得了。

叶老爷子听出她言外之意，心中感慨。他不赞成女子为官，可是转念一想，连陛下都不计性别留温澜，可见重视温澜才能，他人想法算得了什么。温澜更是陈琦义子，行事非同常人，不能以常理论断。

"……是府上慢待了。"叶老爷子也知悉了温澜平反一事，不便多言。

叶老夫人则有些糊涂，温澜的气势让她一时不知该用什么态度对待，半晌，哪管温澜现在是不是皇城司指挥使，拉着她手道："霜天冻地也不拿手炉，来人，倒热茶来。"

温澜微微惊愕，随即露出一些笑意："您费心了。"

叶老爷子与温澜聊了几句，发现温澜对前些时候府内发生的一些事并没往心里去，但是显然另有成算。他含糊地道："这个……我如今年纪也大了，一概事宜都是各房自己做主。"

"知道了。"温澜微微一笑，"您好生休息，这里还有一葫芦药丸，特意带来给您的。"

她一伸手，移玉便捧了个葫芦来。

叶老爷子看看，里头装的与他这些日子吃的回春丹别无二致，猛然思及庄道长之事，顿时恍然大悟，脸上透出些无奈的苦笑："有心了。"

"客气，这药还是不错的，您适量服用。"温澜说罢告辞出去了。

此时府内上下都知道温澜来了的消息，竟是都候在外头。

徐菁一见温澜，便几步上前揽着她，哽咽道："我的儿……"

哪有母亲愿意孩子涉险，她现在才知道温澜过了十几二十年这样的日子，不说刀尖舔血，也时常拿命挣功了，给她的那些钱，比她想的还要得来不易。更让徐菁心里不知什么滋味的是，看上去女儿还要继续做皇城吏。她想反对，可是这么些日子以来，女儿透露的态度已经很明显了，丈夫也说女儿在皇城司地位不一般，经过平乱之事后，更不是想退就退了。百感交集之下，徐菁眼泪都掉了下来。

温澜给她擦了擦眼泪，轻描淡写地道："好了，我这段时间忙着，才没来看您。"

她又去看叶谦，一拱手："叶通判。"

叶谦羞红了脸："咳咳……温指挥使……"

228

他现在知道温澜是皇城司指挥使了，倒推一下，才晓得自己那莫名的好运是哪里来的，全都是靠老婆来的啊！

"叶通判在显州亲护河堤，与民同居，陛下大为褒赏，恭喜了。"温澜温声道。

叶谦心底也生出一些自信来。虽说他的际遇在温澜，但这官儿做了，他就不会辜负天子、万民，不会辜负温澜给的机会。

再看二房，也携家带口地来了，叶训和白氏夫妇一脸尴尬，叶青霁和叶青雪原来与温澜关系亲密，也有点儿手足无措。温澜带来的那些亲事官，他们看着有点儿胆战心惊。

温澜的目光从叶训和白氏脸上扫过去，只淡淡道："带了些礼物给青霁、青雪、青雯，叫人送到你们院子里去。"

叶训和白氏都松了口气，看来他们之前真是回头得及时，温澜能无视他们，他们已非常庆幸了。而且再怎么说，青霁与青雪倒是和温澜关系不错呢。

眼下最镇定的就数叶诞，比叶谦还镇定。他看到众人的模样，甚至有种众人皆醉我独醒的快意。之前唯有他和叶青霄知道温澜的身份，把他给憋得难受死了，有时候更是有气没法撒，只能看着某些人犯傻。现在好了，尤其是看到叶训和白氏鹌鹑般的小心模样，他心想，该。

温澜也看向了叶诞，问道："怎么不见青霄？"

叶诞也有点儿奇怪："出门时我还叫了他，怎么现在还未到？"他想着大家伙都提心吊胆来相迎，他也过来看戏，难道青霄觉得他们是旧识，就懒得来了？

"刚好我同伯父一起回去吧，有点儿事。"温澜沉吟道。

叶青霁："……"她觉得不妙。

叶诞还以为是找叶青霄有事，自然地道："可以，晚间留下来住几日吗？"这身份说开了，他反倒比以前轻松得多。

温澜却是莫名一笑："看情况吧。"

五

叶青霄坐在房里，心想到底要不要去。去了吧，当着那么些人，他怎么说话才好，而且会不会显得太过迫不及待了？但是不去，好像又显得他太过傲慢，毕竟这么久没见了。

唉，这一个月来，他都没怎么睡好，一面要守着汛期，一面又一直在想同温澜亲的那两下，真是辗转反侧。

他越想越觉得更不敢去见她。他可是犯了那么久的蠢，连温澜是女子都没发现。可话说回来，谁又能发现呀！

叶青霄觉得脑子里都要结蛛网了，纵横交错。

正是时，叶诞带着温澜回来了。

叶青霄隔着窗子看见，霍然站起来，手忙脚乱地踢开凳子，整了整衣衫，磕磕绊绊地往外走。

"你这犯什么懒呢，在发呆？"叶诞见儿子一副傻样，觉得莫名其妙。

温澜却笑意盈盈地看着叶青霄，看得他脸都红了，也没心思回答叶诞的话。

什么情况？叶诞忽然觉得很奇怪。

"伯父，人后一叙？"温澜询问。

"请进。"叶诞闻言遣开下人，带温澜进屋落座。

叶青霄也磨磨蹭蹭地跟在后头，看了会儿座位，没同叶诞坐一块儿，而是坐在了温澜身边。

温澜又对他笑了一下。

叶青霄要晕了："咳咳……"

叶诞奇怪地道："温指挥使？"

"思来想去，此事还是我亲自来提。"温澜这才看向叶诞，难得郑重地道，"我与令郎情投意合，若伯父同意，我便请东宫为媒人。"

叶青霄先是一阵狂喜，继而心底"哎呀"一声觉得有些不妥，怎么温澜来提呢？可是想想若是他先求父亲去提亲，父亲说不定都不会相信吧？想到此，他扭头去看父亲。

叶诞的轻松已凝固在脸上："……"

万万没想到，最大的惊吓落在了他这儿！

叶诞御前对答如流，反倒此时语无伦次，指着温澜和叶青霄不成词句。他和叶青霄不一样，倒是没有怀疑温澜的性别，毕竟温澜与母亲相认，也无必要刻意扮作女装。但是温澜和他儿子？他就不明白了，明明一开始儿子还对温澜恨得牙痒痒……

半晌，叶诞才捶着桌面道："温指挥使何必用东宫压我，你母亲嫁到叶家，你和青霄也算兄妹，此事不合礼法！"

"我并非叶家人。"温澜轻飘飘地道，"您若觉得我是在用东宫压人，那就是吧。反正我若是没有如愿以偿，叶青霄这辈子也娶不到新妇。"

叶诞看看垂着头的儿子，一倾身，手掌拍了过去，打在叶青霄脑袋上："臭小子，你在这儿还美得很是不是啊？！"

他恶狠狠地看着叶青霄，就是这个浑小子，在温澜住在府上时两下勾搭在一处，简直不知礼法。亏他还以为叶青霄真的是在盯着温澜，现在看来，根本是被人家盯上了。

"哎呀！"叶青霄差点儿栽倒，又不敢躲，收起眼中的喜色，"……没、没有。"

温澜端茶吃了一口，恍若未闻："我是真心诚意的，您考虑一下。"

这样的情形让叶诞觉得很荒谬，心情异常沉重，他就是嫁女儿也没有这般操心过。怎么看青霄和温澜都是两样的人，怕是被温澜卖了还不自知。他气闷地沉默了半晌，自己倒是有那个骨气拒绝皇城司的压迫……但是他儿子没有啊！

叶诞纠结地道："……可是，看起来温指挥使还要为君效忠。"

"不错。"温澜并无隐瞒，"此事还需安排，我可以假造一个姊妹的身份完婚，如此两家也可正经走动，只是婚后青霄可能要住在我府上。"

叶诞没想到温澜想得如此细致，被话中意思吓得站了起来："这、这怎么能行！这到底是谁娶谁？叫我们青霄上门？"

叶青霄狂喜道："爹，你同意了？"都论起婚后住哪儿了，岂不是默认同意？

叶诞又是一巴掌给他："你闭嘴！"

温澜一挑眉："伯父，您若要我继续住在叶府也是可以的，我也不怕麻烦，但是阖府上下愿意吗？"

这一语，叶诞竟然无言以对。以前不知道还好，知道了之后，以温澜身份，她住在这里，来往的都会是些什么人？全家人哪个还能过得自在？

温澜也不急着催他，继续喝茶。

叶青霄眼巴巴地看着叶诞，很想和他爹说，他年纪也这么大了，就别耽误他婚事了，再说了，温澜的腿都被他看光了。可怕他爹又给他来一下，着实不敢。

叶诞瞪着地面看了许久，才缓慢地说道："我还要再想想。"

温澜并不意外，利落地站起来："那就回见了，伯父慢慢想，我且去同母亲说话。"

她走了几步，又回头看叶青霄。

叶青霄半站半坐，不知道能不能走，大气也不敢喘。

叶诞慢慢抬头看着叶青霄："滚。"

叶青霄狼狈地"滚"出了屋子："我爹生气了。"

温澜笑笑，任谁的儿子反被别人来提亲也高兴不了吧,更别提她的身份还不同常人:"没事，伯父是聪明人，他会想明白的。"

这好像是威胁出来的吧？但是叶青霄也知道，没有更好的方法了。以他和温澜这继堂兄妹的关系，放在别人家里是万万不可能成的，就算她独立一户出来也难得很。

温澜打量叶青霄几眼："在显州劳累，倒是瘦了不少，也黑了。"

一提显州，叶青霄的心又乱跳了，眼神不由自主在温澜胸口扫了几下："……你也是。我现在才知道，我真的是傻子，竟然从未想过你真就是三婶的女儿。"他觉得自己应该是瞎子，那时撞见温澜换衣裳，才……

温澜："主要怪我，怪我从前欺负你太狠。"

叶青霄："……"

温澜看着叶青霄这憋屈样，又忍不住伸手去捏他。

"咳咳。"

一声清咳响起。

温澜若其事地放下手，侧头一看："霖姐儿。"

叶青霄也尴尬地偏开脸："……妹妹。"

叶青霖也只能当做什么都没看到了，缓步走过来对温澜行礼："我想着一直都未向姐姐道谢。"

"你是说台长府上？"温澜道，"那本就是职责所在，不必言谢。"说着伸手去扶叶青霖的胳膊。

叶青霄看着觉得格外碍眼，尤其温澜今日穿的男装，即便这是他定了亲的亲妹妹，他也有那么些不自在。

叶青霖被四哥灼热地盯着，不自觉站直了，又好笑地道："看来如今扬波姐姐和四哥得偿所愿了，我给二位道贺了。从前我还想过，姐姐得自立一户才有可能。"

温澜和叶青霄都笑而不语，到底叶诞那里还没个准话。

"我还有最后一个问题……"叶青霖想了半天，还是忍不住道，"那些绣活，都是姐姐自己做的吗？"

温澜脸上的笑意更大了："当然不是。"

叶青霖松了口气，随即不好意思地道："见笑了，我总想着，若是姐姐连刺绣也会，那真是……"

"那也太过分了。"叶青霄接了一句。

叶青霖卸下心头的大疑问，回房去了。

温澜和叶青霄自往三房去，移玉与一众皇城卒正在那里等她。

虹玉躲在柱子后面，避着那些皇城卒的目光，也在等温澜。一看到温澜，她就兴奋地喊了一声："姑娘！"喊完又抿着嘴，小心地道，"是不是不该这么叫？"

"你说呢？"温澜拍了拍这小丫头的后脑勺，"你带青霄到我房里坐坐，我先去找母亲。其他人也别傻站着了，移玉你把他们带去吃茶。"

"我不去吗？"叶青霄有些犹豫。

温澜想想道："不必了，我去吧。"

她们母女单独相处，有些话倒是好说一些。

移玉等人守在外头，令整个三房的气氛都为之一凝。待温澜进房，过了一刻钟，里头就传来徐菁的低泣声，连叶谦都听到了，在书房探头探脑，又不好过去。再过一刻，温澜才出来。

"扬波啊，这是怎么了？"叶谦赶过来，一边往里头走一边问。

温澜没说话。

徐菁自从知道她是皇城司指挥使后，对她的婚事几乎不抱期望了，满脑子都是为国尽忠一辈子——这样的身份，怎么成亲？当听到她说要和叶青霄成亲，徐菁除了惊愕就是欢喜了，哭出声来，又倾诉了好半晌，这才安抚好。

温澜往自己的房间走，只听得身后屋子里传出叶谦一声号叫："什么？！"

她脚步停了一瞬，随即继续走下去。

叶青霄坐在凳子上，在窗纸上的海棠对面添上竹子，自得其乐，见温澜回来，才放下笔，期待地看着她。

温澜对他点了点头，温和地道："你继续画。"

叶青霄又提笔描竹子，心虚地道："我见竹影正好映上来，这么巧，才没忍住……"

"没事，你随便画。"温澜道。

叶青霄一愣，又莫名有点儿面红耳赤，偷偷去打量温澜。在这短短的时间里，他已经试想了无数日后两人成亲会过什么样的日子。大理寺的同僚知道他要和"温澜的姊妹"成亲，会不会吓死？

看着看着，叶青霄不自觉说出声来："若是日后我调到州县里去，可怎么办啊？"他总要谋外放的，现在已经苦恼起来与温澜两地分离怎么办了。

"你想得还挺远。"温澜见叶青霄一脸窘迫，笑道，"好吧，若是你外任了，我也谋个走马承受。"

走马承受全称是走马承受公事使臣，差遣品级低，但位卑权重，专门向皇帝奏闻各地

233

一切事宜，包括官员言行。当初皇城司欲谋外地，就常充任此职行事，陈琦去世后再没设立过。

叶青霄一听，忍不住道："我看你是趁机再去谋划其他州县，完成未竟之业……"

温澜哈哈一笑："那我还是留在京城等你？至多三任你也就回来了。"

叶青霄知道温澜是在说笑，瞪她两眼后又想起一事，忍不住问道："我听闻赵理之事，如此惊险，你是如何得知他谋反的？"

温澜笑容淡下去，沉吟道："我做了一个梦，梦见了后事。"

如此玄妙的事，叶青霄半信半疑："梦到的？那你还梦到什么了？可梦到我了？"

"梦里没有你。"温澜如实地道，见叶青霄脸一下拉了下去，便两手交握抵着下颌，微微笑道，"……但我心里有你。"

她的眼睛带着笑意时不再冷淡，宛如山岭积雪被春风含化，红嫩的双唇吐露了令人心头一动的话语。

叶青霄呼吸一窒，紧紧看着温澜，眼神湿润地道："我也是。"

（正文完）

叶青霄是个混蛋!

他的友人们最近都这样想。

因为叶青霄在大家吃酒的时候公然宣布了自己的婚讯,又在大家举杯庆贺的时候告诉所有人,他要娶的人姓温。

没错,就是温澜那个温。

所有人的酒都喷了出来,叶、温两家结亲?脑子没晕吧?温澜回京就够让人糟心了,还带回来一个妹妹,要和叶家结亲了,这让他们如何接受!

叶伯父做出这种事,不怕朝臣暗笑也就罢了,叶青霄是怎么答应的?这让大家以后还如何与叶青霄坐在一起大骂皇城司?以前骂的那些又要不要担心?

想来应该不用,因为叶青霄那时骂得最狠。

在知道这桩婚事是东宫做媒之后,他们又为叶青霄心酸起来。东宫与皇城司亲近,想来极有可能是东宫乱点鸳鸯谱——恰好叶青霄治水有功,东宫一看,年轻俊彦,我宠信的温澜还有个妹妹,那就配做一对吧。就算是皇族,这样做也过了吧,陛下也没有给臣子胡乱指婚的呀!可叹叶家就这么忍气吞声,也不去找陛下告状。

太惨了,是温澜拿刀威胁叶青霄了,还是叶家欠钱还不上了?

到了婚礼当日，一众同僚被请去观礼，现场除了他们，最多的就是皇城吏，从司长王隐到马园园，还有一干熟悉的面孔。

众人相顾无言，尽是尴尬。

马园园微微一笑，吓得大家险些背过气去：“如此良辰，诸位这是什么脸色，还不笑起来？”

众人浑身一寒，生生把嘴角提了起来。

反观叶青霄，接完新妇后一脸憋不住的笑意。

说起来，温澜生得那般俊秀，他妹妹也差不到哪里去——虽说和温澜长得像有点儿吓人，但在心中一描摹，单论长相还是很赏心悦目的。众人暗想，叶青霄大约也是苦中作乐吧。

大家都抱着对新妇的好奇，可惜婚礼上新妇并未露面，事后更是搬入了温澜府上，因为温澜说和妹妹多年分别，要好好相处。这让朝臣对叶家更怜爱了，明明是娶妇，却一副嫁儿子的模样，浑似倒插门。

温澜的妹妹几乎不怎么到外头走动，这些人谁又敢上温澜家去做客，只为了见他妹妹，故此好长时间都无人知道叶青霄妻子的模样。

次年，陛下驾崩，东宫继位。

叶青霄被放到地方去做通判，温澜也领走马承受之职，伺察河北西路。

一去五六年，再回来时，叶青霄迁为兵部侍郎兼太子詹事，温澜则为勾当皇城司之一。

叶青霄的旧友们纷纷请他出来吃酒，叙一叙旧情，就在当初他们目送温澜出京的酒家二楼，此处还与当年一般，就连楼下的摊贩、来往的行人好像也没有变过。

叶青霄把自己三岁的儿子叶愉也给带上了。

故交们本是兴致勃勃要逗一逗叶青霄的儿子，一看那张脸就说不出话了。

沉默半晌，才有人干巴巴地说道：“还真是……外甥肖舅啊。”

叶愉这张脸长得和温祸害简直一个模子里刻出来的，就连细微处的神情、小动作也像足了。

“我儿子好看吧？”叶青霄得意扬扬，仿佛没听到大家说的那句“外甥肖舅”。

好看是好看，也不看长得像谁。大家甚至在心底猜测，叶青霄看到自己的儿子和温澜那么像，平时管教起来是不是也很开心。

叶愉安静得不像个小孩儿，坐在椅子上不动不闹，自己吃些糕点，玩会儿随身带着的泥偶，任叶青霄和人叙旧。

酒过三巡，众人又约去瓦舍中看相扑。

叶青霄说："爹给你买一个京师最出名的玩意儿，董大的面人儿！"

其他人开始怀疑自己是假的都人，否则他们怎么不知道董大的面人儿在全京师都出名了？

"娘！娘！"叶愉忽然大叫起来。

叶青霄吓了一跳，四周看了看，并未看到温澜的身影。

其他人也张望了一番，没看到疑似弟妹的人出现——这条街上多是茶坊，而且是花茶坊，没什么良家女子出没。

"娘！"叶愉仰着小脸大喊。

众人抬眼看去，这才看到旁边那家花茶坊的窗被慢慢推开，温澜探身出来："……咳。"

叶青霄："……"

温澜正和司中几人叙旧，叫了几名女妓相陪，原本一瞥到叶愉就想关上窗，谁知道这孩子机灵得很，还是瞧见她了。

此刻叶愉的眼睛越来越亮，叶青霄却是獠牙都要露出来了。

其他人还有点儿摸不着头脑，倒是主动帮叶青霄找好了理由。

"咦，怎么是温祸害……"

"大侄子没看清男女？"

"弟妹和温澜长得确实是像吧……我儿子有时候也分不清我和我弟弟。"

叶青霄想走，但叶愉拼命挥舞着胳膊要上去，而且他心底也很气很不愿意，最后噔噔噔就往上跑，跑到一半才想起回头："你们来不来？"

其他人："……"

本就是为了与叶青霄叙旧才出来的，如今正主跑去找自己的大舅子，他们也只能硬着头皮跟上去了。

上头屋里。

温澜站起来，拉屋内的女妓们："出去，都出去。"

马园园："噫……"

王隐好笑地挥了挥手，让那些面色犹豫甚至不大想走的女妓退下："别噫了，小愉也在。"

温澜将小阁子门打开，叶青霄一上来她就将展开双臂的叶愉抱了过来。

叶愉趴在她怀里看了半天，回头和叶青霄道："爹，娘今天怎么不一样了？"

为免给叶愉造成什么误会，温澜在他面前鲜少穿男装，待他大一些后才好解释。好在他小孩儿一个，也不至于跟着温澜出门。

大家一听却是笑了："自然不一样了。你看清楚了，这是你娘吗？"

叶愉又仔细看了看，笃定地道："是吧！"

"哈哈哈哈哈。"叶青霄的老朋友都狂笑起来，这小孩儿真有趣。

叶青霄可没心思笑，他在小阁子里环视了一圈，问道："就你们？"

虽说从窗口看不见什么，但是到花茶坊来喝茶，难道会不叫女妓作陪？

马园园装傻道："不就等你们了？"

叶青霄"哼"了一声，他可不怕马园园："上花茶坊喝清茶可不像马指挥使的做派。"

马园园面不改色，甚至微笑着说道："有心无力，只能喝清茶了。"

众人："……"他们实在佩服马园园这样的本事，换作他们，大抵是没有拿自己的内侍身份说事的勇气的。

马园园都说到这个份上了，叶青霄要是再说下去，便如同在羞辱人了，只能闷闷不作声。

王隐轻描淡写地打了个圆场："不过是听一听这里的弹词，近日来了个好琴师，唱罢已下去了。"

叶青霄这才彻底平静。

其实不是他没事找事，什么都防着，而是出去任官时被吓到了——温澜乃走马承受，地方官员为了讨好她无所不用其极，男的女的都变着法儿地塞过，大约只有温澜告病生子那段时间清静过，就连自己府上养的、知道底细的人里，也有春心萌动的婢女，把叶青霄给气死了。他不担心温澜，他怕有人算计啊，尤其还有马园园他们这种爱看人热闹的。

两路人相遇，并作一起。

叶青霄的朋友都觉得很别扭，看到温祸害单手抱着孩子，笑容温和得令人毛骨悚然，同时一捂住叶愉的耳朵就肆无忌惮地和马园园嘲笑这几年禁军的傻蛋做了些什么事，也不知道该说这个舅舅做得是好还是不好。

叶青霄就坐在温澜旁边，不时喂叶愉吃点儿东西，其余时间便聊一聊做通判时地方上的风土人情，或是听听这几年京师的变化。

叶青霄在大理寺的故交要去更衣，站起来从内侧往外走，结果猝不及防看到桌上隔着半臂宽的叶青霄和温澜居然在桌子下头手拉手。

故交："！！！"

叶青霄迅速松开手。

温澜则镇定地抬眼看他："干什么去？"

故交摸了摸脸，神思恍惚地道："……没什么，我可能喝多了。"

休沐日，叶青霄的一天从赖床开始。

当官很累，办公很累，他的腰都要直不起来了。

而这个时候，温澜已经起床一个时辰，盯着奶娘、丫鬟管不住的儿子吃完了饭。

她把儿子一下丢在叶青霄背上，砸醒了叶青霄。

叶青霄惨叫："哇——"

重压之下他只好起床，再被温澜捏去吃饭。

叶青霄一边吃一边抱怨衙门里的人，这个人办事不仔细那个人故意拖着他的事，说完后一定要补一句："扬波，你千万不要找他们麻烦，我就是背后骂骂。"

温澜笑着点头。

相比之下，温澜就要安静得多，就连喝醉、睡梦间都不会提起自己的所见所闻。

叶青霄有时会抱怨："总是我发牢骚，难道你没有什么苦恼吗？府里这么多人，有没有人偷奸耍滑啊？"

温澜沉吟道："谁敢？"

叶青霄："……我只是那个意思，你别老闷着。快点儿，你也抱怨些什么，别憋着。"

温澜沉默片刻，说道："陛下有时很过分，故意叫我去陪长公主蹴鞠，以此逃避……"

叶青霄听了半截就捂住她的嘴巴，惊魂未定地道："皇家的事就别说了吧。"

就算他娘子掌管皇城司，他也忍不住四处看了看，就怕这话传到哪个人耳朵里去。

夫人不抱怨则已，一抱怨惊人，都扯到天家去了，导致叶青霄又吃了两口饼才反应过来："等等，长公主叫你陪她蹴鞠？"

温澜默默点头。

叶青霄恨恨一捶桌子，埋头道："……太过分了！"

先皇子嗣单薄，对子女甚是宠爱，前头两位长公主出嫁后，陛下只有一个妹妹还在宫中住着了，也是奉如掌上明珠。温澜因身份时常出没内廷，那些见不着几个外人的姑娘当然喜欢看。

长公主时而骄纵发脾气，皇帝和皇后没法了，就会叫温澜去附近转悠一圈，长公主的心情便会好许多。

不过，蹴鞠还是没有过的，这可真是过分了！

叶青霄恨得牙痒痒，如果温澜真是男子，陛下难道要叫他尚公主吗？

就算是女子也不妥啊，真是太荒唐了。

这就又换温澜来安慰他了："我已经看中了几名青年才俊，到时找人递上去，暗示陛下给长公主挑个婆家。"

"只怕陛下还想再留长公主一段。"叶青霄说着忽然想起什么，"青年才俊？谁家的青年才俊？有多俊？你看中哪一点？"

温澜："……"

叶青霄觉得，温澜除了不爱发牢骚，也不爱透露自己的喜好。

这应该是她久在皇城司养成的习惯，从饭菜、茶酒等入口的食物到衣裳鞋帽、一应用具都没有定数，有时叶青霄问起来，她也只说随意。

起初叶青霄还未觉察，久了便反应过来，虽然理解，仍是忍不住偷偷道："不如你悄悄告诉我，都喜欢什么样的……"

温澜对他的喜好如数家珍——当然，温澜对很多大臣的爱好都如数家珍，但是叶青霄觉得还是不大一样的——平日也时常叫人备着他喜欢的吃食，反倒是她自己竟一直不动声色，连自己的喜好都藏着，这太让叶青霄心疼了。

温澜闻言不说话。

叶青霄看她沉默，有些伤心："不说也行。"

看来比起喜好，温澜还是更在意私密，他们才认识多久，温澜又在皇城司待了多久。叶青霄一边想要理解温澜，一边又有些怅然若失。

温澜无奈地看他一眼，附耳轻声道："茶我俱是不爱喝的，不过解渴罢了。偶尔想喝些黄柑酒。栗子糕真是讨人厌……"

她一气儿说了半晌，长长的眼睫忽然垂下："人呢，我喜欢你这样的。"

"……"

叶青霄的脸一下红透了。

下午一家人要一耍，偶尔出门。

叶青霄经常拉着温澜在家待着，就让心细的婆子和小厮领叶愉出去玩。反正在京畿地区，是不必担心叶愉出什么事的。

遇着节庆，就不得不带着叶愉去看热闹了。

叶青霄最喜欢的就是在叶愉看完杂耍、幻术后，让温澜细细给儿子讲解这是怎么完成的，再结合所谓的仙术教导一番，导致叶愉时常对他爹翻白眼。

而说起出门，在地方时倒也罢，回京后若是出门，温澜必是要着男装的。

叶青霄偷偷去买些她爱吃的东西，自己吃了才给她一些。

温澜觉得好笑，但也接受他这份小心翼翼。

也难免遇到同僚，久而久之，大家都知道温澜和叶青霄做亲戚后已化干戈为玉帛——可能是因为小孩儿的关系，毕竟温澜看上去极为喜欢外甥。

令叶青霄苦恼的是，温澜也太讨女孩儿喜欢了，而且京中的女子几年过去越来越大胆了。

他想了很久，决定让叶愉出门时都抱着温澜，管她叫"爹"。

叶愉有时候叫惯了，在叶府时会脱口而出。

叶家的人非常尴尬，尤其是叶诞，他觉得这是叶青霄夫纲不振，儿子才叫温澜"爹"。

徐菁也有点儿抱歉，劝温澜有时也别太欺负人了……

她是后来才知道温澜是半逼着大房结亲的，所以心里总有点儿虚，所幸女儿和女婿到现在为止处得都还好。

叶青霄老实承认："是我让愉儿这么叫的，不然老有小姑娘觊觎扬波。"

众人："……"

叶诞忽然觉得，就让儿子这么嫁……娶温澜也挺好的，住在温澜府上倒叫他省心，孙子时常回家看看老人，被教养得也极好，既心细又热忱，继承了父母的长处。

就是他实在不明白，他好好的儿子怎么一遇到温澜就傻兮兮的。

京外坑洞、沟渠相连，数不胜数，流匪、盗贼多藏匿其中，官兵难以追拿。时有贼人掳掠良家妇女，藏坑洞中供人淫乐，都人称之为"鬼乐坊"。

叶青霄彼时任职大名府，亲见案卷多册，贼人非但掳掠妇人，连美貌少年也不放过，家眷伤心欲绝，无处寻找。

知府命皂吏于城外搜寻，只是坑渠之多，贼人又可流窜，府吏搜寻多日也未找到。

叶青霄在市坊中蹲守多日，终于见到一伙窃贼犯事后往城外去。他已盯着这些人许久，他们在城内已盘桓了数日，必然要找地方销赃。

可惜这些贼人都是老手了，路上居然发现了叶青霄，以多敌一，把他给拿下了。这些人看他穿戴甚好，就商量着带回去，问他家里索要赎金。

叶青霄羞愤交加，只想伺机逃走，顺便看准了这地方所在。

半道上，这伙贼人还遇到了另外一伙人，那些人赶着牛车，两方熟稔地打招呼。

叶青霄看到他们的牛车就觉得不对。

果然，抓叶青霄的人商量着："这是我们路上抓的肥羊，跟着我们，约莫是东西被偷了，一起放你们车上吧？"

对方满口答应："嘿嘿，我们抓了一个去圆坟的小寡妇，还带着孝哩。还有个细皮嫩肉的小子，这下兄弟们都有福气了。"

果然，那里面是他们掳来的人。

叶青霄强忍住大骂的冲动，被他们丢上了牛车。

他本以为自己会摔在硬处，谁知道身下软软的，还有嘤嘤哭泣声，他低眼一看，是一抹白色，吓得往旁边一翻，引得贼人们大笑。

小寡妇丧夫不久就要被人抓到鬼乐坊去，嘴巴被堵着，只发出低泣声，两只眼睛高肿起来，倒也难掩俊俏，尤其配上这一身孝服，难怪那些贼人会看上她。

叶青霄讪讪地不敢多看，转过头却对上了另一人——这车上除了小寡妇，就是贼人们说的细皮嫩肉的小子。

他首先看到的是一双乌黑水润的眼睛，怯生生的，真是个叫人一见生怜的少年，也的确是细皮嫩肉，眼角哭过的红痕在白皙的脸上更加明显。

这少年半躺在车上，手脚和叶青霄一样被捆住，嘴巴也被堵住，身形纤弱，乌黑头发有些散乱，与叶青霄对视后慌忙挪开了目光。

这模样，叶青霄几乎要以为对方是易钗而弁的女儿家了，说话都不禁放柔和了。他竟是忍不住小声道："……别怕。"

少年："……"

叶青霄蹭着坐起来，敏锐地观察了一下少年，温声询问："看你手上有墨迹，也是个读书人，不小心被抓来了？"

少年打量他几眼，好像确定他没有恶意，这才慢慢点了点头。

叶青霄得到回应，又道："没事，你别担心，我肯定把你救出去。"

少年的眼睛忽闪了一下。

小寡妇的抽泣声忽然提高了一点儿。

叶青霄："……咳咳，我肯定把你们都救出去。"

正说着，外头上来一个贼人，将布团塞进他嘴里，骂骂咧咧地道："有完没完，罗里吧嗦的。"

叶青霄："……"

到了一处隐秘的坑洞口子，车上的人都被拉下来，点着火把往里头走。

叶青霄的手一直在扭动，把绳子挣得松了一些。

待到了一处狭窄的地方，他忽然将后的人扑倒，用他的火把将绳子烧断，然后将火把也踩灭。

因中间隔着小寡妇和小公子，这窄处通行不便，其他贼人一时也抓不到叶青霄，待火把灭了，又暂时陷入黑暗。

趁他们还没再拿出引火奴燃起亮，叶青霄凭着记忆拉起少年和小寡妇的手就跑。

拼命跑了一截后，贼人们的叫骂声远了，他停下来，喘着气道："我送你们出去。"

他本想跟到里头去，探明地方再脱身，谁知道遇着两个无辜的人……万一他逃了，这两人却被糟蹋了怎么办？

少年："……"

叶青霄把他们的绳子都解了，然后道："我记得应该是往……"

少年忽然低声道："我记得往哪里走。"

"那、那你来带路吧。"叶青霄对这少年颇有好感，立刻说道。

于是少年摸黑走在前头，小寡妇在中间，叶青霄则在最后。

黑暗中只有三个人的呼吸声和轻轻的步履声。

少年走得非常稳，看来记忆力很不错，慌乱中都记住路了……叶青霄可都不敢这么确定。

"你们这些小畜生！"

前方猛然传来一声大喝。

火光亮起来，前头一段竟有几个人从拐角处扑了出来："看你们往哪儿跑，又落到我们手里了吧？"

叶青霄脸色一变，将小寡妇拽到自己身后，一推："快跑！"

小寡妇跌跌撞撞地往前跑，叶青霄拦在那处，只见纤弱的少年毫无抵抗之力地被抓了起来。

没拦多久，他也被一拳砸在脸上，头一晕就倒了下来。

叶青霄晕晕乎乎地被拽着走，只觉得那少年还在扶着自己，可能是有些害怕吧，他顿时就不忍心怪少年了。

紧张之下记错路也不是少年的错。

不知走了多久，他们来到一处宽阔一些的地方，壁上悬着烛台，周围的坑洞就像一个个小房间，有人在里头休息，有人在喝酒，也有妇女佝偻着身形往来。

叶青霄心中一凛，这恐怕就是鬼乐坊了。

叶青霄还不及多看，就被人推进了一个坑洞里，那少年也被丢在了他身上。

那伙人丢下一句"好好待着"就去吃酒了——他们自然要大吃大喝一番才有心情做正事。

这一次他们的嘴没有被堵上，只是叶青霄手上的绳子被换成了铁链，少年手上倒还是麻绳。

叶青霄早做了完全准备，也包括被抓，于是他立刻坐了起来，低声对少年说道："告诉你，我是大名府衙的人，特意潜入这里。你跟着我，千万莫怕，我带你一起出去。"

少年："……"

叶青霄："来，帮我从头发里拿一下铜丝。"

少年看他一眼，慢吞吞地把手抬了起来，在他发髻里摸索几下，抽出一根铜丝来。

叶青霄低头咬住那根铜丝，捅起了锁链的锁眼。

可惜他干这个活儿不是很熟练，半天了才好不容易把锁链打开，嘴都酸了，还要一副自若的样子："呵呵，开了。"

少年盯着落下来的锁链，说道："真厉害。"

叶青霄有些飘飘然，说道："过奖了。小兄弟，你叫什么？"

少年："温澜。"

"好名字。"叶青霄夸了一句后，忽然有点儿迟疑地道，"咦，你竟然和皇城司的小祸害同名。"

少年眨了眨眼："……小祸害？"

"咳咳。"叶青霄想着反正这少年也掺和不到衙门的事里去，小声道，"就是皇城司的一个人，皇城司你知道吧？"

看到少年点头后，他才继续道："我也还没见过他，不过我的同僚们都说最好别见到，这人是个特别阴险的太监，我们私下里都这么叫他。唉，你倒是不巧，和这种人同名。"

温澜："哦。"

叶青霄听了会儿外面的动静，回头道："这里灯暗，到了他们都休息时，我们就悄悄溜出去。若是待会儿他们要你……咳咳，你就装肚子疼。"

温澜："知道了。"

叶青霄背靠着土壁休息，还大方地对温澜说："温小弟，你就靠着我睡吧。我看你也是娇生惯养出来的，一定不适应这里。"

温澜笑了一下："那就谢谢了。"

两人倚靠着闭目休息。

叶青霄没有等来鬼乐坊的夜晚、大部分人休息的时刻，反倒听到外头传来喧哗之声，仿佛有大量披甲之人冲了进来，火光映得洞内如同白昼，那些贼人都被按在地上。

"咦？"

叶青霄探头一看，仔细分辨，冲进来的竟然都是皇城司亲从官。

还不等叶青霄细想，温澜已一步跨了出来，手上一用力，将麻绳挣断了。

叶青霄："……"

他瞪大了眼睛，就见那羞怯的温小弟步子迈得极大极洒脱，一边走一边把麻绳甩开，又顺手从一名亲从官腰间抽出一柄佩刀，脚步不停地走到一名正在极力反抗的盗贼面前，一刀便捅进其腹部，鲜血顺着血槽流了一地。

温澜不耐烦地道："我没有说过都要活捉吧？"

整个鬼乐坊顿时安静了许多，那些还试图挣脱、从其他坑洞逃进黑暗中的人都有些胆寒地住了手。

叶青霄也头皮发麻，他突然间意识到，这个温澜可能就是那个温澜！

他想爬出去，却发现自己腿上不知道什么时候又拴上了锁链，而且铜丝也不翼而飞了……

叶青霄倏然看向外头，正好温澜也望过来一眼，两人对视片刻。

"喂！把我解开！我是大名府的官员！"叶青霄大喊道。

亲从官们看向温澜。

温澜懒洋洋地道："被掳掠的妇孺少年都录下名字，送回原籍，其余的带回狱中一一拷问。"

亲从官们机灵得很，一听温澜并未理会叶青霄，立刻一拥而上把他也抓了起来。

叶青霄："……"

温澜走到被摁住的叶青霄面前，居高临下地看了他一眼，红嫩的嘴唇翘起，全然没了最初所见的可怜样儿，反而是满满的恶意。

她微笑着对叶青霄道："如若不是常年生活在黑暗的沟渠中，眼神怎么会那样差呢？有什么身份，还是到狱中去自证吧。"

"你……"叶青霄愤愤道，"你这个混蛋！"

　　叶青霄外放到深州做通判时，温澜也讨来了新职，正是深州所在的河北西路都总管司走马承受公事，过去曾在各路官员抗议下罢置，如今又复出了。

　　说是为了一直以来将皇城司的势力外扩的构思也好，想和叶青霄厮守也好，总之温澜这个走马承受公事使臣是在地方官员的战战兢兢之中走马上任了。

　　若论起来，这差遣品级也不过正七品，上头自有转运使、判官等一大批官员压着，可她直属帝皇，专司监督密查本路各项事务，便如将皇城司搬到了地方，有皇城司阴影在前，能不使人惴恐吗？这一职，可谓是位卑权重。

　　相比起来，叶青霄这个通判只是副职，上头自有积年经营的知州，虽说在政事之外对知州也有些监察权，但在走马承受的阴影下，叶青霄的到来远没有温澜来得那么轰动。

　　温澜刚入河北西路境内，就有当地官员出城数十里亲来迎接，驿站更是早有人前去打点过，为官十几二十年甚至更年长的官吏们在青春正茂的公事使臣面前谦卑之极，恨不得亲自扶她下马。

　　温澜穿着燕居服，清淡素雅，眉目如画，虽有些过于秀丽，但这些被叫人心头凛然的眼神化去，全然不会让人觉得女气。

　　一干官吏看得内心酸溜溜的。这个年纪，我等有的还未高中，温大人却已权重一方，在京中威名颇盛，长得还这么好看……唯一能够安慰的，就是听说这位大人虽然不以内臣身份行走，但极有可能是内侍出身，体有残缺。

至于温澜身边的叶青霄就没怎么让他们在意了。

叶青霄家世高，又是赴任的通判，但县官不如现管，不是他们这儿的通判，面上稍微过得去就行。唯一能引起他们兴趣的就是这二人同行。

在场都不是京官，不知道二人明里暗里的关系，那些挤不到前面奉承的官员无聊地和叶青霄搭话："二位是路上遇到的？"

叶青霄笑呵呵道："是啊，同路，毕竟都来这边赴任，又都是打京内出发。"

按说叶青霄以后也在伺察范围之内，大家看他难免觉得是同类，说话自然也与对温澜那般谨慎不同，还打探起来："那叶通判算是和温大人提前相处好些日子了，可有什么心得？"

他们提前做了许多准备，甚至遣人打听温澜的喜好，可惜没什么收获。

叶青霄淡淡一笑："温大人的喜好嘛……"

对方睁大眼睛，期待地看着叶青霄。

叶青霄却慢吞吞道："没什么喜好。"

对方："……"

这是耍着人玩儿呢？这人好险没骂出来，嘴角抽搐地看了叶青霄两眼。

叶青霄轻笑。开玩笑，温澜真喜欢什么能告诉你？就算告诉你也没用，她最喜欢我好吗……

那人只见叶青霄突然露出了骄傲的神情，心说怕不是有病。

叶青霄这才轻描淡写地道："温大人在京是皇城司的勾司。"

那人莫名其妙，只当他在说胡话。谁还能不知道温澜是勾当皇城司，用得着你说？有用的不说，单说些人尽皆知的事。

与此同时，前头被奉承着却一直不动声色的温澜忽而轻轻道："诸位大人也是有心了。"

嘘寒问暖那么久，备了那么多礼，温大人总算有了这么句话，大家十分欣慰："不敢不敢，只是听说大人自幼在京中长大，怕您不习惯……"

话还未说完，就见温澜淡漠的神情忽而变得锋利起来。她目光冷冷一扫，就像山巅积雪："可本官奉旨监察，诸位如此，怎么听来倒像是你们监察我了？甚至遣人窥伺，到底有何居心？"

不过几句话，众官员立时吓得汗如雨下，看来这大人不好糊弄啊。真不愧是察子出身，说翻脸就翻脸，还如此刁钻！

他们还不敢还嘴，这位的监察范围太广，且据说陛下亲口说的，许她风闻奏事。

本来他们也不是特光明正大，就怕人家真告一状——河北西路有些官员听说我来就任就偷偷打听我的爱好，想收买我，我觉得一定是犯了什么事。

原本其乐融融的气氛一下像坠入了冰窖，众人各个缩头缩脑，诺诺辩解。

叶青霄毫不意外。他和皇城司打了太多交道了，这些察子，尤其是做到了高官的，不会轻易把喜好露出来，除非是故意为之。探察他们的事也是最忌讳的。

至于得不得罪人，叶青霄也不担心。温澜来河北西路本就不可能与诸官为友，她和这些人压根儿不算普通同僚，她乃天子耳目。

经此一事，温澜的态度也传开了，无人再敢来套近乎。

随着温澜在河北西路经营，她的行事风格也被传开了，简直是无孔不入！

她坐镇皇城司多年，摸清楚地方情况后将那套带来，细细织了张网，大小事宜皆透过她传到了京中。从前都说天高皇帝远，而今不同了，有温澜在，官员们一举一动尽入皇帝眼，而且是事无巨细。

有位知州就收到陛下御笔回信，问及他家中庶子教养之事，连他儿子养的猫叫什么都知道。当时就将他惊出一身冷汗，只觉一言一行都有人盯着，为官压力倍增。

于是京中的风气也传到了这儿来，官员们有事没事凑在一处骂温澜。衙门里，茶一端，跷着脚用"温澜"两个字开口，这等做派风靡河北官场。就连芝麻粒大的官儿也喜欢开口闭口说温澜又做了什么丧心病狂的事。

"这个温澜来我们军做客，我叫了两个歌女侍奉，居然被他赶出来了！"有人发牢骚。

"这算什么，南边衙门那位送的人他勉强收下了，但听说从来不碰。够警醒的！"

"所以这温澜到底是不是太监？一会儿说是，一会儿又说不是，我都迷糊了。"

"我看和他到底是不是没关系，此人生性多疑，又有手段，我听说旁的监察官员都是自带心腹赴任，他是就地选拔，有人送也不拒绝，但不过几个月就都被教得滴水不漏。"

"话说回来，他出身内侍义子，按理说也是内侍，可前些日子我听京里来的人说，有皇室贵女看上他呢……只是陛下爱重，不允。"

大家说着说着，看向了静静坐着的深州通判叶青霄。

每次一说到温澜，叶青霄总是格外沉默，要不是时间长了，大家听说他也没什么优待，都要以为他投靠温澜了，想来只是太害怕了吧。

有人鼓励叶青霄："叶兄，你也骂骂，骂完神清气爽多了！"

叶青霄腼腆一笑："不了，惧内。"

"嗯？这和惧内有什么关系？对了，好像没听说过令夫人是哪家贵女啊？"

叶青霄眨了眨眼："前些日子京里有人来，难道没和你说过吗？我娶的是温大人的亲妹妹。"

众人："……"

所有人都凝固了，木然地歪头看叶青霄。

叶青霄端起茶喝了一口，纯良地看着大家笑："大家喝茶啊，骂累了吧？"

众官员都要气疯了……你是温澜的妹夫你不早说？！看着我们因为消息不灵通在你面前大骂温澜是不是很爽，是不是偷偷记我们名字了？！难怪每次你都不骂，难怪你在温澜面前总是一副无话可说的样子，私底下都说完了吧？！

叶青霄好像才发现他们的样子，笑道："诸位想想，你们如此聚会骂人，温澜可管过？"

众人互相看了看，什么意思？

原本大家都想，这里连下人也没有，偷偷骂骂温澜也不知道。但叶青霄是温澜的妹夫，那温澜肯定早知道了，却没有记恨他们？

叶青霄："温澜说，不能这点儿私人爱好也不给你们留。"

众官员："……"

怎么略略有点儿心酸呢？

就算不是叶青霄，这些话温澜也尽知道。不过她什么状都告，就是不会告他们偷偷骂自个，也算是给他们留点儿发泄的余地，不然都憋坏了。

温澜也和叶青霄说了："这些人跟当年的你一样，读了书，又读得不够深、重、多，因此骂也骂得不痛不痒，不必放在心上。"

叶青霄听了险些鼻头一酸，恍如梦回当初："你、你还好意思说，你那时候把我害得多惨！"

他本以为温澜会羞愧，不曾想温澜思及初见时叶青霄的样子，竟还乐了一下。

叶青霄："……"

温澜："不提这个了，你在深州赈灾也辛苦了。"

深州近来旱灾，朝廷免了些赋税，又拨了钱粮，他们这些地方官也很是辛苦，有许多事要忙。

叶青霄讷讷道："还好，你才辛苦呢……有了身孕还要四处跑。"

温澜已诊出三个月的身孕，可近来河北西路有些山匪乱子，她从旁盯着兵马，十分忙碌。不过她常年习武，倒还吃得消，也有分寸，不会真伤了身。

但她对自身显然没有对深州的情况来得关心："你们那知州刘彤最近可有什么不寻常的动向？"

"都是焦头烂额的。你不知道，这都这样情况了，下头还有想贪墨赈灾钱粮的，我都抓了好些人了，竟是屡禁不止，真是要钱不要命啊。"叶青霄何止是抓了人，他发怒时都亲手揍人了也震慑不住。

说起来，要不是温澜提醒过几句，那些人贪墨的手段叶青霄还觉察不了。他过去在大理寺、大名府当差，着实没这方面的经验。

温澜却含着一点儿莫名的笑意。

叶青霄心头一震："你是不是知道些什么？"

温澜附耳说了几句。大家都以为温大人忙着监督平匪的事，顾不上深州，孰知她早已盯着深州的钱粮动向，已有些线索，指向那位刘彤刘知州。

叶青霄大惊，没想到竟是刘彤，他还真被刘彤蒙骗过去了。

通判是要监管知州的，叶青霄当下就想写折子，被温澜压住了。

"如今还没铁证，我虽可风闻奏事，但这一次我想利落些，叫他下马。"温澜道，"放心，快了，待拿住他，此间事宜你来做主，自不会误了赈灾。"

叶青霄这才安心些："好，好，那你过些日子岂不是也要去深州？"

温澜点了点头。

温澜知道此事干系到灾民，拖不得，不过几日便到了深州，还带了些调来驻守地方的禁军。她虽未上过战场，却也带过军士，治军颇有方法，这些借来的人虽不如她皇城司下属得心应手，但也无人敢冲撞。

温澜按照线报兵分几路，拿下所有和此事有干系的人，连着正在搬粮食的蛀虫也都捉贼成赃，最后再会合去府衙，将府衙围了起来。

府兵何曾见过这样的架势，一个个吓得快拿不动兵器："看衣着也是咱们朝廷军士，缘何围住府衙，莫不是山匪抢了衣服，攻到深州来了？"只听说其他州有闹山匪，却不知何时连深州也入了。

只见一人一骑排众而出，锦衣提剑，面容秀美凛然："本官走马承受公事温澜，来府衙办事，尔等退下！"

她在高大的骏马上俯视，气势逼人，府兵们疏于操练，早在看到这么多军士时心就乱了，再听说是近来鼎鼎大名的温澜，只怕是府里有人犯了大事，各个噤若寒蝉，不敢阻拦，眼睁睁看着温澜骑着马闯入了府衙。

温澜极为嚣张，领着军士把府衙的人都押到了堂下，又亲自去捉刘彤。

刘彤身旁还有几个亲卫，护着他战战兢兢想往外闯。却见温澜也不叫人一起上，反而慢悠悠地驱马跟在旁边，看着不像捕猎，倒像是牧羊一般。

刘彤只觉得万分屈辱，心知事发，却边走边在亲卫的簇拥下骂道："温澜，就算你是走马承受公事，也不得如此擅闯拿人，本官乃是知州，是朝廷命官！你无凭无据，又没有天子旨意，凭什么待我如阶下囚？"

"人证物证都齐了，本官也早请过陛下旨意，陛下说若有了实证，允我先行事再奏。"温澜仍是慢吞吞地道。

此时已走到了府衙大堂前了，府衙其他人都在战战兢兢向叶青霄打听温澜到底又搞什么，这时才知道竟然是来抓知州的，其中不少人心虚得两腿发软。

温澜此时扫了这边一眼，故意道："诸位惊吓了，只是尔等之中还有同党，也要一同拿下。百姓正遭灾，这些人却贪墨赈灾钱粮，实在罪该万死，陛下自会严惩。待将蛀虫除去，还要辛苦诸位赈灾，只盼人人都知道一个道理，尔禄尔俸，民脂民膏，下民易虐，上天难欺！"

她眼神渐渐转冷，竟是明目张胆地敲打："人到京中会交给皇城司查办，我自会吩咐，别让这些畜生好过。"

若在皇城司不好过，那便是真的很惨了。

众人不寒而栗，这才知道为何温澜这次大张旗鼓来抓人，还要在所有人面前动手。这是恼了啊，要杀鸡儆猴。今日之后，哪个还敢伸手？

那些依附刘彤，尤其是给他办过事的官吏，面色肉眼可见地灰败了下去。若是旁人来查，兴许还能糊弄，但温澜已经用上任以来的表现向全河北西路乃至朝野上下证明了她的手腕。

刘彤只是负隅顽抗，心知已逃不过，却是不管不顾嘶声喊道："好，好个温澜，只是不知陛下、百官、天下人可知你那欺君大罪！"

所有人又是一愣，这是什么意思？这刘彤莫不是还攥住了温澜的什么把柄？

温澜也一挑眉。

刘彤指着她道："今日好叫各位同仁知道，这温澜根本就是女子之身！而且她近来还怀孕了！此事我也是无意中得知，千真万确！"

众人顿时一片哗然，什么？！这刘彤莫非是在说胡话，温澜怎么可能是女子呢，还……还怀孕？

刘彤得意扬扬，对那些军士道："这个指挥你们的就是个妇人，你们还要听她的？欺君是死罪，就算陛下宽容，也留不得她了！幸好，我早便想告发了，就算今日你抢先杀我灭口，我的人也会上京告御状。"他扬声道，"温澜，你别想抵赖，是真是假，你脱去衣裳就知道，除非你不敢！"

所有人都看向温澜，这么匪夷所思的事……

叶青霄也是一惊，温澜近来有孕，又事务繁忙，府上新进了些人，竟是有了些疏漏，走漏了此事。但温澜素来小心，看她也还镇定自若，军政大事应当没泄露吧？

在众人的目光下，温澜摇了摇头："何须抵赖，我确是女子。"

她就这么轻描淡写地承认了。

众人嘴巴大张，眼睛几乎快掉下来。这个颇得圣宠的走马承受竟然是……女子之身？！这简直是本朝最荒诞的一件事了，女子欺君为官多年，还坐到了这般位置，戏文都没这么荒谬！

军士们也鼓噪起来，他们怎么就被一个女子骗了这么久呢？木兰诗竟是真事啊，心中真不知什么滋味，毕竟温澜和真的木兰还不大相同，她是监督官员，兵都是借来的。

刘彤一愣，随即嘲笑道："妙哉，我今虽不保官身，但能叫你温澜陪葬，也不屈了！"

"谁要与你陪葬？"温澜反问，她坐在马上睥睨众人，甚至略有些戏谑地道，"你可知，我腹中孩儿是叶青霄的？"

大家又是一惊，随即又觉得也对，这叶青霄传说是温澜的妹夫，可倒没怎么见过叶青霄的夫人。

温澜不等他回答，又道："你不知，陛下却是知道的，不止陛下知道，这桩婚事正是我向先帝请来的。"

此言一出，院中更是鸦雀无声。

刘彤下意识道："不、不可能……"

温澜叹了口气："刘大人为官多年，怎的这么不机灵？我从前是皇城司的勾司，执掌京中探事，若非对我知根知底，陛下怎敢用我？"

一语中的！

刘彤茫然无措，只抓着最后一项，痴痴道："可是……可是你是女子……"

温澜一笑，并不说话。

其他人也不敢吭声了，或是找不到自己的声音。

此事说来稀奇，可是若细细想，就算温澜是女子，陛下不用她用谁？这般年纪，这般手段，甚至方才温澜提到先帝……往深里想，温澜说不定还是先帝留给陛下的。先帝与今上两任帝皇皆不在意温澜女子之身，破格用她，只因她无人能及。

温澜抬了抬手，那些军士只犹豫了半息而已，就愈加卖力地冲上前，擒住刘彤，将之缚住了，又将早便查过的同党也一并从人堆里准确地揪了出来。

虽未堵嘴，但刘彤再无声息。

"打扰诸位了。"温澜道，还若无其事地冲叶青霄抬了抬下巴。

叶青霄也挥了挥手。

旁边有人茫然道："这……叶、叶通判，温大人不叫我们慎言吗？"

温大人的身份被刘彤戳破，虽说陛下早知道，但她就不警告大家不要乱传吗？

叶青霄打了个哈欠，懒洋洋地道："你们敢乱说吗？"

那人："……"

呃，如此说来，不敢当然是不敢的……

叶青霄又笑了一下："这不就成了。京中不少官员也猜到她是女子了，大家啊，都有默契。"说罢，他也回去办公了，还有许多事要忙呢。

叶青霄走后，这一方又沉默了许久，才有人喃喃出声："也不知道叶通判是怎么做到的。"

是啊！叶通判到底怎么做到的，平时也看不出来，谁知连温澜这样的人物都要给他生孩子。

也不知是谁小声说了句："你们不能这么看他二人啊。还记得温大人说，这婚事是她向先帝求来的吗？"

众人："……"